时间界

ORIZON TIMES

破桩

魏超　梁笑宇　欧阳宇昱　李若玫　著

SPM
南方传媒　广东人民出版社
·广州·

图书在版编目（CIP）数据

时间界·破桩 / 魏超等著. -- 广州：广东人民出版社，2024.8. -- ISBN 978-7-218-17783-0

Ⅰ. I247.5

中国国家版本馆 CIP 数据核字第 20240YA845 号

SHIJIANJIE·POZHUANG

时间界·破桩

魏超　梁笑宇　欧阳宇昱　李若玫　著

出 版 人：肖风华

策划编辑：赵瑞艳
责任编辑：赵瑞艳
责任技编：吴彦斌

出版发行：广东人民出版社
地　　址：广州市越秀区大沙头四马路 10 号（邮政编码：510199）
电　　话：（020）85716809（总编室）
传　　真：（020）83289585
网　　址：http://www.gdpph.com
印　　刷：广州小明数码印刷有限公司
开　　本：787mm×1092mm　1/16
印　　张：25.75　　字　　数：410 千
版　　次：2024 年 8 月第 1 版
印　　次：2024 年 8 月第 1 次印刷
定　　价：68.00 元

如发现印装质量问题，影响阅读，请与出版社（020-87712513）联系调换。
售书热线：（020）87716172

作者序

　　太阳距离地球 1.5 亿千米，光速是 30 万米每秒，所以我们在地球上看到的太阳是 8.5 分钟前的太阳，这 8.5 分钟是光子拥抱地球文明的时间。

　　如果光子有生命，它会看到我们日复一日，年复一年，一切都是安排在唯一的时间线上，直到万古千秋后我们的宇宙热寂，最后一个光子湮灭，人类乃至所有宇宙文明的最终结局都可以写到一本书里。

　　我在想，思维是一个强大的武器，如果它能够穿隧时空，在更广的空间、更多的时间点进行跳跃乃至创造出新时空，那么在繁荣的多维时空，人类文明会是怎样的？酝酿良久，宏大的时空世界交会相错，于是我提起笔……

　　接下来的日子里，我的思维每天都在三维时空、四维时空、五维时空里面跳动，每天沉迷于寻找物理学、脑科学、天文学前沿理论的支持，完成这个多维度宇宙的设定。有了初步的设定后，我开始了大纲的撰写，困难也接踵而至：如何用个性鲜明的人物和精彩的故事情节带出这一个个庞大的平行宇宙世界，但同时又能让人物设定接地气？毕竟让我们起心动念的是硬核科幻小说，不像软科幻或者有开放性设定的玄幻小说，主人翁犹如天神眷顾，一路升级打怪。但硬核科幻的设定对故事情节的影响特别大，我一度怀疑自己的设定是不是太生硬，以至于后面的情节会撞上设定墙！

经过一次次和志同道合的伙伴们开会讨论，一次一次地修改，大纲写到十万多字后，捏出故事主线，人设也基本确定下来，这已经是在大半年后。我们确定主线后展开小说的撰写，又发现大纲里脑科学的剧情和时空穿隧的主情节的融合过程过长，让读者代入过慢的问题，又不得不忍痛删掉大量关于脑科学研究的有趣情节。接下来是核实各个朝代和史实，确定正确的时间、地点、人物、事件，毕竟我们是要还原一个朝代鲜明的历史，不能架空，罔顾已有的历史事实。我犹如小说中的破桩人一般，需要在薄冰上建造一艘大船，且必须在破冰之前把船建好。

如果我也具备穿隧时空的能力，我一定会回到以前，告诉自己所要走的路，这也是最朴素的愿望。但人在欲望和好奇心的驱使下，一定会对时空资源下手，至于会怎么样，请大家看看我们的小说，在书里，有的人为时空穿隧技术制订了宏图伟略，有的人为不可告人的秘密反复穿隧，有的人为了现有的世界稳定和繁荣，一次又一次阻止历史的改变，如果是你，你会在这个世界里做什么？

目录

Contents

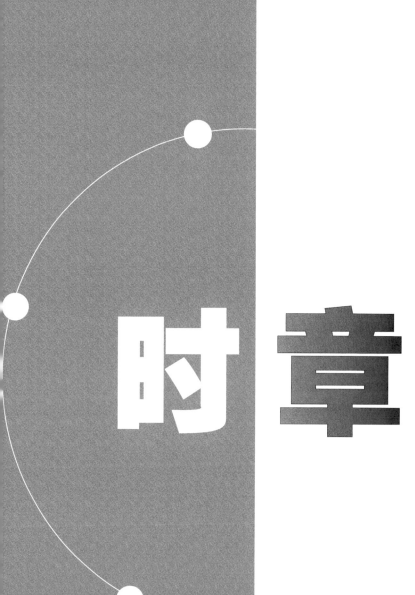

时章

历史上的每一个时间点，都像是一个十字路口。虽然从过去到现在已经只剩单行道，但到未来却有无数岔路可走。

——房龙《人类简史》

1

第一章 时空论坛

"很多年前，有位学者曾经预言世界是平的，现在看来，宇宙也会成为平的，或许未来的某一天，连时空都会是平的！"望着直冲云霄的天梯，再看看会议中心上方的天空中投射出的全息影像主题——时空论坛，么（yāo）恒不由得心中感慨。

天梯，是一座巨型的传送设施，是地球近百年来最伟大的创举。它是在火星大开发时代建成的。当时，随着火星资源变得不可或缺，以及火星开发逐渐深入，无数优秀的地球人奔向火星。"火星移民热"曾经是地球上最热门的词语。火星的建设者，让火星的一切已经初具规模。为了实现火星和地球之间各种物资的巨量输送，两个星球之间的这座天梯应运而生。

2090 年，那场火星脱离联邦的革命，使得这些年来两颗行星之间几乎切断了一切往来。对于火星的独立，联邦并未表现出极大的重视。毕竟，离开地球的火星和离开母亲的婴儿没有什么分别。她的独立，无非就是小孩子闹脾气而已，永远翻不起太大风浪！

即便没有火星，这六年以来，地球上的物质依然丰富，私人飞行汽车依然在城市上空与摩天大楼之间往来穿梭，一座座高耸入云的摩天大楼依然不断地拔地而起，甚至很多人从不接触地表，只在云端生活，俯瞰着众生。而在生活资源匮乏的火星上，这场轰轰烈烈的独立运动也只维持了短短五年，毫无意外以失败告终。

今天，正是天梯重新启动的日子，这也意味着火星的叛乱正式结束。她将再次成为联合政府的一分子，并再次接受地球的管辖！

天梯输送物资时，电磁轨道输入超过百万安培的电流，产生了磁通量高达十万高斯的磁场，巨大的电磁力牵引着太空穿梭舱向着太空高速飞去。太空穿梭舱舷与两条电轨道间高速摩擦，拉出长长的烈焰奔向太空的景象极其壮观。这个震撼的场景，么恒在儿时早就见过，他和其他地球人早已习惯这座直通天际的建筑物。他和很多人一样，曾经认为那巨大透明的通道，再也不会有来往的波动。可现在，它就在所有人面前重启了。

当穿梭舱穿过云层时，那巨大的动能依然把云层冲出巨大的漩涡，并在

太空天梯

　　太空天梯是地球的太空交通枢纽，由一条距离地面 3.6 万公里的地球同步卫星向地面垂下的缆绳延至地面基站，并沿着这条缆绳修建电磁轨道而成，人类运用电磁力让载荷舱往返于地球和太空之间。

空中维持一段时间，这番景象就和过往一样。每次看到这个漩涡，么恒都会感到无比震撼，因为在那巨大的漩涡之后、遥远的天际之外，有自己从小就向往的东西……

近一百年来，量子、超级人工智能、生物等技术飞速发展，随之而来的是人类文明的巨大进步。渐渐地，地域成了人类文明发展的桎梏，国家这种政治实体已经不能满足人类社会发展的需要。最终，由各国领袖共同决议，在联合国的基础上建立联合政府，共同管理与决策影响人类文明进程的重要事务，如星际开发所带来的地外殖民机构的管理问题、为人类获得源源不断能源的冷核聚变堆建设问题、科学和伦理道德的边界问题等。

么恒所任职的联合特警局，又称联合局，是联合政府直属的执法机构，专门负责涉及尖端科技与影响人类文明走向的特别案件。像最近频繁出现的数十起普通民众意识丢失案件，就已经超出普通案件的范畴，进而引起了联合政府高层的注意。联合议会直接向联合局下令，要求尽快破案。

所以，么恒与搭档，准确地说是他的老师兼领路人潘离，才会出现在这里——科学城会议中心。这里正在举行一场名为"时空论坛"的世界级黑洞学术会议，他们要找的人就是参会的其中一名全球顶尖的科学家。

不久之前，两人在搜索关于意识转移的信息时，意外发现了一名叫作阿尔法的高能物理学家，他曾经发表过一篇相关科普文章。在文章中，他提出了关于意识转移的假设。

这个假设立刻引起了两人的注意！意识丢失，会不会就是他所提到的意识转移呢？这个名叫阿尔法的"科学怪人"说不定可以提供什么有价值的线索。

令他们想不到的是，这种专业性的学术论坛，竟然会有这么多人参加。其中不乏联邦高层，他们甚至还看到了某些地区领导人的专用飞梭。虽然这个时期飞行汽车已经普及，但它们还是要在固定的航路自动驾驶，不能够随意离开空中的固定航路，飞跃到邻近的其他空域。权贵和政府要员为了提高通勤效率，都拥有小型化的飞梭，能够在城市中自由飞行，点对点地飞跃，不受固定航路的约束。这些飞行器拥有高级人工智能的飞行和控制能力，能够在复杂的城市上空自由地飞行，因为形状酷似梭子，所以人们称之为飞梭。

"老潘，到了。"么恒好不容易找到一个停机位。

"说多少次了，不准叫我老潘，我不到三十，都快被你叫老了。"潘离

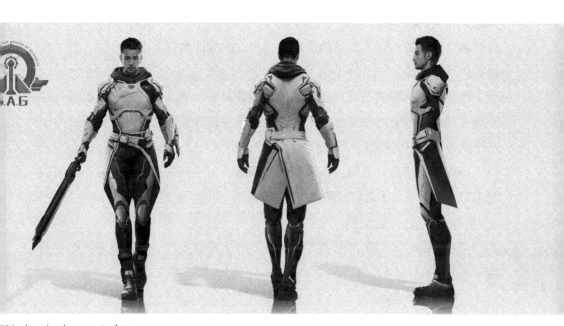

联合政府·么恒

　　时空特警么恒，曾是一名优秀的联合特警，身手矫健，掌握多种格斗技巧。为了让陷入沉睡的妹妹苏醒而加入联合特警，但随着经历变多，么恒希望保护的，已经不仅是妹妹……

抓了抓自己的头发，打着哈欠坐了起来。

"别人都这么叫……"么恒嘟囔着。

"别人可以这么叫，你不行！你能当上联合特警是谁的功劳？是谁不厌其烦地带了你两年多？嗯？你好歹也应该叫声师父吧？"潘离打开车门自顾自走了出去。

"哦……"

其实，对于潘离，么恒是非常感激的。潘离一直知道他想尽快成为一名联合特警，在他考入警校之后，经常会抽空为他安排一些针对性的训练。要知道，联合特警接触的都是一些极其特殊复杂的案件，空余的时间本来就很少。那时候已经在警队崭露头角的潘离，会有时间关照他这个毛头小子，着实让他有些受宠若惊。

而更让他感激的是，在他考入联合特警局后，潘离竟然主动要求带他这个新人。在跟进随时都可能有生命危险的各种特殊任务时，潘离毫不嫌弃他这个新手，么恒的感激一举上升为感动。

潘离也很清楚，么恒这小子就是个闷葫芦，一向是心里有事说不出来。时不时逗他一下，也蛮好玩的。

"走，咱们去会议厅。"

"行，老……"么恒刚要把"老潘"两个字说出口，看到潘离的眼神后脖子一缩，"……师父！"

"嗯，这还差不多。"

2

第二章 旷世
演讲

进入会议厅的时候，演讲已经开始了。

这恐怕是两人有生以来见过的最大的演讲现场，可容纳几万人的场地座无虚席。会场中间搭建起了一座高台，高台中央有一名演讲者。此人随意地披散着头发，一袭白袍笼罩之下，更显得瘦削高挑。如果不是看到了半空中实验仪器的全息影像，两人还以为，来到的是一名传教士布道的现场。

"那人就是阿尔法博士。"潘离小声道。

"听说他是目前地球上唯一能和火星上的黑袍研究院钱博士齐名的最杰出物理学家。"么恒说道。潘离点点头。

会议厅的讲台中心，全息影像中显示着一台巨大的实验仪器，几十条大腿般粗的电缆连接着那台仪器，仪器的下方是一株株被线圈环绕着的长晶状体。晶状体内似乎有一股能量在涌动，每株晶状体大概有小拇指粗细，七根为一束，再扎在一起形成一簇。一簇簇晶状体的头部紧紧拢在一起，尾部均匀散开穿入地下。像一棵水晶树被锯了树干只剩下树桩的样子。晶状体的顶部高高低低分布呈圆盆状，中间凹陷。凹陷中央悬浮着一个乒乓球大小、乌黑反光的纯黑色球体。上半部球体周围被多条巨大的机械臂围绕着，每条机械臂的前端各自连接着一截金属。这些金属全部指向黑球，而且金属越到尖端越细。金属尖上时不时闪现着一丝丝电弧，似乎在聚集着某种能量。

面对投影里的庞然大物，观众开始议论纷纷。这时阿尔法一抬手，全场瞬间安静。

接着，投影中的仪器开启，巨大的双层机械爪开始朝着相反的方向转动。片刻之后，金属尖端各自射出一条射线，同时击中中心的一点。几条射线交会的一瞬间，黑色的小球被强光直射。尽管实验画面是通过全息投影呈现的，但现场的观众依然无法直视这个犹如烈日一般的光球。

能量继续加大，黑球发出巨大的空爆声。这时，光突然间消失了。在线圈圆盆中心的位置形成一块漆黑的区域，像是深不见底的另一个空间。在射线持续的能量加持下，这片空间逐渐向四周蔓延，在直径接近10厘米的时候才最终停下。

会场陷入一片沉默，几秒后，人们爆发出此起彼伏的惊呼声，不少观众已经激动地站起身来，死死盯着影像中的那片黑色空间，全场都被震惊了。

"怎么可能？！他竟然造出了黑洞？"台下的科学家纷纷惊叹道。

"我感觉这东西会很危险。"么恒感觉，那片黑色空间就像一张怪兽之口，随时准备吞噬一切。

阿尔法伸出手做"嘘"的动作，整个会场立刻鸦雀无声。全息影像里的实验人员从口袋里拿出一个白色乒乓球，小心翼翼地朝着黑色空间旁边抛过去。白色乒乓球开始围绕着黑色空洞旋转，形状越拉越长，变成一圈圈细细的白色残影。残影一丝丝被黑色区域拉扯、吞噬。突然，白线圈围绕的黑色区域上下两极发出"嘭"的一声，黑色区域和白线圈在一瞬间消失了。

"想必，大家已经明白我要公布的内容了。"阿尔法缓缓说道。

"无疑，这个成果是伟大的，我能感受到你们兴奋的心情。在制造出黑洞的一瞬间，我也如此！不过，兴奋之后，我如醍醐灌顶一般地意识到：黑洞，可能是我们唯一一条通往其他世界的通道。它会让人类的文明从三维跃进到四维、五维，甚至更高维度。诸位想象一下，曾经人类的命运——亘古的阳光炙热地照耀大地，日复一日。一切都是安排在唯一的时间线上，直到一百亿亿年后我们的宇宙热寂，人类乃至所有宇宙文明的最终结局都可以写到一本书里。

"造出黑洞之后，我一直在思考，这个发明能把人类带向何方。四维、五维，甚至更高维度吗？打开新的维度，是否也意味着，人类文明被提升到更高的等级？那会不会是一个更加丰富多彩的世界？

"可惜的是，这个命题太过宏大，绝不是我一个人可以完成的。之所以公布这一成果，是因为我也想借此机会寻找那些与我志同道合的人，那些为了人类的未来愿意牺牲一切甚至生命的人，让人类的文明得以飞跃。

"曾经有人问我，为什么不联合火星上的黑袍研究院？在很多领域，他们也有人类当前最前沿的科学技术。呵，我为什么要联合黑袍研究院？为什么要联合一群只会躲在理论和前人成果背后的懦夫？为什么要联合一群只想拥有成果却不愿为之献身的胆小鬼？进步永远需要的，除了思辨，还有牺牲。"

在全场热烈的掌声中，阿尔法结束了他的演讲。潘离与么恒费尽九牛二虎之力，才穿过了那些围追堵截的记者和狂热的信徒。

"阿尔法博士？"潘离拦住了阿尔法的去路。

"你们是？"阿尔法打量了一下潘离，又看了看么恒。

"抱歉，打扰了。我们是联合特警，有些科学技术上的事情需要您的帮助。"潘离继续道。

"关于高能武器的吗？还是其他什么事？"阿尔法很淡定，似乎曾面对过很多这样的咨询。

"还记得您关于意识转移的猜想吗？"么恒立即问道。

"意识转移？"阿尔法凝神想了想，接着说道，"是意识搭载引力波进行转移吧？"

"是的。最近发生了很多起意识丢失的案件，受害者的意识被不留痕迹地偷走了！我们怀疑，凶手使用的就是您提到的方式。我们想知道，实现的条件是什么？还有，目前有谁掌握了这项技术？"潘离说道。

"理论上来讲，人类的意识需要数据化，然后才能被不同频率的引力波搭载。我研究的是黑洞，我的猜想是基于'意识数据化之后的引力波，不会被黑洞吞噬'的特性。至于如何将意识数据化和提取、转移，这是我完全不熟悉的领域，很抱歉。"阿尔法摊了摊手，从潘离身旁迅速离开了。

么恒还要上去追问，却被潘离扯了回来："行了，咱们找错人了，专业不对口。"

"说不定还能得到点什么有用的信息呢，毕竟他做过猜想……"么恒还是不死心。

潘离的通信器突然振动了起来。接通后，他一边向外走一边听着对方的陈述，表情渐渐凝重起来。么恒跟在一旁，时不时关注着潘离的表情。随着潘离表情的变化，他感觉到有些不妙。很快，两人走出了大厅。

"什么情况？"见潘离关闭了通信器，么恒迫不及待地问道。

潘离边走边压低声缓缓道："是情报部的淮歌。他在调查了所有受害者的数据活动后发现，在意识丢失前，受害者统统接触过暗网中一款名叫'原婴猎人'的游戏。并且，这款游戏需要特定的虚拟机，普通玩家根本接触不到。"

两人已经来到户外，么恒马上问："接下来，我们要做什么？"

潘离没有马上回答么恒的问题，而是点了根烟，继续向飞梭的方向走去。

么恒有些急了："师父！"

潘离深吸了一口烟，接着一口吐出："我决定去卧底，找出意识丢失的幕后黑手。"

"好！我们从哪儿开始？先去找虚拟机吗？"么恒有些兴奋地跟上来。

"不是我们，是我！你不能去。"潘离瞥了么恒一眼，淡淡道。

"为什么？我俩不是搭档吗？"么恒急了。

"你疯了？别忘了，你才入职半年，卧底这种事搞不好会把自己搭进去。"潘离认为么恒还是新人，不应该去冒险。

"我的身手你又不是不知道！"么恒拦住潘离。

"这不是身手的问题，你妹妹还在实验室躺着，万一你出事，她怎么办？"潘离很了解么恒，把么兰搬出来，他一定会服软。

"我妹妹的事跟意识丢失的案子，一定有关联，好不容易有了点眉目，你不能把我甩开。"么恒猛地拉住潘离。

潘离也急了："我可没想甩开你！卧底的事情，我需要的不是身手。你在卧底这件事上完全没用，还不如把精力放在调查你妹妹的意识被控制和意识丢失案件之间的关联上。好了，别争了，我会为你申请一名新的搭档，对你极有帮助的那种。"潘离不顾么恒反对，直接坐进了飞梭的副驾。

么恒一动不动。

"别磨叽了，走了。这是命令，反对无效！"

么恒一言不发地启动了飞梭。

3

第三章 失魂之殇

回到警队，潘离丢下么恒后，一个人不知道去了哪里，么恒则独自来看望妹妹么兰。

这里是联合政府所属的秘密实验室，么恒每周都会来这里一趟，这样的习惯已经持续五年。实验室的中央悬挂着一座大型机器，从机器中垂下一百多根像"小银伞"一样的监脑仪，下方连接着一个半盖休眠舱，里面躺着一个女孩。

那正是他的妹妹么兰，她安静地沉睡着，纯白色的灯光下，睫毛仿佛在轻轻地颤动着。她的头部装有一个白色电子环，蓝绿色的指示灯缓慢地闪烁着。

五年前，白色电子环被强行植入么兰脑干。她的大脑通过这样的方式被控制，从此就静静躺着，尽管 24 小时受到联合局保护，没有什么生命危险，但也一直没有醒来。

虽然所有的调查研究都没有什么进展，但是么恒依旧坚信她能醒来，再一次朝他微笑……

凝视着休眠舱里沉睡的么兰，么恒回想起潘离的话，心里五味杂陈。

么恒与潘离是在六年前相识的。那天，他像往常一样走出校门时，两名黑衣人突兀地拦在身前，一人伸出手来想搭在他的肩膀上："么恒，跟我们走一趟。"

么恒下意识地身子一侧，便轻松躲开了黑衣人的触碰，毕竟他从小就习武。当年，他的母亲动用多年的同学关系，为他专门请了一位八极拳传人，教了他三年。三年期满后，么恒仍习惯完成每天的训练，所以，在同龄人中，他的身手极其矫健。如果他认真起来，就算在成年人中恐怕也难有敌手。

"挺灵活嘛，小子……"黑衣人没料到么恒一下就躲开他了，正准备上前用双手按住他。

么恒后撤，迅速拉开拳架，微曲膝盖，起身而上。那人还未来得及反应，就被么恒一靠，倒飞出去两米，直接仰面跌倒。这是八极拳里极具杀伤力的招数之一——铁山靠，整个过程一气呵成，快！准！狠！

么恒没再上前，而是继续摆了个拳架，等待两人进攻。

"停！小兄弟误会了，我们是联合特警。"此时旁边另一个年轻男子亮出了证件。

"联合……特警？"么恒还是没有放松警惕。

"对，我们是联合特警，我叫潘离。"年轻男子将证件递到么恒面前。

联合特警，一个陌生的名词浮现在么恒的脑中。"啊……那个……刚刚不好意思……"刚刚发生的事情让他有点不知所措。

潘离看起来非常年轻，高约一米八，浅棕色的头发短而整齐，身材匀称，体格健壮，让人一下子就能感觉到那具身体里，隐藏着极具爆炸性的力量。可他的脸上挂着的那一抹邪邪的笑意，好像随时都在提醒么恒，这是一个玩世不恭的家伙。

与同僚的制式服装不同，潘离身穿黑色运动风的制服，上面搭配着彰显时尚感的银色饰条。最特别的是他右手戴着的手套，上面镶嵌的电磁武器类的发生器，闪烁着蓝紫色的光芒，像是一种能在瞬间释放出强大能量的武器。

"没想到你还会近身搏斗。"潘离微笑着说。他又继续说道："你妹妹么兰，我们已经找到了，不过出了点意外。三言两语说不清楚，所以需要你跟我们去一趟。"

"意外？严重吗？有没有生命危险？"么恒的声音有点颤抖。

"目前的情况，在这里不太方便明说。"潘离的语气很平和。

"好……好的。我……我们……走吧。"么恒无力地说道，心中无比忐忑。

一路上，地效警车的引擎声在嗡嗡作响，伴随着路上的起起伏伏，么恒的内心也跌宕起伏。车窗外的风景正在快速倒退着，仿佛在和么恒说着关于离别的话语，潘离也没有说此趟的目的地在哪里，这一切都让么恒更加不安。

很快，警车抵达一片森林的边缘，在入口处停下，接受无人机的全车扫描。远远地，么恒见到一处建筑尖顶，孤独地屹立在森林中央。

"妈，请保佑妹妹平安无事。"么恒在心中默默祈祷。母亲已经因为意外离开了自己，只剩下妹妹和自己相依为命，如果她再有什么不测……

"到了。"潘离已经为么恒拉开了车门，这小子一路上没问任何问题，甚至没有任何慌乱的表现，这让潘离不禁对么恒产生了些许的好奇。

实验室里，各种从未见过的设备，让么恒有些不知所措。

"你妹妹在那儿。"潘离边说边用手指了指。那里是躺在休眠舱的么兰。

么恒急忙跑过去查看妹妹的情况。

实验室的中央摆着一个半盖休眠舱，里面装着一个女孩，她的身体仍在颤抖。她的头部装有一个白色电子环，蓝绿色的小灯缓慢地闪着。

么恒扶着休眠舱边缘回头看了看潘离："请问，她现在怎么样了？"他心中充满了忧虑和不解。

"她的身体各项指标正常，生命迹象正常，我们不间断地在呼唤她，但她一直都处于沉睡的状态。"潘离给么恒说明着情况。

"联合局的专家在么兰的大脑外发现了一个奇怪的装置，它应该是造成你妹妹沉睡的原因。"潘离试着说得可以让么恒理解、接受。

"是那个白色的环吗？"么恒问道。

"是的。"潘离边说边抿了一下嘴。

"这个环能取下来吗？取下来后，是不是可以让我妹妹苏醒过来？"么恒极力保持着语气的平稳。

"这个装置穿透后颈部的天柱穴皮肤直通大脑的中枢脑干并进行连接，现在不能贸然把它取出，这样会有很大的风险。"潘离说完后看向么恒。

么恒沉默了。他咬着唇，直直地盯着沉睡的么兰。

"联合局？联合特警？都是干什么的？"片刻后，么恒问道。

"联合局，就是专门负责调查重大且非常规案件所成立的部门。我们联合特警的使命，就是追查这些案件。"

"好的，谢谢你。"么恒没有再说什么，只是静静地看着妹妹。

潘离说："我们会尽一切可能救醒你妹妹的，你可以放心交给我们处理。"

潘离心里很不是滋味。仅有的两位亲人，母亲去世了，妹妹成了这个样子，对于一个高中生而言，这恐怕就是世界末日！潘离本来以为他会悲伤，会急着问始作俑者是谁，但么恒的表现成熟得不像个高中生，还理解了当前调查进展不佳的事实。

反观联合特警这边，作为此案的调查人员，他却只能保守情报机密，甚至不能和受害者家属多透露一句！

但很快，潘离就发现么恒并没有他想象中的不堪一击。

么恒被送回学校，在下车时，突然冒出一句话："怎么才能当上联合特警？"

"为什么这么问？"潘离一愣，然后马上明白了，"是因为你的妹妹吗？"

"潘警官，谢谢你和其他特警为她做的一切。"么恒平静地说，"我也想变成像你一样厉害的联合特警，这样就能帮到她更多了……我只有这个妹妹了。"

这下，潘离彻底对这个毛头小子刮目相看。

潘离笑了笑，什么都没说，只是挥了挥手，启动了车子。

但在那之后，潘离偶尔会去学校看他，除了告诉他成为联合特警必备的一些条件之外，也会发发牢骚，甚至抨击一些时政。让么恒印象最深的是，有一次，他问潘离：为什么愿意帮助自己成为联合特警？潘离的回答让他有些哭笑不得："虽然听起来很幼稚，但是我希望可以改变这个世界……"

4

第四章 原婴猎人

联合局的某间办公室，潘离将自己的通信器摆在办公桌上，顺手摁下了上面的按键。通信器立刻投射出全息影像。办公桌后的薇拉端起手中的咖啡轻轻喝了一口，好整以暇地看着面前的影像。

"这是淮歌在现场勘查时的影像记录。"潘离解释道。

影像是以淮歌的视角呈现的。这是近期的一处案发现场，受害者的遗体已经被移走，周围已经围起警戒线。淮歌正在现场寻找蛛丝马迹。

经过电脑桌前时，他觉得地板的声音有些异常。来回踩踏了几下，确定了异常的位置，他将那块地板撬了起来，并从下面取出一只黑色的匣子。打开匣子，里面竟然是量子数据盘。

视线接近电脑，他刚刚将数据盘靠近，全息粒子屏幕立刻弹出并显示出游戏的开始画面，除了游戏的开场动画之外，还显现出游戏的名字：原婴猎人！显然，量子数据盘里面就是一台暗网专用虚拟机，受害者在玩的正是这款名叫"原婴猎人"的暗网游戏。

影像的局部被放大，特写着电脑屏幕。游戏登录界面是一幅人脑神经侧面画像，其中的神经元在不断地跳动、闪烁，它们代表着不同的功能模块。而界面的背景则是一个巨大的虚拟星系图，闪烁着各种颜色，未来感十足，不了解情况的人还以为一部科幻电影即将开播。

登录后，淮歌先点开的是游戏的规则介绍。

"原婴还是猎人？生存还是死亡？"规则的第一行，便是对玩家的提问。游戏规则非常简单，玩家共有三个等级：原婴、平民、猎人。

最开始进入游戏时，玩家都是等级最低的"原婴"。原婴没有攻击能力，需要通过完成任务获得一定的经验，并躲避猎人的追杀。

累积一定经验值后，原婴便可以升级为平民，获得较低的攻击和防御能力，需要避免单独行动。

继续完成游戏任务，原婴便可以从平民升级到猎人。猎人拥有高攻击力，可以轻易猎杀原婴和平民，但同时也需要警惕其他猎人与自己争抢猎物。

每次完成任务，玩家都会根据各自的综合评分来获取奖励，评分越高，奖励就会越丰厚，而且这些奖励不仅仅是金钱。

画面突然一阵晃动，准歌似乎发现了什么，将视线转到身后。原本没有任何东西的墙体上，逐渐浮现出一个飞行物的形态，犹如一块沉睡的黑曜石被唤醒，先是头部，再到机身，一一从墙体中浮现。这是一架无人机，暗杀型无人机。它能够根据周围环境调整自身外观和颜色，这台隐身无人机竟然可以自适应融合周围环境！

此刻屏幕上出现了准星，隐身无人机开始自动追踪锁定目标。与此同时，一颗微型电磁脉冲手雷从准歌的手套中射出。

隐身无人机前方的气流快速流动，像电磁龙卷风一样开始凝聚，无数电弧疯狂地从中心处向外跳跃。一束能量激光射出，不到 0.1 秒的时间，激光与脉冲手雷发生强烈的碰撞，整个房间划过一道超强的亮光。

亮光过后，画面迅速陷入一片黑暗，紧接着是一声巨响，准歌明显被冲击波震得倒飞出去。碰撞产生巨大的冲击波，将整个房间炸得硝烟四起，到处都是电光闪烁。

隐身无人机似乎没有受到任何影响，在它的周围不知什么时候展开了一个能量护罩，让脉冲手雷无法穿透。随即，隐身无人机向前方一扑，脱离原本和它融为一体的墙体，机身又开始发生变化，仿佛"消失"在空气中一样。接着它犹如一块大自然中的光斑，快速划过空气，向窗外飞驰离去。

就在准歌追向窗边，查看无人机的去向时，他似乎又觉察出身后的异动。当视线再次转至身后，那台电脑竟然正从内部开始一点一点地熔化。没过多久，无形的高温已完全包裹电脑，将其烧毁熔化。

"会自适应环境的无人机？"薇拉不再淡定，立刻将咖啡杯放在办公桌上。

"盗取意识，活跃在暗网之中，还拥有这个级别的武器，这不可能是个简单的组织。"潘离肯定地说道。

"以我对你的了解，现在的你应该已经有了计划吧？"作为老战友兼上级，薇拉很清楚潘离的风格。

"哈，还是你最懂我！那我就不绕圈子了。我申请把我的个人资料进行加密，这次我要执行卧底工作，钓——大——鱼！"潘离说出了自己的想法。

"从对方的实力来看，卧底工作的危险程度极高，你确定吗？"薇拉停止了手上的操作，注视着潘离问道。

"这还用问？"潘离抛了支烟到嘴里，声音是他一边点烟一边从嘴里漏出来的。

"我安排淮歌配合你，喂，我这不许抽烟！"薇拉看着他吊儿郎当的样子皱了皱眉，随后打开了通信设备，准备通知淮歌。

"不用叫了，我早就叫淮歌在外面等着了。忙你的吧，拜拜。"潘离转身就走，薇拉看着他的背影，只有摇头苦笑。潘离什么都好，就是总喜欢自作主张。

潘离走出办公室，一个斯斯文文的男人立刻迎了上来。这人的皮肤很白，黑色的短发梳得很整齐，鼻梁上架着一副眼镜，透着一股书生气，给人很干净的感觉，他，就是淮歌。

"怎么样？成了？"他的语气中透出一丝忐忑。

"你负责外部支援，去卧底的还是我。"潘离不以为意，也不知道这家伙为什么这么想出外勤。

"没问题，能出外勤就行。你是不知道，天天勘查现场、收集资料……唉，情报部那些烂事都快把我憋疯了！"淮歌已经兴奋得眉飞色舞。

两人是同一期进入联合特警局的探员，淮歌是潘离的老战友。但大多时候，淮歌都是情报部派出为潘离提供支持的人。在现场遇险之后，淮歌立即联系了潘离。得知潘离要申请卧底行动，淮歌比潘离还要激动。也许是天天看数据与资料实在太憋闷，又或者是这次遇险激起了那股子想冒险的性子，他强烈要求潘离申请任务时把自己带上。

"我说，熟归熟，关键时刻你可别给我掉链子，我的命可在你手上了。"尽管淮歌不是么恒那样的新人，潘离觉得还是得给他提个醒。

"放心，有事我一定死你前面！行了吧？"淮歌恨不得发誓了。

"说点吉利的行吗？要进入"原婴猎人"游戏得先弄个虚拟机，这事得靠你了。"潘离知道这些情报部的人，身手不见得如何，搞点情报、去黑市买点设备什么的易如反掌。

"小意思！走，今天就帮你弄到手。"淮歌信誓旦旦。

"去哪儿你总要告诉我吧？"

"奥西施岛（Oasis Island）——先知商会。"

5

第五章

先知
商会

　　从海岸出发，乘坐飞梭向东飞行数百公里，就来到了一片公海暗礁区。这片暗礁区上，耸立着一片极具暴力感的钢结构建筑群。这里的白天人迹罕至，然而当夜幕降临，潮汐退去时，这个地方便会变得热闹非凡。此地鱼龙混杂，暗流涌动，世界各地的情报员、商人和买手都聚集在这里——奥西施岛。

　　在距离奥西施岛300米时，潘离和淮歌进入了一片雾区，能见度仅有10米。继续深入大约200米后，两人清晰地感受到前方的雾中泛起了一圈圈涟漪。他们四周的地面，从海泥中开始蹿出各色花草树木，雾气也逐渐消散，周围变得明朗起来。

　　深海工业、潮汐能源等技术从21世纪中叶开始快速发展，奥西施岛就是在那时候打造的，是一个粗犷又野蛮生长的无政府区。由于这里位于公海，所以至今也没有明确的归属。于是，越来越多从事灰色职业的人员或者中立的组织聚集在这里，形成了这里独特的地域特征。

奥西施岛 · 机械螃蟹

奥西施岛

　　伶仃洋向东数百公里，有一片公海暗礁区。暗礁区上耸立着一片极具暴力感的钢结构建筑群。这里的白天人烟罕至，然而当夜幕降临，潮汐退去时，这个地方便会变得热闹非凡。此地鱼龙混杂，暗流涌动，世界各地的情报员、商人和买手都聚集在这里，他们把这里称为奥西施岛——Oasis Island。

奥西施岛由钢铁大楼和纷繁复杂的水陆两栖街道组成，当水位上涨时，街道会自动展开用复合有机玻璃打造的隔水层，变成一条一条的水下隧道。

这里的水下交通工具独具匠心，如水下出租车、观光船、货车等，它们都配备了推进系统和璀璨的霓虹灯，宛如梦幻般的水下生物在深海中自由穿梭。

这些交通工具与深海机器人、海洋生物、水下建筑相互交织，构成了奥西施岛特有的壮观别致的水下景观，它们共同呈现出一片自然海洋与人造工业结合的奇景。

当然，这里也有很多流浪者和在外面生活不下去的人，这些人聚集在几乎没有游客会去的偏僻的渔人街，那里存在着无数见不得光的人和各种交易。

当潘离和淮歌走出涟漪区域时，眼前呈现的是一片热闹繁华的景象，喧嚣的气息扑面而来，小商贩叫卖着木卫海鲜灌汤饼、火星牛肉煎包、冥王冰原原浆啤酒和海生水果等食物。来往的行人都被路边美食留住了脚步，道路开始拥挤起来。

"这地方还真是一如既往的热闹。"潘离感叹道。

"你以前来过这里？"淮歌嘀咕道。看样子，潘离对这里很熟悉。

二人穿过了商贩众多的街区，进入了奥西施岛的中心区域。这里道路两边的灯火更为通明，路面上是一幅幅各色各样的全息影像，仿佛在呼唤着所有路过的行人。

穿过这些全息影像就是不同的机构、商会的物理入口，它们会出售不同的东西，有情报文件，有机密技术，甚至还有一些奇怪的装置。

走过全息影像，通过扫描进行身份确认和安全检查，确定未携带违禁品，便可进入内部空间。

潘离在一个人的面前停下脚步，他有些惊讶："这可不是一般的护卫机器人！很久没来过了，现在，这里竟然连这东西都用上了！"看着眼前有着仿生皮肤的人形机器人，除了发亮的眼睛以外，它们的外貌已经无限接近于人类。

淮歌深有同感："两年前，这种机器人就已经是这里的标配了。"

他们所看到的人形机器人个个精瘦干练，行动流畅，从背后看，根本分不出它是人类还是机器人。穿上常服，戴上墨镜，它们就能很好地潜伏在人流之中。

"每次来'先知商会'都会被这门口的全息影像广告惊艳到。"淮歌边说边领着潘离毅然走进去。

【……身份通过，欢迎来到"先知商会"，品质，诚信，唯一。】

与外面的黄昏景色恰恰相反，商会的内部被设计成一个充满未来感的白色空间，非常宽敞明亮，还放着轻快的音乐。

地面清一色铺满了白色的瓷砖，中央过道的两边规律整齐地排列着一间又一间的倒三角形小房间，里面的人正在进行情报交易。

"两位晚上好，是来找虚拟机的吧？"一个陌生的声音从后方传来。他们转过头，一个身穿棕色制服的人来到他们面前，他的脸上戴着一张白色面具。

"我们需要进入'原婴猎人'的虚拟机。"潘离略微惊讶，白面具人竟知道他们前来的意图。

"我知道你们是谁。"那个白面具人说道，"联合特警，对吗？"

"是的。"淮歌点点头。

"没有商会找不到的东西！我可以帮助你们，这边请。"白面具人说完便领着潘离他们进入了其中一个倒三角形小房间。

房间内只有一张高到胸前的桌子，白面具人站在里侧，缓缓说道："商会的原则是'等价交换'，你们需要信息，那就需要用信息来交换。重金购买，我们当然更欢迎，只怕你们的钱包不够鼓。"

"我们所有交易的信息，必须是独一无二的，无法在其他地方购买或者获得。"白面具人说完便激活了桌面的光幕，翻阅着里面的内容。

"你们想要什么信息？"潘离问道。

"联合特警局总部地下最深的那层，是什么部门？"白面具人问道。

潘离与淮歌对视了一下，两人都是一副茫然的神情。潘离道："对不起，我们不知道那里有什么。"

"好吧，换一个信息。执行任务时，你被一架隐身无人机袭击了，对吗？"白面具人面向淮歌反问道。

潘离和淮歌面面相觑，他们并没有透露过这件事情，这个"先知商会"的人是怎么知道的？

"这是我们的内部机密……"淮歌的声音变得低沉起来。

"我知道。"白面具人继续说道，"我需要你们提供更多关于那架隐身无人机的信息。"

"情报来源商会是绝对保密的，你们离开这个房间后，会被蒙着眼直接送到奥西施岛的随机点，不会有任何你们来过的记录。"白面具人看出潘离在犹豫，补充着说道。

"怎么办？"淮歌用眼神示意潘离。

潘离心想，除了先知商会，恐怕也没有别处能获取情报了。他追查意识丢失案件已经很久了，这或许是他们接近案件背后真相的唯一机会。至于泄露无人机情报的风险……他顾不得那么多了。

下定决心，潘离和淮歌最终还是答应了商会的要求，如愿地换到了"原婴猎人"的虚拟机。

他们的心中充满了不安，但为了追查这一系列案件背后的真相，这个险必须冒！

夜色泛红，明月高挂，奥西施岛岸边的风与浪，仿佛都在演奏着他们心中的战歌。

6

第六章 美女搭档

每当来到实验室的门口，么恒的脑海中都会浮现出一个场景：实验室的大门打开，么兰就站在门后，微笑着轻轻唤着："哥……"可每一次，那扇门打开的总是么恒的失望。么兰就那么静静地躺在那台仪器之中，就像一直在沉睡。唯一能让么恒欣慰的，就是仪器上从没出现过异常的数据。

联合特警局自成立以来，还从未接触过类似的案件。在么兰出事之后，为了更好地维持么兰的生命体征，也更便于研究，总部专门为么兰新建立了一间实验室，么恒则被允许每周来探视一次。

"她就是么兰？"一个女声突兀地在么恒背后响起。

么恒回头，看见一头飘逸的黑色发丝拂面而过。一名年轻的陌生女子径直走到他的身旁，看见他注意到自己，也转过头向他露出了一个友好的微笑，双眸在白皙肌肤的映衬下格外灵动。"想必你就是么恒了，对吧？"她神采奕奕，身姿挺拔，让人一眼就知道，这是常年训练才有的状态。

然而，尽管这个女人穿着联合特警专有的作战服，并且表现出友好态度，么恒还是下意识地保持着警惕："你是什么人？"

"程婷，你的新搭档，认识一下。"程婷伸出手。

么恒看了看程婷伸出的手，没有选择握手，而是用凌厉的目光直视对方的眼睛："窥探别人的隐私，很不礼貌。"在和么兰独处的时候，他很反感被人打搅。

"呵，你那点隐私，好像谁愿意知道似的。"程婷立刻收回手，取出一枚指甲大小、纽扣状的金属装置，"我接到的任务是调查意识丢失案，你妹妹身上可能有线索，我感兴趣的是她而不是你。"

"你想做什么？"么恒紧张起来，伸手试图拦住她。

"出任务半年了，还这么菜？你是怎么通过考核的？"程婷边说边向监测么兰的仪器走去，"这是我自己弄出来的小玩意，方便我做数据采集和分析而已！"

程婷仔仔细细观察了一下那台巨大的仪器，很快把她的装置放置在仪器核心的位置。然后，她毫不顾忌么恒的目光，走到么兰身边，甚至伸手捏了

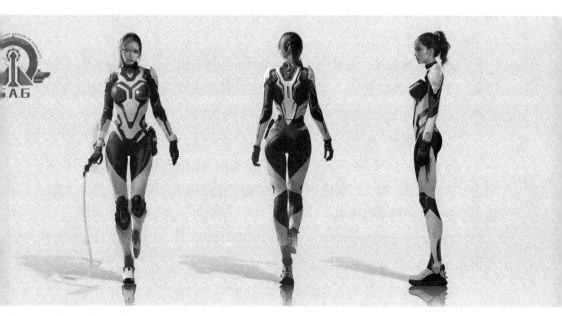

联合政府·程婷

　　时空特警程婷，被誉为"天才少女"，具有过人的头脑，能在各种危机中速制订最佳行动方案，性格勇敢且温柔。为了拯救么恒的妹妹么兰，程婷向恒提供了许多帮助。

捏么兰的脸蛋。

"喂，你够了！"看到程婷的动作，么恒非常恼火。

程婷看都不看么恒，反而凑近了么兰："小妹妹，看在你这么漂亮的份上，姐姐一定想办法救醒你。"

那枚装置上传来"叮"的一声，提示数据已经拷贝完成。程婷顺手取下装置，转身就走。经过么恒身边的时候，她头也不回地说道："想找线索就跟着来。"

么恒很想回敬一句什么，但听到程婷的话以后，顿时说不出口了。

他闷闷地跟着程婷走，但没想到的是，程婷将他带到自己的飞梭中。关闭舱门后，程婷打开了她的通讯录，接着调出那枚装置中的文件，传输给了一个叫作"王鑫教授"的人。

"这位王鑫教授，是量子计算、神经网络数字化、量子生物学等领域的专家，或许他可以帮上忙。"程婷瞥了一眼迷茫的么恒，悠悠说道。在这之后，程婷不再出声，么恒只好愣愣地盯着文件传输的进度条。

"嗡——嗡——嗡——"

几分钟后，程婷的面前弹出了一个全息光幕，是王鑫教授发来的通话请求。

"王鑫伯伯，有什么发现？"程婷接通了全息电话，在她和么恒的面前，出现了王鑫教授的全息画面。

"嗯，这个女孩脑中被植入的东西叫作'脑控环'，想不到真的有人能造出这个东西。"王鑫教授终于开口说道。

"她还能醒过来吗？"么恒略带激动地问道。

"从现有的资讯来看，苏醒的机会还是有的。"王鑫教授接着严肃地说道。

随后他沉默了一会儿，又若有所思地看向么恒，说道："量子生物芯片穿刺连接脑干技术，最早是阿尔茨海默病研究的成果；后来作为癫痫、脑疝等的治疗手段，效果十分突出；再后来逐渐发展，成为脑科研究中的前沿衍生科技。"

"前沿衍生科技？"么恒好奇地问道。他在网上看过，这是最早从21世纪初就诞生的研究。

"是的，一直以来都有狂热的科学家进行数字脑前沿衍生科技中关于五觉、感官、控制等意识的研究。"

"甚至有传言，有人成功将意识数字化后传输装载在客体身上，让人真正身临其境，借助客体完成本体的行为或者计划。"王鑫博士又继续说道，"但这个研究远比我们想象的复杂得多。"

他边说边共享了几个光幕，上面是一些关于前沿科学的研究、发展与猜测。通过他的讲解，么恒与程婷才知道，原来，人的大脑与意识如此复杂。

【人脑的功能结构，可以简单概括为5层：最外层感官层，向内一层是记忆层、控制层，再往里去是"三观层"（世界观、道德观、价值观），最内层是本体意识层。】

【感官层：感知世界信息。】

【控制层：控制身体。】

【记忆层：存储和提取信息。】

【三观层：世界观、道德观和价值观，在应对各种情况时，做出对应的行为活动。】

【本体意识层：自我意识的底层逻辑。】

植入么兰脑干的脑控环，就是为控制层戴上了枷锁。么恒不禁提出了一个疑问："怎样才能把这个枷锁打开？打开后会怎样？她还有以前的意识吗？"

"需要找到设置枷锁的人，并得到他设置的脑纹密码。"

"脑纹密码？那是什么？"程婷不由插嘴道。

"人脑在思考某些问题或想到不同事物时，会像电影一样生成一帧帧连续性的画面。这些画面会形成独特的生物脑纹序列，用这个脑纹关键序列进行加密，也就是像抽出电影的关键帧，它就是脑纹密码！如果没有密码，被控制的人会长期陷入一个类似于梦境的思维循环，一直在这个循环中无法走出。只有得到脑纹密码，才能解开脑控环，你妹妹才能醒过来。你放心，解开后她还会拥有以前的意识，不过需要慢慢恢复。"王鑫道。

"脑纹密码……梦境循环……"么恒心里默念。他很想知道，这五年来，他的妹妹一直困在怎样的梦境里。

程婷思考了一会，突然问道："王鑫伯伯，植入脑控环和将意识提取出来，在技术上有没有关联？"

"大脑意识只有在量子化后才能被提取，但其数据量是非常巨大的，需要使用量子存储设备。制作这种设备需要某种稀缺材料，理论上来说，这种材料同样可以用来制作脑控环。"王鑫教授思考了一下，接着说道，"据我所知，目前还没人拥有这种技术。哦不，也许已经有了，脑控环也是理论中的东西，现在不是也出现了吗？"

王鑫教授想了想，继续说道："我甚至觉得，盗取意识的人和制作脑控环的人，很可能是同一个人，因为拥有这种技术的人实在太稀缺了，即使在黑袍研究院之内，也没有出现过这种技术。但小圈子流传有几个私人团体正在秘密进行这样的研究，具体是谁需要再调查。"

"稀缺材料……秘密研究……"程婷陷入了沉思。

7

第七章 关键
元素

么恒与程婷结束了与王鑫教授的通话，程婷也不理会么恒，将那枚数据采集装置连接到飞梭的人工智能核心上。然后，么恒就看到了那些让人头晕目眩的代码。他完全搞不懂程婷在做什么，只看到她时而眼花缭乱地操作一番，时而盯着那些代码逐条研究。她专注的样子，让么恒突然觉得：这个女人也不像刚刚见到时那么讨厌了。

"能不能告诉我，这是在做什么？"么恒实在忍不住了。

"说了你也不懂，别打扰我。"程婷冷冰冰道。

么恒只好假装闭目养神，缓解尴尬的气氛。几分钟之后，程婷兴奋的声音传来："找到了！"不等么恒询问，她又主动说道："无论什么东西，只要是人为制造的，就会留下痕迹。脑控环里有着一种地球上极为罕见、需要从火星开采的金属：锎！这么稀缺的物质，得到的途径只有两个——官方和火星走私。"

"如果是地球仅有的几个反应堆生产的，恐怕早就被查到了。而走私这种生意，尤其走私的还是联合政府稀缺的特种金属，那就不是普通的走私商人能办到的了。"

"那会是谁？"么恒不禁问道。

程婷却呛了他一句："查啊！这种事还用我教你？"

盲市街，鱼龙混杂的三区交界带。这里与繁华的市中心相比，简直是另一个世界。老旧的街道，阴暗、潮湿，角落里随意丢弃着各种垃圾，啮齿类小动物在肆无忌惮地翻找着食物。白天户外几乎见不到什么人，即使偶尔有经过的人，也是表情木然，显得毫无生气。

除了在外界无法生存的人们，这里充斥着各种阴暗与不法交易，还有一些帮派占领着某些区域。那些架设在房顶的自动武器，随时提醒着陌生人不要随意接近。

据程婷说，她偶尔会从这里采购一些小物件，那些都不是正规渠道可以弄到的。她从熟络的供应商那里打听到：锎，这种东西，恐怕只有这里的地下之王——文森才能弄到，他掌握着几乎所有从火星走私来的物品。

么恒与程婷刚刚接近文森的老巢，就被各种自动武器锁定了。么恒举起双手，示意自己没有敌意。生锈的铁皮与杂物围起的障碍后，升起一架配备着能量武器的无人机。无人机飞到两人面前，先对两人进行了一番扫描。

"陌生人，说出你的来意。"无人机中传出冷漠的声音。

"我想向文森先生咨询一些事情。"程婷道。

"文森先生不接受咨询，给你们三十秒立刻离开。"无人机里的声音回复道。

"如果是交易呢？"么恒立刻道。

"你们需要什么？"无人机说。

"锏，产自火星的稀有金属。"么恒道。

无人机里的声音沉默一阵道："进来吧。"

两人跟着无人机绕来绕去，最后来到一处地下空间。大厅中央，一个年逾四十的大胖子斜靠在中央的椅子上。两名机器侍女，一个在为他的酒杯添酒，一个在为他擦嘴。

"请问您是文森先生吗？"程婷毕恭毕敬地问道。

"你们想要锏？你们拿什么来交易？哈哈哈哈！锏价格很高，你们可不像是买得起的人。"胖子很不屑。那名倒酒的侍女，将一块牛排放进他嘴里，他像野兽一样大口咀嚼着，接着喝掉了杯中的酒。

"真以为我是傻子吗？我可以向你们保证，我的人很快就能查出你们的底细。如果你们是来调查我的，你们会死得很惨。"

么恒心里明白，文森这样的老狐狸怎么可能不提防他们。么恒用余光观察着四周，他知道一定有人或者自动武器隐藏在暗处。事到如今，他和程婷的身份被查出只是时间问题，万一打起来他们做不到以少胜多，但如果可以利用这里的环境……

程婷早就听出对面的敌意，但现在已经无路可退，只好拖延时间，硬着头皮说："还以为地下之王文森经商多年，看人的眼光应该很准才是，没想到一上来就如此武断！"

文森道："激将法对我没用。别啰唆了，让我看看你们还有什么花样。"

程婷说："太空天梯货场有八个门，七门和八门都由南亚联邦的势力管控着，在联合政府封锁火星物资的那几年，能通过天梯往返火星的航班本来就寥寥可数。以前你们还可以通过南亚联邦的黑警，帮你们夹带私货，如今天梯重启，天梯八门的管理势力将会重新洗牌，难道你们不想知道接下来接管货场八门的联合政府官员名单吗？"

文森道："小妹妹，有点意思，看来你是有备而来。就算我想知道又如何？难道需要你来告诉我吗？"

程婷说："如果你能告诉我们锏的买家是谁，也许我们能分享一些情报信息。"

文森不屑地瞄了一眼，说道："你倒是有点胆识，但是你们根本不知道，你们要找的人，完全不是你们能接触的存在。送你们四个字：别送人头，滚！"

这时候，其中一个机器侍女弯下腰，在文森的耳边说了什么。文森听罢脸色一变。

"果然是警察！干掉他们！"文森的话音刚落，那两名机器侍女直奔两人扑来。在扑过来的同时，她们的下颌张开，露出一截枪口，能量子弹接二连三射了过来。

文森的态度变化之快，让么恒与程婷险些反应不过来，只能分别打开自己的能量护盾，不断后退。

很快，两名机械侍女欺身而至。她们的手臂分别伸出一截匕首，迎面向两人刺来。匕首每刺中一次护盾，都会爆发出一阵电弧。两人的护盾似乎受到了某种干扰，开始出现不稳定的扭曲。

"护盾挡不住了，快想办法。"么恒不由叫道。

"你先拖住一个。"程婷向身后的柱子跑去，攻击她的那名侍女立刻追了上去。

趁着被攻击的间隙，么恒收起能量盾，释放出自己的能量武器。那是一柄阔刃剑，剑身涌动着澎湃的能量。侍女再次扑了上来，么恒以剑刃抵挡侍女的匕首。侍女口中的武器蓝光一闪，面对面向么恒射击。

么恒大惊，连忙向后仰倒。侍女跃起，两把匕首从空中向下刺来。么恒只好在一瞬间，收起阔刃剑，向一边滚去。躲开侍女的攻击后，么恒立即转到另一根柱子之后，身后的能量弹也在此时打了过来，柱子应声被击碎了一块。

"蠢货，别打柱子，你们想活埋了我吗？"文森愤怒地咆哮着。

另一根柱子边，程婷在跟机械侍女游斗着。机械侍女的攻击，有不少也落在了柱子上。文森大叫之后，这名机械侍女的攻击也开始有意地避开柱子。

程婷取出那枚数据采集装置，趁机按了几下，捏在手里，然后从柱子后面闪了出来，机械侍女立刻扑了过来。这次，程婷没有再躲在柱子之后，反而迎着侍女冲了上去。眼看机械侍女的匕首要命中程婷时，她突然全身一缩，从机械侍女的腋下钻了过去，顺手将那枚装置贴在了机械侍女的后颈上。机械侍女的动作戛然而止，保持着那个姿势倒了下去。

另一边，么恒也在缠斗。他试着在机械侍女露出破绽时，一脚踹在它的腹部，可惜完全无效。特战靴踹中钢铁，甚至将自己反震了出去。侍女口中的枪口，再次对准了么恒。他反手一剑挥出，剑尖堪堪扫过枪口，能量弹也在此时射出，在与剑尖接触的瞬间发生爆炸。机械侍女上半个头颅完全被炸飞，么恒也被震飞出去。

当么恒爬起来的时候，程婷已经跑向后方的通道："快追，文森跑了！"

么恒立刻跟了上去。

8

第八章 盲市
追踪

跑入文森逃进的通道，么恒立刻拉住程婷。

"你干什么？"程婷焦急道。

么恒并未作答，捏了捏手腕上的通信器。他的手环上脱离出一架微型无人机，迅速向通道深处飞去。

随后，一个小型光幕呈现在么恒面前，么恒说："走吧。"

程婷才意识到，这是在文森的老巢，通道里说不定潜伏着什么危险，自己刚刚实在太鲁莽了。

"小心，前面有人。"么恒提醒道。

话音未落，前方密集的能量弹扫射而来。两人迅速躲进通道边缘的角落，么恒开始在光幕上连续操作。

通道另一边，七八名手持武器的人涌了进来。微型无人机悄无声息地接近，在这些人接近两人时突然移动到视线的高度。

"闭眼！"么恒喊了一声，程婷下意识地蒙上眼睛。

无人机发射闪光弹，周围突然亮起猛烈的白光。那些手持武器的人，立刻不辨方向，有人开始胡乱射击。

趁着对方失明的时机，么恒如猎豹般蹿了出去，只一刹那已经来到这些人近前。他先是跃起，用膝盖撞顶在一人胸口，那人立刻倒飞出去。落地之后，他顺势一掌切在最近一人的动脉位置。有人根据声音判断出他的位置，一拳轰来。他让过迎面而来的拳头，反身肘击，正中那人面门。"咔嚓"一声，这人鼻骨碎裂，仰面跌倒。

一人从斜刺里一脚踹来，么恒迅速起脚正蹬在那人膝盖的反关节处，又是"咔"一声，随即就是这人的惨叫。么恒进步上前，又欺近一人，借着身体的惯性一拳击中这人的咽喉。这人捂着喉咙发出"咯咯"的声音，软倒在地。

此时，剩下的两人已经恢复了视力。两人见近前有人，举枪就打。么恒避过一人的枪口，从这人的腋下钻了过去，一记炮拳，正中另一人胸口。接着他迅速转身回踢，还未踢中时，目标已经倒下了。原来，程婷已经捡起武器，一枪放倒了这人。

一瞬间击倒数人，程婷不得不对么恒的武力值刮目相看。好歹最后一个是自己打倒的，刚想炫耀一番，却发现么恒头也不回地追了上去。她只好"切"了一声，跟着追了过去。

通道尽头是一个露天的广场，这里停放着文森的飞梭。他挪动着肥胖的身躯，上气不接下气地从通道里跑了出来。还没接近飞梭，他已经开始大叫："自动武器，准备攻击。"

广场四周，立刻升起数十把自动武器，全部锁定了通道的出口。通道里，么恒的微型无人机飞了出来，密集的能量弹顷刻间打了过来。无人机上下翻飞，直接来到广场中央，悬停在文森的飞梭的上方。一枚能量弹击中了无人机，无人机爆炸前，向外扩散出一圈电磁波，所有的自动武器瞬间熄火了。

此时，文森钻进飞梭，正拼命下达着指令，可是飞梭没有任何反应，它被电磁波干扰了。

飞梭的门被么恒拉开了。

"我说！我说！你们想问什么，我全说！"文森被吓坏了，脸上的肥肉一颤一颤，惊恐地往另一边舱门缩。

程婷打开了另一边的门，文森被吓得"啊"了一声又缩了回去。

"六年前，什么人从你手里买过稀有金属：锏？"么恒问。

"大哥，六年前的事，谁还记得那么清楚啊？"文森目光闪烁。

么恒释放出阔刃剑，一剑刺穿了文森身边的座椅："是吗？"

"你让我想想，我想想。"文森看着能量剑边缘将座椅烧穿的位置，额头冒出冷汗。

"是……有人找我买过，那时候我从来没走私过这玩意儿，花了不少代价，才弄了些回来。"文森回忆道。

程婷一巴掌拍在文森脑袋上："谁问你这个了？说重点，买主是谁？"

"我哪知道是谁啊？人家给钱，我就卖了。"文森无奈道。

"把交易过程仔细讲一遍。"么恒道。

"太久了……"文森看到么恒在抽能量剑，马上接着说道，"记起来了，记起来了！我那天被一伙人绑架了，被蒙着面带到一个地方。然后他们就通知我，让我去搞锏。搞到后，他们会有人跟我交易，而且先付了一半定金。"

么恒二话不说，一剑刺在文森腿上。"啊！"文森发出杀猪般的嚎叫，"我不是说了吗？！怎么还扎我……"

"你在说谎！下一剑就不是扎腿了，你想清楚再说。"么恒冷冰冰道。

"别、别！六年前，有个叫'盖尔'的人找到了我，他说要跟我做一笔长期生意，就是让我长期供应锎给他。我派人调查他，第二天就有人在我睡觉时用枪指着我，叫我不要多事，这单生意一直持续到最近。"文森有些惧怕地看着么恒。

"然后呢？"么恒问。

"就在昨天，他派人拿了最后一批货后通知我，他已经有了免费的货源，以后不再需要我供应了！他警告我，如果泄露了关于他的任何消息，就会杀了我。"

"你们是怎么联络的？"

"都是他找我，我根本联络不到他。我知道的都说了，我可以给你们钱，很多很多钱，放了我吧……"

么恒看了看程婷，程婷摇了摇头，示意自己没什么想问的了。么恒收起能量剑，顺手用剑柄敲晕了文森。

两人向外走去。

"你是怎么知道他撒谎的？"程婷好奇地问道。

"锎这种又贵重又危险的东西，需要的人本身就不多，他又是第一次走私这种原料，怎么可能会忘？记不记得我们刚刚见到他时，他就叫人去查我们了。做走私生意的，不知对方底细，怎么敢轻易合作？有人找他购买锎，他怎么可能不去查查买家是谁？我想，可能是那个叫'盖尔'的非常狡猾，又有些势力，发现了这个胖子查他，才做出过警告。几年的合作下来，文森虽不知道盖尔是做什么的，但一定见识过他的实力，才选择为他隐瞒。"么恒道。

"我怎么觉得，你好像突然变聪明了。接下来，我们到哪儿去找这个盖尔呢？"程婷道。

"查啊，这种事还用我教你！"么恒想都没想，马上用程婷之前呛他的话还击。

"你！好，我不跟你计较。"程婷愤愤道。

9

第九章 实验惊魂

　　潘离与淮歌回到联合局，花了几小时来净化系统和准备虚拟身份，接入了暗网虚拟机。熟悉的界面出现在他们眼前，在填写完新用户信息后，再录入了指纹数据，账号终于激活了。

　　【欢迎来到"原婴猎人"，点击进入……】

　　"成功了。"潘离长出一口气，笑道。

　　"嘀——嘀——嘀——"就在此时，潘离收到了游戏内部推送的"新手任务"官方消息。他随手点开了光幕上的选项。

　　【……用户"星河"报名成功……当前等级："原婴"……新手任务：请在 1 个月内，寻找另一名"原婴"并带其到达指定坐标。"原婴"须符合以下要求：年龄 18—40 岁；有自主意识；行动自如。】

　　"这个任务有古怪！"潘离立刻意识到有问题。

　　"我来做'原婴'。"淮歌自告奋勇。

　　"不行！我需要你在外部支援。"潘离马上阻止，"而且碰过这个游戏的人是什么下场，你忘了？我怕你有去无回。"

　　"你有什么办法？总得有人去做吧？"

　　潘离沉默了一会儿，然后道："方法是有一个。我们去找一个囚犯，为他减刑，但前提是成为这个'原婴'。"

　　"这样做会不会有问题？"淮歌有些迟疑。

　　"各取所需罢了，能有什么问题？"潘离见淮歌还有些犹豫，说出了自己的理由，"和罪犯比起来，你的价值更高。万一你遇到了什么不测，谁来配合我完成任务？罪犯想要自由，就要付出相应的代价，我们可以给他这个机会，而且，参与侦破案件，为他所犯过的罪孽赎罪，这很公平。"

　　"你这么说也没错……好吧，人选我来找。"淮歌也想不出更好的法子，便同意了。

　　淮歌只用了一天的时间，就找到了一名叫宇明威的惯犯。他在近期被查出身患不治之症，除了重获自由，他还有一个要求，就是钱！他只想在还活着的日子里，能够大肆挥霍一番。

2089年·石牌桥

　　未来石牌桥：2089年，石牌桥因聚集大量的前沿科学发明、昂贵瞩目的新概念商品，而成为前途最为光辉灿烂的商业之地。

潘离对这个"原婴"很满意，立即在游戏中递交任务，没多久就收到了系统发来的信息。

【恭喜玩家"星河"！已完成招募任务，等级提升至初阶平民。】

【新任务：与"原婴"一同前往石牌村，找到指定的对接人。】

潘离感觉破案的机会来了，他立刻通知了队友淮歌，让他申请增援，同时安排无人机"逐影1号"对石牌村进行监控，然后带着宇明威出发前往石牌村。

到达石牌村后，潘离就收到一条匿名信息，还没等他确认接收，信息就自动打开了，两道光幕出现在眼前。

【113.330772｜23.133766】

潘离看出这是经纬度坐标，同时另外一面光幕显示了对接人的照片。

"嗡——"此时，在潘离和宇明威背后的不远处，一架隐身无人机在阳光下闪现了一下，继而又隐身在空气中。

在走向指定坐标的路上，潘离总感觉有人在暗中监视着他，这让他提高了警觉性。一路上他多次环顾四周，试图寻找监视他们的人，但并没有发现可疑者。

"到了。"潘离神情严肃地说道。

"别忘了，你们答应我会给钱的！"宇明威仍不忘强调。

"难道是错觉？"潘离没空搭理宇明威。他心想：或许是职业病发作了。

匿名信息提供的坐标是一家花店。进入花店，潘离警惕地观察了一下店内，并没有发现异常。对接人是个女生，看见他们进来便露出了微笑。

"我们出发吧，博士已经恭候多时。"对接人停顿了一下，继续说道，"博士不想太多人知道实验室的位置，冒犯了。"

对接人说完，潘离和宇明威侧方的空气中，出现了两架带机械臂的仿生无人机，迅速地给他们戴上了眼罩。走了大概10分钟，又左转右拐地绕了几圈，上了楼梯，又坐了电梯，潘离和宇明威蒙着眼被带到了实验室。从周围的回音判断，潘离确定他们被带到了地底下的某个地方。

"欢迎你们，这里是梦开始的地方，也是见证人类文明飞翔的地方。"眼罩取下之后，迎面而来的是一位彬彬有礼穿着白色制服的研究人员。"嗯。"潘离应了一声后观察起四周的环境。首先进入视野的是一座简陋而空旷的实验室，地上杂乱无章地摆放着各种各样的精密仪器和设备。

2091年·广州珠江新城

　　珠江新城，位于广州市天河区，是广州天河CBD的核心，同时也是中国三大CBD之一，展现了广州作为一线城市的繁华气质。这一地段聚集了众多的高楼大厦、金融机构与品牌店铺、国际大酒店等，是城市中不可忽视的地标。

实验室的正中央，"悬浮"着一台巨型量子滚筒装置。装置旁，站着一个个子不高、佝偻着身躯、身着白色实验制服的人。他的头上只有几根稀疏的白发，完全掩盖不住头皮上密密麻麻的老人斑。他那只挂着拐杖的手，如同一只枯槁的鸡爪，仿佛用尽了全身的力气，颤颤巍巍地转过了身。他，就是对接人口中的博士。

"你们谁是'原婴'？"博士看了看两人，语气平缓地问道。

尽管潘离已经做好了心理准备，他还是被那张树皮一样的老脸惊呆了。他见过八九十岁的老年人是什么状态，而面前的这人好像早已超过人类寿命的极限，那些阴森恐怖的皱纹几乎爬满了这人的每一寸皮肤。

"我、我……"看到那张吓人的脸，宇明威的声音不自主地发颤。

几位研究员立刻架起宇明威，根本不管他的呼救，直接将他带到"滚筒"下方连接着的玻璃休眠舱中固定住，然后手脚麻利地接上各种导管和数据电缆，关上了舱门。

"很抱歉，这副尊容吓到了你。其实，我只是得了一种怪病。在数年前，我的身体开始迅速衰老，目前有些器官已经衰竭了。咳、咳……"话说到一半，他已经面泛潮红，开始剧烈地咳嗽起来。他急忙将挂在肩上的一个罩子扯了出来，罩在口鼻之上急促地吸了几次。

由始至终，他都没有看宇明威一眼。气息平复之后，他继续向潘离道："自我介绍一下，我叫盖尔，这是我的助手西格玛。只要再完成两次任务，你会晋升为猎人。而成为猎人，就意味着你有机会被我选中，成为我的助手，和我一起改写人类的历史。"

西格玛走进安置宇明威的休眠舱，向其中注入了一种药剂。潘离强做镇定地问："这是在做什么？"

"那只是一种保护大脑神经效果最好、最稳定的药剂。"盖尔淡淡道，然后对西格玛下达了指令，"开始吧。"

"嗡嗡嗡——"数据端口 1 连接完成，数据端口 2 连接完成，数据端口 3 连接完成，融合完毕。量子思维读取装置开机。滚筒迅速转动，似乎在抓取、扫描和记录着宇明威的一切。

盖尔博士和西格玛满怀希望地注视着面前的光幕数据。但随着实验的进行，宇明威的表现开始出现异常，他在休眠舱中痛苦地喊叫着。

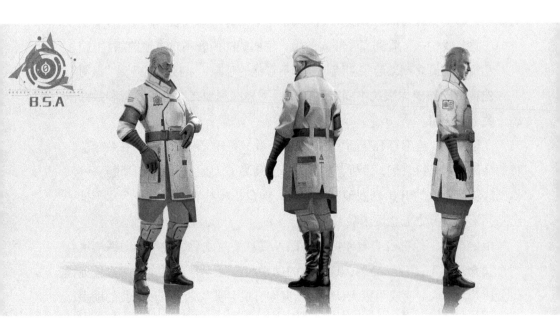

B.S.A

破桩联盟·盖尔博士

　　盖尔博士是脑科学领域的专家，掌握着时空穿隧的部分关键技术。盖尔习惯使用阴险的手段，他加入"破桩联盟"，并竭力隐藏着自己不可告人的目的。

【警告！目标心率过速，达到每分钟 190 次。】

【警告！目标心脏供血快速减少！】

宇明威四肢失控了，他开始疯狂扭曲、挣扎。

"博士，这样下去，'原婴'估计撑不到脑功能第一、二层的感官体、记忆体量子化完成。"西格玛小声说道。

"给他注射'二氮䓬'镇静剂。加大剂量，我的时间不多了！"盖尔博士似乎早已料到宇明威的状况。

西格玛眼疾手快地往休眠舱注入镇静剂，宇明威进入深层睡眠状态。他的生理信号逐渐恢复正常。

"博士，你看这里，他的脑电图呈现出低频、高振幅的慢波活动，这是……"西格玛察觉到了问题，这是之前没有遇到过的。

深度睡眠？……这难道是'邻咯啡格'与'二氮䓬'发生了高分子化学反应？等会抽取他的血液，进行详细的分析，看看有没有在体内生成新的化合物。"盖尔博士冷静地分析着。

"'原婴'的思维数字化曲线暂停了，博士！"一位研究员惊讶地喊道。

"生理信号怎样？"西格玛紧张地问道。

"生理信号正常，这到底是怎么回事？"另一位研究员反问道。

"难道又要以失败告终吗……"西格玛开始表现得有点失落。

大家都面面相觑，以为这次实验又要失败了，盖尔博士却一如既往地平静。

【嘀——嘀嘀——嘀——嘀嘀——】

"系统显示'原婴'脑组织内血流、血容量和血氧饱和度都在不断上升。"

"博士，思维数字化曲线还在提高。"

"生理信号一切正常。"

数据端口 1、2、3 连接正常。数据信号稳定。……

宇明威迷迷糊糊地睁开眼，看到身边有人，立刻问道："你们答应给我的钱呢？"

对方迅速跳到一边："什么钱？想碰瓷啊你！来人啊，报警。这个人要碰瓷，快来人啊……"

这番话让宇明威惊醒了，他撒腿就跑。他一边跑一边揉眼睛，认真地看了看四周。眼前的景象让宇明威感到震惊，他来到了一个完全不认识的城市。

法式建筑沿江一线排开，后面是星星点点正在建造的高层建筑，江的对面，一片正在建设的高楼高耸入云。这是一片中西建筑文化的汇聚地，法国梧桐掩映，欧陆建筑栉比，海派商业气息浓厚。古典建筑背后有鳞次栉比的高层建筑脚手架。形成强烈新旧对比，让宇明威感到一个时代的脉搏在偾张，一个大世界一个大时代的历史车轮在隆隆前行。

宇明威跑到路边的一家报刊亭，拿起一份《新民晚报》，随即惊讶地发现，日期栏写着的是 1990 年 7 月 8 日。宇明威颤颤微微地嘀咕道："这是实验成功了吗？我怎么可以跑那么快？我这衣服？"

老板却一脸疑惑地看着宇明威："小伙子，你在说啥？什么实验？我看你倒是像'死眼'——死鱼眼！长得来七歪八畸！"

这一番话让宇明威惊醒了，他放下报纸，问道："老板您好，有没有镜子借我用用？"

老板眼珠斜了一下："呐！"

宇明威到报摊侧面小格子架上，拿起这小镜子看了看自己，眼前的人让宇明威感到震惊，他看到了一个他完全不认识的自己：瘦削的国字脸，高鼻梁，中等身材；的确良衬衫，蓝色的裤子，一双擦得乌黑锃亮的皮鞋。身体感觉不到任何虚弱，腹部和背部的严重疼痛感完全消失，他感到自己充满了能量。

"谢谢。"宇明威放下镜子后，转身闭上眼睛，微微往前张开双臂，阳光透过树叶斑驳地洒在他的脸上。他感到一种全身心的自由，猛吸着这陌生城市的新鲜空气。这似乎给予了他无穷的力量。

"哗——"一个车辆急刹的声音在宇明威耳边回响。

"寻西啊，眼乌子黑特啦！"车里的司机骂骂咧咧道。

宇明威吓了一跳，身体很敏捷地缩了回来，他再次睁开眼睛看着四周，视线流连于这个陌生的城市，看着不是自己周围的环境，像是几十年前的老电影。

"博士，'原婴'的脑功能大脑第一、二、三层的感官体、记忆体、控制体稳定传输中，三条数据链数据波稳定！"地面上的研究员表现得异常兴奋。

宇明威，仿佛化成一粒星火，在四维空间中，让人类科技文明在时空宇宙中第一次闪耀。同时实验室的研究人员们雀跃欢呼，似乎在讨论、庆祝着"人类科技发展""重大突破"等内容。

这一切，到底是怎么回事？潘离意识到，面前发生的是一件有可能载入历史的大事件。

10

第十章 无路
可逃

实验室沉浸在一片欢呼声中时，盖尔面前的光幕中突然跳出一行文字：提供原婴的是联合特警，他下意识地看向潘离。

盖尔的神情，让潘离立刻意识到：被发现了！他毫不犹豫向实验室的入口跑去，在身边的研究人员还没反应过来的时候，潘离已经钻进了通道。

"干掉他！别让他跑了！"盖尔大叫着，数架无人机立刻追了上去，外围的几名安保人员迅速跟上。

看着潘离逃走的方向，他对西格玛吩咐道："安排撤离，毁掉所有数据。"

"样本呢？"西格玛问。

"全部销毁。"盖尔冷漠道。

通道中，潘离全速狂奔。背后突然传来微弱的"嗞——"的一声，通信器镜面反射出一团光影，是射向他的一枚能量弹。潘离迅速向前鱼跃扑向地面，翻滚起身后立刻扯下了自己的上衣。

仿生无人机的射击装置泛起电弧，它在聚集能量。潘离用力将衣服往身后一甩，衣服将无人机罩了起来。

"嗞——嗞——"另外两架无人机升了起来，对准潘离又是各一发能量弹。危急时刻，潘离激活了战靴跟部的动力喷射装置，随着一阵"嘶"的声响，一股强劲的气浪从靴跟处向外扩散开来。借助喷射装置的冲力，他如弹簧一般向侧方弹射出去，堪堪避过两枚能量弹。

下一刻，只感觉一股灼热伴随着刺耳的尖鸣从脸侧一掠而过，无人机的能量弹击中了他刚才所站的位置，溅射出无数淡蓝色的电弧。

"逃！"潘离心里想着。他赶在仿生无人机进行第二轮射击前，迅速钻进了身旁的通道。数架仿生无人机如影随形，追了进去。

潘离很清楚，如果想逃出去，必须到地面与搭档准歌会合。通道的尽头就是通风井，他毫不犹豫钻了进去。抓着井壁的悬梯，他将靴底贴在墙面上，接着对手腕上的通信器小声说道："安装震爆弹。"当他抬起脚时，鞋底脱落了一小块圆形金属，贴在井壁上。

那两架无人机很快就从入口处钻了进来。潘离迅速向上蹿去，同时凑近通信器，轻轻喊了一声："爆"，"轰隆"一声，井壁下方崩塌，将两架无人机掩埋起来。潘离向上爬了大概 10 多米，通道改变了方向。继续往上爬，到达通风井出口时，环顾四周，他发现这里似乎是废弃的实验区，有着数间大大小小的储物室。室内散落着一些纸张和老旧设备，柜子里还有一些试剂瓶子。

"没想到在实验室的下面，还有一个这样的地方，这里应该会有通往外面的出口。"潘离心想，接着又试了试激活通信装置。

"嗞嗞嗞……"无线通信依然受到强烈干扰。潘离心里忐忑不安，但他知道这地方是他逃生的唯一希望，哪怕逃不出去，也要尝试恢复通信让淮歌知道情况。

终于，通信器里传来淮歌断断续续的声音："潘……是……吗？……到吗？"

"锁定我的方位，给我逃生路线。"潘离快速简洁地重复两遍。

此时，潘离隐约听到不远处传来"嘀嗒嘀嗒"的脚步声，还没等淮歌回复，他收回通信器，急忙寻找可以隐匿的地方。他靠在了暗影处的一面隔墙后面，将耳朵紧贴墙壁，试图通过脚步声判断对方的距离。

通信器震动了一下，是淮歌发来的下水道全息平面图，其中分别用黄圈和红星标记了潘离现处的位置和逃生出口的位置。

"左通道 1，安全。"

"左通道 2，安全。"

"右通道 1，安全。"

盖尔的武装小队正在对下水道的每片区域进行排查。听到外面的动静，潘离又快速回到了先前的废弃实验区和储物室，他记得有硝酸钾，还有被遗弃的一盒水果糖，只要混合这两样东西，他就能造出烟雾剂，掩护自己逃脱。

"希望那盒糖里还有剩余吧！"潘离暗自祈祷。

很幸运，糖果还有两粒，他将糖果直接塞进装硝酸钾的瓶子中，接着将腰带脱了下来缠在拳头上，回到刚刚隐匿的隔墙位置。

时间一秒一秒过去，敌方的脚步声越来越近。

"1、2、3、4……"潘离聚精会神，计算着敌人的数目。

他深呼吸了一口气，微微弯曲膝盖，将烟雾剂瓶子朝斜上方扔了出去，人也如一只猎豹从下方冲了出去。

武装小队突然看到前方出现飞行物，立刻开枪射击，子弹摩擦产生的高温引燃了瓶中的烟雾剂，大量浓烈的烟雾四散开来。敌人还未反应，潘离已经到了近前。

潘离的反关节技一向是警队中最强的，只要抓住对方手腕，基本没人能逃脱。这人手腕被抓，还没来得及反应，只觉膝关节一阵剧痛，接着颈部咔嚓一声就失去了知觉。

潘离的动作很是刚猛，第二名武装队员伸手欲挡，却被他一把抓住胸前衣襟，跟着被摔翻在地，潘离趁势夺过对方手上的电击枪。

"砰砰"两声枪响，电击弹几乎同时打在另外两名武装队员的身上，巨大的电流将他们电得瘫倒在地。

瞬间击倒了4个武装人员后，潘离马不停蹄地跑向标记点的出口处。终于，前方拐角处出现了一丝亮光，那就是通往地面出口的通道，然而在这时，他感到背后一阵寒气袭来。

他下意识地回头，看到了另一队武装人员正在逼近。

"砰砰砰！"

潘离前方的地面和墙壁被扫出了一排窟窿，完全封死了他逃跑的路线。观察四周后，他知道这回确实无处可躲，心中顿时绝望。

"潘离，闭眼！"淮歌的声音传来，同时一枚闪光弹撞击在身边的墙上。通过墙壁的反弹，闪光弹精准落在潘离前方的地面，"嗡"的一声引爆了，发出剧烈的强光。在闪光弹爆破的同一时间，潘离立刻用手遮住眼睛，凭感觉向声音传来的方向奔去。

"闪光弹！"一名武装人员大喊着通报，同一时间所有人将手挡在眼前，但已经来不及了。领头的人却根本没动，因为早在淮歌扔出闪光弹前，他就已经出现在热成像扫描范围内。在闪光弹爆炸之前，他的护目镜已经自动开启了防御装置，过滤了强光。

潘离钻进入口时，淮歌闪出通道开枪掩护。"砰"枪声响起，倒下的却是淮歌。那是一枚高爆手枪的子弹，弹头会在身体内迅速爆破，将周围的组织炸成一团烂肉！

"淮歌！"潘离大喊道。

话音刚落，又传来一阵枪声。"砰砰砰……"柱子上被炸起无数碎石，淮歌的身体也再次被击中。潘离避过碎石，弓起身子准备伸手将淮歌拉进通道，但手掌刚伸出柱子，又是几颗子弹打来，他只能将手缩了回来。此时的淮歌，胃部被高爆子弹击碎，嘴角已经开始渗血。他从怀里摸出一枚高爆手雷，对着潘离艰难地笑了笑。

"快……走……！"随着他的话音落下，手雷上的启动装置也被打开了。

潘离躲到了一侧。他知道，淮歌很清楚自己活不成了，要在最后时刻掩护他逃走。看了看另一边的通道，再转头看了看淮歌，潘离闪身向通道蹿去。一阵密集的子弹再次射来，击中了通道旁的墙壁。

"追！别让他跑了！"领头的怒吼着。

潘离的身后传来"轰"的一声巨响，一团火雾喷涌进来，随后，他身后的通道被震塌了。

第十一章

11

夷为
平地

生物岛，在很多年前曾经是一片融合了生态保护与尖端研究的区域。后来，它由于自然环境的稀缺性而被富人阶级看中，经过一点点的收购与改造之后，成为许多居住在云端之上的大人物的私人领地。各种科研机构与各种天马行空的私人建筑物交相辉映，几乎所有的区域都建成了不同未来风格的园林建筑。这里的每一处园林或者领地，没有主人的邀请都是不能进入的。虽然看起来郁郁葱葱恬适静谧，可其中处处都隐藏着最顶尖的人工智能安保设施。

查到盖尔这个名字后，么恒与程婷进行了大量的资料搜索。两人发现，盖尔曾经是与黑袍研究院的首席李仲儒齐名的科学家。六年前，他所进行的大脑思维量子化、数字化人脑等等一系列实验，因违反了《联合政府禁止数字脑法案》，遭到了黑袍研究院的驱逐。从那之后，盖尔就销声匿迹了。

在查询盖尔名下的机构时，程婷发现，盖尔曾经以数个空壳机构关联的方式，掌控着多座大型实验室，其中条件最好的实验室就在生物岛，而且它在一年前有过维修与重建的纪录。

么恒的警用飞梭就在生物岛边缘地带盘旋，么恒试图在视野范围内寻找可疑的建筑。

"你确定是这里？"么恒有些怀疑，毕竟，这里看着更像一座超大型的现代园林。

"不会错的，那种实验室多半会建设在地下。"程婷非常肯定。她突然指着前方大叫道："快看，那是什么？"

只见程婷所指的方向，飘浮起一架三角形的飞梭，这是么恒从未见过的飞梭型号。通体漆黑如墨，表面似乎被一层流动的金属覆盖，外层没有任何标识。它似乎完全不受重力影响，飘浮的姿态极其轻盈，更看不出是以何种动力支持。在升到一定高度后，这艘飞梭竟然缓缓变得透明，它就这样在么恒眼前消失了。突然，原本飞梭应该在的位置，爆发出一团波动的能量，空气产生了扭曲，接着就是传到么恒耳中的声爆。

"Limi，那架飞梭有没有备案？注册 ID 是什么？"么恒预感不妙。

"未知飞梭，无法查询。"么恒的人工智能助手回答道。

"过去看看！快！"他一边下达指令，一边死死盯着飞梭升起的地方。警用飞梭立刻冲向目的地。快要接近时，"轰！"巨大的一声闷响从地底传来。接着，由那架神秘飞梭起飞的地面，释放出一股极其巨大的能量。随着能量向四周扩散，整个地面先是震动，跟着马上向下坍塌。

么恒见状，立刻大喊："后退，快！"

飞梭迅速向后退去，程婷紧张地抓住座椅，脸色苍白。

由中心点坍塌处震荡开来的能量，裹挟着泥土、碎石、墙体、树木呼啸而来，很快吞没了急速后退的飞梭。

被淹没的飞梭完全摆脱不了这股巨大的能量。一面巨大的墙体直接击中了飞梭尾部，飞梭立刻失控，在烟尘与碎石中胡乱盘旋。碎石不断击打在舱体外的高强度护罩上，护罩很快出现了无数裂纹。就在护罩完全被一块巨石击碎之后，那股巨大的冲击波也终于耗尽，飞梭掉落在地面，颠簸着向前滑行。么恒死死抓着座椅扶手，程婷只觉得五脏六腑都要被颠出来了。

终于，飞梭停了下来。如果不是被安全锁固定在座椅上，两人早就不知道骨折多少处了。正在两人暗自庆幸，准备解开安全锁时，一截足有大腿粗的树干直接朝程婷飞了过来，程婷彻底被吓呆了。

"Limi！"

程婷只听到么恒大喝一声，跟着自己就飞了起来。原来，么恒在一瞬间命令人工智能解开了安全锁，奋力将她朝自己扯了过来。

那根粗大的树干擦过程婷的身体，瞬间插进了她刚刚坐的位置。空中不再有泥土砖石落下，看着就在自己身旁的树干，想到自己刚刚就坐在那里，程婷不由得一阵后怕。

确认周围安全后，程婷准备起身，才惊觉自己竟然趴在么恒身上。

"啊！"程婷像只受惊的猫儿般弹了起来。

"唔！"么恒发出一声痛苦的闷哼。

她回头一看，么恒正捂着裆部，疼得面容扭曲。原来，她慌乱之中推开么恒时，手肘击中了么恒的裆部。

她正准备说点什么掩饰尴尬，这时在半空中，一架架警用飞梭呼啸而过，直奔爆炸的中心点而去。么恒急忙跳出飞梭，用力拍了拍自己的脸，尽力维持清醒，也向着那边跑去。程婷想了想，也追了上去。

　　那艘神秘飞梭起飞的时候，潘离刚从下水道逃到地面。他目睹了那艘飞梭的消失，但根本来不及思考，只能转身继续逃。还没跑出多远，脚下已经感应到由地下传来的震荡波。他意识到，在他发现地下的实验后，对方一定引发了某种爆炸，试图毁灭下面的一切痕迹。

　　处在离爆炸中心这么近的位置，潘离觉得这可能是自己这辈子离死亡最近的时候。他毫不犹豫启动了战靴上的助力装置向前蹿去。当身后那股庞大的能量袭来时，他根本没向后看，全凭感觉跳进最近的一处排水渠，蜷缩了进去。震荡波过后，一阵剧痛由胳膊上传来。他发现，自己的大臂已经被石板上伸出的两股钢筋刺穿了，从骨头碎裂的声音和疼痛的程度判断，其中一截钢筋应该穿透了大臂的骨头。

　　还没来得及将受伤的手臂拔出，地面迅速开始塌陷，地表园林植被与泥土立刻崩塌，那块排水渠上的石板也带着潘离向下坠去。

　　刚刚的加速奔逃，已经让潘离接近塌陷区域的边缘，这里正是实验室的内墙顶端。他来不及细想，立刻用那只没受伤的手抓住墙壁上的裂缝，另一只手臂上的那块石板在空中一滞，随后向下坠去。“啊——”潘离发出撕心裂肺的吼声，那截手臂被坠落的石板撕裂，随着石板落了下去。豆大的汗珠从他的额头冒了出来，他只能贴紧地下空间的边缘，躲避着上方落下来的碎石和泥土。

　　坍塌终于结束了，大臂处的剧痛让潘离浑身都在颤抖。幸好通信器在这只完好的手臂上。他再次开启了战靴上的助力装置，利用一只手臂和战靴的推力，一点点地向上攀爬。

　　此时的潘离正在不断出血，体温开始下降，意识开始模糊。最终，当潘离费尽力气从边缘爬出时，他看到了雷震霆和几名全副武装的特警。他们几乎是在他爬出来的一瞬间用枪指向了他，随后又迅速放下。

　　“叫急救小队过来，快点！带他回总部医院，做好保密工作。”雷震霆压低声音，用严肃的语气命令道。这几位都是和雷震霆搭档多年的同僚，配合默契。接着，雷震霆打开通信设备高声道：“所有人，警戒解除。禁止向外透露任何消息，收队。”

　　这是潘离昏迷前听到的最后一句话。

　　直到所有人离开，周围重回寂静，只余一地的爆炸废墟。不远处的树冠里跳下来两个人，是么恒和程婷，他们从特警小队到来开始，一直躲在这里，谁也没敢发出声音。两人落地后面面相觑，心中都有了一丝不祥的预感。

联合政府·雷震霆

　　联合特警雷震霆，武力高强，资历丰富，是联合特警局一名队长，深得队员和上司信赖。面对"破桩联盟"的计划，不同于穿隧作战的时空特警，他在2098年的地球有另外的任务。

第十二章 时空特警

"各位媒体朋友，大家晚上好。首先，我对昨天生物岛发生的意外深表遗憾！调查结果显示，此次意外系一公司违规进行非法实验导致，相关责任人已被控制。经相关机构勘查，该地区无任何化学污染物及放射性物质，请广大民众不必恐慌。下面，请媒体朋友们开始提问，我会一一作答……"

"我是××平台的记者，请问……"

"请问……"

…………

闹市街角的露天咖啡店，么恒与程婷目不转睛地看着对面的大屏幕。发言人并未提及任何责任人的身份等相关信息，更是对爆炸事件背后的意识盗取案件只字未提。面对汹涌而来的各种提问，答案是千篇一律的，除了"尚在调查中"，就是"不会对市民造成危害"。

已经二十四小时了，潘离就像人间蒸发了一般，让么恒忧心忡忡。一方面，他担心潘离的身体状况，另一方面，雷震霆带走潘离时的异常，又让他心生警惕，他根本不敢把查到了盖尔博士的事情上报。另外一边，程婷却是无比兴奋，像是一只闻到鱼腥味的猫，一大早就把么恒抓到了这里。

"喂，我感觉咱俩要立大功了！惊天大案啊！"说这句话的时候，程婷的眼睛也像猫眼一样闪闪发亮。

么恒眉头紧锁："我警告你，最好别胡来。联合局选择保密，一定是有原因的。"

"有什么原因？有保护伞想脱身呗。这么明显的事还看不出来？要是咱俩能把主谋抓住，再把保护伞揪出来……"

么恒被烦得不行："停停停，你最好打住。这事要是有你想得那么简单就好了。"

"你有什么情报？"程婷立刻把耳朵凑过来。

么恒观察周围，确认没人偷听才对程婷小声说道："昨天我准备去找刘局，没想到在门口就听见办公室里的动静了。刘局和薇拉好像在挨上面的骂，一直被骂到半夜。我等了几小时，最后看到他们出来的时候脸黑得吓人。趁着没人，我试着问了一下：潘离联系不上，是不是出事了？你知道刘局是怎么说的吗？"

"怎么说？"程婷边听边咕嘟咕嘟地喝着海藻奶茶。

"潘离犯了严重错误，被联合特警局除名了——"

"咳、咳……"程婷差点被呛到，"什、什么？他可是受了重伤被带走的，没有功劳也有苦劳吧？"

"总之，刚才的新闻你也看了，联合局十有八九是要掩盖这件事，你最好别乱来。你给我听好，这件事牵扯到我妹妹的案子，要是影响我调查，我跟你没完！"么恒压低声音，咬牙切齿道。

"行吧，不查就不查。你放心，我不是那种为了立功什么都不管的人。"程婷保证，紧接着眼珠滴溜一转，"不过，有个条件。"

么恒叹气："你又想怎样……"

"调查么兰的事，必须带上我。"

"可以！"么恒想了想道，"不过一切要听我的。"

"成交！"

程婷话音刚落，二人的通信器里同时闪烁起红色的文字提示：紧急召回！

二人对视了一眼，从对方的眼神里都看出了惊讶和疑惑。

回到总部，红标会议室里已经有人先到了。这是极高级别的会议室，两人都是第一次来这里开会，不由得对这个地方有些好奇。房间不大，但墙壁都有着厚厚的隔音材料。天花板中间有盏梨形吊灯，灯罩旁边好像暗藏着红外、紫外摄像头，各种短波雷达，以及各种干扰器。

进入房间的一瞬间，么恒的耳麦发出"嗡——吱——"由低频到高频的巨响，他只能赶紧把它摘下。程婷拿下耳麦对么恒说："全波段阵列式干扰，把设备都关了。"么恒打开自己的 MR[①] 设备一看，果然都是雪花粒状干扰。

么恒发现这次被召回的只有五个人，他、程婷，还有另外的两男一女。大家似乎都来自不同的小队，偶尔打过照面，但从不知道彼此的姓名。很快，会议室的门开了，进来的正是局长刘伟文，几人急忙起立敬礼。

---

① MR 是指通过头戴设备将虚拟元素与现实世界很好地融合在一起，在现实世界看到虚拟物件，视觉增强。

"都坐下吧。"刘伟文坐下后，扫视了众人一眼，"能出现在这里，说明你们是联合局严格筛选出来的精英，现在你们要进行一个选择：是否加入一个全新的部门。"

么恒讶异地看了看程婷，刚好对上程婷的目光。两人都从对方的神态中看出了诧异，似乎都在为对方被认定为精英而惊讶。

"这个部门与之前你们所熟悉的一切大不相同，等待你们的将会是各种困难和挑战。如果不想加入，可以转身离开房间，回到原来的岗位。决定权在你们手上，你们有三十秒的时间考虑。"说完，刘伟文把跳动的计时器摆在桌面上。

计时器嘀嗒嘀嗒地响着，么恒突然想到自己的妹妹，心里不由得有些犹豫。他用余光瞄了一眼周围，发现大家都纹丝不动。么恒的目光又停留在对面一个巨汉的脸上，他们目光交汇时，巨汉突然露齿一笑，让么恒哭笑不得。

而程婷，么恒发现她不仅一点儿要离开的意思也没有，反而还用一种兴奋的目光盯着计时器。么恒心想，这女人今天才刚说完"么兰的事得带上我"，要是她到新部门以后乱来怎么办，他是不是盯紧点比较好……

三十秒过去，无人离席。

"很好，你们和我预想的一样，是最勇敢的战士。新部门是时空管理局，今后，你们的身份就是时空特警。这个身份必须绝对保密，所执行的一切任务，都是联合政府的最高机密，不允许向任何人透露！"刘伟文的语气丝毫不容置疑。

"唐安迪"，刘伟文的声音传来。

"到。"金色头发的清瘦男子立即起身。

"我任命你为时空特警第一小队队长，所有事务可以直接向我汇报。在座的是你的队员，每一位都拥有自己的专长。会后，你们可以互相熟悉一下。"

"我要提醒诸位的是，时空管理局刚刚成立，目前时空特警只有你们五个人。接下来，你们将进行为期两周的封闭式训练，适应今后的任务需要。"刘伟文不再说话，等待众人提问。

"请问时空管理局成立的目的是？"程婷问道。

"时空管理局，旨在阻止新时空的诞生。不久之前，暗网中出现了一个叫作'破桩联盟'的组织。该组织提出了一个新的概念——时间桩，意思是能够决定历史走向的重要时间节点。从'破桩'二字也能看出，他们主张破坏这些节点，诞生新的时空。"

"阻止时空诞生？我们还有这技术？"说话的是那名对着么恒微笑的巨汉。他身高足有两米，紧身的作战服根本掩盖不了那一身健硕的肌肉，连说话的声音都是瓮声瓮气的。

"我们有专门的技术团队负责此事，你们需要做的就是尽快完成适应训练，做好时间穿隧的准备。明天一早，在地下三百层集合。"说完，刘伟文头也不回地走了，只留下在座五人面面相觑。

半晌之后，众人还没从刚刚听到的事情中回过神来，什么时空诞生，什么穿隧，以往只属于科幻的这些概念，现在居然成为他们的工作内容！这和他们原来所认知的世界跨度不是一般的大！

唐安迪率先出声了："各位，虽然我被任命为队长，但事先也没得到过任何消息！我想，咱们还是互相介绍一下，毕竟以后就是同事了。"

么恒和程婷这才知道其他三人的来历：

队长唐安迪，中美混血，文武双精，记忆力异于常人，从小痴迷计算机学和人工智能学，20岁就获得计算机博士学位，曾是联合中央情报局的王牌特工。同时，唐安迪还是为数不多的在目前人类世界最伟大的科学机构——黑袍研究院学习过的人之一，也曾是负责调查"数字脑"绝密任务的特警之一。他是被局长刘伟文强烈要求调来的。

大个子叫王翔，联合特警出身，一身力量惊人。技术团队曾经专门为其开发出一套强力防御装备，专门负责那些强行突破、冲锋类型的任务。

安静的女孩，名叫鲁霞秋。别看身体瘦小，却也是名格斗高手，尤其擅长技巧型的近身短打功夫。这姑娘最大的爱好竟然是魔术和研究传统的千术、盗术等等冷门的东西，也是特警队执行某些特殊任务时的不二人选。而值得注意的是，鲁霞秋曾进行过长期的冥想修行，这或许将有助于长期的意识穿隧。

而程婷，么恒赫然发现，这女人竟然是天才少女！只要是她愿意接触的学科，她都会成为该领域的佼佼者，而且毫不费力。她自称十二岁的时候迷上了黑客技术，只用了半年，就把联合政府的各种系统走了个遍。这让么恒不禁觉得：难怪她想找危险的事参与，这是典型的活得太轻松了，给自己找刺激呢！

13

第十三章 蒙冤
饮恨

潘离醒来时，发现自己已经在病床上。他下意识地支撑着身体翻身下床，手臂的位置却空荡荡的。等反应过来时，身体已经跌到了地上。

躺在地板上，他看了看那截手臂，如今只剩下空荡荡的衣袖。伤口并不疼痛，应该已经被纳米生物技术修复处理过，断口位置已经完全愈合。他尝试着动了动，好在那截手臂还受自己控制，将来可以安装义体。

偌大的病房里只有一张病床，隔音材料构成的墙壁上没有任何窗户。他认识这里，这是联合局的附属医院中专门用于机密案件的单人病房。

病房的门开了，一名联合特警走了进来。"刘局长请您现在参加一场内部听证会。"这名特警说道。

特警递给潘离一个黑色的手提箱后便离去了。潘离打开箱子，里面是一套便携的 VR 通信模组。潘离单手和牙齿并用，穿戴好整套模组——头戴、腰束和单只手套，打开通信开关。

昏暗且空无一物的空间里出现了一个人影，那是局长刘伟文。

"刘局！"

潘离习惯性地想敬礼，手却纹丝不动——然后想起那只断手无法戴传感手套。

"坐下吧。"刘伟文摆摆手，表示理解。

潘离急切道："刘局，意识丢失的案子已经有了眉目，我有许多内容需要向您汇报……"

刘伟文打断了潘离的话："我是来通知你两件事的，你先听好。"

沉默了片刻，刘伟文道："第一，联合特警局成立了新的部门——时空管理局，专门负责扰乱时空秩序的案件。从身体与意识的各项指标来看，你是最适合成为时空特警的人选之一。"

"意识丢失的案子呢？我能不能先把这件案子办完？"

"这是另外一件事情，也是这次内部听证会的主题。"

说完，灯光突然变得刺眼。潘离发现自己正身处一个圆形的阶梯室，他坐在阶梯的最低处，也是整个房间的中央。在潘离的对面，分别是联合局的局长刘伟文、潘离的直属上司薇拉和在生物岛救他离开的雷震霆。

在三人身后更远、更高的台阶上，坐着十几位不同部门的官员。他们居高临下地审视着潘离，有些人看起来对他不屑一顾，有些人则有些愤怒，也有的是一副看戏的表情，还有一些人是科技伦理委员会的学者，他们的表情则十分严肃。

坐在官员席中间的人物潘离有印象，是联合政府的秘书长约翰、副秘书长希尔特！潘离心中暗惊，这件事居然惊动了这两位大人物！

"关于联合特警潘离涉嫌参与非法意识提取实验的听证会，现在开始。"一名官员起身说道。

"非法实验？我没有！"

"肃静！联合特警潘离，现在还没有轮到你发言。"这位官员淡淡说道。

"联合特警雷震霆，请说明你当日看到的情况。"

雷震霆站了起来。见是雷震霆，潘离心里也放心了些，他相信雷震霆总不会害自己。

雷震霆看了一眼台阶上的大人物们，又看了一眼潘离，然后缓缓说道："当日，联合局收到生物岛爆炸的消息后赶往现场调查，发现爆炸中心是一座高层建筑，当时已被炸成废墟。我在建筑废墟中发现身受重伤的潘离，并命令急救小队对他实施救援，随后将潘离送院治疗。"

雷震霆的描述符合他看到的实际情况，潘离听了也并没有找到不合理的地方。但，问题就出在这里。

"你是说，潘离是在建筑废墟中被发现的，对吗？"

"是，是的。"雷震霆道。

"那就说明，在爆炸发生时，潘离正位于这座地下建筑。"

官员随后一挥手，众人的 VR 视野面前都出现了一份文件。

"这是爆炸事件后，联合特警局对该地下建筑的调查报告。报告显示，在对该建筑进行元素分析检测后，发现了极微量的稀有元素：锏！科技伦理委员会的王鑫教授，麻烦你说明一下锏元素的应用。"

台阶一侧，王鑫教授站起来说道："锏是一种在地球上极为罕有、需要从火星开采的稀有元素，其应用场景不多，目前有望用于量子存储设备，或者是……用于意识提取的硬件设备。但这只是理论层面的。"

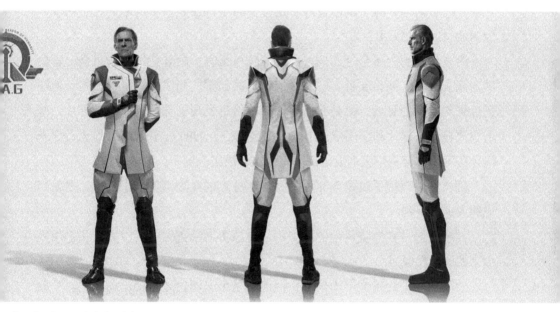

合政府·希尔特

作为联合政府副秘书长，希尔特同样是精通权谋之术的大政治家，拥有
无法想象的野心。他所掌握的真正力量，是常人无法触碰的隐秘。

"也就是说，这座地下建筑曾进行非法意识提取实验的可能性很高，对吗？"

"是的。"

"如大家所听到的，这座地下建筑疑似是非法意识提取实验的场所。联合特警潘离，当天你到这个地方有何目的？"

潘离努力压抑自己的愤怒："我就是去查意识丢失案件的。"

"当天你去查案，是和同事淮歌一起的，对吗？"

"是的。"

"那么请问，除了淮歌以外，还有一名本该在监狱服刑的囚犯宇明威，为何他也出现在那里？"

潘离没想到官员会这么问，一时间哑口无言。趁着他沉默的机会，官员又向众人展示了两份文件："这是宇明威的档案，档案里写得很清楚，他还远远未到出狱的日期。但是我们在地下建筑里发现了部分人体组织碎片，基因检测显示，碎片和宇明威的 DNA 吻合度为 99.999%。联合特警潘离，你未经合法手续，带一个服刑期内的囚犯前往非法实验场所，目的何在？！"

阶梯室内出现了议论声。潘离觉得所有人的目光都像刀子一样，把他当成罪人那样审判。

"宇明威是在知晓风险的前提下，自愿协助我查案的。"潘离几乎用吼出来的语气反驳道。

"潘离的做法确实不太妥当，但他也是为了调查才不得已而为之。"薇拉站起来为他说话，"下属的错误应该由我这个直属上司来承担——"

"你的责任，我们后续会追究。"官员瞥了一眼薇拉，"现在没有你说话的份儿！"

"联合特警潘离，我就问一句：这个做法，符合规定吗？"官员不紧不慢道。

潘离怒瞪着质问他的官员，片刻后竟发出嗤笑声。

"是是是，你们这些十指不沾阳春水的大人物说什么都对！"潘离冷笑道，"查案的是我们这些基层特警，冒着生死风险的是我们，背锅的也是我们！你们只需要动动嘴下达任务，没事挑挑刺强调狗屁规定就行了！"

"注意你的言辞，潘离！"官员呵斥道。

"任何案子在你们眼里就是几行字，那么多人命对你们来说就是数字。可对我来说，这是我花了五年心血的案子。受害者还在昏迷你们不关心，淮歌死了你们毫不关心，宇明威没了命你们只关心有没有违反规定！"

"潘离！"刘伟文赶紧对他使眼色，示意他不要再说了。

"联合特警潘离，即日起暂停职务。"官员冷冷道，"另外，从今以后禁止任何人调查意识丢失案件。"

14

第十四章 劫影
重重

听到禁止调查，潘离顿时僵住了："禁止，禁止是什么意思……以后都不查了？那，那些受害者怎么办？！他们的家属怎么办？！"

台上的所有官员都懒得再看他一眼。刘伟文脸色阴沉，薇拉则看起来十分自责。至于一直在场的约翰和希尔特，也就是联合政府的秘书长和副秘书长，他们从头到尾一句话都没有说。

"这已经和你无关了，听证会到此结束。"官员淡淡道。

潘离怒吼："你们不能这样！为什么要停止调查？联合政府到底是想隐瞒什么——"

但是，他的怒吼已经无法再传达到其他人耳边了。随着视野突然变黑，潘离听到自己的心脏激烈搏动，呼吸粗重急促——VR会议结束了。他回到了现实。

手腕的通信器亮了一下，是刘伟文的信息："时空特警的位置，我会给你留着。"可是，这有什么意义吗？脑中冒出了这句话后，潘离颓然坐下，仰面倒在病床上。

望着房顶，他突然有些迷茫。这些年来为了不同的案件殚精竭虑，他已经记不清自己有多少次命悬一线。当初他唯一的目的就是匡扶正义，亲手将罪犯捉拿归案，从没想过其他。

他很拼命，很多特警私下偷偷叫他"拼命三郎"。记得有一次他破了一桩大案，庆功宴上大家都喝多了。不知是谁叫嚣着：大家脱了衣服数数伤疤！他身上大大小小一百零七处，有几处还是贯穿伤，能活下来也算命大。有几个新人，下巴都要惊掉了。

可如今，这一切的努力已经变成了笑话，那一句"禁止调查"让这些伤疤全部失去了意义！

潘离觉得头特别痛，复杂的念头撕扯着他的思绪。

——潘离啊，你的前途还很广阔，你还能去做那个什么时空特警，刘局还是很赏识你的……

——可是潘离啊，你真的甘愿如此吗？你能忘掉这个耗费你无数心血的案子吗？你能放得下那些无辜的受害者吗？

——你能放得下么恒和么兰吗？

潘离从床上猛地坐了起来，望着病房门口，若有所思。

十分钟之后，他起身走到门口，果不其然，门外有两名看守的特警。

"哥们儿，有烟吗？"他假装平静地向其中一人问道。

这个病房的隔音效果没有让他失望。那名特警对刚才他在听证会里大吼的事毫不知情，不但递来了香烟，还点燃了打火机。或许在他们心里，潘离就是个出任务负伤的好同事。

潘离伸出仅存的手臂接过烟，然后放进嘴里。他凑近火苗，点燃香烟，低声说了一句："对不起了"。

"啊？"

那人还没反应过来的时候，潘离的肘关节已经击中了他的动脉。另一人被这一幕惊呆，刚想大叫，潘离的身影已经从半空中压了过来。他急忙护住面门，可是双臂并没有迎来潘离的膝盖。意识到被骗时，潘离的手刀已经斩在了他的脖颈之上。

这人应声而倒，耳朵上的通信器掉落下来，闪烁着红色的光，警报已经被发出了。

潘离无奈地叹了口气，取走了这名特警身上的电击枪，随后钻进了消防通道。十几层的楼梯，四肢健全时对他来说不在话下，可在少了一条手臂之后，潘离在极速跳跃和奔跑时有些难以适应。

跑到一楼时，医院的大厅里已经涌进来不少特警。他知道，少了一条手臂的自己特征太过明显。正为接下来的行动感到急躁时，医院的咨询机器人经过，他迅速将它拉进消防通道。关闭电源后，他利用楼梯的栏杆扭断了机器人的手臂。好在这类机器人的手臂只是装饰，并不会使用太过坚硬的材料。

将那截手臂塞进衣袖里，他侧身出了消防通道，顺着大厅边缘向外走去。起初并没人注意到他，就在接近门口时，身后传来了喊声："你，站住！"

潘离毫不犹豫，丢掉那截机械手臂，向门口狂奔。大厅里的特警立刻追了上去。正在门口盘查病人的两名特警发现之后，迅速掏出电击枪瞄准潘离射击。他借着向前冲的力量，踩踏在墙壁上，高高跃起，堪堪避过射来的高压电流。同一时间，他也扣动了手中那支电击枪的扳机。

落地时，门口的一名特警已经被击中倒地。另一名特警冲了上来，这人的电击枪已经打空，只能徒手上来拦截。潘离矮身避过他的拳头，肩膀直接撞进这人的怀里，这人立刻倒飞出去，而他已经蹿出了门口。

就在此时，他发现医院的大门处，走进来一个穿着冲锋衣的男人。他身上没有任何标记，身上也是成年男性的常见装束。可这个人犀利的眼神和精悍的神态，让潘离一下子就嗅到了职业军人的气息。

这人稳步向潘离走近的同时不着痕迹地笑了笑，趁着特警的注意力都放在潘离身上，随手扔出了一枚微型手雷。手雷落在医院大厅的门口，爆炸了。

爆炸的冲击波将潘离震得直接扑倒在地上，等他起身时，那人已经来到了身边。

"你就是潘离？"他漫不经心地问了一句。

"你是？"

这人又笑了笑，潘离只觉身上一痛，对方手中的一支针剂已经插在自己身上。接着，在一阵头晕目眩后，潘离直接倒在了这人身上。

晕厥之前，他见到一台飞梭落在了这人身边……

15

第十五章 破桩
之矛

看着 9 号实验室中已经组装完成的穿隧设备，盖尔有些失神。生物岛的穿隧实验虽然成功了，却让他意识到了一个非常严重的问题：他们的踪迹已经暴露了。

通过盟友与暗网的资源，盖尔曾先后在全世界建立了十九个秘密实验基地。这些实验基地全部极其隐蔽，有些深埋地底，有些在水下数百米，几年来都没有被发现。而现在，联合特警居然通过"原婴猎人"找到基地的位置，他们的"原婴"不再可信了。

再这样下去，剩余的实验基地都难以幸免。他必须找到解决办法，否则，刚刚制订的破桩计划很快就会难以为继。如果不能在既定的时间桩取得他想要的东西，一年之后，他就会因为机体全面衰竭而死。想到这里，盖尔的焦躁更多了一分，他的心脏像被一只手从胸腔中狠狠地捏了一下，剧烈地抽痛起来。

西格玛的声音打断了他的思绪："博士，预定的会谈时间快到了，请移步密室。"

走进密室，盖尔依然心事重重。一台半身机械人走了进来，两条银色的腿毫无机械的停滞感，腰部以上的位置没有身躯，只有平滑的截面。阴暗而空旷的密室里，它在长桌的对面转过身来面对盖尔，给原本就沉寂的房间增添了一丝诡异。

半机械人齐腰的截面闪烁了一下，投射出半身的全息人像，竟是阿尔法。

"情况如何？我们的下一步计划可以推进了吗？"阿尔法问道。

"目前的问题还很多，更别说推进了。"盖尔忧心忡忡地说，"首先，我们缺乏破桩的人手，身体和意识能够满足条件的人太少。"

阿尔法笑道："这个问题大可放心，我已经有了人选，他在各方面都是极其优秀的！给我一点时间，我敢保证，他绝对不会让你失望。"

数天前，阿尔法找到了盖尔。阿尔法开门见山地承诺，会帮助他取得数字生命量子存储器。这个条件是他根本无法拒绝的，那是他活下去的关键。

盖尔根本不知道，阿尔法是从何得知自己一直在试图创造数字生命的。

而创造数字生命所必需的把人脑意识数字化的技术，恰好是阿尔法实现时空穿隧的关键一环。

阿尔法看起来总是那么信心满满，这却无法打消盖尔的焦虑："好，我相信你，但问题不只这个。生物岛的事情你也知道，联合特警正盯着我们，再这样下去，我们会很被动！"

阿尔法的笑意更深了："我的同道中人啊，这个问题，已经不需要烦恼了。"

"什么意思？"

"放心吧，盖尔，目前联合政府的高层中已经有我们的人了。不必担心，你的每一步都会走在时空特警前面。"

盖尔感到有些惊讶，他总算明白了阿尔法的自信到底从何而来。诚然，这对于他们的计划而言再好不过了。

"所以，尽管放手去做吧。我们所做的一切，都是为了全人类的未来！那些目光短浅的人，没有资格评判我们。当然，一旦那个时间桩来临，你得到的就是永生。"

"嗯，希望我们都能如愿。"盖尔重复道。

睁开眼睛，潘离发现，自己坐在一张极其舒适的真皮座椅中。茶几上的杯子、茶壶，周围的家具、书籍，还有房顶上的吊灯，都让他有种回到过去的感觉。窗边站着一个高挑瘦削的人，手中端着一杯咖啡，正在望着室外的湖泊。湖泊旁是高耸入云的山脉。在云际线低一点的地方，还有白色雪线。隐约看到几头精灵般的雪鹿，钻入雪里吃着青苔。

"这颗星球确实美丽，不是吗？"那人悠悠说道。

潘离警惕起来："你是谁？"

"我们从哪里来？要去向何方？这个著名的哲学问题，问的是过去与未来。可在当下，已经没人再去思考它了。作为一名宇宙研究领域的学者，对于人类的过去与未来，我有自己的独特看法。"

他缓缓地转过身，望向潘离："如何，想听我仔细说说吗，潘离？"

"阿、阿尔法？"潘离怎么也想不到，将他劫持来的人，竟然是当初在科学城有过一面之缘的阿尔法。

阿尔法为潘离倒了杯咖啡，然后在他对面坐下。窗外射进来的阳光，让他的身影似乎被一圈光晕包裹。

"首先，我要向你表达真诚的谢意。因为你提供的信息，我才知道，已经有人成功地将意识数据化了，也正因此我才能找到盖尔，实现了意识穿隧这个伟大的创举。"

"是你和盖尔合谋，在盗取意识？"潘离语气不善。

"不不不，进行意识实验的是盖尔，与我无关！他所研究的方向是数字脑，也就是意识数字化之后，如何上传到指定的客体中。而我研究的是黑洞、虫洞，是如何到过去或者将来。见到你之后，我才与盖尔有了交集。确切地说，只有最后的实验，才有我的加入。很幸运，我们成功了。"

潘离强忍着厌恶："把我带到这里，有什么目的？"

阿尔法没有立即作答，而是继续道："你知道，这项实验的成功意味着什么吗？"

潘离没有回应。阿尔法没有在意，继续道："是繁荣，人类文明的繁荣！从古至今，人类曾经面临许多关键的选择，无论做出哪一个选择都只能得到一种未来。但在掌握了意识穿隧技术后，只要我们穿隧到过去，让历史发生改变，就能够创造一个新的世界时空。试想一下，如果我们创造出无限的时空，就能让无数个时空中的人类文明百花齐放，创造出无限可能的未来。"

阿尔法的语调变得激昂："这是多么伟大的创举！人类文明类型即将空前繁荣！我很难理解，那些制定法律的所谓政客，他们在这个时空偏安一隅地活着，只认可现在唯一的社会样式，否定了一切其他的可能。有什么意义！难道我们不该把目光放在人类未来更多的可能性上吗？"

潘离无法掩饰自己的震惊。五年来，他一直在绞尽脑汁试图破解"意识丢失"系列的案件，却从未想过真相背后竟是与人类未来有关的宏大计划。

而在他面前的阿尔法，脸上的表情充满着与命案格格不入的真诚，这让他感到恶心。

"别忘了，你们害死了两个人，还盗走了许多无辜民众的意识。"

"我承认，这些确实是我们的过错。但如果为了全人类的未来，必须要有人做出牺牲，那么，这些牺牲难道不是值得的？"阿尔法坦然道。

"你这是强词夺理！"

"潘离，我想你应该能够理解我们才对。"阿尔法正色道，"人类的哪一次进步，或者说革命，不是鲜血淋漓？你利用宇明威，和我们利用'原婴'是一样的道理。为了更伟大的理想，我们必须付出一些代价，这样的难题摆在你的面前，你也会做出同样的选择。"

听到宇明威的名字，潘离顿时感到内心一沉。"可我也答应了给他自由。"潘离争辩道。

"他也是人，也是生命。你选择他，无非是将他视作破案最小的代价而已！难道不是吗？"阿尔法目光灼灼地盯着潘离，"所以，能让人类文明获得最多样的社会发展，为什么不呢？我们只需要付出那么一点点代价。联合政府也好，黑袍研究院也罢，不过是只知道爱惜自己羽毛的懦夫而已！"

潘离沉默了，阿尔法接着道："我觉得你有必要思考一下：活着，是要做出一番成就，去开辟一个又一个大不相同的世界，还是终此一生只能当一只维护少数人地位的走狗！"

潘离想起那场所谓的听证会，和当时愤恨的自己——是啊，阿尔法说得对。他也看到了阿尔法描绘理想时的眼神——这是个疯狂的学者，他十分执着。

但潘离也有他自己的执着。在过去的五年中，这份执着是日复一日地查案。在听证会后，这份执着变成了官员眼中的笑话。而如今，意识丢失案件的真相摆在了他的面前，这是他第一次看到么兰获救的希望。他知道，不抓住这次机会的话，就再也没有以后了。

"所以，你们把我带过来，想让我做什么？"半晌，潘离问道。

阿尔法大笑："我想我有必要重新介绍一下自己。我，阿尔法，破桩联盟的发起人，现在向你发出诚挚的邀请，真诚地希望你能成为我们的一员。"

"破桩，即破坏过往历史的时间桩，形成新的时空！"阿尔法道，"而你，是我选中的人！你将被我打造成一把无坚不摧的矛，刺穿联合政府的虚伪，击碎一切阻碍人类发展的绊脚石！纵观历史，有几个人能让世人永远铭记？而这，正是一个改写人类历史进程、将自己的名字铭刻在历史丰碑上的机遇！"

阿尔法伸出手，想与潘离握手。潘离犹豫了一下，也把手伸出来，回握了过去。

"欢迎你！我的破桩之矛！"阿尔法大喜，"接下来，我们先为你制作一条手臂，强大的手臂。"

第十六章 初遇黑袍

高速下降的电梯停稳，"地下三百层到了。"机械的女声提示音说道。

地下三百层，这是么恒从不知道，也从没来过的区域。这里就像一座巨大的实验室，充斥着各种从没见过的仪器和设备，其中，还有数十名科研人员在几个人工智能人的协助下工作着。

五个时空菜鸟还在好奇之中，刘伟文已来到他们面前："我想你们已经互相认识了。那我也开门见山，直接布置你们的任务。

"这里，原本是联合政府最秘密的研究机构——'T'局，也就是时空管理局的前身，在建立时空特警小队之前，这里进行的是一切有关时间穿隧的研究。

"时空穿隧的伦理争议，我想你们也十分清楚。而且这些年来，外界也一直有人在做类似的研究。比如当年被黑袍研究院驱逐的盖尔。他非法进行的抽取意识研究，一旦用于时空穿隧的目的，将威胁到我们这个时空的稳定。此外，盖尔还一直利用普通人做地下人体实验，已经严重危及了民众的生命安全。

"目前，盖尔已经掌握了完整的主体意识穿隧技术，这也是'破桩联盟'进行时空穿隧所需的关键技术。破桩联盟要通过破坏时间桩，人为地创造出新的时空，从而改变人类文明的进程。我们的时空管理局，正是为了阻止这些阴谋而诞生的！"

"创造新的时空？而不是改写原本的历史吗？"程婷一半是担忧一半是好奇地问道。

"很好的问题。"刘伟文点头道，"以往的某些理论认为，如果某个时间节点改变了，就会影响我们现在的时空，形成类似于'时空蝴蝶效应'等的情形，这是错误的！我们的科学家经过实验后，得出的真实情况是，一旦重要时间节点被改变，就会产生一个新的时空。假设我们所在的时空是0号时间线，破桩联盟可以将意识穿隧至我们过往的时间桩节点，改变这个节点的历史事件走向，从而建立一条时间分叉，而这条分叉上诞生的便是与0号时空并行的1号时空。"

"那我们如何才能知道，破桩联盟要破坏的是哪个节点？"程婷又问。

"实际上，不是他们挑选时间节点，而是时间节点来到了他们面前。"刘伟文道。

他的这句话让在座的五人更加不解了。"啊？时间节点还能自己过来？"牛高马大的王翔小声嘀咕。

"也是，这部分知识有些偏门，我还是讲解一下吧。"刘伟文道。

"假设现在你们来到了海边，要捡走沙滩上的贝壳。你们以为，你们是在挑选自己喜欢的那一个贝壳，实则不然。"刘伟文道，"实际上，你们能捡到的只有被海浪冲到岸边的贝壳，至于那些在海里的，根本没有办法找到。

"50多年前，通过对大尺度宏观宇宙和微观粒子世界的观测，科学家证明了一个令人震惊的事实：我们所在的宇宙空间是不连续的。如果把四维时空比作大海，那么每一个时间节点就像海上的漂流瓶，它们是运动的、不静止的，它们随着各不相同的潮汐，有的在趋向我们，有的在远离我们。"

程婷问："我们能前往的，是正在趋向我们的时间节点吗？"

刘伟文道："没错！以我们目前的能力，我们能接触的只有那些靠近我们的时间节点，如果这个节点开始远离我们的时空，那么无论是我们还是破桩联盟，都将无法再进行穿隧。

"现在，接近我们的时间节点只有几个，分别分布在两千年前、一千多年前，以及近现代，至于准确时间需要再核实。那些节点，我们称其为'时间桩'！而破桩联盟就是这群疯子成立的专门破坏时间桩、建立新时空的组织。如果不断出现新的时空与我们这个时空并行，极有可能会造成时空错乱，最坏的结果，是我们这个时空的人类文明遭到完全毁灭！"刘伟文停顿了片刻，望着众人，缓缓说道，"你们的任务，就是阻止新时空的产生。"

"很幸运，在破桩联盟开始破坏时间秩序之前，我们也拥有了意识穿隧的技术。接下来，你们将进入'梦想岛'，开始'四化'训练，用以适应在意识穿隧之后受到的影响，听明白了吗？"

"是！"五人齐声回答。

然而么恒的思绪却依然有些混乱："盖尔？那个意识丢失案件的主谋，他的技术为什么会在破桩联盟手里？那生物岛的爆炸，还有妹妹……梦想岛、四化训练，这一切到底是……"

就在么恒思考的时候，刘伟文在手背上轻轻一拨，加载着新职位ID和成员名单信息的光幕，移动到唐安迪的胸前，随即消失在空气中。

【新 ID 激活：唐安迪，时空特警特别行动组组长……时空特警成员名单同步完成，请查阅。】

【共五人，战斗专精成员 3 人：么恒、鲁霞秋、王翔。战术专精成员 2 人：唐安迪、程婷。】

"你们好。"突然间，众人面前出现一个全息白色人影。

"李教授！"唐安迪认出这熟悉的声音，那是李仲儒，黑袍研究院的创始人之一。早在二十五年前，李仲儒已经是地球上意识科学领域最顶尖的科学家，更是数字生命研究的奠基人。也正是在那个时期，由于某些技术原因，他不得不离开地球，再由火星辗转至天基所。随后，他与数名志同道合的顶尖科学家共同成立了主导全人类前沿科学的圣殿——黑袍研究院。

"好久不见。"李仲儒淡淡笑了一下，随后转向其他人，"我是黑袍研究院的李仲儒，以下我所说的，以及之后你们要做的，都是'绝密'级，甚至更高保密级别内容。"

"容我介绍一下'梦想岛'程序，这是由我们黑袍研究院研发的思维训练程序，接下来一段日子你们将会频繁地和它打交道。在训练之前，我会先将你们的五觉神经接入并进行数字化改造，使主要意识体能够方便读取，再通过量子计算机同步到'梦想岛'空间内的虚拟客体中。"

"'梦想岛'模拟了意识穿隧的物理环境，目的是帮助你们提前适应穿隧任务。它并非真正意义上的'空间'或'虚拟世界'，也不存在现实世界的时间概念。同时，'梦想岛'还有着与现实宇宙相同的特征，一直处于无限膨胀的状态，其中所存在的既非物质也非反物质，可以实现许多在现实世界中不可能存在的现象。"李仲儒的全息影像一边介绍，一边将几人领到后方的墙边。墙面上打开一扇门，李仲儒的身影率先进入："这就是训练室。"

进入训练室，房间的中央区域整齐放着两排鹅蛋形的白色容器，其中流淌着水养液。李仲儒的声音再度响起："这些仪器会保证时空特警在进行思维训练时，毛孔细胞处于低活性状态。你们将通过脑机接口接入'梦想岛'，之后便可以进行'思维'训练，也就是'四化'——精神品格化、身体普适化、神经信息化、技能固定化的特殊训练。"

白色房间的光线暗了下来，刘伟文引导着几人各自躺在鹅蛋形容器中。训练床的边缘释放出十多条极其细小的纳米机器人管，它们一头是十分细长的钢针，后面连接着一条光纤似的、流动着微小光粒子的半透明接管。在按下启动按钮后，纳米机器人开始精准寻觅众人后颈穴位，进行脑机接口的连接"改造"。

众人经历了短暂的轻微刺痛后，随着促进深沉睡眠的药剂注入，神志逐渐迷离，仿佛感觉到周围的空间开始轻微震动，随即丢失了重力感和方向感，视野中的自己也仿佛在发生漩涡状的扭曲，随后陷入一片黑暗。

【数字化改造完成。】

在一片混沌又充满奇幻色彩的空间中，他们缓缓睁开眼睛，相互看了看对方，又低头看了看自己的身体，发现一切正在发生奇妙的变化。无数缤纷多彩的细小微粒开始将他们的身体包裹起来，随后他们的服装、肤色、身形体态都变得和原本不一样。

么恒看着自己的双手，肤色从黄变黑，右手上不知何时多了一条水晶手串，他又看向了程婷，看到她逐渐变成了一个戴眼镜的中年女性。

【思维同步成功……开始载入客体……视、味、听、嗅、触五觉体感同步……完成。】

么恒抚摸、揉捏了一下自己的手腕，肤质也变粗糙了，同时，手指反馈回来的触感，好像也有点不太一样。接着，李仲儒的声音直接在众人的脑中响起。

【欢迎来到"梦想岛"。在梦想岛中，你们的身体和五觉都来自系统生成的客体，也就是你们"全新"的身躯。】

【客体的五觉与你们的现实主体是同步的，尝试集中精神，快速适应新的身躯。】

【若在梦想岛中死亡，本次训练便失败。】

【记住，训练中死亡，会让你们在现实中产生不适。如果是真实的穿隧任务，客体死亡带来的巨大反冲能量，会使本体意识量子纠缠态中断，会对主体大脑产生极大的影响，甚至会让主体休克、脑死亡。】

【训练开始。】

突然间，环境变得寂静。四周开始出现大量白色的云雾，一刹那，么恒等人感觉到一股强大的失重感。他们本能地低头看向下方，发现自己正在高空中下落。

随后，云雾逐渐散开，下方的视野开始清晰。围绕他们的是一片看似无尽的、黄与绿相互交织的空间，远方的空中，飞行着硕大无比的以太鲸、布满苔藓的以太巨壳龟、形状怪异的七色海星……

17

第十七章 四化特训（上）

在"梦想岛"的空间里，时空小队五人正在空中下坠。

么恒开始感知到客体的五觉体感：他能感觉到这里时热时冷的风，以及海洋的气息。

随后，他又尝试控制客体的动作，在半空中改变自己的姿态。最开始比较困难，他闭上了眼睛，集中注意力不断尝试，很快就能在半空中变换着各种姿态。

"靠，声音呢？你们听得到我说话吗？"王翔在半空中挥舞着双手，大声叫着。唐安迪飞近王翔，拍了拍他，伸出双手食指，指了指自己的头，示意王翔：集中精神。

"这听力好像比我自己的要差一些……"半空中，王翔瓮声瓮气地笑道。

"每个客体的五觉体感能力都会不一样，或强于自身，或弱如摆设。"程婷说出了自己的见解。

一旁的鲁霞秋也说道："对，我的近视没有了。"

一股强大的上升气流将众人托起，使他们得以稳定降落。突然间，一阵强风刮来，风中沙土飞扬，众人急忙用手挡住眼睛。等风力稍微减弱，众人才慢慢睁开眼睛，尝试看清周围的环境。

这里的天空呈现出一种神秘的橙红色调，四处全是红色的尘土和岩石，地面上布满了嶙峋怪石，形状各异。

"看那边！"么恒指了指不远处——一片高耸入云的浩大树林。这些树的树干扭曲得像一条条巨蟒，树皮上布满了相互交织的深色纹路，犹如神秘的图腾文字。

与此同时，他们的前方出现一个光幕：【训练任务第一项，现在开始。】

"训练任务？是什么内容？""不知道！"

"嗷呜——"一个叫声引起了大家的注意，众人急忙循声望去，一只巨大的独眼幽灵狼站在那里，在它的身下，横陈着几具血肉模糊的人类尸体。

几人的目光死死盯着幽灵狼，片刻不敢离开。幽灵狼眼中凶光一闪，弓身一蹬，巨大的身躯直接扑了过来。

"散开！"唐安迪大喝一声。半空中，他蓄势一拳砸向幽灵狼的脖子。

但这头幽灵狼却是异常狡猾，前脚落地的瞬间，向侧方弹了出去。它躲开了唐安迪那致命的一拳，而且顺势扑向鲁霞秋。

幽灵狼巨大的身躯，有着极强的压迫感。它突然变向，让正面对战的鲁霞秋都完全来不及反应。电光石火之间，么恒预判到幽灵狼下落的位置，斜刺里高高跃起，用右肘对着幽灵狼发出一记强有力的凿击。幽灵狼这一次来不及避开，被结结实实砸在颈部，直接被砸到地面上。

这一记肘击又快又准。尽管唐安迪早就看过么恒的资料，可他的快速反应和准确判断，还有那份速度与力量，仍然让唐安迪非常惊讶。

这时，一个铁塔般的影子也扑了上去！王翔巨人般的身体直接扑在幽灵狼的身上，双手用力锁住了它的脖子。唐安迪趁势出拳，重重地击打幽灵狼的腹部。幽灵狼吃痛，用力甩脱二人，同时发出了怒号："嗷呜！"

"嗷呜——嗷呜——"这时远处的树林里传来了无数的呼啸声。"狼群！"程婷大喊道。

"别硬拼！退！"唐安迪示意大家撤退。

"后面只有悬崖了！"鲁霞秋喊道。

狼群迅速扑了上来，已经有几只接近众人。"悬崖下面是什么？"唐安迪大声问道。

"海！"程婷迅速观察下四周，"没路了！跳吧！"

"走！"唐安迪喊道。

"这就来！"王翔在最后方喊道。他用尽全力，双手擒住一只作势欲咬的幽灵狼的头，提膝撞顶在幽灵狼腹部，那只幽灵狼惨嚎着软倒在一边。见队员们都跳下去了，他也迅速地往后一跃，跟着跳下了悬崖。

【训练任务第一项：处理突发狼群危机，已完成。】

跳出悬崖的一刹那，众人感受到时空开始发生扭曲，天空和海面的色彩，均以一种奇异的节奏在不断变换，仿佛在穿越不同维度的时空。

此时的世界没有上下之分，像是色彩斑斓的现实世界倒影。刹那间，一颗带着蓝色火焰的巨型陨石从众人身边呼啸而过，向远处天空飘去。紧接着，他们周围逐渐出现越来越多大小不一、形状各异的陨石。

这时，众人前方出现了一个光幕：【训练任务第二项：利用喷射式飞梭

安全降落在陨石上。】

　　任务显示的同时，飞梭已经加载到他们的身上。么恒试着使用了一下，刚开始动作显得略微笨重和生涩。但经历了刚刚的狼群训练后，么恒等人对"梦想岛"中客体的掌控已经基本熟练了。稍微尝试了几次后，他们便顺利降落到陨石上。

　　忽然间，四周的天色变得漆黑，风云突变，一阵震耳欲聋的雷声撼动了整个世界，垂直劈下的电光照亮了海面，随即下起了大暴雨。

　　鲁霞秋即将降落在陨石上时，她的眼前突然发生了爆炸。瞬间，她激活了自己手腕上的能量盾，抵挡住爆炸的伤害，但强烈的冲击波席卷而来，将她炸飞出去。借着惯性，鲁霞秋往后翻了几个跟斗，利用灵活的体术技巧躲过几颗擦身而过的小陨石，最后找回平衡，利用附近的小陨石往前一蹬，精准降落到巨大陨石表面。

　　其他人惊恐地看着这一幕，在伸手不见五指的暴雨环境中，众人感觉到了某种危机。么恒缓缓抬起能量剑，全神贯注地凝视前方，感受着周围的气流。

　　一颗晶莹剔透的大水滴突兀地悬停在他的面前，此刻，整个时空都仿佛暂停了。水滴内部涌动着奇异的力量，似乎在等待下一瞬间的爆发。

　　么恒紧握着能量剑，直指那颗水滴。"怎么办，要破坏掉吗？"么恒问道。

　　"似乎也只能这么做了。"程婷观察了一下周围，判断道。

　　么恒果断出剑，在空中划过一道完美的弧线，瞬间，剑刃劈中水滴，一股强大的力量灌注其中。剑刃与水滴产生共振，使内部分子获得了强劲的势能，在一瞬间爆发，形成一股强大的能量。"隆——"能量在一瞬间爆发，众人短暂失明、眩晕。

18

第十八章 四化
特训
（下）

"轰隆——轰隆隆——"

混乱之中，他们感觉自己被卷入了另一个空间，身上的服装也发生了变化。

【训练任务第二项：利用喷射式飞梭安全降落在陨石上，已完成。】

么恒迷迷糊糊睁开眼睛，感觉身体变得特别轻盈，周围的环境异常宁静。

么恒发现自己四周被无尽的海水包围，他的身上穿着一套先进的潜水装置，配备黑袍研究院最新的自适应减压、恒温、内置加热、液化呼吸系统等技术。除了能实现无氧气罐的水下长时间呼吸外，这套潜水装置在背部和四肢部位都内嵌了微型涡轮推进器，能输出澎湃的水下推进动力。

【训练任务第三项：在海底熟悉潜水装置。】

"这套潜水装置真不错，就是有点费人。"通信器中传出王翔的声音。此时的他正在水中胡乱地打转，忽上忽下，仿佛一条惊慌失措的鱼。

"你不晕，我们也被你转晕了。"程婷吐槽道。

"左手指尖上的触摸板控制方向和推力，右手指尖上的触摸板控制各种辅助和特殊功能。"唐安迪忍不住提醒。

经过片刻的练习，王翔终于成功地悬停在海中。此时，众人的面前弹出一个光幕，上面显示的是一段奇怪的文字信息。

【战争的开端，可能是我们创造了一个新的文明，一个充满未知、不受约束的文明，我们无法抵御，甚至为此付出代价……】

远处传来了一阵阵洪亮的号角声，打破了深海原有的宁静。紧接着，么恒感受到了上方一股强烈而可怕的气息，仿佛有某种巨大的力量在他们上方苏醒。他本能地抬头望去，发现一艘庞大的母舰如幽灵般出现在上方，这艘外形酷似鹰鳐的母舰，全身覆盖着一种未知的金属，给人一种极其光滑又坚不可摧的感觉。

鹰鳐母舰的背部和鳃部，闪烁着明亮又诡异的蓝光，犹如一颗海洋深处的璀璨钻石。无数个机器人鲨鱼战士，沿着母舰的船体缓缓移动，阵形整齐划一，手持钛合金激光长矛，严阵以待。

以母舰为中心，10艘海龟形态的驱逐舰形成了一个牢固的防御圈，驱逐舰船体会随着四周温度、光线等环境因素变换颜色，使它们在深海中更难以被探测。

母舰的前方是一字形排开的约20艘鲸鲨外观的水下巡洋舰，每艘都装有精密的激光武器、超声炮鱼雷发射器、巡游声呐导弹等火力装置。

在整个舰队的后方，部署着与巡洋舰同等数量的水母外观护卫舰，它们配备了反潜、声呐、电磁脉冲、等离子盾等先进装置，守护着整支舰队的后防线。

整个舰队布阵呈现出一个立体的椭圆形阵形，错落有致。在各主舰之间，还部署着许许多多仿生形态的作战潜艇。

"这、这是传说中的亚特兰蒂斯舰队？"唐安迪惊讶地说道。

在舰队前方的不远处，是另一队同等规模的舰队。双方在僵持拉扯中，不知是哪一方首先发动攻势，战争就此打响。

双方军队展开了疯狂的厮杀，战场上的情况异常惨烈，大片大片的海水被染成了红色，各种残肢、内脏漂浮在深海中，浑浊不堪。此时的深海，宛如一座修罗场。

【所有的事物，相互间都存在着隐形的连接。】

众人瞪大了双眼，目睹着这里发生的一切，虽然这只是梦想岛加载到脑海中的画面，但他们意识到了战争背后的残酷，内心波澜起伏。

【针对以上情景，请阐述各自的看法。】光幕显示一行文字。

唐安迪沉思了片刻，缓缓说道："刚刚那一段文字，战争的开端，指的是不是破坏时间桩？"

"科技能发展文明，也能毁灭文明。"程婷斩钉截铁地说道。

么恒神情严肃地说："战争，从来没有胜利者。"

"时空特警队的成立，就是要阻止这样的事情发生。"鲁霞秋说道。

"各位，我有个小小的建议，现在最重要的是，应该考虑一下如何保命。"王翔打断了大家的讨论，指了指下方。

大家往下看去，发现这海底下的火山毫无预兆地爆发了，岩浆犹如一条狂暴的巨龙从地下喷涌而出，将周围的一切瞬间吞没。防御力极强的护卫舰都无法抵抗这股毁灭性的力量，瞬间熔解消逝。

"快离开这里！"么恒说完便启动了潜水装置上所有的推进器，像鱼雷般快速地往地面方向游去。

唐安迪、程婷、鲁霞秋不约而同地紧跟其后，一眨眼的时间大家都启动了推进器，只剩下还在研究怎么全开推进器的王翔。

但于事无补，岩浆还是迅速吞噬他们。与此同时，几人的耳边响起提示音：【全员阵亡，训练结束。】

"我全身上下都疼！""怎么回事？我胳膊不受控制了！"队员们抱怨道。

"你们终于出来了。"刘伟文的声音在耳边传来。

从休眠舱中醒来，么恒有些眩晕。他坐起身，感到全身剧烈疼痛。转过头，他发现王翔正趴在休眠舱的边缘呕吐。

"我怎么像晕船似的？为什么你们都没事？"王翔吐得生无可恋。

"适应之后就不会再有这种影响了。"李仲儒的声音传来，"大家辛苦了，就这么坐着听我说吧。"

他的全息影像再次投射出来："梦想岛程序，就是为了帮助你们融合自己与客体的五觉体感，以达到操控自如的目的。经过这次训练，你们的五觉体感与运动神经改造得非常成功。你们这次进行的是天空、陆地、海洋典型空间训练，在这之后的训练中，你们还会遇到不同环境和不同客体，面对各种各样的危险境况。

但你们要谨记，执行任务时，你们进入的是真实的历史时空！任务中客体死亡，你们的意识也会一同迷失在时空中。客体严重受伤，你们本体醒过来的时候，也会有强烈痛感。相信这些你们刚刚已经体验过了。因此在执行任务期间，切记保护自身安全！

你们的后颈与后脑有多处植入了细微的脑机接口，附近皮肤有点泛红，过两天就没事了，洗澡的时候注意一下，这个星期不要剧烈运动和揉捏连接部位。"

李仲儒环顾众人："好了，我的任务已经完成了，祝你们好运，后会有期。"说完，李仲儒的影像消失了。

19

第十九章 化敌为友

阿尔法的团队，让潘离感觉自己像来到了另外一个世界。没有官员们的讳莫如深，也没有联合特警系统里繁复的请示、报告，这些人只是为了自己的目标竭力地工作着。

无论身体、意识多么契合，潘离依然需要进入一个类似梦想岛的程序进行他的四化训练。但阿尔法和盖尔设计的程序，没有任何安全后门。一往无前、破釜沉舟，这就是他们的理念！对潘离而言，这个过程不仅一点儿也不轻松，并且危机重重。地心熔岩、星际荒漠，甚至各种臆想中的幻境，让潘离几乎每一次都游走在意识沦陷、彻底迷失的边缘。

但潘离的意志力很是顽强，想到那些遗憾与不甘，他硬是完成了这些九死一生的挑战。

"数据很理想，你与客体融合得非常好，破桩行动可以展开了。"意识回归的过程并不漫长，短暂的黑暗中，潘离听到了阿尔法仿佛来自天籁的声音。

"什么时候？"从休眠舱中坐起身，潘离拔掉了身上的导线。短短三天，他已经完全适应了意识在主客体之间的互换。

"你需要休息一下，这段时间里你可以熟悉一下三国时期的历史，那将是我们的第一个目的地。"阿尔法交给潘离一枚记忆体。

阿尔法博士一手持着手杖，一手转动着上面的球体，严肃地说道："这是我们第一次正式行动。之前宇明威的实验已经验证了一些猜想：穿隧后旧时空的微小改变对现在时空不会产生影响，穿隧活动对我们现在的时空没有任何扰动。我们根据太阳系内的监测卫星数据分析出没有任何蝴蝶效应，或许只有破坏时间桩中的历史走向才会产生新时空。所以，这一次行动，我希望你能验证：改变时间桩中历史的结果是否能创造新的时空？旧时空和我们所在的时空，两者的时间流速是否一致？是否有时长差？以及意识和客体匹配的程度如何？这些都需要你去探索、去验证、去开发。"

阿尔法博士缓了缓，用坚定的语气说道："如果能创造越来越多的时空，我们的文明就有了更多可能性。人类会在不同的异彩纷呈的时空，形成璀璨的文明群！"

这是三天之前，潘离与阿尔法的最后一次对话。这段时间里，他对潘离仔细描绘了他心中的理想：通过破坏时间桩，不断诞生新的时空，产生如璀璨星空一样的人类文明群。潘离心动了！如果真的像阿尔法所说的那样，人类打开新的维度、获得飞跃，为此所付出的代价似乎也不再显得那么残忍。

但比起宏大的计划，潘离更希望给自己一个交代，同时也是为了么恒和么兰。为了那个案子，他不介意潜伏在这个目前还什么都不明朗的组织，只要有一天能看到案件的眉目，他愿意一直等待。

在前往盖尔的秘密实验基地途中，阿尔法最信任的女助手王长汀为潘离详细讲解了这一次破桩任务：前往219年的成都，改写蜀国的历史！

当时，正是刘备称汉中王、蜀国最为强大的时候。就在这一年，关羽大意失荆州，导致蜀国失去优势、由盛转衰。而他的任务，就是帮助刘备守住荆州！如果荆州仍在关羽手中，历史就可能会出现由蜀国一统天下的走向。尽管年代太过久远，没人知道如果那个时空被建立发展到今天是怎样的境况，可阿尔法却并不在乎这一点，这只是他的一次尝试。他不会排斥任何一个时空的人类文明，即使它可能有缺陷，也必然会有其优点。

潘离正阅读阿尔法给的历史资料，实验室的门突然打开，还没见到来人，潘离就听到了一句脏话。"蠢货！阿尔法博士，这，这就是你挑选的破桩人？"盖尔的声音都颤抖了起来。

潘离早就猜到盖尔的反应，他对这位盗取意识的主犯也没有好印象，便头也不抬地继续看他的资料。阿尔法开始打圆场："不必惊讶，盖尔！他是我们所有人员中各项综合素质最优的穿隧人选。"阿尔法拍了拍潘离的肩膀。

"你知不知道他是联合特警！"盖尔咬牙切齿道。

"不必担心，他已经认同了我们的理想，而且不再是联合特警了！我以我的人格担保，他是极为可靠的战士，是我们的破桩之矛！"阿尔法笑了。

阿尔法如此保证，盖尔也不好说什么，强硬的态度也稍微松动了一些："看在阿尔法博士的份上，我愿意相信你一次。但如果被我发现你想搞鬼……"

"只要我开始穿隧，你要杀死我将是十分简单的事，不是吗？"潘离不卑不亢地伸出手，"欢迎你随时威胁我的生命安全。"

盖尔瞪了潘离一眼，最终什么都没说。穿戴着"外骨骼"的手臂将他的面罩罩在口鼻上，他用力地吸了吸其中的雾化药剂，强忍着怒气也伸出了手。

"既然你们彼此认识，那就不用再介绍了！"阿尔法走到两人中间，"虽然之前发生了一些小摩擦，但归根结底，我们对破桩的愿景、对现状的不满，都是一样的。我十分期待我们的合作，接下来潘离就要进行他的第一次穿隧了，盖尔博士，我们一起见证历史吧！"

"唔……"盖尔沉默不语。

"合作愉快。"潘离轻松地说道。

他告诉自己不要急，还需要一点儿时间，才能取得二人尤其是盖尔的完全信任。恐怕到那时候，他才能继续他的调查……

20

第二十章 化身赵云

片刻之后，潘离在王长汀的协助下，进入了休眠舱。

"那我们开始了。"研究员王长汀在光幕控制台上开始输入指令。

渐渐地，潘离感觉到一股暖意从手背蔓延至全身，周围的世界仿佛开始变得模糊。

"阿尔法博士，潘离的生命体征数据已同步成功，准备启动量子黑洞装置。"王长汀低着声音说道。

随后，随着轻轻的"嗞啦"一声，休眠舱顶端的多层环状圈开始缓缓转动，仿佛在召唤着某种神秘的力量。

随着时间的推移，环状圈的速度逐渐加快，量子黑洞产生的过程中，即使直径只是普朗克长度[①]，整个穿隧大厅的空气也急剧吸附过来，所有的机器都在颤抖。大家都抓住了旁边的固定物，防止被黑洞吸走。

当转速达到了峰值，多层环状圈的中心逐渐显露出一道裂缝，周围的空间开始发生扭曲，光线也无法逃脱这神秘力量的束缚。

突然间，无数电弧从裂缝中喷涌而出，周围被挤压、扭曲，形成一股透明的"涡流"，闪烁着蓝色的光芒。

透明的漩涡突然向四周扩散，下一瞬间，蓝色的电弧涌向漩涡中心，很快消失了。接着出现了一个逆时针旋转的光环，中间是一个棒球大小的黑洞，周边上所有物体都扭曲在逆时针的光环上。

同时潘离感觉自己的身体像被高温烘烤一样，炙热的气流从四面八方袭来，同时闻到一股浓烈得像鹅毛被燃烧后的味道。

在意识模糊与炽热灼痛的双重煎熬中，潘离隐约看到一个人影。"这里是穿隧中的时空吗？"他想说话却又发不出声音。

潘离感觉眼皮越来越沉，又睡了片刻，再次睁开眼的他看到那个人影，才发现原来是自己。

[①] 普朗克长度等于普朗克时间乘以光速，其值约为 10^{-33}cm。传统经典物理学是连续的，这意味着仅仅描述一条直线，就需要动用无穷多的点集。而量子物理是数码的，在量子力学中存在一个最小尺寸，比它更小是不可能达到的。也就是普朗克长度。

他站在一望无垠、黑黝黝的大地上，远处有一个细细的光点，慢慢变大的同时向他靠近，而他身后的景象却在向四周扩张，且光线越来越暗。

光点距离潘离大约还有 1 米的时候，瞬间加速到达了他的脚下，他下意识想挪脚后退，却发现双脚被狠狠地黏住，无法动弹。

下一刹那，脚下的光点仿佛被灌入了一种能量，快速膨胀，紧接着变成一道巨大的裂缝，开始裂开。

接着轮到他的身体，然后是他的大脑，仿佛都被那股未知的能量给狠狠地撕裂。

此时，在穿隧大厅的阿尔法博士等众人，正看着休眠舱中的潘离，他眉头紧皱，眼皮不自觉地颤抖，嘴角向下扭曲，呈现出一副极其痛苦的神态。

【数字化匹配完成。】

【思维同步成功……开始载入客体……视、味、听、嗅、触五觉体感同步……完成。】

真正的穿隧与程序模拟还是略有不同的。在模拟中，潘离只经历了短暂的黑暗，而这一次，他更像坠入了一个无尽的黑暗深渊。他同时感觉身体一直被撕裂，就像一场不会完结的噩梦。不知过了多久，潘离终于失去了意识……

再次醒来时，他发现自己竟然置身于一座营帐之中！营帐很宽敞，是用竹子和浸过桐油的麻布搭建的。营帐之内只有一张矮几和兵器架。矮几之上摆放着一枚大印和笔墨。而他此时正席地坐在矮几之后，靠着兵器架，客体显然在小憩。他坐直了身体，深吸了一口气，活动了一下酸胀的脖颈。顺手拿起那枚大印，大印上是篆体的"赵"字。

潘离站起身，发现自己身上穿着一套古代盔甲，这盔甲有些重量，穿着它小憩压得手脚有些酸麻。站起身，活动了一下手脚，他借助架子上那杆银枪雪亮的枪尖，看了看自己的样貌。这时的自己，已届中年，颇有一丝刚毅，不失英俊，却也难掩风霜。

走出军帐，门口悬着一杆帅旗，上面同样写着篆体的"赵"字。整个大营都是以西南地区特有的竹子为基础材料搭建起来的。营门高约十米，两边是箭塔，上面有兵士在观察着四周的情况。下方是碗口粗的竹子并排组成的

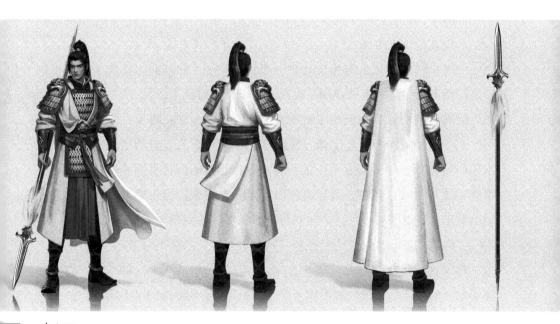

国·赵云

蜀国儒将赵云，身长八尺，姿颜雄伟。公元219年的汉中之战，赵云使用
城计"逼退数万曹军，不同于尚有争议的"空城计"，赵云的这场战斗在
上确有记载。

大门，被绞着牛筋的粗麻绳^①吊起。全营被粗毛竹搭起的竹墙围绕，每隔一段距离就有一座箭塔。营中有军士来回走动，全部身穿古代的盔甲。在大营的后方，简易的马厩里拴着近百匹战马，有人正在给战马添着草料。营中的步兵、骑兵有两三千人。天色已临近午时，有人在生火做饭。

种种景象都在告诉潘离一个事实，他穿隧成功了，来到了真正的三国时代！这也让他意识到，阿尔法的理想或许有可能变成现实！

潘离深呼吸了一下，让自己恢复了镇定。"兄台！"他故意用古老的称谓，想从门口的兵丁口中问出些线索。

"将军，您要折煞小人了！有什么吩咐，您尽管说！"兵丁很是惶恐。

"现在是什么时间？"

"时、时间？您是问什么时辰了吧？午时了。您都问了几次了。黄将军还是没回来，张副将出营查探，也已经有小半个时辰了。"

潘离仔细回忆着自己所了解的关于219年的一切：将军？张副将？黄将军？219年，黄忠杀了夏侯渊，曹操率二十万大军为夏侯渊报仇。黄忠去汉水东岸烧粮草，赵云接应……张副将？当时赵云的副将就叫张翼？没错了，客体一定是赵云！现在，黄忠应该已经被曹军围困，历史原本的轨迹是赵云救出黄忠，吓退了曹军！这个时间桩不能破坏，否则蜀军依然会失利！

"来人！备马！点二十名轻骑，随我出营！"潘离吩咐道。

赵云这副常年在马上征战的身体，驾驭战马早就成了一种本能。潘离适应了赵云的身体后，很快就习惯了马上的颠簸，一路向汉水西岸疾驰。

他刚到汉水西岸，远远望去，东岸有人正在厮杀，一员老将在数十人的保护下，正向自己这边狂奔。

"那应该就是黄忠了！"潘离心中暗道。

"快！接应黄将军！"随即，他突然加速向着黄忠的方向冲去。

此时，黄忠身周的骑手已有数人被弓箭射中落马。一员大将率领几十名骑兵突然加速，从曹军中跃身而出，向黄忠掩杀而来。

黄忠与随从的战马显然已经疲惫不堪，很快被那名将领带人围住，双方厮杀起来。

---

① 绞是指把牛筋和麻绳拧一起。一般以牛筋为中心，外有六股麻绳同向捻起成粗麻绳。

"那是徐晃？"潘离再次夹紧马腹，战马的速度又快了几分。

甩开身后的二十名骑兵，他直接冲入战阵之中。手中那杆银枪，让潘离觉得它仿佛天生就是自己的，精妙的枪法信手拈来。随手格挡袭来的兵器，枪杆转而就将对方砸落马下，枪尖刺出时，即有一人应声落马。围困黄忠的人立刻被冲散，潘离将银枪平举，托在腋下，直奔徐晃冲去。

"赵云？撤！"徐晃见赵云朝自己冲来，拨转马头就跑。

"老夫的副将张著，还在后面！"身后黄忠大叫。

潘离策马急追，一个身着蜀军将官盔甲的人正疾步向自己奔来。原来张著的马匹被曹军的羽箭射中，他只能弃马奔逃！潘离经过时，顺手将张著提起，置于马鞍上，调转马头往回跑去。

疾驰中，潘离回头望去。见徐晃已经回归曹军本部，另一名将领似乎大骂了徐晃一句，率军急速追来。潘离心中猜测：那人必是张郃！

前方，二十名轻骑已经接应到了黄忠，他立刻追了上去。

再看后方，张郃正带着大军全速追来。潘离心道：原来历史真的是这样，看来，只能按照赵云当年的计策行事了。

21

第二十一章 三国遇囧

冥想室中，王翔的呼噜声惊天动地，这让时空小队的成员们十分无语：训练的时候都能睡着？

冥想，同样是进行穿隧必需的训练项目之一。目前的穿隧技术并不完善，有着极大的不可控性。而客体在进入深度睡眠之后，量子纠缠态下的主体意识就会被自动"拉"回自己的身体。为了延长穿隧主体执行任务的时间，黑袍研究院与擅长冥想的鲁霞秋一同，开发了一套针对穿隧的冥想课程。经过训练之后，穿隧主体思维可以骗过客体大脑，让意识保持浅层睡眠的状态，并以此恢复客体的身体与精神状态。

突然间，一个从未听过的特殊警报声响起了。

"时空特警组成员请注意！时空特警组成员请注意！请立即到穿隧大厅集合！"

唐安迪看了看还在熟睡的王翔，皱了皱眉："叫醒他！"说完站起身直接向门外走去，么恒和程婷对视了一下，两人都从对方的眼中看到了一丝紧张。还处在半梦半醒中的王翔，被恨铁不成钢的鲁霞秋拉了起来，几人朝着唐安迪离开的方向快步跟了上去。

来到穿隧大厅时，里面的工作人员全都在忙碌着，刘伟文急匆匆走来："破桩联盟已经开始行动，没时间让你们继续穿隧训练了！"

来到几人面前，他打开了光幕："我们探测到一次极其异常的能量波动，技术部门已经确定，那是制造量子黑洞的巨大能量造成的！对波幅以及能量的各项数据做了精密分析之后，我们确认，破桩联盟有人穿隧到了公元219年，也就是三国时期，地点在成都附近。当时，成都属于益州，在刘备的治下，是蜀国的都城。"随着他的讲述，一幅立体的三国时期地形图出现在时空小队面前，山川与河流都被等比例缩小了，成都呈现出一座大型古代城池的样子。

"接近两千年前？为什么选择那么古老的年代？"程婷讶异道。

"为什么选择那个时期，我们还不清楚。但人工智能已经为我们计算出了当时会影响历史走向的时间桩！"他在地图上长江的位置挥了挥手，在荆

穿隧大厅

　　穿隧中心建造于地表1000米以下。时空战士在这里的休眠舱中进行思维数字化后，以引力波为载体，通过人造黑洞穿越时间。

州的位置停了下来。

"这是荆州？关羽大意失荆州？"唐安迪立刻反应过来。

"没错！就是由这个时间桩开始，蜀国开始由盛转衰，刘备失去了优势！"

"您刚刚不是说，破桩联盟穿隧的地点是成都附近吗？破坏荆州的历史走向，去成都做什么？"程婷问。

"这个我们不得而知。但可以肯定的是，前往成都的破桩人，无论做什么，都会与荆州的事情有关。其最终目的一定是破坏荆州的时间桩！也就是说，抵达219年后，你们的首要任务，就是查出破桩人针对荆州的计划，并阻止他！"

"刘局，设备已经全部就位，随时可以穿隧了。"一名技术人员报告道。

"这次任务唐安迪留下作为后备支援，其他人就位。"走到休眠舱前，刘伟文转过身面对时空小队，语气凝重："有一点，你们必须时刻谨记！这一次是正式穿隧，不是四化训练！你们的意识会被投放到客体的脑神经中！也就是说，一旦客体脑部在瞬间内受到致命伤害，你们的意识将失去载体，消散或者迷失在那个时空之中！"

"如果受到其他致命伤呢？"程婷急忙问道。

"除了脑部瞬间受到致命伤害，其他致命伤害都会有个死亡的过程。在死亡过程中，人体在濒死前会产生自带麻醉剂的DMT，使人进入休克状态，也就是深度昏迷，你们的意识就会被强行拉回我们现在的时空！"刘伟文道。

王翔兴奋道："我靠！脑子没事，人就没事！嘿嘿，我老王一向扛揍，到了三国，你们只管跟着我！什么刀啊，枪啊，哥都给你们挡了。"

刘伟文道："这一点正是我要提醒你们的！切记，客体受伤，你们的意识是有反应的！也就是说，受伤之后，意识感受到的疼痛的程度及其带来的其他负面影响是和本体受伤时一样的，如果受到的是致命伤或者器质性损伤，你的意识在回归之后，仍然会留下关于损伤的记忆！"

看着王翔一脸懵懂的样子，刘伟文又补充道："假设，客体的手臂被斩断了，当你的意识回归之后，尽管本体的手臂还在，你也会在一定时间之内感觉不到手臂的存在。如果受到的是致命伤，比如心脏被刺穿，你的意识在回归之后也会认为你的心脏被刺穿了，它会一直处在心脏被刺穿时的濒死状态！好消息是，你们的休眠舱会维持你们的生命体征，直到技术人员将意识修复。

坏消息就是，你的身体虽然昏迷了，意识却会无比清晰，那种痛苦会让你永生难忘！"

王翔想了想，不由得咂舌道："得，那还是老实点吧。"

刘伟文："所以，到达那个时空之后，如果有条件，你们需要在第一时间为自己准备好应急回归药剂，也就是可以让自己迅速进入深度昏迷的药物。在客体即将重伤或者死亡之前，顺利回归。"

刘伟文说完，就将全副心思放在了各种数据上。程婷见么恒一言不发，一副心事重重的样子，扯了扯他小声道："喂，终于正式穿隧了，你就一点儿也不兴奋？"

"兴奋？你脑子没病吧？那可是两千年前，冷兵器时代！缺胳膊少腿，甚至掉脑袋的事会少吗？我建议你好好想想，怎么才能不让客体挂掉！不要完完整整地去了，回来之后发现哪个零件不能用了！"

"真没劲！"程婷转头向自己的休眠舱走去，王翔听到两人对话，在一边嘿嘿傻笑。

技术员们忙着确认技术细节，一根根细细的管子自动接入几人身体时，程婷道："我建议我们最好先确定一个碰面的地点。就选 219 年成都最大的酒楼吧，暗语是'2097'。其他的，等我们碰面之后再说。"

【黑洞能量级：4】

【穿隧人数：4】

【到达年代：219 年】

【到达坐标：东经 103.59~103.63、北纬 30.75~30.79】

【任务目标：阻止破桩联盟的活动，保证客体的生命安全。】

【5 秒后准备进入穿隧模式……数字化匹配完成。】

么恒、程婷、王翔、鲁霞秋等一众队员的穿隧床中，蛋清般的水养液越来越多，十来秒后，液体已经浸润人体，仅有脸部露出，众人合上了眼睛，开始进入深度睡眠状态。

【思维同步成功……开始载入客体……视、味、听、嗅、触五觉体感同步……完成。】

么恒是被吵醒的。醒来时，他带着一身的酒气，应该是宿醉刚醒。一阵阵的剧烈头疼，让他不禁眉头紧锁、倒吸凉气。

吵闹声是一群在赌博的人传来的，他们在不远处高声呼喝着，似乎在玩一种类似掷骰子的游戏。这些人穿着软甲，并不是普通士卒的装束。

么恒起身看了看四周，这是一处偏院，有几个房间。院子并不大，似乎是专门给这里的兵士住的。走到水井边，他先从木桶里舀了一瓢水，咕嘟咕嘟喝了下去。

"信哥儿，醒了？来来来，一块儿玩两把。"一个浓眉大眼的汉子招呼着。

"咱们今天不用当值？"这个时代，战乱不断，各方势力角逐天下，一不小心就会被人当作奸细，么恒必须小心应对。从对话中，他知道了客体的名字，更多的信息只能一点点试探。

"你是不是喝傻了？今天休沐！"那大汉也不以为意。么恒以手扶头，假装还有些晕眩："都是你们害的，咱们这是在哪儿？"

"我的于都尉，你怎么连自己家都不认识了？你这点酒量，下次就别逞强了！"那汉子见么恒摇摇欲坠的样子，连忙过来搀扶。

"下次找个最好的酒肆，还是兄弟我做东！"

"你说德胜楼？晌午可不就是在那儿吗？"大汉转头笑嘻嘻对其他人叫道，"兄弟们，于都尉说了，下次还去德胜楼，还是他做东！"

立刻有人跟着应和道："那敢情好！来来来，咱们祝于都尉天天升官，咱们呐，天天有酒喝！"

"原来客体名叫'于信'！最好的酒肆是德胜楼！"么恒心中暗道。

他借口出去散散酒气，独自走出院子，在路边随便问了问德胜楼的方向，准备去与时空小队会合。

让么恒没想到的是，这时的成都竟然如此繁华。街道两边，随处可见一座座砖石垒起来的大宅。这些宅子占地极广，院墙很高，屋檐房顶处雕梁画栋，可以想象，墙里面也必然是亭台楼阁，非富即贵！

大街上，往来的行人很多，大家穿的都是粗布衣衫，偶尔也能看到身着绸缎的人，但非常稀少。各种货摊随意摆在路边，供来往的行人挑选。三两间茶肆间杂着，不少人坐在里面喝茶聊天。

又问了几名路人，么恒终于找到了德胜楼。伙计将他引了进去，一上二楼，他就见到一名粗布麻衫的汉子，独自对着一桌子菜和几坛子酒，正在大吃。汉子见有人上来，迅速往这边瞄了一眼。现在并非吃饭的时间，他却一个人在大快朵颐……

么恒径直走到汉子这桌，坐了下来："2097！"

汉子神情一滞："2097！你是？"

么恒道："么恒！"

"王翔！"汉子道。

么恒正要说话，突然发现王翔的目光望向自己身后楼梯的方向，同时还对着那边挥手高喊："喂！2097！2097！这边、这边！"

只见楼梯处，走上来两个女孩，一个扎着羊角辫，一个梳着马尾。两人都是一身粗布衣裳，显然家境并不富裕。

听到王翔咋咋呼呼地大叫，两名女孩立刻坐到桌边，同时低声道："2097！"

梳着马尾的女孩对王翔说道："这么强的二货天赋，你是王翔吧？"

王翔尴尬地笑了笑，马尾女孩接着道："我是程婷，她是鲁霞秋。"

鲁霞秋突然盯着王翔的眼睛："别乱动！看着我！"

王翔："在这儿？不好吧？"

鲁霞秋"切"了一声，然后转头仔细看了看程婷的眼睛："你们有没有发现，大家的虹膜都有蓝色圈环。这应该是穿隧引起的，我刚才观察了小二的眼睛，没有任何异常。"

王翔嘿嘿傻笑，突然神色严肃道："这些能不能等下再说？我有个不好的消息！"

"什么？"三人的目光都聚在王翔身上。

"我点了一桌子东西等你们吃，结果发现，我没钱！"

两名女孩互相看看："我也没有！""我也没带！"

三人不约而同望向么恒，么恒急忙摸摸自己身上，然后无奈道："我也没钱！"

第二十二章

妙计破敌

汉水东岸。

"快，全速回营。"马上的潘离高声大喝着，二十名轻骑尾随着他策马狂奔。

前方就是山路，山上层林叠嶂，张部必然不敢离开大队人马孤军深入。何况其中还有步兵，只要上了山路，张部的几万大军追击速度必然减缓。

潘离估算了一下，接应黄忠的地方与军营的距离大概有十七八里，如果能快速回到军营，就还有时间布置。疾驰中，他心中不禁暗想：在科技这么不发达的时代，没有先进武器的加持，只用几千人对阵几万人，古代军事家的智慧，不得不让人敬佩。

就算明知历史上赵云这一仗是胜的，也明知赵云使用的是怎样的计策，当看到张部那几万大军的阵势，潘离的心中还是有些发虚。

回到军营时，潘离发现，吊起的营门已经放下。一名将领装束的中年汉子，正在门口张望，此人应是此前出营查探、赵云的副将张冀。他见黄忠也在队列之后，明显松了口气，然后高声吩咐："待人马进营，即刻吊起营门。传令下去，全军整肃，由后山撤退。"

"且慢！张将军，不必吊起营门！所有人全副武装，隐在暗处，等我号令！"潘离高声喝道。

"赵将军，张部前锋有三万人，还有十几万大军在后，咱们只有三千人……"张冀慌了。

"听说过空城计吗？"

"啥？"张冀有些茫然。

"吩咐下去，快！"见张冀还在不知所措，他只好大喝一声。

"诺！"

"诸葛亮的空城计，不知道是不是后人杜撰的，不过，赵云这次的空城计可是有记载的。"潘离暗道。

很快，有兵士牵出马匹，为马匹佩戴马鞍。潘离看到马蹄下扬起的尘土，心中突然灵光一闪：再给赵云的计策加点料。

"来人！"

"在！"

"营中还有多少马匹？"

"三百！"

"分出两百骑兵，命他们分头上山，到那片林中。"潘离指了指军营后方半山腰上的树林，"令他们刀枪出鞘，每人间隔三十丈。马尾拴上树枝，以树枝拖地，来回跑动，快去！"

"诺！"

"子龙，我能做些什么？"黄忠问。

"老将军，且作壁上观。"说完，潘离催马走到隐蔽处。

一名斥候快马进入军营："敌军距此五百丈！"

与此同时，张郃也接到了斥候的信息：前方发现蜀军大营！

"传令下去，全军戒备！"他放慢了马速，开始观察周围的地形。蜀地多山，他不得不小心应付。

不多时，张郃率军来到赵云的营前。在张郃的眼里，这座营寨并不大。如果是在山下平原地带，凭自己手中这几万兵马，这样的营寨，瞬间就能捣毁。但这是在山中，而且营寨就在要道之上。

让张郃没想到的是，营门竟然是开着的，里面连个人影也没有。

"将军，营门大开，赵云这是跑了！我带人去烧了这鸟寨子！"徐晃叫道。

"且慢！"张郃死死地盯着营门，目光游移不决。

"这鸟寨，只有如此大小，就算有埋伏，能有多少人？咱们几万人，撒泡尿都能淹了它！将军，别犹豫了，让我去吧！"徐晃已经等不及了。

"快看山上！"突然，有兵卒高声叫道。

顺着兵卒手指的方向，张郃往山上望去。只见密林之中，时不时闪烁出金铁的光芒。他立刻意识到，那是兵器在阳光下的反光！有反光的密林中，还有大片的烟尘扬起，好似有大量的战马在奔跑、集结。

"不好！有埋伏！退，速速撤退！"张郃大喝一声，拨转马头就跑。

身边的兵士见主将转头就跑，也跟着跑。几万人的军队，瞬间就乱了。

营门内，潘离见张郃命部下撤退，对方的军阵已经乱了，立刻大喝一声："弓箭手！"

藏在营门边的弓箭手立刻结队，他们冲出营寨，在寨门前开始放箭。跑得慢的敌军纷纷中箭倒地。

"一百轻骑，随本将追击！"潘离再次高声道。说完，一夹马腹，当先冲了上去。墙边，早就等候的轻骑立刻追了上去。

"子龙，黄忠与你同去！"老黄忠也跟着冲了出去。

潘离所率的轻骑，不费吹灰之力就追到了跑在最后的骑兵。撤退的曹军，听到蜀军的喊杀声，彻底没了士气。

面对溃逃的曹军，潘离率领的轻骑如虎入羊群，一路向前杀去。这是一场将近两千年前冷兵器之间的残酷杀伐。兵士以命相搏，只因一声号令。此刻他们的生命就像蝼蚁一样，在刀光剑影中被轻易抹杀。

潘离杀红了银枪，也杀红了眼，直追出去二十余里，直到残军逃远才放缓了马速。

"子龙，三千破三万！此仗足以载入史册了！"黄忠兴奋地拍马追了上来。

赵云拱手："黄老将军过誉了！"

黄忠道："我等还需尽快回转向主公和军师复命！"

尽管潘离看起来十分从容，但其实他还没从方才的作战中回过神来，客体的心脏在胸腔中怦怦作响。这不是梦，他"成为"赵云，领导了一场胜利，他参与到了真正的历史中，改变历史的可能性是真实存在的。

刘备、诸葛亮这样的千古名人，潘离有些迫不及待地想见一见，看看他们是不是像后世的影视剧里所描述的样子。

三千军马拔寨回程，潘离开始仔细斟酌，应该如何破坏"关羽大意失荆州"这个时间桩。他记得，资料中显示，215年湘水划界之后，关羽镇守荆州三郡（南郡、零陵、武陵），孙权一直不敢有异动，直到219年关羽北上襄阳、水淹七军大败于禁。彼时，关羽大意轻敌，加上陆逊当上大都督之后一直对他假作逢迎，一度让关羽认为吴军根本就不敢妄动荆州，所以他才敢去襄阳。

吕蒙抓住这个时机，不但带了三万人白衣渡江，还策反了守将糜芳。关羽得胜归来时，荆州治所江陵城已经易主，只能逃走。

穿隧前夕，潘离和阿尔法也曾探讨过这个问题，阿尔法的建议是：水淹七军的胜利需要保持，所以，关羽还是要北上。而荆州，可以想办法让刘备另派一名五虎上将去防卫。据阿尔法分析，根据刘备在入川称帝之后的历史表现，明显可以看出他只信任关羽、张飞和诸葛亮三人。当时，刘备能用的良将极多，关羽已经有了些自大的苗头，他还是将荆州这么重要的位置交给关羽镇守，极有可能就是出于对其他人的不信任。

此外，潘离还需要考虑如何保持穿隧状态的问题。就算运用了阿尔法提供的冥想技巧，利用浅层睡眠保持清醒的状态也是有极限的。如果到达临界点，自己进入深度睡眠，就会直接回到 2097 年！那样，任务也就失败了！潘离意识到，自己需要一个快速而有效的办法……

23

第二十三章 军中异动

　　三贯钱，这是时空小队这桌饭菜的价钱。在得知店小二一个月的工钱只有一贯钱的时候，时空小队的成员们纷纷对王翔表达了强烈的谴责，王翔只是嘿嘿傻笑。大家只能边吃边想办法。

　　程婷和鲁霞秋运气不错，两人的客体是一对姐妹，互相从现代人的语言习惯上猜到了对方的身份。王翔的客体是个铁匠，铁匠铺在另一条街最不起眼的位置。只有么恒的身份是最容易接触到军队和官员的，如果荆州有什么异动，以他都尉的军职，应该可以最先得到消息。

　　一番商议下来，四人对这次的任务毫无头绪，完全不知从何入手。这个时代，虽然人口数量不是那么庞大，但成都是蜀国的都城，这样规模的城市人口不下数十万，不借助数据化时代的那些高科技设备，想找到破桩人简直难如登天！最终，还是程婷建议，先找到能帮助他们进入深度睡眠的应急药剂，然后由么恒借助军人的身份打探荆州的消息。关于钱的问题，只好由么恒回到自己醒来的地方，找那些在赌博的同僚借些钱来付账。

　　等么恒回来付账时，酒肆门外一阵喧闹。几名将领带着数千兵卒浩浩荡荡从门外经过，引得百姓纷纷出来观看。

　　四人都想看看古代部队的样子，也来到路边围观。这支军队似乎打了胜仗，兵卒们昂首挺胸，有人还在眉飞色舞地交谈。几名将领都在队列的前方，四人看不到样貌，但可以远远地看到帅旗，上面写着古体的"赵"字。

　　"小二哥，这是哪位将军？"程婷向小二问道。

　　"小娘子是外乡人吧？那可是赵云赵将军，听说三千将士打得曹军丢盔弃甲，大胜啊！"店小二眉飞色舞地比画道。

　　"听说荆州那边也在打仗？"程婷又道。

　　"哦？这我倒是不知道。不过，那边有关将军坐镇，保准万无一失！"店小二信心十足，很快又把刘备和诸葛亮统统夸了一遍。四人这才发现，原来这个时代成都的百姓对刘备和诸葛亮竟然如此爱戴。

　　至于应急药剂的问题，程婷判断，这个时代最适合也最有可能获得的药剂应当是麻沸散。他们在找了个郎中问过之后才知道，麻沸散这种东西，竟然只有少数军中的大夫才会配置。这个任务自然而然又落到了么恒身上。其余三人，只好根据鲁霞秋的发现，到大街上四处去寻找"蓝色的眼睛"。关于再次碰头的地点，四人一致选择了么恒的院子。于是，定好再次碰面的时间后，时空小队开始分头行动了。

回到那个院子，么恒才知道，原来这里是专门给像他这样的军官准备的住所。而都尉这个职务，在军中已经属于高级军官了，不但要在战时上战场，还要帮助上级将军制订作战计划，等等。

都尉，是配有两名小校的，么恒觉得，这就是后世的勤务兵。他立刻吩咐小校叫一名军医来见自己。就在军医去准备麻沸散的时候，一名传令兵匆匆跑来："于都尉，上峰有令，酉时三刻，至校场听调。"

"难道要去打仗了？"么恒试探地问道。

"卑下不知。不过，赵云将军见了丞相之后，卑下就接到命令了。"

传令兵走后，么恒算了算时间：酉时三刻？应该是下午的六点三十分，距离现在还有几个小时，会不会今晚就要拔营？这个身份有点麻烦，难道要想办法逃走？

正寻思着如何是好，小校来报：有两男一女来找。

果然是程婷、鲁霞秋和王翔。本以为三人找到了什么线索，结果毫无所得。最让么恒无语的是，程婷和鲁霞秋竟然在集市上逛起了街，说是要领略一下三国时期的人文风情！

么恒将自己的担心和三人说了之后，程婷的建议是，先去校场看看什么情况，之后再随机应变。

麻沸散的配制很快，在么恒出发前，军医已经将它送了过来。么恒命小校取了四个竹筒，将麻沸散分别装好，分给了其他三人。眼看时间不多了，么恒牵过自己的战马向三人吩咐道：

"我问过小校了，这么紧急的军令，很可能马上就会开拔。你们不要走远，万一即刻开拔，我会想办法逃出来跟你们会合。"

来到校场，么恒好不容易才找到那几个相熟的同僚，跟着别人有样学样地牵着马匹一起列队。不多时，一队骑兵来到校场中央。当先一名将领，白盔白甲，白色战袍，背后背着一杆银枪。身后有人擎着"赵"字帅旗。这名将领到了点将台边，飞身下马，将缰绳交给随从，快步走上点将台：

"诸位将士，近日有探子来报，东吴吕蒙，欲借关将军主力北上襄阳之际，夺取荆州！此地乃我蜀汉之要冲，不容有失。且关将军经营多年，乃我蜀汉水军之根基。如果失守，我蜀汉将再无北伐曹贼之胜算！

"我等入蜀经年，披肝沥胆，才有今日蜀汉之欣欣向荣，才有北伐曹贼之资！孙权小儿，觊觎此地已久，欲趁此机，强取荆州，断我蜀汉命脉！诸将士，尔等能等闲视之否？"

"否！否！"校场军阵之中，军卒与将官齐声大喊。而么恒却在思量：赵云要去荆州？史料从没记载过！关羽北上抗曹，留糜芳镇守荆州治所江陵，糜芳被吕蒙策反！关羽大胜归来时却无家可归！据后世的学者分析，当时蜀国兵多将广，能打仗的将军比比皆是，如果当时不是关羽大意，随便留了个糜芳守江陵，哪怕调任何一个拿得出手的将领留守，荆州都不会丢！赵云去荆州……没错了！这一定是破桩人促成的！

点将台上，赵云伸手虚按示意大家肃静，接着高声道："诸将听令，一个时辰之后在江边集结，我等由水路出发，支援荆州。"

说完，赵云由点将台直接跳落在马鞍上，带着随从向校场外奔去。经过么恒身边时，么恒看到了赵云眼中闪过一抹蓝色！

"赵云是破桩人？！"么恒心头剧震，他立刻向校场外跑去。

程婷几人就在不远处等消息，得知赵云就是破桩人后，大家瞬间都沉默了。赵云赵子龙的威名，四人自小就如雷贯耳。破桩人的客体竟是赵云，以他现在的身份与地位，他们若要维持历史原本的走向，无疑更加困难了。

还是程婷打破了僵局："就算破桩人地位超然，只要计划得当，我们未必完不成任务！"

大家的目光望向程婷，等着程婷说出她的计划。

"不管破桩人打算如何行动，我们此行目的只有一个，那就是守住关羽失荆州的时间桩！如此就好办了，我们围绕着荆州这个关键核心，兵分三路行事。第一，么恒随军去荆州，潜伏在赵云身边，一有机会立刻制服赵云，想办法让破桩人的意识回到2097年。第二，鲁霞秋和王翔去襄阳，盯紧关羽周围情况，必定会有军令命关羽返回江陵，你们需要在此之前解决掉蜀国的信使！第三，我混入商船到东吴去，找到吕蒙，帮助他顺利白衣渡江！"程婷一口气讲完自己的计划，然后等着其他三人提问。

　　程婷在这么短的时间里提出了如此完善的计划，让么恒突然对她清晰的头脑很是钦佩，他看向另外两人。

　　王翔道："我脑子不大好使，你们说怎么办咱就怎么办！"

　　鲁霞秋问："如果没追到信使怎么办？"

　　程婷迅速答道："如果劫杀不成，立刻加入关羽军，扩大关羽军的战果，拖延关羽回江陵的时间！"

　　么恒道："就这么办了！出发！"

第二十四章

多智
近妖

夕阳下，宽阔的江面上，浩浩荡荡的战船扬帆起航。荆州在下游，顺水行舟，加之风力，天明即可抵达。

楼船内，潘离对身边随从低声吩咐："吩咐下去，找到了先别惊动他。"

"诺！"随从走后，潘离的视线落到刚刚随从身后的铜镜上，他不由得再次注意到自己蓝色的眼睛。他突然有种感觉，古人虽然没有现代科技赋予的计算能力，但其智慧同样可怕得惊人，尤其是像诸葛亮这样的"妖孽"。

中午抵达成都时，他就马不停蹄地去了丞相府。门人很快将他引至书房，进入房中，他发现诸葛亮并不像自己想象中那般丰神俊朗，其人年逾四十，发丝中已经夹杂着些许灰白。也许是因为多年心神上的过度操劳，面容上有着一种说不出的疲态。

"子龙何故不去歇息，来我这里作甚？"诸葛亮始终没有抬头，听到潘离走进来的声音，依然将目光放在面前的竹简上。

"丞相，听说关将军挥军北上抗曹？"在跟黄忠交谈时潘离得知，此时关羽已经离开了荆州。

"前日，已有信使来报。"诸葛亮提起笔，在竹简上写了几笔，似乎是在批阅政务。

"当今留守江陵之主将，是否为糜芳？"潘离问道。

"云长于信中曾言此事，如何？"诸葛亮放下了手中的笔，抬头望向潘离。

"糜芳素来心胸狭隘，一向对关将军心怀不满，听闻其曾拖延北伐军粮，时下必惧关将军折返，吾恐荆州有失……"其实潘离并不知道糜芳与吕蒙有什么关系，他只是希望借此引起诸葛亮对此事的注意。

诸葛亮看了看潘离，然后似乎思索了片刻，叫道："来人！"

几名亲卫进入书房，诸葛亮又叫了一声："绑了！"

潘离还没反应过来，几名亲卫手中的刀已经架在了他的脖子上，他只能束手就擒。

"丞相这是为何？"

"何方妖人，假冒子龙，意欲何为？"诸葛亮波澜不惊道。

潘离完全不知道自己哪里露出了马脚，只能叫道："丞相，赵云就是赵云，

国·蜀汉丞相府

蜀章武元年（221年），刘备在成都建立蜀汉政权，诸葛亮被任命为
，主持朝政。其在位期间，忠于主公，奉命内修民政，外理军务，因
人敬仰。

三国·诸葛亮

蜀国丞相诸葛亮，向来以足智多谋、鞠躬尽瘁闻名。尽管古人并没有"时空"和"穿隧"的概念，但面对来自2097年的未来人，诸葛亮是否能察觉到异常？

何来冒充一说？"

"我与子龙相识二十余载，从未见其目露靛青，你与他虽样貌身形皆无二致，但言语神态也不似子龙那般，料想，你若不是山精妖怪变化而来，就是有妖人施展障眼之法，抑或以夺舍之术占了子龙的身躯！"诸葛亮看着潘离，眼中精光爆射。

潘离一时哑口无言，从醒来时，他就发现自己的眼睛变成了蓝色，尤其是虹膜缘上的蓝光圈特别明显，就是这一点引起了诸葛亮的怀疑。沉默片刻，潘离道：

"吾为赵云，亦非赵云！吾之事，甚是离奇，非此界之人可知，丞相可否听吾一言？！"

"哦？"诸葛亮挥了挥手，亲卫移开了架在潘离脖子上的刀。

"吾确占了赵云之躯！虽非汝所说之夺舍，但极相似！吾不会伤害于他，此间事了，自当离去！赵云亦复为赵云！"潘离站直了身体，让自己舒服一点儿。

"汝欲何为？"

"助汝等守住荆州！"

"汝怎知荆州有失？"

"吾自两千年后而来。后世有一谚语，曰：关羽大意失荆州，用以形容世人因疏忽大意失去某些重要之物抑或使某事失败。数日之后，关将军会在襄阳水淹七军大胜于禁，但糜芳会被吕蒙策反，荆州会被吕蒙占据。此后，关将军将败走麦城，被东吴所杀！汝心中亦知，荆州丢失，蜀汉必衰！数年之后，无荆州之倚仗，汝数次北伐皆败，终将心力耗尽，病死于五丈原！吾此来，即为荆州！荆州归汉，则大事定矣！"潘离尽量放慢了自己的语速，希望诸葛亮能够明白。

"为何如此？"诸葛亮并没有显得惊诧，反而表现得很感兴趣。

"吾等望汉室一统天下！"

"于汝等何益？"

"如丞相所知，吾自数千年后而来，此后局势分合，于吾等而言皆成历史。吾之所求，实为历史之创造，未来之创造。历史不分贵贱，皆有时空可容，若时空灿如星河，则人类未来亦如星河般璀璨！"

诸葛亮沉默了，闭上眼睛，手指轻轻叩击着桌案，似乎进入了沉思。

许久之后，他挥了挥手。亲卫收起刀退了出去。

"汝所说之时空，是否解之为世界、人界之界？除此界之外，亦有他界？"

"是……是的。"诸葛亮竟然仅凭他的只言片语，自行意会出了平行时空！潘离极度震惊，这样的理解能力实在太恐怖了！

"予汝一万军卒，立即驰援荆州，速去！"

"丞相不想知未来之事？"

"不必！守住荆州，诸事皆无。"

在这么短的时间内，诸葛亮的思维竟然可以跟自己同频，甚至比自己想得更多。潘离震惊了！难怪他能名垂千古，用多智近妖来形容一点儿也不过分。

离开时，诸葛亮的声音从潘离后方传来："慢着，吾料尔等亦有敌仇，或许已在此一时空。吾能察觉尔之身份，他人同样可以！由水路走，战船之上，插翅难逃！为保万无一失，吾将修书一封，命云长速回江陵！"

当时的潘离，感觉自己是逃出丞相府的，他一刻也不想多待，因为诸葛亮的智慧太可怕了！在战船上许久，潘离仍无法摆脱对诸葛亮的恐惧与钦佩，一个古人的理解能力和应变能力，居然可以达到这种程度。只一眼就识破了自己并非赵云本人，这也太厉害了！

潘离起身来到船舱之外，天色已经很晚。大江之上，夜色深沉，江风很大，吹得战袍猎猎作响。他深吸了一口气，用来缓解袭来的困倦。天空上风起云涌，月亮不时被云遮掩，很快又露出来。他心中不禁涌起莫名的感慨，想起那句很出名的古诗：今人不见古时月，今月曾经照古人。

"将军、将军！靛青色瞳仁的人，找到了！"一名兵丁来报。

"是谁？"潘离转过身。

"都尉于信！"

"到江陵，还要多久？"

"五六个时辰！"

"好！打旗语通知下去，盯紧他，不要露出任何马脚，下船时再动手。抓他的时候，闹得动静大些，让所有人都看到。"

穿隧的最后时刻，阿尔法曾提醒过他，四名时空小队成员会来阻止破桩。为了避免不必要的麻烦，他需要控制住时空小队。

再次深吸了口气，缓缓吐出之后，他转身走进船舱，进入了自己的冥想时间。

第二十五章

码头
交手

么恒同样在甲板上吹着江风，每当困意来袭时，他就会将指甲用力地刺入掌心，用疼痛驱走睡意。这艘战船上，不少军卒会在半夜跑到甲板上方便，还有旗手掌着灯在桅杆上和前方的船只打着旗语。深夜时分，有人不睡却在甲板上站着吹风，让经过的军卒纷纷投来异样的目光。

白日所见的山峰，入夜之后，就成了黑漆漆的一片，仿佛其中隐藏着令人恐惧的怪兽一般。

"都尉的身份，接近赵云不难，但刺杀会有难度，毕竟赵云的身手……不对！赵云不能死！"么恒突然意识到，这个计划有着很大漏洞。破桩人的客体身份是赵云，此时的赵云对蜀国极其重要，在荆州失守之后，赵云还有很多仗要打。如果赵云死亡，就意味着后续的战争也会脱离历史原来的轨道，谁也不知道会发生什么，也许就会因此出现新的时空。所以，赵云不能死！他需要在赵云控制荆州之前，让他进入深度昏迷，让破桩人的意识回归2097。

尽管已经掌握了冥想的技巧，么恒还是感觉这一夜前所未的漫长。终于，天边露出一抹鱼肚白。江上的船只也开始多了起来，有往来的客商，更有捕鱼的渔船，荆州已经近在眼前。

荆州在三国时期本有七郡：江夏、南阳、南郡、桂阳、武陵、零陵、长沙。而江陵即关羽镇守的所在。战船的目的地，正是江陵外长江边的码头。

渐渐地，岸边的行人也开始多了起来，不少人远远地望见战船，纷纷指指点点，驻足观看。战船上，有兵丁开始高声呼喝。所有的商船、渔船都被驱赶到江的另一边，片刻之间，宽达数里的江面，竟开始显得拥堵不堪。顺着空出的水道，数不清的战船浩浩荡荡向码头驶去。先行上岸的兵丁，已经开始驱赶码头上的百姓。

终于，么恒所在的船只也靠岸了。这艘船上，都尉一职是最高军阶，所有兵士都在么恒身后列队，等他先行。正要走上舢板，船下，一队兵丁在一名军官的带领下快步跑了过来，将下船的位置包围了。

那名军官低声向身边的士卒吩咐了几句，士卒的目光马上向自己看来。么恒立刻心生警兆，他向身后望去，发现身后的士卒中，也有几人目光灼灼地盯着自己。这些士卒已经堵死了身后的退路，他只能不动声色地走上舷板。

他假意看着脚下，用余光观察那名将领，发现那名将领的目光始终停留在自己的身上，而且身边的军士也纷纷将手按在了刀柄上。么恒已经非常确定，这些人的目标，就是自己！

"难道被破桩人发现了？"么恒不禁暗想。

就在他快速观察四周，寻找逃脱的路线的时候，那名将领高声叫了起来："奉赵云将军令，都尉于信欲行不轨，即刻捉拿，听候军法处置！"

"只能硬闯了！"么恒毫不迟疑，迅速沿着船梆向人少的地方跑去，将领和军士立刻抽出腰刀包抄而来。

疾跑几步之后，么恒眼前寒光一闪，刀锋已经从侧面劈砍而来。他一个急停，伸手抵住对方持刀的手臂，转身一肘击在刀手脖颈之上。这人软倒之际，么恒也被阻挡了片刻，军士们立刻将他团团围住。

他立即抓住船梆上垂下来的缆绳，向上攀爬。爬到一半，船舷上几名兵丁探出头来，他们抽出刀将缆绳砍断了。

么恒落地，那名将领大喝一声，兵丁迅速分开两旁，只见他疾跑腾空，手中大刀劈斩而来。他只能顺势一滚避开刀锋，跟着双手撑地，双足连踢，这是他在成为特警之后学会的巴西战舞的格斗技巧。那将领似乎从没见人用过这样的招数，匆忙中用手臂格挡，显得有些手忙脚乱。

么恒将他逼退几步，其余军士再次围拢上来。他夺过一杆长矛，一阵横扫，将近身的人逼退，转身向码头上临时的货物堆放点跑去。

码头侧面，原本被驱赶的客商、百姓正在围观。么恒知道，只有跑进人群之中，才有机会逃脱。他一边格挡、突刺，一边利用放置货物的箱子、麻袋和这些士卒缠斗，同时也在一点点向人群的方向移动。

打斗之中，一名兵丁一刀砍碎堆放在一起的几个坛子。一股刺鼻的味道钻入么恒的鼻腔："是桐油！"他立刻打翻了所有的坛子，追上来的兵丁很多站立不稳，滑倒在地。这些货物的边上，原本就架着用来照明的火炬，此时正是凌晨，火炬还未熄灭。么恒顺手将火炬踹翻，余火立刻引燃了桐油。借着江风，货物迅速被引燃，大火挡住了来抓他的兵士。他立刻向人群跑去！

突然，一柄银枪拦在面前，枪身一抖，直接磕在么恒胸口。么恒后退几步，发现来人是赵云。枪尖已经刺来，匆忙之间，他只能连连躲闪。枪尖在他头颈之间盘旋，如毒蛇吐信般始终对准着他的咽喉。任由么恒如何闪避，银枪还是落在他的锁骨上。突然，枪尖刚好点中喉结，么恒立刻僵在原地，他能感受到，赵云的枪尖已经刺破了喉咙上的皮肤，自己稍有异动，喉咙立刻会被刺穿。

"联合局特警来了几个？其他人在哪儿？"赵云冷漠地问道。么恒感到枪尖上的力量加重，颈间一痛，枪尖似乎已经刺破了皮肤。

"来了……"两个字说出，么恒趁赵云转移注意力的时机，双手上架，顺势迅速向后仰倒。赵云反应过来，枪尖向前一送，擦着么恒的面门而过。

见么恒仰面臀部着地，赵云托高枪尾，枪尖向下，再向么恒扎去。么恒双手双脚同时撑地向后蹿了半米，枪尖点在裆下地面之上，惊出么恒一身冷汗。他再向后蹿，赵云枪尖如附骨之疽，平刺面门。他只能歪头侧身，向一旁滚去。几招下来，么恒已经狼狈不堪，又被逼了回去，离人群越来越远。

不少兵丁已经跃过火焰追了上来，么恒余光扫了下四周，只有船头不远处兵丁未至。他刚刚之所以没有选择跳入江中，就是因为身披盔甲，太过沉重，入水反而难逃！

"拼了！"么恒将脚下的一只麻包踢向正举枪刺来的赵云。

趁着麻包阻挡赵云的时机，么恒转头跑向兵丁未至的方向。他一边跑一边扔掉头盔，身上套的皮甲与护心镜太难摘下，他选择解下嵌着铁片的战裙。

跑到岸边时，身上的甲胄仍有部分残留。赵云已经近身，又一枪刺来。么恒毫不犹豫纵身跳入江中。

赵云一枪刺空，其他兵丁也已经追到岸边。

"下水！抓住他！"赵云一声令下，立时无数兵卒跳入江中。

么恒曾经在甲板上注意过船锚的位置：就在船尾！他奋力向船尾游去，可甲胄的重量还是让他不断下沉。在水下十几米的位置，他终于看到了锚绳。他抓住锚绳迅速向上游去。幸运的是，岸边的江水并不清澈，能见度只有几米，跳下来的士卒想马上发现他并不容易。

他顺着锚绳从战船的背面爬了上去，小心观察一番，发现甲板上没人，立刻翻了进去，躲在船桅内侧，偷眼观瞧码头上的情况。

水下的士卒纷纷上岸，赵云见士卒均未找到么恒，思忖片刻道："进城！"

第二十六章

面见关羽

樊城，襄江。

鲁霞秋与王翔昼夜兼程赶到樊城，并未拦截到信使，只有按照程婷说的那样，加入关羽军，阻挠关羽赶回江陵。来到襄江岸边时，天空下起大雨。远远望去，两军正在对垒。

数不清的悬着蜀军旗帜的战船停在江面上，战船首尾相接，完全阻断了江面。沿岸密密麻麻尽是蜀军营帐，一队队的兵丁手持长矛在其间巡逻。粗略估算下来，足有数万人马。这里四处守卫森严，两人一身平民的装束，躲在岸边的树丛之中，根本不敢靠近。

顺着下游的方向望去，前方就是樊城的城楼。城上亦有兵士放哨，城外也有连绵不断的军营驻扎，高悬着魏军大旗。这些军营占据了城外数里的低洼地带，阻隔在蜀军与樊城之间，拱卫着背后的樊城。

两人料想，这就是于禁率领的七队大军了。此时的樊城，守将正是曹仁。不久前刘备称王，黄忠在定军山一战中大胜曹军，斩了夏侯渊。刘备为了巩固战局，令关羽北伐取樊城。曹操闻讯，派出于禁、庞德领军增援。

"英雄迟暮，真是令人唏嘘！"了解了这场战争之后，鲁霞秋时常为关羽感到惋惜。如果不是关羽将所有精兵尽数带到了樊城，就不会造成江陵防卫空虚，给了吕蒙可乘之机。而仅凭在这之前陆逊的几句花言巧语，关羽竟然信了吴军不敢进攻江陵的谎言。这让她心目中的关羽更添了几分悲凉的色彩。到了晚年，因疏忽大意犯下这样的错误，着实令人可悲可叹。可无论多么同情关羽，她还是要想方设法促成关羽的失败。

神经大条的王翔完全没有鲁霞秋的感触。他一直很激动，能见到真实的关羽，让他一路兴奋不已。

至于如何接近关羽，鲁霞秋根本不指望王翔能有什么主意。令她没想到的是，王翔提出的想法竟然是最简单也最直接的：慕名而来，追随关二爷！

两人直奔营门方向而去。大雨滂沱，脚下一片泥泞，守卫的军卒直到两人走近营门，才注意到有人接近。

"站住！"军卒目光不善，手中的长矛对准两人。

"这位军爷，我们仰慕关羽将军已久，听说关将军在此征战，特意前来追随，劳烦这位军爷通禀。"半路之上，为了方便行事，鲁霞秋已经换作男装打扮，守卫的军卒只是略作打量，并未生疑。

"去去去，想追随我们关将军的多了。赶紧走，马上打仗了，别在这添乱！"军卒对此司空见惯，根本不为所动。

"大哥！我们是来献计的！我有一良策，三天之内，包管大破曹营！"王翔凑上去嬉皮笑脸地说，他不过是想把水淹七军的计策提前告诉关羽罢了。

"大破曹营？就凭你们俩能想出计策？"军卒不屑道。

"等着，你可别诓我，要是害得老子挨军棍，回头我饶不了你！"鲁霞秋本以为王翔只是想蒙混进去，正在担忧，谁料那军卒犹豫了一下，竟然决定进去通禀。

"你疯了！哪来的良策？等下说不出来，我看你怎么收场！"军卒一走，鲁霞秋忧心道。

"先见着关二爷再说，不就是水淹七军吗？他要是还没想出来，我提前告诉他不就得了？"王翔嘿嘿干笑。

"他怎么可能想出来，水淹七军是后世改编的，正史里这就是一场水灾！"鲁霞秋豁然开朗。既然正史里关羽根本没有下令决堤，他们只需要在此时提出水淹七军的计策，便能让正史中的水灾提前发生！如此一来，就能够顺利拖延关羽折返江陵的计划了！

鲁霞秋忍不住对王翔刮目相看了一点点，但看到王翔那一脸傻笑后，她默默把那一点点又收回了……

不大一会儿工夫，军卒回来了："你们俩，跟我走。要是诓骗关将军，你们就等着军法处置吧！"

军营里，兵卒尽皆盔甲在身，随时准备战斗的样子。走过了不知多少座营帐，军卒带着两人来到一处悬着"关"字帅旗的大帐。军卒进去通禀，很快里面传出一道浑厚的声音：

"速速进帐！"

二人进帐，只见正中端坐着一人，身材魁梧，面如重枣，丹凤眼，卧蚕眉，不是关羽还能是谁？只不过他手臂上俨然有伤，并且已被包扎过。

关羽问道："吾与曹军对阵十数日，未见寸功，尔等因何敢说三日破曹？"

"水淹七军、水淹七军！"王翔激动得不停念叨。

"什么水淹七军，不知所谓！说不出个所以然来，今日吾必严惩不贷！说！"关羽一拍面前的帅案，高声喝道。

王翔完全没感受到关羽的怒意，一副无比谄媚的样子，让鲁霞秋尴尬得想找个地缝钻进去："关将军、关将军！哈哈，我可见着活的了，我要毛遂自荐，我要给您当小弟！您放心，我很能打的，而且保证听话……"

"来人，拖下去，嗯？且住！"原本关羽已经按捺不住，此时帐外雨声已经极大，雨水从帐门处溢了进来。关羽的目光停在水漫进来的位置，喃喃自语："水淹七军、水淹七军，哈哈哈哈！"

随后神情又黯淡下去："这位义士，水淹七军虽为良策，只可惜丞相有令，关某此刻必须折返江陵。"

"关将军，我有一言，不知当不当讲？"鲁霞秋道。

"讲！"

"樊城虽不及江陵，却是北伐咽喉所在。占据此地，才能直指洛阳。吾等不知丞相因何急命将军回江陵，但似如此天时、地利绝佳之时机，来日未必再有！且将军镇守荆州已逾数载，威名震慑东吴已久，陆逊等宵小何敢撩将军虎须？将军来此已近半月，东吴如有图谋，早已取了荆州，何用等至今日？吾觉丞相杞人忧天矣！"鲁霞秋边说边偷眼观瞧关羽的神情。只见关羽不自觉地捻起长髯，面上阴晴不定。

看了看王翔，这家伙就在边上嘿嘿傻笑，眼睛就没离开过关羽。王翔这副傻样，气得她不由得踢了王翔一脚。

"哎哟！对、对，小鲁说得太对了！就冲樊城的战略位置，和这么巧妙的计策，这场仗打赢了，那可是足以载入史册的！您想想，以后北伐成功了，您可就是北伐最大的功臣，几千年后还能有人记得您这场胜利，这不就是传说中的丰功伟绩吗？这种机会一辈子能碰上几回？荆州要丢，从您北上那天起就该丢了，还用等到今天？"王翔也跟着煽风点火。

关羽沉默片刻，突然一拍桌案："善！二位且歇息片刻，待入夜随关某掘开襄江，趁襄江大涨之际水淹七军！今夜必定大捷，此后，二位皆为吾之良将！"

说完，关羽高声传令："来人！命所有士卒听令，入夜后，全营火把通明，军士由近水处回战船等候，切记，回船时不可照明。留五千兵丁江滨待命！"

第二十七章 单挑
吕蒙

时空小队在制订计划的时候，大家已经进行过一番分析。破桩人既然是赵云，必定有能力让关羽提前折返荆州，王翔和鲁霞秋不可能将关羽拖延太久。所以程婷必须设法令吕蒙的白衣渡江计划提前实施。

此时，荆州七郡中，刘备控制着三郡，关羽一直镇守在南郡治所江陵，北上时将守卫江陵的重担交给了副将糜芳。破桩人是知晓三国历史的，他以赵云的身份到达江陵后，必然会对糜芳严加防范。而么恒则要确保在吕蒙抵达江陵之前解决赵云，并将江陵交还到已经被策反的糜芳手中。如此，才能让"大意失荆州"的事件回到正常的轨道上。

在研究这段历史的时候，程婷记得曾看过一位学者的文章。文章中提到，吕蒙卸下东吴大都督的职务，实则就是图谋荆州的开始。为了让关羽放下戒心，他诈病将大都督的职务交给陆逊，隐在背后操纵着一应事务，而陆逊则在明处逢迎拍马迷惑关羽。直到关羽北上、曹操的使者来到东吴时，吕蒙就会意识到：机会来了！想让吕蒙提前动手，她必须先到江夏面见吕蒙。

在这个时代，女性的地位太过卑微，程婷也只有女扮男装，藏身于一艘去往长江对岸东吴领地的商船，潜入东吴控制的江夏郡，吕蒙就在那里。

东吴的江夏郡，下辖后世会成为连接南北的重镇武汉，三国时已经非常繁华，酒肆、商铺比比皆是，百姓生活也颇为富足。程婷很快打探到吕蒙的府邸，却被下人以"都督病重，不宜见客"为由拒之门外。她在吕蒙的府邸门外徘徊很久，始终没有机会进门。直到深夜时分，才从院墙处翻了进去。

这具身体显然没有经过任何特殊训练，三米高的院墙，程婷借助着墙边的杂物才爬了上去，如果是自己的身体，根本无须如此。院落里很是安静，只有一队甲士举着火把巡夜。在甲士向内院走去时，程婷借着阴影迅速来到假山背后。

甲士全部进入内院后，她立刻尾随至内院大门处。一名侍女捧着食盒经过，领头的甲士和她打着招呼："小环，这么晚了，都督还没睡下？"

小环："都督最近睡得很晚，这会或许是饿了，吩咐我取些羹汤。都督还吩咐你们小心些，探子来报，蜀军大队人马到了江陵，切莫让细作混进府来。"

小环与甲士分别，向另一个方向走去，程婷急忙跟踪而去。

来到书房外，小环敲了敲门，里面应了一声。她捧着食盒进去，很快又空着手走了出来，轻轻掩上房门。

小环走后，程婷走近窗边，想将窗纸捅破观察里面的情况，一个瘦削的身影却向窗边走来，似乎要打开窗户。程婷赶忙侧身闪到墙边。

窗开了，那人便是吕蒙。程婷观他面如冠玉，身材颀长，一袭儒衫，颇有几分文人气息，目光却炯炯有神，很是犀利。他仰头望着月光，眉头深锁，正为荆州之事心忧。

程婷正想着，应该怎样与吕蒙接触，突然一声大喝传来："有刺客！"

她被巡逻的兵丁发现了！一队人正从内院的门口向她冲去，房顶上有人已经挽弓搭箭向她射来。她连忙俯身一扑，数支箭矢没入墙面。

刚要起身，兵丁已到近前，长矛直奔要害刺来。程婷根本来不及起身，急忙向一侧翻滚，顺手抓了一把泥土向兵丁扬去。趁着兵丁被阻滞的间隙，她迅速起身，发现腰间的衣服已被枪尖刺破。

"这具身体，真是太弱了！"她心头暗道不妙。

几名兵丁招招奔着要害，迅速猛攻过来。来得匆忙，她根本来不及去找件趁手的兵器，加之力量和反应都无法达到原本身体的状态，面对数杆长矛的围攻，俨然如瓮中之鳖。

躲闪中，程婷瞄见墙角处的兵器架上横放着马槊、长矛等兵器，上面挂着长弓与箭箙。她边闪边退，终于凑近兵器架，顺手从箭箙之中抽出一支羽箭。之所以选择羽箭，完全是因为其他武器对于这副身体而言过于沉重。

羽箭在手，程婷立刻开始反攻。她在特警队中曾专门学习过短棍等武器的使用技巧，羽箭虽细，却可以施展各种突刺的招数。她将羽箭施展开来，专门刺向兵丁们的面门、大腿等等没有穿戴甲胄的地方。数招下来，三名兵丁已经被她击倒。

正要乘胜追击，身后一股劲风袭来。程婷急忙回身，只见一道寒芒迎面斩来，她下意识地用手中羽箭格挡。"咔嚓"一声，羽箭应声而断！是吕蒙从背后一剑砍来！

一剑斩断羽箭，吕蒙并未动手，反而抛给程婷一把短剑，随后，挥舞了一下手中的长剑，拉开架势，等待程婷进攻。

程婷心知，这是吕蒙不想以多欺少，且看出她擅长短小兵器，故意给她一柄短剑。这也激起了她的好胜之心，她想亲手试试这些古代名将的战斗力有多强。

她将短剑反握当作匕首，迅速冲了上去。短剑对长剑，明明有着攻击距离的劣势，但程婷反而利用长剑到达不了的死角，对吕蒙频频发起进攻。滑、挑、扎、刺，短剑总能从意想不到的角度刺向吕蒙。

吕蒙招架住一轮进攻，程婷已经利用其灵活的身段游走到另一侧，再次剑走偏锋。吕蒙似乎从未见过这样的打法，被程婷一阵抢攻，有些手忙脚乱。但吕蒙的战斗经验显然极其丰富。不大一会儿工夫，他已经摸清了程婷的套路，渐渐开始防守得滴水不漏，而程婷则开始体力不支，动作再不似抢攻时那么凌厉。

转眼之间，吕蒙改守为攻，看准程婷招数用老，一剑砍在程婷手中的短剑上。短剑应声而落，震得程婷手上一阵酸麻。再想急退为时已晚，吕蒙剑尖已经停在了她的眉间。

"蜀军细作？"吕蒙沉声问道。

程婷灵机一动："我乃曹丞相属下密谍，前来助都督夺取荆州。"

"为何鬼鬼祟祟潜入府中？"

"日间求见，不敢表明身份，皆为下人所阻。"

"有何凭证？"

"此事机密，无凭无据！"

"我如何信你？"

"丞相此前有密信送与都督，告知都督关羽北上，荆州已无精兵，都督可乘虚而入！此等机会，失不再来，都督怎可等闲视之？"

"曹操作何打算？"

"关羽北伐，守将糜芳拖延粮草，此人必惧关羽折返荆州！丞相已在荆州援军中安插密谍，不日内将与糜芳合谋暗算赵云！再者，诸葛孔明派出援军，定是已知都督图谋。都督当趁其援军刚至未稳之时，即刻行事！此等良机，日后必不再有，关羽大军由我拖延，都督大可放心！"

吕蒙将手中长剑递给一旁的兵丁："将此人带下去，好生看管。"

"都督不信？"程婷忙道。

"吾将携汝同去，以客商身份白衣渡江。如届时城门未开，吾必在江陵城下斩你！"

程婷不由得心中暗暗叫苦：么恒啊，老娘的小命可全靠你了！你要是不能在吕蒙到江陵前把破桩人送回去，再帮糜芳开了城门，那我就死定了。

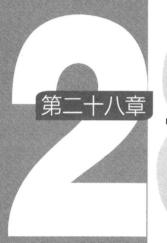

第二十八章

奇谋
险胜

江陵城

糜芳显然没料到，成都会有援军到来。赵云在进城时，他根本不敢前去迎接。他很担心赵云已经得知他故意拖延关羽军粮的事情，甚至一度以为赵云就是来治自己的罪的！赵云没进城之前，他就想过紧闭城门，利用手头的一万兵马与赵云对垒。想到赵云的厉害，他又打消了这个念头。现如今，他只能躲在军营中，根本不敢回府。赵云派人叫了几次，他都在推托军务繁忙，待处理完自会前去。他已经吩咐了属下，赵云一有异动，立刻前来禀报。拖到入夜，他就带上细软偷偷上船，去投东吴！

关羽带走了三万精兵，军营中空置着大片区域。糜芳将留守的兵士集中在自己的帅帐附近，又吩咐属下将赵云所率的援军安置在离自己最远的位置，越远越好！

正在他坐立不安的时候，一个声音自身后传来："我帮你解决赵云！"

糜芳一惊，这才发现，帅帐阴暗的角落里站着一个人。这人正是么恒！糜芳正要高声呼救，么恒手中的刀已经架在了他的脖子上："噤声！我本东吴密谍，潜伏于蜀军之中，此前为赵云麾下都尉。进城前，我被赵云识破了身份。我知你有意投诚，只要你肯配合，赵云，我来解决！"

糜芳："如何为之？"

么恒："予汝府上一封密信，命府中人等配合我布置一番。两个时辰之后，汝独自去见赵云，负荆请罪。告知赵云：兵符在汝府中，请其去府上接掌兵权。"

糜芳："赵云怎会信我？"

么恒："汝未带一兵一卒，因何不信？赵云武力高强，至多携几名亲随，必不疑有他。"见糜芳犹豫不定，么恒又道："大都督吕蒙携两万精兵转瞬即至，关羽也在途中，待关羽至此，其必杀汝！"

糜芳："等我修书一封！"

么恒又嘱咐了一番，问明糜芳府邸的位置，偷偷离开了军营。

荆州的精兵已被关羽带走，留守的多半是老弱病残。潘离有诸葛亮给的一万精兵，并不担心糜芳会玩什么花样。入营之后，他已经吩咐营中探子注意糜芳动向，稍有异动速来向自己禀报。自己用赵云这个身份来到江陵，糜芳一定措手不及，有这一万精兵在，他根本没有打开城门的机会。

正思量间，有兵丁来报：糜芳独自跪在营外，赤裸上身，负荆请罪。

"看来这家伙是吓坏了，不得不出此下策！"潘离心中暗笑。

见到糜芳时，潘离觉得有些滑稽。肥壮的身板，光着上身，细皮嫩肉的，就是背后那根粗壮的树枝，怎么看都不伦不类。一见自己来了，他远远地就开始一把鼻涕一把泪地哀号。潘离差一点儿没忍住笑出声来："糜大人，这是为何？"

"将军应知寿亭侯如今秉性，其数次折辱于吾。拖延北伐军粮，实乃一时糊涂。寿亭侯归来，必先杀我！还乞将军救下官一命！"糜芳说完匍匐在地。

"糜大人快快请起，吾乃援军尔，如何救得大人？"

"请将军随我至府上取兵符印信，全城兵马尽由将军调配。吾将自囚于府中，待寿亭侯回来发落。寿亭侯如今只听得数人规劝，将军便是其一，唯求将军届时美言几句。"

"哦？"

"求将军救命！"糜芳说完，再次匍匐在地。

"糜大人言重了，还请前头带路。"吕蒙很快就会兵临城下，潘离觉得当务之急便是江陵城防。有了糜芳的一万人，吕蒙未必敢立刻攻打江陵。只要关羽凯旋，里应外合，吕蒙必败！随即，他俯身将糜芳扶了起来。心中却暗想着：那名跑了的时空特警也不知怎样了，会不会再来捣乱？

糜芳的府邸并不远，潘离进城时已派人查探过，这座宅子不大，只有几名下人和家眷居住。他只带了两名亲兵跟随，以自己的身手，即使那名时空特警偷袭，也足以应付。两名亲兵只要回营带来大队人马，时空特警绝对没有机会逃脱。

进了府门，糜芳将潘离引到客厅主位就座，随后去取兵符印信。亲兵就在门口警戒。不多时，糜芳端着一只木匣走进来，双手将木匣呈到潘离面前。

潘离打开木匣的一瞬间，糜芳突然将木匣向潘离面上一泼，转身就跑。木匣中扬起一团粉尘，这些粉末迎头袭来。其实在糜芳有异动时，他已有觉察，立刻后退。可距离太近，粉尘进了眼睛，鼻孔中也吸入了不少。

当他清理掉那些粉末之后，糜芳已经不见了。门口的两名亲兵也已经倒在了地上，动脉处插着两支细长的竹箭，潘离一眼就认出：这是吹箭！

门口处多了一个人，正是那名控制了都尉于信的时空特警！

潘离的眼睛火辣辣地疼，鼻孔中吸入的粉末，已经通过鼻腔进入了喉咙，口腔中呼出一丝像是某种中药的味道。

"毒药？"潘离问道。

"麻沸散！"对方说出这三个字的同时，身形一闪，扑了过来。

眼中的麻沸散，让潘离不停地流泪，视线也有些模糊。看着对方打来的拳头，他只能侧身避过。对方跟着一轮抢攻，他实在避无可避，只能一拳迎上。对方丝毫不避，跟他拳来脚往数招硬拼。

几下拳脚硬拼之后，潘离没来由感到脚下有些虚浮，麻沸散的药效出现了。这种虚浮无力的感觉越来越重，渐渐地眼皮也越来越重。

"不能再拖了，必须迅速制服他，找到清水解掉麻沸散的药性！"虽然身体有些困顿，但他的头脑还保持着一丝清明。

在对方近身攻击时，潘离立刻将手臂搭了上去。他想利用自己最擅长的关节技，快速制服对方。想不到的是，对方似乎也很擅长关节技，竟和自己你来我往地拆了数招。一时间，谁也奈何不了谁。

越打他越觉得对方的动作似曾相识，他突然想起来：这些不是我教给么恒的吗？

就在这一走神的瞬间，对方的拳头重重地砸在自己的下颌上。他眼前一黑，然后失去了意识。

么恒击倒赵云后，在他身上摸索了一阵，搜出一枚兵符，接着扛起赵云出了门。糜芳就在门口张望，么恒顺手将兵符丢给糜芳吩咐道："你拿着兵符去调动赵云的兵马，就说赵将军有令，命随军将领带全部兵马迅速出城，北上樊城接应关羽。"

"那你……"

"我要将赵云交给大都督处置！你可注意江上，大都督会命两万精兵假扮商人，白衣渡江。待有大批客船靠岸，即可打开城门迎都督进城。"

么恒说完，牵过院中的一匹马来，将赵云横放在马鞍上扬长而去。

第二十九章 败走麦城

吕蒙搜罗的商船各式各样，数量很是庞大，清晨，江陵城一带的水域，几乎布满东吴来的船只。不少船只靠了岸，先行上岸的兵卒迅速控制了码头。码头与江陵城的距离很近，在船上可以遥遥望见江陵城的城门。

下船时，斥候回报：江陵城城门大开，守将糜芳率领城中的大小官员，正在门前请降！吕蒙听后高声喝道："众将士，随某进城，接管江陵！"他看了看程婷，随手挥退了看守程婷的兵士。

从糜芳口中得知么恒已经带着昏迷的赵云离开了，程婷心头的石头终于落了地，不过也涌起一丝惋惜：英雄一世的关羽，很快就要败走麦城，死在潘璋刀下！如果不是为了让历史以正确的走向运行，她真的不希望这样一个人物死得如此悲凉。

她没有答应吕蒙的极力挽留，而是带着吕蒙赏赐的银钱向成都赶去。她希望她的客体能安全地回到成都——她只是这个时代里的一个普通姑娘。如果运气好，也许还可以遇到么恒的客体，顺便确认一下这家伙是否安全地回去。至于王翔和鲁霞秋，虽然王翔有时不太靠谱，但有鲁霞秋在总归能安心些。任务既然已经完成，大家都有麻沸散在身上，随时可以离开。

王翔和鲁霞秋远没有程婷如此轻松。程婷进入江陵城时，两人正跟着关羽的五千精骑，行进在奔袭江陵的路上。凌晨时分，多数战马体力已经不济，关羽只好下令放慢速度。王翔信誓旦旦地告诉鲁霞秋，自己要在马背上进入冥想状态，可没过多久，雷鸣般的呼噜声响了起来。这样的深度睡眠，王翔的意识肯定会被拉回2097年了！

鲁霞秋心里暗暗叫苦，只好向关羽请命，自己落后一些照顾王翔。就在此时，关羽事先放出去打探消息的斥候疾驰而归。

"将军，大事不妙，江陵城已被东吴占了！"斥候来不及下马，已经急匆匆高声呼喝起来。

"狗贼糜芳误我！"关羽暴喝一声，跟着"哇"地喷出一口鲜血，从马背上栽了下来。

鲁霞秋急忙下马，将关羽搀扶起来。他原本泛红的脸膛，此刻已经面如金纸。闭着眼睛喘息了很久，关羽才睁开眼睛。一瞬间，关羽像老了二十岁，连声音也不再像之前那般浑厚："速……速去传令，全军退往麦城。"

英雄被时代无情背弃，关羽在月光下疾驰而去的背影，早已失去了过往的得意，空余几分沧桑与悲寂。关羽带着五千精骑去与步兵会合了，鲁霞秋与熟睡中的王翔客体留了下来。

她感到十分无奈：王翔偏偏挑选了最巧妙的时间睡去，他见证了关羽最昂扬的样貌，却又刚好在他落魄的前一刻回到未来，也不知道他是真傻还是装傻。无论如何，此刻她只能先让王翔的客体倚在一棵树上席地而坐，自己也坐在一旁静静地等待。她也是时候回去了，她同样不希望自己控制的客体在醒来后出现任何意外。

直到清晨的阳光照射到王翔客体的脸上，他才有了醒转的征兆。见他醒来，鲁霞秋也在这个时候喝下了麻沸散。王翔的客体醒转后，发现自己身处密林之中，顿时大惊失色。他先是摸摸自己的脸，然后猛扇自己的耳光："醒醒！快醒醒！"

趁着麻沸散还未生效，鲁霞秋急忙喝止了王翔的客体："别打了！这位大哥，咱们不是做梦。小女子也是醒来后发现身在此处，奴……奴家一个弱女子，实在不……不敢孤身上路，还望能与大哥结个伴，一同回往成都。到得成都，必……必有重谢！"

鲁霞秋的眼皮越来越重，在昏迷之前，模模糊糊见那大汉一副手忙脚乱的样子。他一边摇晃着自己的客体，一边叫道："哎，哎，你先别晕啊！这是在哪儿？怎么回去……"

大汉的声音越来越远，朦胧之间，鲁霞秋感觉自己仿佛飘向了半空。从天空中向下俯瞰，她看到了奔向麦城的关羽和大队人马，还有后方紧紧追赶的吴军。

掉队的蜀军，迅速被吴军湮没。数万人的军队，密密麻麻，无边无际，好似一只体型庞大无比的怪兽，吞噬着前方的逃军。三万余人的蜀军，不断被撕咬、蚕食，逃至麦城城下的，只剩下区区数百人。

数万人将麦城围得水泄不通。攻城车、投石车、床弩，各种攻城的武器轮番上阵，城头也涌出无数兵卒，滚木礌石向下砸去。很快，鲜血染红了破损不堪的城墙。城上的士兵一片片倒下，能够站立的，仍在麻木地战斗，中了敌人的刀就一刀砍回去，被敌人一枪刺中，就抱着敌人开始撕咬。他们的目光都是空洞的，眼中没有任何生气，只是机械地战斗、战斗，直到从城墙上跌落，抑或倒地不起。

数番攻城之后，双方休整。城墙下，已是尸横遍野，一片肃杀。不知过了多久，麦城的城门开了。当先一人正是关羽，身后是仅余的三百将士。关羽刀锋遥指面前的数万吴军，义无反顾向前冲锋，身后的士卒声嘶力竭地喊着"杀""杀""杀"，爆发出惊天的气势！

吴军的军阵中，投石车弹出漫天的巨石，弓箭手射出密集的箭雨，当头砸向区区三百人。身边的弟兄一个个被巨石、箭雨带走，却无一人侧目。他们眼中毫无惧意，只有为主帅燃起的怒火与不甘。

仅存的数人将关羽护在正中，用血肉之躯抵挡着巨石和羽箭。冲到敌军阵前时，只剩关羽一人，独自面对千军万马！

敌方的将领在军阵中高声喝道："关羽，速速下马投降！饶尔性命！"

关羽手捋长髯，轻笑一声，一提马缰，刀锋直指吴军，纵马冲进数万人的军阵之中……

鲁霞秋也不知道，这是自己的梦境，还是残留的意识鸟瞰到的真实画面。虽然不知意识是否回到了本体中，但她依然清晰地感受到眼角有泪水滑落下去……

30

第三十章 首战告捷

时空穿隧大厅。

鲁霞秋睁开眼，第一时间看到的是十几张人脸。时空小队的成员们都在，刘伟文和唐安迪，还有一群技术人员，都在紧张地看着自己。当她坐起来时，整个穿隧大厅响起了掌声。她这才意识到，原来自己是最后一个回来的。

其余的小队成员，么恒和程婷似乎也刚醒来没多久，还在休眠舱里坐着。王翔已经离开休眠舱，看到她醒来，很兴奋的样子："小鲁！你回来啦！"

刘伟文走到鲁霞秋身边问道："你回来的时候，那边是什么时间？"

鲁霞秋回忆道："闰十月，天色刚亮，荆州……大概是早上7点。"

刘伟文看了一眼屏幕上显示的时间：早上八点半。"我知道了。"他沉声道。

"时空小队的成员，半小时后到会议室开会，总结一下行动经过。"刘伟文宣布道，"在这之前，你们可以先吃些东西。在休眠舱里只有最基础的营养供应，想必你们都饿坏了吧？"

不知是谁的肚子传出了"咕噜"的声音，众人不由将目光齐齐望向王翔。

稍事休息之后，时空小队的成员们被召集到会议室。一场总结会议正式开始了。

尽管任务已完成，但地下三百层的时空管理局中仍有数十名工作人员值守，他们一同参加了会议。除此之外，联合政府的数位高层也通过全息影像远程参与了会议。

执行任务的四人简要地叙述了自己的经历之后，刘伟文率先站了起来："首先，我要恭喜各位，非常圆满地完成了这次的任务。尤其是在如此紧急而且对破桩联盟的具体计划知之甚少的情况下，这让联合政府对你们今后的行动充满信心。"

众人热烈鼓掌，向时空小队表达衷心的敬意。在一片鼓掌声中，程婷注意到么恒有些心不在焉，便用手肘碰了碰他："想什么呢？"

"没什么。"么恒装作不在意，也跟着大家一起鼓掌。看他样子古怪，程婷没再多说什么。

刘伟文继续道："第二，我要告诉你们一个好消息，经过联科院，也就是联合科学院的努力，我们已经能够根据能量波动的振幅判定破桩联盟实施穿隧的人数了。这意味着今后的行动我们可以预测破桩联盟的计划，包括穿隧人数、前往的时间和地点！感谢我们的科研人员开发的算法，让我们能根据能量波动的振幅获取需要的情报信息，这将大大降低时空小队执行任务的难度。"

"太好了！"时空小队用力鼓掌。

"以上这些，是我要给你们的祝贺与表扬。接下来，根据行动中发现的一些情况，我要向你们做一些说明。"刘伟文道，"么恒，你是第一个回来的，还记得你刚醒来的时候，我都问了什么问题吗？"

"记得，是穿隧始末的时刻问题。"么恒道，"刚到成都的时候，通过观察太阳方位，我估测时间是当地时间上午9点多。登上赶往益州的商船时，我观察到东边的天空出现朝霞，也就是太阳刚刚升起的时候。我估算时间是当地时间清早六点半左右，据荆州所处的经度，换算时差后修正为标准时间6点35分。"

刘伟文用光幕向众人展示日志数据："到达后的时间是上午9点多。根据这边的日志记录，你们开始穿隧的时间是8点58分，两者还是相近的。但是返回时间是问题所在，你记录的是6点35分，但这边的日志记录是7点58分，这中间相差了接近一个半小时！这关键的一个半小时，就是我要说明的问题。"

"一个半小时？我怎么没印象？"王翔嘀咕道。

鲁霞秋翻白眼："呼噜打得惊天动地，你能有印象才怪！"

刘伟文瞥了一眼王翔，继续道："联科院研究了这次穿隧的数据，初步判断219年这多出的一个半小时，是因为那边的时间流速比2097年要稍微慢一点。这种节点间的时差现象，我将其命名为'时移'。如果我们的猜想是正确的，那么越是离我们久远的节点，时间流速就相对越慢，后续我们会验证这个猜想。"

程婷问："这个'时移'对我们的穿隧行动有什么影响吗？"

"目前尚未发现影响，如果有研究成果，我们会第一时间通知你们。现在我们对它知之甚少，你们的这次行动为联科院提供了宝贵的数据，感谢你们的付出。"

"是！"众人齐答。

"很好。最后一个问题，就是关于小队成员之间的配合。从这次任务来看，你们的配合并不默契。我需要你们在行动之前，制订更加缜密的计划。记住，你们的每一次穿隧，都是关系到时空的稳定与无数人的生命的，绝对不容有失！还有，王翔！"

"到！"听到刘伟文叫自己，王翔立刻站了起来。

"你，会后就去冥想室，做不到深度冥想，不准出来！"

"哦……"王翔尴尬地坐下了。

"我要说的就这么多！各位还有什么要补充的？"刘伟文望向大家。

在小队接受一些联合政府高层的客套赞赏后，会议就这么结束了。会后，大家各自回到自己岗位，除了练习冥想的王翔，时空小队难得有了闲暇时间。么恒一个人坐在休息区角落，一副闷闷不乐的样子。

不知道什么时候，程婷倒了一杯咖啡坐在了他的对面："我刚刚问过刘局：除了执行穿隧任务，之前的意识丢失案件，追查盖尔的事还归不归我们管？刘局说，盖尔的事交给联合特警，让我们专心完成时空小队的任务。"

"嗯。"么恒心不在焉，并没在意程婷的话。

"喂！你知不知道这意味着什么？"程婷有些气恼。

么恒："什么？"

程婷："你是不是傻啊？记不记得你妹妹的事和盖尔有关联？"

么恒："我当然记得！但你也别忘了，盖尔的技术正在被破桩联盟应用，这不可能是巧合！待在时空小队，追查破桩联盟，也许还能从另外的角度找到新线索！"

"这倒是。"程婷点头，"对了，刚才开会的时候你怎么了？我总觉得你不太对劲。"

么恒像突然被戳了一下，身体僵硬起来："……刚才会议的时候，有一件事我没有向刘局汇报。"

程婷："什么事？快说！"

么恒："我和赵云交手的时候，觉得他的战斗技巧很熟悉。和老……潘离的风格，很像。"

"什么？！"程婷赶紧看了一眼周围，忙压低声音问道，"你没和别人说吧？"

"我又不傻。"么恒没好气道。

程婷："那你怎么打算？"

"别问我，我头疼。"么恒揉了揉发胀的太阳穴。

程婷："唔……听说联合特警找到了盖尔的实验室，不过早就人去楼空了。"

么恒："狡兔三窟呗！容易抓的话，早就抓到了。"

程婷眼珠骨碌一转："追查盖尔，我倒是有个想法，要不要听听？"

么恒："你说！"

程婷："锏！"

31

第三十一章 疯女
黛茜

"是么恒，于信身体里的绝对是么恒！"飞梭上，潘离反复回忆着和于信的战斗。他记得当初在传授么恒一些实战技巧时，这家伙私自加入了很多传统武术的路数，尤其是将一些擒拿招数结合了马伽术的技巧，对练的时候经常让自己防不胜防。就凭这一点，潘离非常肯定，那就是么恒，绝对错不了。

潘离是在前往4号实验室的途中醒来的。9号实验室被联合特警发现之后，盖尔将休眠舱转移到了飞梭上，带着他和一些重要设备，在联合特警进攻之前离开了。

"博士，他的指标完全正常，随时可以进行下一次穿隧。"西格玛观测着光幕中的数值说道。

盖尔没有搭话，他的目光停留在自己面前的光幕上，上面是穿隧时能量的波幅记录与各种数据。光幕一角，一份文件被传送过来。盖尔打开了文件，阿尔法的影像随即出现。

"这是时空管理局的穿隧数据，通过对比，我想我们可以得出一些结论。"阿尔法道。

盖尔："综合第一次成功穿隧的数据，现在可以确定的是，回到的年代越久远，所需的能量就会越巨大。另外，穿隧的人次也会引起能量的轻微波动，这一点我们无法消除。"

阿尔法："从能量的波动中，可以判断出穿隧的人数？是不是可以这样理解？"

盖尔有些懊恼："是的！"

阿尔法沉默了片刻道："制造虫洞的巨大波动，也是我们无法掩盖的。如何避过时空管理局的探测，我已经有了一些新的穿隧样本进行验证。"

"咳、咳……"一阵剧烈的咳嗽之后，盖尔穿戴着"外骨骼"的手指向了潘离，"目前的行动只有你所谓的这名破桩之矛，人数实在太少了！我想我们需要更多人手，提高破桩行动的成功率！"

"这个我已经安排好了！"阿尔法望向潘离，"干得不错！我已经为你物色了几名助手，在新的设备调试好之前，你们可以好好熟悉一下。"

"注意、注意，我们已经抵达公海！请所有人员就位，飞梭准备下潜！"
飞梭中响起人工智能系统的提示音。

4号实验室，隐藏在4300米深的一处海底火山的山脉之中。这是一处死火山，大大小小的数座环形火山口连绵一片，覆盖了方圆一公里左右的面积。飞梭进入一处火山口，继续下潜。

越过火山口内壁上突出的一片林立的巨石，前方突然出现一颗巨大的"气泡"，这座建筑仿佛镶嵌在火山口的内壁上的巨大珍珠。飞梭来到"气泡"下方，"气泡"底部打开一处入口，飞梭被入口伸出的巨大吸盘吸附在上面，进入了"气泡"的内部。这里，就是盖尔的4号实验室！

抵达4号实验室之后，所有人按部就班地开始了工作。潘离则有些无所事事，训练之余就会站在实验室的落地幕墙前，看着漆黑一片的海底发呆。他总是不自觉地想起与么恒客体交手的画面。

"终究还是要和那小子成为敌人了，我现在算是真的背叛了联合政府吧？呵呵……"

即使站在对立面，潘离依然觉得自己应该对么恒有个交代。不为别的，只因为一个承诺。他曾答应过恒，无论如何都会帮他救醒么兰。

"你就是潘离？"女人的声音从背后传来，声音带着一点儿微微的鼻音很好听。

潘离转过身，面前站着的女人，散发着一种说不出的妖媚气息。她的个子高挑，双腿匀称修长，包裹在上面的光滑的科技合成面料，显得身材更加凹凸有致。女人似乎对自己白皙的皮肤非常自信，上身裸露的地方很多，在一些引人注意的地方，比如V领内侧露出的一点点胸部的位置上，点缀着一些含义不明的文身。棕红色短发搭配着分明的五官，有着典型的西方人特征，眼角的那颗痣为她不自觉地增添一种妖艳之感。在她身后，还有几名目光冰冷的男性，这些人潘离从未见过。他很快意识到，这些就是阿尔法所说的助手。

"嗯哼……"

没等潘离出声，女人轻佻的眼神上下扫过潘离全身，接着轻浅笑道："不错，蛮帅的，是我喜欢的类型！以后我们就是搭档了，我叫黛茜，阿尔法叫我来帮你。"

　　潘离看着黛茜有些不知该说什么，他一向不喜欢妖媚的女人，更是没想到这样的女人居然是阿尔法派来的助手。

　　"哦？"见潘离没有反应，黛茜反而被激起了兴趣，"很少有男人见到我会这么冷淡，你不会是……？"

　　说着，她竟凑到潘离面前，眼神暗示性地游走到潘离的腰部以下，毫不避讳身后的那些男性。那几人的表情丝毫没有波澜，似乎已经司空见惯，又仿佛等待指令的机器，冷冰冰的，纹丝不动。

　　"离我远点，我对你没兴趣！"潘离厌恶地扭过头。

　　"这可不好说哦，说不定……以后就有了呢？"黛茜媚眼弯弯，捂嘴笑道，"想试试吗？我这边随时欢迎！"

　　潘离皱了皱眉，正要转身走开，一把刀突然抵在了要害部位。他有些莫名其妙地看了看刀子，又看了看已经贴着自己的黛茜。

　　淡淡的脂粉气息让潘离的脖颈发痒，黛茜还是那副妖媚的表情，她的语气却突然变得冷漠："当然，你也可以试试我的身手。小心哦，我一向很讨厌对我不屑一顾的人，尤其是——男人。"

　　黛茜变脸的速度之快，让潘离一时之间不知如何应对。正当他还在思索对策，黛茜却像没事人一样抽身而去，背对着他边走边道："别担心，我只是有些好奇，将来和我一起执行任务的人是什么样的而已。"

　　那几人不等黛茜召唤，便跟着她离开了。他们从头到尾一言不发，犹如不存在一般。

第三十二章 心生惧意

程婷破解各类防火墙的技术，确实令人惊叹。仅仅一小时，她已经将经营锏元素的各种公司查得一清二楚，甚至涉及联合政府内部的一些秘密项目。

锏这种元素，由于其放射性极高，非常危险，所以在民间贸易领域是被禁售的。只有被联合政府纳入合作序列的大型工业集团，才会被颁发安全许可，才有资格进行这一元素的贸易。其贸易的对象，也仅限于联合政府！这些工业集团进行开采之后，会在火星将锏元素提炼出来，再运往地球交付给联合政府。

在绕过防火墙查看联合政府采购部定期的交易记录时，程婷发现，锏元素的采购量与实际收货量长期不符！也就是说，有少量锏元素在从火星抵达地球之后消失了，而且其采购的费用是由联合政府的财政部门支付的。

将联合政府采购名录中的数个工业集团进行比对之后，一家名为"天寰运输"的公司浮出水面。这家公司是一家小型货物代理公司。程婷根本无法入侵它的内部系统，也许它根本没有数据系统，只能通过公共信息找到一些资料。

天寰运输是新注册的小公司，与其他小公司一样，在天梯货场附近揽收货物送到家门的末端运输生意。在火星回归联合政府之后，像天寰运输这样的小公司才突然如雨后春笋一样冒出来。关于这家公司在公开渠道上能查到的信息只有如此的寥寥数句，其他则只字未提。

幸运的是，通过联合政府的货物接收记录，程婷发现，每周天寰运输都会有各类货物通过天梯抵达地球。

天梯入口对面，距其大约五百米的一处临时货场，么恒已经在这里蹲守了三天。这三天来，他用探测设备将所有进出天梯的飞行器全部扫描了一遍，没有任何一台显示异常。就在他准备放弃的时候，一台飞行器引起了他的注意。

"三角形？这是爆炸时那台不明 ID 的飞行器！"

那台飞行器接近天梯时缓缓下降，与此同时，天梯底部为它开启了一扇门，那似乎是专门为它打开的通道！

么恒立即摸了过去，避过那些来来往往的搬运机器人，他钻进了一台无人驾驶货车的货柜中。货车在入门处经过短暂的扫描，缓缓开进入口，然后停在分拣货物的传送带出口。么恒打开货柜舱门，小心观察了一下四周。周围只有机械臂在繁忙地工作着，它们将一件件货物整齐地码放在那些等待的货车货柜中。

从那一列一列的巨型货车来看，这里显然是普通货物提取的区域。锏这种危险的元素一定会在特殊物品的专属区域。么恒向边缘处的维修入口跑去。

通过维修入口的楼梯，他来到了第二层。这一层非常空旷，单单层高就将近五十米。四周的内壁上有很多方形的空间，作为专属货物的飞行器等待区。

这个时间前来提货的人并不多，么恒很轻松地发现了那架三角形飞行器。它的舱门正在合拢，显然已经拿到了货物。

"Limi，扫描那台飞行器！"么恒立刻向人工智能传达指令，通信装置立刻在他眼前呈现出扫描的影像。那台飞行器中，有一只完全显示不出其中物品的箱子。

片刻之间，人工智能给出了回答："目标飞行器内有隔离装置，舱门处有轻微锏元素残留。"

那台飞行器停靠的地方和么恒距离极远。眼看它即将升空，么恒急忙命令人工智能："调取飞行器，到出口待命。"

三角形飞行器升空了！它的背后打开了一条通道，飞行器缓缓向通道中驶去。

么恒三步并作两步，快速冲入自己这边的通道。通道显然是为飞行器设计的，四周光滑一片，没有任何可以借力的地方。他只有借助战靴的助力装置进行滑行。

出口处，是数条通道汇聚之处。那台三角形的飞行器缓缓飘浮而至。么恒发现，这台飞行器上没有任何凸起可以借力的位置。他只能向人工智能下达指令，开启战靴的极限反作用力，向半空中跃去。

三角形飞行器的速度并不快，么恒的极限跳跃令他非常轻松地落在飞行器的顶端。这台飞行器顶端的面积足有几十平方米，么恒站在上面可以随意活动。他在飞行器的上方一寸寸地搜寻。这台飞行器竟然没有任何接合的缝隙，整体结构浑然一体。

飞行器中的人似乎发现了有人接近，操纵飞行器突然上升，然后左右突进，快速移动。么恒完全没有可以借力和抓紧的位置，在飞行器的顶端就像一个舞台上喝醉酒的小丑，来回摇摆，根本控制不了自己的身体。

飞行器左右摇摆，同时急速上升，很快超出了联合政府允许民用飞行器行驶的高度。它突然停下了，悬浮在云层之上。

在飞行器前端，毫无征兆地打开了一个一米见方的出口。其中突然弹射出一个人影，他在半空中做了个空翻，卸掉向上的力量，然后重重地落在么恒面前。

落在么恒面前的人，虽然个子不高，但是非常健壮。两条手臂即使隐藏在作战服之内，依然隆起充满爆发力的线条。虽然除了这两条粗壮的臂膀，他再也没有什么令人惊异的地方，却在不经意之间，总能流露出一种难以抵挡的力量感。

这人在落地的一瞬间，就让么恒有了一种难以匹敌的感觉。他本能地感受到，这个人从头到脚无处不在散发着一股危险的气息。他就像一把出鞘的利刃，锋利而耀眼！

这人落地后，直勾勾地看着么恒，一言不发。他将全身的骨节统统活动了一下，么恒听到了噼噼啪啪的一阵声响，随后就是这个好似来自"天籁"的声音。

"时空特警？"张贝塔用手扭了扭自己的脖子，发出嘎巴的一声脆响，然后舔了舔干涸的嘴唇望向么恒，"如果我想杀你，一分钟你都坚持不到！所以，我希望你自己离开。我真的不想在你身上浪费时间。"

说完，他一步步向么恒走来。那一瞬间，么恒感觉面前走来的并不是一个人，而是一座移动的山峰！在他身上感受的压迫感，恍如实质。短短的几秒，自己已经开始有些呼吸不畅！

他明明穿着最普通的作战服，明明一副胡子拉碴不修边幅的样子，明明一副不善言辞、人畜无害的表情。但这一切融合在一个人身上的时候，反而释放出了一种危险的信号。

在他一步步逼近的时候，么恒的额头流下了汗珠。他在不自觉地后退。

张贝塔强大的气势，很快将么恒逼迫到飞行器的边缘。他突然暴喝一声："吼！"

么恒竟然不自主地从飞行器边缘跌落下去！他不知道为什么会这样，他只感受到了屈辱！前所未有的屈辱！

"Limi!"么恒急忙喊道，自己的飞梭应声来到身下，打开了舱门。

当他坐稳后抬头望向半空时，哪还有对方的影子？

"我会亲手抓到你的！"么恒看着张贝塔消失的位置信誓旦旦地说。

第三十三章 **大型穿隧**

实验室的密室之中，阿尔法面前，全息影像若隐若现，朦胧之中隐藏着一个模糊的身影。

"我的人想必你已经见到了，他们是不死鸟中绝对的精英，并且全部通过了穿隧测试。如果善加利用，他们可以在一夜之间颠覆一方政权，这一次的破桩行动，我不希望像三国一样以失败告终。"

阿尔法轻蔑地笑了笑："失败？谁说我们失败了？我们了解了两个时空之间的时间流逝是同步的！我们发现了穿隧者的视网膜会因意识放电出现蓝色网纹！我们还得到了时空管理局的大量数据，从而可以进行多人次的大型穿隧，我们正在一步步接近成功。"

神秘人影有些恼火："知不知道支持你，我要冒多大的风险？我没有那么多的时间与金钱，让你一点点去试错，我要的是结果！结果，你懂吗？没有既得利益，你的时空畅想，对我来说屁都不是，我希望你能清楚这一点。我们的合作，是建立在共同受益上的，而不是实现你的时空梦想，我要的是利益。"

"罗马不是一天建成的，更何况建立一个新的时空？请不要用政客的目光来审视科学，我们期望的是从人类文明的繁荣中受益，而不是毁灭。这不是暗杀某个政敌或者颠覆某个政权，稍有不慎，你、我乃至全人类都会万劫不复。所以，请收起你短视的政客思维！"阿尔法强忍着心中的鄙视，他在极力克制着不满的情绪。

神秘人影："无谓的争执没有任何意义，你可以准备下一次穿隧了。记住，我要看到的是结果。如果我什么都得不到，凭什么与你合作？希望你认清这一点！保持通信畅通，我会在联合特警行动前，通知你撤离。好了，就这样吧。"

全息影像一瞬间消失无踪，就像从未出现过。阿尔法看着影像消失的地方，嘴角那抹嘲笑久久未散。片刻后，他高声道："长汀，叫所有人准备吧，时间差不多了。"

潘离回来时，房间里除了阿尔法、盖尔、王长汀，还有那几个冷冰冰的家伙。

见潘离走了进来，阿尔法笑了笑道："你来得正好，我想你们已经见过面了。他们八人将作为你的下属，和你共同执行新的破桩任务。"说完，阿尔法指着潘离向那些生面孔道："这一次的穿隧由潘离领导，一切行动听他指挥。"

"八人？这么多人可以同时穿隧吗？"潘离疑惑道。

"以前不行，但是现在可以了。孩子，这就是科学让人着迷的地方。只要我们提供了一个原点，她就会不断发散、进化。加上你和黛茜，本次的任务刚好十人，这将是我们的第一次大规模群体穿隧。我相信，在不远的将来，我们将可以实现百人、千人，甚至上万人的群体穿隧！想一想，一旦万人穿隧成为现实，我们将为另一个时空带来怎样的变化？也许，人类在一夜之间就会跃升几个文明等级，成为主宰宇宙的力量之一！"阿尔法呼吸变得急促，谈到万人穿隧，他显得格外激动。

万人穿隧？无数先进的知识、技术，涵盖各个领域的先进思想……天哪！潘离完全不敢想象，这将对一个时空造成怎样翻天覆地的变化。阿尔法的科学梦想，让他的大脑有种宕机的感觉，实在太疯狂了！

"要开始了？"

一个妖媚的声音，将潘离拉回了现实，是黛茜到了。

阿尔法收回目光转向潘离："黛茜你应该已经认识了，至于他们的名字，你并不需要刻意去记。在新的任务中，你可以用1号至8号来称呼他们。"

直觉告诉潘离，黛茜和这些人出自同一个组织。能在这么短的时间里，提供近十名适合穿隧的人选，这个组织的人数一定相当庞大。同时，他们又可以全凭阿尔法差遣，可见阿尔法背后隐藏的实力有多么强大。

他们来自什么组织？以前又是做什么的？阿尔法能有现在的成就，果然不简单！他所展现出来的能量，让潘离对他越来越捉摸不透。

阿尔法拍了下手掌，接着向王长汀示意："好了，长汀，你为大家做一下任务简报。"

王长汀推了推鼻梁上那副极具标志性的眼镜，打开了面前的全息屏幕，屏幕上显示出一幅古代城市的地图。地图的上方，标示着年代与地名：公元751年，长安。

"安史之乱，相信各位都知道。这场动乱，不但导致了唐朝由盛转衰，而且，据史料记载直接或间接造成了3000万以上的人类死亡！"王长汀翻了一下页面，显示出兴庆宫。

"我们的任务是阻止安史之乱？"潘离读过这段历史，那可是华夏民族两千年来令人侧目的至暗时刻。

"是的！鼎盛时期的唐朝曾有近5200万人，安史之乱后，人口锐减至1900万！如果没有经历这场战乱，当时的大唐极有可能在科技与政治体制上出现难以想象的飞跃！"王长汀又在屏幕上点了点，屏幕中显示出当时万邦来朝的景象。

"唐朝竟然有这么多人口？"潘离有些诧异：1949年华夏人口也才5个亿！唐朝可是一千多年前，如果任由其发展，那么一千年后……可怕！

"如果那3000万人没有被抹除，他们所创造的未来将是超乎想象的。751年，安禄山进长安，被封河东节度使，进而掌握了三镇兵马。也就是这一年，安禄山拥有了造反的能力！你们的任务，就是在751年阻止安禄山执掌兵权，尽一切所能，阻止安史之乱的发生。"王长汀再次推了推眼镜，她的手在屏幕上挥了挥，众人的通信器中响起"叮"的一声。

"详细的资料与地图，已经传送到各位的手上了。请大家今晚务必熟悉，安史之乱穿隧任务明天正式开始。"

34

第三十四章 奔赴
大唐

时空管理局，刘伟文办公室。破桩联盟通过天梯获取锏的事情，么恒觉得有必要让刘伟文知晓，于是，他和程婷向刘伟文汇报了追踪锏元素的详细经过。么恒讲完，程婷从么恒的通信器中提取了张贝塔的影像，通过联合特警的人像比对系统确认了张贝塔的身份。

"张贝塔，男性，32岁。曾是联合特种部队精英，擅长各种枪械，枪斗术高手。执行斩首任务十九次，营救任务三十三次，突袭及护卫任务五十六次。无一失败！五年前，妻子身患绝症后，脱离特种部队加入雇佣军。一年前，妻子不治身亡，张贝塔失踪。"程婷打开了张贝塔的资料影像，将查到的关键信息同步到么恒的通信器上，继续道："上百次任务无一失败，这人很可怕！"

么恒不禁咂舌，难怪被他注视的时候，有种被某只凶兽盯上的感觉。张贝塔带给他的压迫感让他回来后仍心有余悸。初次见面竟被对方吓住，这也让么恒心头恼怒。他吐了口气，沉声说道："可不可怕，总要交手才知道！下次遇到，说什么也要试试他的身手！"

他攥了攥拳头，语气中满是兴奋，向刘伟文请示道："刘局，我怀疑联合政府高层有人与破桩联盟勾结！否则，管控如此严格的锏元素，破桩联盟怎么会从天梯拿到？而且，这一次的数量如此庞大，我怀疑他们接下来会有大动作，我申请秘密调查采购锏元素的部门。"

"记住你们的职责！你们是时空特警，你们的任务是阻止新时空诞生！这件事到此为止，我会交给相关部门继续追查。"刘伟文面上古井无波，心里却在剧烈震动。如果高层真的有人与破桩联盟勾结，那将是一场灾难，他在破桩联盟安插的棋子时刻有暴露的风险。这件事如果让更多人知晓，将会引发整个联合政府的震动。这人的身份，只能由自己秘密追查。

一盆冷水泼下来，么恒明显有些不满："时空特警成立的目的不就是阻止破桩联盟吗？追查破桩联盟也是我们的工作职责。更何况，线索是我们查到的，反而要交给其他部门继续追查，这不公平。"

"公平？这是时空管理局，不是菜市场！这里只有服从命令。现在，马上，回去调整好你们的状态，准备执行新的任务。两小时后，在穿隧大厅集合待命。"说完，刘伟文不再看两人，开始低头研究手头的文件。感觉到两人还没离开，他头都没抬地说道："还等什么？等我送你们吗？"

么恒本想再争论几句，被程婷扯着不情不愿地走出办公室。

"你拉我做什么？除了我们还有谁更适合调查破桩联盟？"走廊中，么恒忿忿道。

"你就不该说怀疑高层的事！真是不动脑子！"程婷瘪着嘴道。

么恒："明明有问题，为什么不说？"

程婷："这么敏感的事，又没查出明确的证据和线索，现在说出来，万一打草惊蛇呢？还有，万一那个高层……我是说万一，万一跟刘局有关呢？牵涉到高层，你觉得刘局还会让我们查下去吗？拜托，以后你想说什么能不能先跟我通个气？这下好了，老刘不准我们碰了，而且还不知道会不会有什么后续影响！"

程婷越说越恼火，气鼓鼓地快步向前走。么恒像个受气的小媳妇跟在一边："能有什么影响？"

"能有什么影响？我问你，如果你是那个跟破桩联盟有勾结的高层，知道有人查到了自己头上，你会怎么做？"程婷感觉自己要被么恒气炸了，为什么会有人这么笨？

"杀人灭口？切断联系？也就这些了吧，想杀我没那么容易。"么恒低声下气道。

程婷已经被么恒气得完全无力发火了，冷冰冰道："我要是高层，随便用点手段，把你踢出时空管理局，先让你这辈子都接触不到破桩联盟的事，再想办法灭你的口。么兰的事，你就更别想查下去了。"

提到么兰的事，么恒怕了，无奈道："真是想不通，为什么一旦沾染政治，就总会出现阴暗的手段？唉，万一我有什么事，我想拜托你……"

"打住！现在还不至于那么严重，你先别乌鸦嘴好不好？"程婷无奈地翻了个白眼，继续向前走去。

么恒只好灰溜溜地跟着，一路小心翼翼生怕惹恼了程婷。他自己也不知道为什么，以前总会针锋相对，现在看到这个女人恼火，自己突然会有点不安。他在心中默默安慰自己：谁让她是女孩呢？让着她点好了！几番合作下来，么恒发现，程婷脑子比自己灵活，想得也比自己周密。没了程婷，有些事情自己还真不知该如何应对。

两小时后，时空小队的所有成员一起来到穿隧大厅。

大厅中，各种仪器与设备间的工作人员不时向上级汇报着数据。中央区域，助手点指着面前的屏幕，正在向刘伟文讲解着什么。看到时空小队成员到了，他立即走了上去：

"人齐了？很好。这次的任务，需要你们前往751年的长安。王铮，你来做个简介。"说完，刘伟文继续埋头观看数据。

那名助手打开了另一面屏幕，屏幕上显示着错综复杂的能量波浪："从已知的数据来看，破桩联盟这一次至少出动了十名破桩人！所以，这次的行动，需要你们全员穿隧。至于他们的目的，暂时只能确定与安史之乱有关，其他需要你们抵达751年后再行调查。"

屏幕中画面变换，显现出唐代长安的面貌以及安禄山的体貌特征："751年，安禄山前往长安拜谒唐明皇，受封河东节度使，从此真正有了叛唐的实力。安禄山在当时，因擅长胡旋舞，深受唐明皇与杨贵妃赏识。此人极擅伪装，常以憨厚之态示人，实则狡诈如狐、胆大妄为！他在当时为了表现自己憨直，对宰相李林甫以十郎相称，且在杨贵妃寿辰之际公然认其为母，毫无廉耻与原则！所以，与此人接触时千万要小心警惕！"

中控台上，一名工作人员高声喊道："刘局，一切准备就绪，可以开始了。"

刘伟文郑重道："这是你们第一次全员行动，务必在到达后第一时间建立联系。还有，破桩联盟这一次的人数很多，务必随时保持高度警惕。现在，各就各位吧。"

时空小队在工作人员的辅助下，纷纷躺进自己的休眠舱，程序缓缓进入启动模式。

【黑洞能量级：4】

【穿隧人数：12】

【到达年代：751年11月28日】

【到达坐标：东经108.979~108.980、北纬34.255~34.256】

【任务目标：阻止破桩组织的活动，减少时空震荡。】

【5秒后准备进入穿隧模式……数字化匹配完成。】

【思维同步成功……开始载入客体……视、味、听、嗅、触五觉体感同步……完成。】

第三十五章 路遇追杀

　　熟悉的黑暗过后，"哐当"一声，么恒睁开了双眼。他发现自己趴在一张桌子上，脚边是已经碎裂的酒坛，那正是他刚刚打翻的。他的身上酒气熏天，显然刚从宿醉中醒来。他又摸了摸自己身上，怀中有个钱袋，里面装着不少银钱与一封路引。路引上显示，客体名叫罗平，原籍河北沧州。

　　他将腰间的佩刀抽出一截看了看，这是一把标准的唐刀，刀锋被磨得很利。再看了看身上，并没有软甲类的制式装备，只是一身短打劲装。从装扮来看，客体并非行伍中人，极有可能是一名当时社会常见的游侠儿。所谓游侠儿，其实就是一些游手好闲的青年，身上有些拳脚功夫，整日吆五喝六，没有什么正经营生。

　　再向四周望去，原来客体身处一间酒肆。酒肆中客人已经走光，掌柜已经在柜台里睡着。门外天色已经很晚，小二正在上着门板，见到他醒来急忙跑了过来。

　　"这位客官，您可算醒了！这都已经亥时末，宵禁了！您啊赶紧找地方歇息吧，等会要是被巡城司撞见，我们也得跟着受牵连！"小二很是慌张。

　　这个时代，除了重大节日、庆典，大多时间夜晚会有宵禁，禁止闲杂人等在街头游荡。离开酒肆，么恒准备找一处破庙，天亮之后再去醒来的地方与时空小队碰头。有了上次的穿隧经验，时空小队的成员们都很清楚，客体间的初始距离不会很远，队员们自然会到中心区域集合。

　　"天干物燥，小心火烛……"夜深人静的街道上，更夫的喊声从远处传来。突然，更夫的声音戛然而止，"救命啊！杀人啦！"的声音传来。

　　么恒惊觉，立刻躲在一户商铺门前的杂物之后，望向声音传来的方向。只见一人在街角处的房顶上奔跑跳跃，后面有两人在紧紧追赶。当先那人胸前与肩肘等部位有金属镶嵌，一眼就能看出是军队的统一着装；后面两人一身胡人打扮，身上有兽皮装饰，腰间悬着弯刀。

　　被追赶的人离么恒越来越近，他身后有人举起手弩扣动了扳机。

　　"啊！"弩箭正中背部，那人应声从房顶失足摔落在街道上。那人匆忙中起身，他的位置与么恒很近，在他面向么恒这边时，么恒见到了他眼中的一抹蓝色！

"穿隧者！"么恒心中暗道。仅凭眼睛无法判断出此人是队友，抑或是破桩人？他将身体完全缩进阴暗处，观察此人的下一步行动。

那人起身时，追踪的两人已经近身，一左一右将他堵在一面墙边，两人的眼睛也是蓝色。

"时空特警来了几人？"两人抽出弯刀，一人逼近问道。

那人默不作声，活动了一下手臂，也抽出了腰间的长刀。他被左右夹击，一点点退到墙边。么恒见状，一脚将面前竹筐踢了过去。在竹筐的掩护下，他在一瞬间抽出唐刀，直扑靠近自己的胡人。

对峙的三人被么恒的动静吸引，向这边看来。么恒已经合身而上，一刀抹过一名胡人腰间。那名汉人军士也在另一人分神时，一刀斩了过去。胡人匆忙中横刀格挡，已经失了先机。他被军士连番猛攻，手忙脚乱。

军士的刀法迅捷诡异，炫起一片银芒。他的劈砍总能毫无征兆地用刀尖刺向极难防范的位置，胡人虽然避开了要害，但也很快被连续刺出几道伤口。

两名胡人均已受伤落入下风，他们立刻退开，互相使了个眼色，转身就跑。么恒正要追出去，却被那名军士拉住。

"么恒？"军士坐在墙边的杂物上，大口喘着粗气。

"唐安迪？"在训练中，么恒见过唐安迪用刀，在他与那名胡人战斗时已经确认了唐安迪的身份。

么恒查看了一下唐安迪背部的伤，那枚弩箭的箭头卡在了肩胛骨的缝隙中。

"忍着点！"么恒说完"咔嚓"一声，将那支弩箭的尾部折断了。

唐安迪发出一声闷哼，头上冒出涔涔冷汗。

"先找个地方处理伤口，把箭头取出来需要工具。"唐安迪忍痛道。

拐角处，有亮光在接近，而且传来甲胄声与人声。么恒和唐安迪立即躲进黑暗中。

见走来的是一队巡逻的士兵，唐安迪亮出腰牌，迎了上去："兄弟，我是宫中侍卫，此乃吾一名好友，敢问各位是哪路人马？"

"百骑司！刚刚有人打斗，可见到贼人在哪里？"领头的军官高声问道。

"是两名胡人，已被我二人打伤，向那边逃了。"唐安迪答道。

"已然宵禁，因何械斗？"军官狐疑地望向二人。

"我二人饮酒兴起，与胡人发生争执，谁知那二人竟然伏击我等！"么恒急忙编了个理由。

"速速归营，勿在此地久留！"

唐安迪一拱手："遵命！"

宫中侍卫的身份，让两人免受一番盘查。两人就近找了一家医馆，连夜敲开了门。么恒为唐安迪取出箭镞，包扎了伤口。

时至深夜，两人只能在医馆歇息。唐安迪这才道出事情原委：原来他醒来时发现自己在营房之中，确认了自己的侍卫身份后准备出门寻找时空小队的同伴。出宫时，在一队胡人中见到两名蓝眼胡人。他怀疑两人是么恒与王翔，又不敢上去相认，只能偷偷跟踪。没想到，两人也发现了他。在其他胡人回了行馆之后，两人竟然伏击了他。

"破桩人应该已经互相确认了身份，所以才会毫不犹豫地伏击我！下一步，我们需要立刻与其他人会合，暂时不要落单。"进入冥想前，唐安迪道。

"皇宫的营房距离我醒来的酒肆，直线距离不到一百米。我醒来的那家酒肆地处朱雀大街闹市中，明天他们应该也会在那附近出没。"么恒道。

"明早我需要回皇宫点卯当值。你在酒肆等他们，晚上我来和你们会合。"唐安迪的客体只是一名普通侍卫，无法自由活动。

天色刚刚见亮，唐安迪就离开了，么恒也来到了酒肆。时间太早，酒肆还没开门，街上也没什么行人。么恒盘膝坐在酒肆门前，仔细观察着过往行人。

不多时，只见远处一名高大的黑人，赤裸着上身，背上扛着一面白幡，向着自己这边走来。那面白幡上歪歪扭扭竖排着四个大号的简体汉字：我是王翔！

36

第三十六章 齐聚
长安

对于唐朝出现黑人，么恒并不意外，毕竟这个时代的长安，可是全世界最繁华的城市，汇聚着世界各地的商人与唐文化朝拜者。反而是王翔客体的身份，让他有些哭笑不得——他的客体竟是一名这个时代达官贵人纷纷喜欢豢养的昆仑奴！

昆仑奴在唐代极其珍贵，他们力大无穷而且非常忠诚，价格极其昂贵，于是成了特权阶级彰显身份与地位的不二之选。而时空穿隧自动匹配机制会让客体身体与本体原型契合的这一原则，竟然为王翔匹配了一名昆仑奴作为客体！

虽然身高相近，但这副黑乎乎、光溜溜的模样，加上那一头贴着头皮的卷发，更过分的是，他的主人不知出于何种恶趣味，给他弄了块有棱有角的绑着一棵硕大的树干的大石头，背在背上做武器，乍一看，活脱脱就是个原始人……么恒不得不怀疑，时空管理局的穿隧技术是不是哪里出了问题。

此时，大街上的行人逐渐多了起来，即便这条繁华的街道上外族众多，王翔还是太过扎眼。酒肆的小二刚刚打开店门，么恒已经迫不及待地将王翔扯了进去。选了个临窗的座位，么恒要了些吃食和水，观察着街上来往的行人。

半个时辰过去了，看着王翔抱着胡饼大嚼，么恒这才意识到了哪里不对，这家伙是昆仑奴，那他的主人呢？

"我是在一间青楼后院的马厩醒来的，这家伙的主人可能是个公子哥吧，这时候搞不好还在哪个姑娘身上呢……小二，有酒没有？"

么恒有些心疼客体的钱袋，王翔自从坐下嘴就没停过。

在王翔喝了整整两坛子三勒浆之后，一名宫女打扮的女子径直走来，坐在么恒对面轻声说道："我是鲁霞秋，你是么恒，还是唐安迪呢？"

么恒被惊到了，鲁霞秋没有说出暗语，就毫不犹豫地确认了自己的身份！

"他是么恒，唐安迪在皇宫当侍卫呢。美女，猜猜我是谁？"不等么恒答话，王翔先出声了，还对着鲁霞秋摆了个 pose。

见么恒一副惊愕的表情，鲁霞秋看了看王翔，接着低声道："门口那面写着'我是王翔'的白幡，我替你们销毁了。这一次破桩人的数量这么多，我想我们应该小心些……"

她说话从来都是慢条斯理，而且从不大声。即使穿隧到唐代，鲁霞秋这份刻在骨子里的文静劲儿丝毫未减。她的身份是皇宫中的一名小宫女，伺候在杨贵妃左右，借着采买的机会，出宫来与大家碰面。

时间接近午时，酒肆里的客人渐渐多了。一些客人纷纷开始叫嚣，他们来这里的目的似乎不仅仅是吃饭。么恒赏了小二一枚铜钱，才从小二口中得知了原委。原来很多客人是为了看胡女跳舞，才来这里吃饭的。这间酒肆有几名大食来的胡女常年为客人表演，她们的胡旋舞跳得极好。

没过多久，酒肆的二楼传来一阵充满异域风情的乐器声。听到乐器声，全场的客人瞬间安静了，所有人的目光都望向了二楼伸出来的一处高台之上。

三名蒙着面纱的胡女从高台的后方扭动着腰肢来到了中间。唐代的风尚颇为开放，大街上已经有不少妇人的着装是酥胸半露的形制，有些甚至穿着极薄的轻纱。可与这几名胡女相比，还是显得保守了。

胡女上身只有一抹点缀着各种饰品的抹胸，大片白皙的皮肤裸露在外。那些从抹胸上垂下的饰品，在身体摆动时，随着她们腰肢的特定节奏互相碰撞，发出清脆如银铃般的响声，在她们扭动的腰肢间来回飞舞，愈发显得诱人。

腰间一条纤细的珠链，刚好挂在脐下。珠链牵连着轻纱长裙，长裙紧紧包裹着臀部，显现出完美的曲线。走动之间，裙摆之下，紧绷、修长的美腿时隐时现，裙摆之上也有不少银光闪闪的饰品，为这些胡女更添了几分异域风情。

顿时，整个酒楼热闹起来，客人们开始高声喝彩，有人已经迫不及待地向高台上抛掷铜钱。么恒也被胡女的出场惊艳，收回心神发现，王翔一副呆呆的样子看着台上，手中的胡饼举在半空，满嘴的胡饼已经忘记咀嚼。

"好漂亮！"身边的鲁霞秋也不由自主发出赞叹。

"最右边的胡女，她好像在看着别人的动作学习，注意她的眼睛！我怀疑那是程婷的客体。"由于距离很远，加之那抹蓝色一闪即逝，么恒以为自己产生了错觉。

鲁霞秋扯了扯王翔："那个，王翔，你能不能不要直勾勾地盯着人家看？如果是破桩人，我们会被人家发现的……"

"观察一下周围，看看还有没有其他穿隧者。"么恒低声对两人道。

片刻之后，三人收回巡视的目光，互相摇头示意，都没发现有其他可疑的人。么恒站起身，挤过人群。他从怀中的钱袋中摸出几颗金豆，甩手丢向那名胡女。

胡女被金豆击中，金豆落在地上散落的铜钱中格外显眼。胡女下意识地望向么恒的方向，在与么恒四目相对时，她身上的动作没停，视线却不再移动。

么恒立刻低下头，向酒肆的后院走去。后院角落中堆放着许多木柴。么恒观察了一下四周，迅速走到柴堆之后，小心观察自己身后来的方向。

不多时，胡女小心翼翼地从角门走了出来，她好像在寻找么恒的踪迹。在她接近柴堆时，么恒闪身而出，用刀鞘抵住了她的后腰，胡女僵立原地。

么恒说出了穿隧前队员们约定的暗语："生命！"

胡女："可敬！"

么恒："时空！"

胡女："永恒！"

么恒："终于等到你了，程婷！"

程婷："快把你那破刀鞘收起来，真把自己当侠客了？顶得老娘生疼！"

就在刚刚，么恒扔出金豆之后，程婷假装跌倒，扭伤了脚踝借机下台休息，引来了台下客人一阵惋惜。稍事等候，趁所有人不注意时，她偷偷溜了出来。

午饭之后，唐安迪也来到了酒楼，时空小队成员全部到齐了！

37

第三十七章 行馆
大乱

唐安迪抵达酒楼之后，时空小队汇总了各成员的身份与情报。

么恒：游侠儿，混迹街头巷尾。

程婷：胡女舞姬，居住在行馆，与安禄山近在咫尺。

王翔：昆仑奴，打晕主人逃走后与众人会合。

鲁霞秋：宫中侍女，常与杨玉环接触。

唐安迪：宫中侍卫，朝会时负责在殿外站班，与两名身份是胡人的破桩人交过手，身份已暴露。

程婷扫视了一下众人，又看看自己，皱着眉头道："咱们的身份，貌似有些尴尬……"

王翔："尴尬什么？"

鲁霞秋也看了看众人："我们几个坐在一起，好像、好像挺奇怪的……"

唐安迪："客体都是无权无势的底层人士，守护安史之乱时间桩，确实有点难度。我认为，破坏安史之乱，破桩人的首要目标大概率会是安禄山！"

么恒："据说，安禄山已经来到了长安，留给我们的时间恐怕不会太多。而且这次破桩联盟出动了十人以上，目前已知身份的只有两名胡人。我们必须找到其他破桩人，才能根据他们的计划，开始我们的行动。"

程婷："来到长安的外族人必须居住在行馆之中，也就是说，安禄山一定会住在行馆。我觉得应该对安禄山展开全程监视。"

提到那两名胡人，程婷不由大惊："不好！刺杀唐安迪的破桩人身份是胡人，他们也在行馆中，安禄山可能随时遭遇刺杀！"

王翔"噌"地站了起来："那还等啥，赶紧去行馆啊！"

唐安迪皱了皱眉沉声道："我和小鲁的身份不能离开皇宫太久，不如由我们两个负责在进出皇宫的人中寻找破桩人的踪迹。你们三个先去行馆监视，随时保护安禄山的安全。"

鲁霞秋看了看天色："我是借着出宫采买来和你们碰头的，晚了确实会被人怀疑。"

王翔刚坐下，又站了起来："走！"

程婷从头到脚打量了一下王翔，又看了看四周的其他人等，无奈道："你还是在这待着吧！你这形象也太鹤立鸡群了，别说找人了，一出门先被别人发现了。"

王翔无奈地又坐下了，么恒用胳膊肘抵了抵他："我这里有些银钱，等会在对面的客栈要个房间，你就在那里落脚吧，也可以作为咱们碰头的地方。"

唐安迪："鲁霞秋的身份，无法每天出宫。其余人每天晚上到客栈碰头，白天一有发现立即设法将消息送到客栈。现在，大家分头行动。初始任务，保护安禄山，确认破桩人身份。注意安全，行动吧。"

众人离开后，么恒将愁眉苦脸的王翔安置在客栈，随后回到了酒肆所在的闹市中。此时的闹市，已经人头攒动，各色人等在街道两旁的店铺中进进出出。不时有异族人操着生涩的唐朝官话与唐人进行着各种交易。更不乏一些官宦人家的小姐丫鬟在家丁护卫的簇拥下闲逛。

这时的风气相当开放，不少年轻男子看中了经过的姑娘，竟然直接上前搭讪，每每招来几句"登徒子"的喝骂，喝骂的姑娘也只是皱皱眉头呵斥几句，似乎已经司空见惯。有些女孩则异常大胆，直接将自己腰间的饰物、荷包或是手帕，偷偷塞给心仪的男子。

除了打情骂俏的年轻男女，演杂耍的、变戏法的、卖糕饼的……各种艺人与小商小贩比比皆是，谈生意的、呼朋唤友的、出来闲逛的摩肩接踵。这一派景象，让么恒不禁为盛唐的繁华感到震惊。

就在么恒和程婷抵达行馆门前时，街角处，浩浩荡荡来了上百手持棍棒的人，不由分说将行馆的大门围了起来，两人急忙隐在暗处观望。

一名面白无须的中年人，被一名管家装扮的汉子搀扶着走出人群。这人的手臂显然受了伤，挎在脖颈上，管家将其搀扶到行馆门前，自己则走到正对大门的空地上破口大骂。

"狗贼安禄山，速速滚出来受死！朗朗乾坤，公然行刺当朝御史！今日，咱们御史府定要找你讨个公道！"管家话音刚落，身后的仆从也跟着叫嚣起来："狗贼安禄山，出来！""给我家老爷一个交代！""无法无天的憨货，出来受死！……"

一时间，行馆门前被围了个水泄不通，嘈杂一片，不少行人远远地纷纷

朝·安禄山

公元751年，安禄山向唐玄宗请求担任河东节度使，积蓄力量密谋
。为了获取唐玄宗的信任，他认唐玄宗为义父，杨贵妃为义母，故
露滑稽姿态。

驻足。突然，行馆内射出一支羽箭，正中那名管家的大腿之上，管家当即哀嚎起来。白面无须的中年人，立刻躲到几名仆从身后偷眼观瞧。

只见行馆内，当先走出来个肉山一般的胖子，硕大的头颅上光秃秃的，头顶正中顶着一条尺许长的辫子垂到脑后。辫子里混着五彩绳，辫尾装饰着数颗宝石。胖子上半身披着一块兽皮，由一条带子随意在腰间一扎，胸前露出毛茸茸的一片。裸露的两条胳膊，比普通人的大腿还要粗上许多。其背后背着一柄鬼头大环刀，走起路来，身上的肥肉颤动，配合刀身上圆环"哗棱棱"的响声，远远地就能给人一种巨大的压迫感。

在他身后，跟着近百名胡人壮汉，个个身披软甲、腰悬弯刀。两翼尚有数十弓箭手，挽弓搭箭，只等胖子一声令下就会放箭。

中年人带来的只是一干家丁与会些拳脚的地痞无赖，一见对方弓上弦、刀出鞘，顿时没了气势。那名手臂有伤的中年人，躲在人丛之中高声叫道："安禄山，你竟然敢用这种下三滥的手段！老子好歹是当朝御史，你竟然派人暗算于我！今日无论如何，你都要给杨某一个交代！"

安禄山眼睛一眯，低头看着中年人："行刺于你？你也配？某家还没去找你，你倒先来倒打一耙了？昨天行馆中刺探的就是你的人吧？带着一群废物，就敢到某家这里闹事？杨国忠，我看你是嫌命长了！今天咱们就新账旧账一块算！"

说完，安禄山又对一旁的手下吩咐道："儿郎们，放手厮杀，别把杨国忠弄死，其余某家自会与陛下交代！"

"得令！"部下们高声领命。

这些士卒尽是随安禄山厮杀征战出来的死士，展露出来的气势凶悍肃杀。杨国忠带来的家丁地痞何曾见过这种阵仗，当即有人丢了武器转头就跑。杨国忠双腿也有些打战，却又强撑着，心中已经懊悔不已：怎么就一时冲动了？自己一个御史，不去告御状，跟一伙野人莽夫街头斗殴，真是脑子抽了！

正后悔间，街道另一边传来一声大喝："百骑司办事！闲杂人等让开！"人群纷纷避让，几匹快马分开人群疾驰而至。这些骑兵直接拦在两帮人马中间，马上的军士高声叫道："陛下有令，着杨国忠、安禄山二人速速进宫面圣！不得有误！"

杨国忠与安禄山立即回道："遵旨！"

军士丝毫未作停留拨马便走，杨国忠愤愤地瞪了一眼安禄山，由手下搀扶着向皇宫走去。安禄山则是轻蔑一笑："来两个人抬着那树红珊瑚，随某进宫！"

程婷扯了扯么恒的衣襟，示意他注意安禄山身后的仆从。么恒顺着程婷示意的方向望去，只见那些仆从簇拥着安禄山向行馆内走去，跟在最后面的杂役之中，有两人先是低声交谈了两句，随后，其中一人行色匆匆迅速离开。这人在转身时，眼中闪过一抹蓝芒。

么恒道："他要去通知其他破桩人，你看住行馆这个，我跟着他。"

程婷："小心点！"

第三十八章

夜探宫闱

那名胡人绕过了几条街，来到一处府邸。他叩了叩门环，不多时，角门打开，一名仆人将他引了进去。

么恒走近才发现，这里竟然是当朝太子李亨的府邸。

此时天色已经渐暗，么恒先是观察了一阵，见附近无人，退开几步助跑，飞身跃起，一手抓住墙边，用力攀了上去。

翻过院墙，落地之后，么恒发现，这是一片空荡荡的庭院，似乎是一处习武的所在，院中的兵器架上摆放着各种兵器，四周的厢房只是存放了一些杂物，没有人住。

庭院的一头连着走廊，沿着走廊有处月亮门通向内宅。他贴着院墙，快步走到门边，贴着门向外观瞧。只见那名下人正带着胡人通过另一条走廊，向内宅走去。

么恒急忙矮身，借助院子中的植物的遮蔽，悄悄跟了上去。

来到内宅，那两人径直朝亮着灯的屋子走去。到了门前，下人敲了敲门，门内响起一个年轻男人的声音："进来。"

两人进门的时候，么恒悄悄来到窗下。屋内有声音传了出来："挑拨安禄山与杨国忠的计划奏效了。"

么恒急忙用口水润湿了窗棂纸，轻轻在窗子边缘戳了一个小洞。

他透过小洞望去，只见屋子里正中一人盘膝而坐，发髻上顶着金冠，身上一袭紫色华服绣着暗金团龙纹。这人必是太子无疑，他的眼眸也是蓝色的！

说话的正是那名胡人，太子问道："安禄山和杨国忠被召进皇宫了？"

胡人道："是的，你的推测很准！安禄山与杨国忠发生冲突之后，李隆基果然派人前来传唤。只是，我和 5 号的身份只是普通杂役，无法随行。"

太子道："他会带多少人进宫？"

胡人想了想道："亲卫、轿夫、仆人，最多八个。"

太子："好，他回行馆的路上，就是我们的机会。叫所有人集合，准备行动！"话音未落，他的目光掠过窗边时突然一凝，甩手将托着的茶碗砸了过去，口中大喝道："谁？"

么恒被发现了！茶碗穿窗而出，擦着他的脸颊"啪"的一声砸在身后的廊柱上，瓷片飞溅。么恒急忙转身准备跑向院中。刚刚转身之际，身后的窗子已经传来破碎的声音。他急忙转身观瞧，一个人影穿窗而出，一脚向自己踏来。他急忙双臂交叉，护住面门，那一脚正中他架起来的双臂。巨大的力量让他不由得后退了数步。

站稳身体时，那名身份是太子的破桩人已经来到自己身前。那力道大得出奇的一脚，正是来自此人。接着，那名胡人与下人也分别来到他身后，阻断了退路。

太子和么恒对视了一下，看了看他的眼睛说道："时空特警？唐安迪？王翔？还是么恒？"

"他怎么知道得如此详细？难道时空管理局有内鬼？"么恒暗自心惊。

"等你们几天了！你是束手就擒，还是要我亲自动手？"太子活动着手腕玩味道。

么恒看看身后的两人，摆开了架势。太子见状不屑一顾，速度突然加快，他双脚蹬地跃起，一拳砸了下来。么恒急忙闪身，以手肘还击。

两人你来我往，打在一处，几招下来，都从对方的拳脚中觉察到似曾相识，似乎都能预知对方下一招要攻击的角度和位置。

么恒拼着挨对方一拳，也用自己擅长的八极拳招将对方甩了出去，随后叫道："潘离！"

"哈哈，又见面了，果然是你——么恒！"潘离掸了掸身上的土，"上次的于信也是你吧？"

"为什么加入破桩联盟？为什么背叛联合特警？"么恒恨声质问。

"背叛？是联合特警背叛了我！"潘离下意识地摸了摸口袋，似乎是想点支烟，猛然发现如今是在唐朝，身上哪里会有香烟？

他自嘲似地笑了笑，接着道："如果突然有一天，你发现你冒过的那些险，受过的那些伤，不过只是为了维护个别人的地位和利益而已，你会怎么想？加入联合特警时，我们可是发过誓的：守护民众，守护正义！哈哈，现在你不觉得那些誓言很可笑吗？"

"你知不知道一旦破桩成功，会造成怎样的灾难？会有多少生命因此消失？"和潘离遭遇的不公相比，么恒的质问显得有些无力。

"你就这么相信联合政府灌输给你的那些所谓的正义与道德？为什么不能站在更高的维度思考一下，一旦破桩成功，会为人类文明带来怎样的进步呢？"潘离对联合政府那套冠冕堂皇的作风，早已厌恶透顶。

"我只知道破桩会造成生灵涂炭。"潘离的话让么恒不得不联想起联合政府的官僚气息，他的心底隐隐有了一丝松动，语气和他要表达的意思完全不符。

"是吗？你知不知道，安史之乱在短短十年间，直接或间接地造成了近三千万人死亡。如果阻止了它的发生，难道不是挽救了这三千万条生命吗？"潘离道。

么恒沉默了。潘离说的似乎不无道理，阻止了安史之乱，确实会让那三千万人免于死亡。但新时空的诞生呢？又会造成怎样的连锁反应？会不会令死亡的人更多？2097年的时空会不会因此动荡？那里也有无数鲜活的生命，他们该怎么办？

"一旦你们成功了，所带来的影响是未知的，同样也会将我们那个时空置于危险之中。无论哪个时空的生命，都不是试验品。我们谁都无权用别人的生命去试错！"么恒发现，几名侍卫不知什么时候也来到身后，将自己包围了。

"果然，联合政府的体制里，只会滋生懦弱和倦怠，毫无冒险精神！没有牺牲，哪来的进步？你所说的那些，无非是联合政府用来掩盖腐败、愚蠢和保守的说辞罢了。难道你是从心底里信奉它吗？破桩联盟，不是你认为的邪恶组织。我们是人类的先驱者，是带领人类进步的英雄！加入我们吧，我们可以继续做搭档，我们只会为了人类的未来全力以赴。在破桩联盟里，你看不到政客的表里不一，更看不到争权夺利。你会发现，这只是一群为了人类的未来不懈努力的疯子而已。相信我，以你我的能力，我们会成为全人类的英雄。将来，我们会收获全人类的尊敬！"潘离目光灼灼，似乎已经看到了未来。

"对不起，我理解不了你的崇高梦想，我也无法像你一样视人命如草芥，随意践踏！毕竟，我也是他们中的一员。"么恒语气坚定。

"既然如此，抓住他。"潘离摇摇头，随后对其他人下令。

几名破桩人立刻对么恒展开围堵，有人已经抽出腰刀。么恒避过迎面斩来的一刀，一拳正中此人腋下，跟着踏步上前，转身鞭腿，砸退最近的一人。接着将身体一弓，全力撞向另一人，那人匆忙中只好护住要害，用身体硬扛。这人"砰"地被撞出三米开外。其他人反应过来时，么恒已经趁着这人倒下的缝隙，迅速登上他身后的假山，又借助假山跃到院墙之上，跳出了院墙。其实，在与潘离对话时，么恒已经为自己规划了一条逃跑路线。

　　几名破桩人正要追赶，被潘离伸手拦下："不要浪费时间，我们还有更重要的事！"

　　逃出太子府，么恒绕了几条街，发现没人跟踪，才回到客栈。

39

无耻至极

兴庆宫，沉香亭。

亭外，杨国忠正吊着膀子、跪在地上，对着亭内的人哭诉。

"陛下，您可要给微臣做主啊！那个憨货公然袭杀朝廷命官，这是根本没把您放在眼里啊！依大唐律，这等大罪可是要斩立决的！再者，犯下这样的大错，还要故意拖延、姗姗来迟，他眼里哪还有您？哪还有咱大唐的威严？陛下，臣身为御史，风闻奏事本就是职责所在，他安禄山因为被臣弹劾，就敢当街行刺，以后这朝中谁还敢仗义执言啊，陛下……"杨国忠越说越激动，口沫横飞，涕泪横流。

大太监高力士手托拂尘静立在亭外，虽然面无表情，但看着杨国忠的目光里流露着些许不屑。亭内布着酒菜，李隆基与杨玉环正在用着晚膳。李隆基虽然身形高挑，但已是两鬓斑白。杨玉环则是宫妆蛾眉，发髻高挽，肩上一袭薄如蝉翼的轻纱，难掩内里白腻丰腴的肌肤。下摆长裙堪堪及地，遮住一双玉足，不禁令人遐想联翩。

鲁霞秋的客体——那名宫女，就在杨玉环身侧，伺候着两人用膳。

最近两年，李隆基明显感觉身体大不如前，处理朝政的时间已经大大减少，可还是经常感到精神不济。自从玉环和她的三个姐姐进宫之后，才给本已年迈的他，带来了些许生气。

看看如今这大唐的盛世，就是自己一手缔造的。现如今万国来朝，万邦来贺，百姓安居乐业，自己也该歇歇了。可就是总有些芝麻绿豆的事情，扰了自己的兴致。

"杨爱卿快快起身，等下安禄山到了，朕让他亲自给你斟酒赔罪如何？他这人就是憨直些罢了，没有爱卿说的如此严重。卿与安将军，都是朕的股肱之臣，还是应该以和为贵，不要因这等小事伤了和气。"

杨国忠："陛下啊，民间早有传闻，数次边境之乱，都是安禄山一手挑起的！生乱的是他，平乱的也是他，您可不能被他蒙蔽了啊！"

李隆基："此事朕早已命人查过，无非是百姓不识异族装束，将二者混为一谈罢了。有安禄山在，自可保一方太平，朕年事已高，就是要多些你们这样的忠臣良将，才能守住这大唐的江山。"

"屁的年事已高，分明就是想把什么事都推给满朝文武，自己躲在后宫寻欢作乐！"杨国忠心中腹诽，嘴上还在叫屈："臣可是一向对大唐对您鞠躬尽瘁、死而后已，至于安禄山是不是忠臣良将，陛下您可勿要被其蒙蔽，您看看他的所作所为，拥兵自重，早有不臣之心，长此以往，我大唐危矣！"

"言重了，爱卿言重了。"李隆基笑着摆手道。

正说至此，假山之后传来粗犷的叫声："臣安禄山叩见贵妃娘娘，叩见皇上！吾皇万岁万岁万万岁！"

声音未落，假山之后一个肥硕的身影扑通一声拜倒在地，大声叩头。安禄山叩头时，他身后的两名引路小太监才忙不迭地跟了出来。

安禄山这滑稽的神态，逗得李隆基哈哈大笑，杨玉环也不禁莞尔。杨国忠看着身侧的"肉球"，脸上满是厌恶之色。

"你这憨货！朕问你，为何先拜贵妃，不先拜朕？"李隆基假作不满道。

安禄山双手抱拳："陛下恕罪！这还要从贵妃娘娘说起。"

"哦，与我何干？"杨玉环轻声道。

"贵妃娘娘的寿辰是五月初九，恰与臣的生母同月同日。臣每次见到贵妃娘娘都会不由自主地想起臣的生母。陛下您知道，臣本是粟特人，我们粟特人一向是先拜母亲的，臣刚刚也是一时失神，忘了中原的规矩，还请陛下恕罪。"说完，安禄山又是"咚"的一声，头重重磕在青砖上。

李隆基见安禄山这副憨态可掬的样子，不由得随口向着杨玉环调笑道："爱妃，何时给朕生个这么孝顺的大胖儿子？"

杨玉环一阵娇嗔："陛下，这么大的块头，认一个还差不多，生，臣妾可是生不出来。"

"母妃、父皇在上，请受孩儿一拜！"不等李隆基接话，安禄山又是一个头磕了下去。

正在给李隆基斟酒的鲁霞秋，不由得浑身一个激灵：这胖子也太无耻了！想不到，古代人的脸皮厚起来，能把后人甩出几十光年去。

"你这憨货倒是会来事！爱妃，要不就认了这个大胖儿子？哈哈哈哈！"李隆基抚须大笑。

"这儿子比臣妾可还大许多呢……"杨玉环掩口笑道。

"多谢母妃、父皇厚爱！"安禄山又开始磕头了。

杨国忠只觉一阵气血上涌，愤愤道："娘娘，你怎的也被此人蒙蔽？这等奸诈小人，你怎可认他为子？"

李隆基却笑道："爱卿言重了，真若如此，咱们可就是亲上加亲了。"

"儿臣给母妃和父皇早就备了一份厚礼，来啊，抬上来。"

假山之后，几名仆从抬着一样物什放在了亭前，安禄山起身揭开了上面盖着的黄缎子，只见缎子下面是一株近三米高的巨型红珊瑚。李隆基看得眼睛都直了。虽然他作为一个皇帝，早就见过无数稀世珍宝，可面前的这株红珊瑚，也是他这辈子都没见过的东西。传说，红珊瑚十年生长一寸，这株已近三米高，少说已有千年。这等稀罕物，恐怕举世就此一株。

杨国忠心头一阵无语：老子这脸皮就算够厚了，跟这胖子简直没法比！玉环今年二十九，安禄山少说四十有五，能厚着脸皮认玉环为母，简直无耻至极！

"这么说，朕还多个干儿子了？"李隆基笑嘻嘻道。

"可不是吗，陛下？这么大棵珊瑚，您这儿子可真是孝顺。"杨玉环说完又转向杨国忠，"大兄，以后这可就是你外甥了，以前的事就不要介怀了，当舅舅的哪能总跟外甥计较呢？"

杨国忠还没开腔，安禄山"咚"的一声，给杨国忠磕了个响头："外甥安禄山，给舅舅请安了。"

安禄山这副做派，让杨国忠一时手足无措，但从安禄山抬起头的目光中，他分明看出了几许揶揄和嘲弄。

李隆基哈哈大笑："起来吧，来人哪，速速添置碗筷，朕要与大舅哥和干儿子畅饮几杯。"

杨玉环也在一旁陪着笑，轻轻坐在李隆基身边："陛下，臣妾还有一事相求。"

"哦？爱妃还有什么事？"

"咱们这个干儿子是粟特人，听闻他们这一族有个规矩，儿子降生之后，母亲要为其连续洗澡三天，俗称'洗三'。臣妾觉得，反正最近宫中也无甚喜事，不如咱们给干儿子办个'洗三大会'热闹热闹如何？"说着，杨玉环挽起李隆基的胳膊摇晃起来。这一副撒娇的模样，令李隆基骨头都要酥了。

"洗三？哈哈，这倒是有趣！朕准了！爱妃着宫中女官操办吧。"

"那咱们可说好了，正日子就定在后天了，咱们这天就当个节过，让满朝文武都跟着热闹热闹。"

"嗯，也好。高力士，传旨，后日群臣休沐，着五品以上官员入宫观礼。"李隆基吩咐身后的高力士。

"遵旨！"高力士一甩拂尘，应声而去。

碗筷来了，安禄山还不罢休，向杨国忠做了个"请"的手势："请吧，舅舅！"

杨国忠无奈，只能硬着头皮坐下，心头大感无奈：这个妹妹怎么就胳膊肘往外拐？也不晓得这龌龊货送了妹妹多少好处？

40

第四十章 深夜驰援

离开太子府，么恒马不停蹄到了行馆与程婷会合，再到客栈叫了王翔一起赶往皇宫。他只听到了潘离伏击安禄山的计划，并不知晓伏击的地点在哪儿，于是，只能事先在安禄山的必经之路上守候。

兴庆宫外，三人隐在暗处，在宫门外等了一阵，才见到安禄山醉醺醺走了出来。门外早有八名轿夫抬着一尊巨辇放置在安禄山面前。安禄山在两名亲卫的搀扶下登上巨辇。他靠在软垫上挥了挥手，巨辇被抬起来向着街道的另一方走去。

三人远远地在后面跟着，巨辇"咯吱咯吱"的声音伴随着安禄山巨大的呼噜声，在寂静的街道里显得格外刺耳。

行至一处窄巷，屋檐上突然站起数道人影。这几人挽弓搭箭，羽箭迅速朝安禄山飞去。常年在战场上厮杀，安禄山对危险的感知极其灵敏。几人挽弓搭箭瞄准时，安禄山已有感应突然惊醒。见有人弯弓瞄准自己，他下意识地将头一歪。一支羽箭"咚"的一声钉在巨辇的靠背上。随后，他就像一颗巨大的肉球，迅速从巨辇上滚了下来。又是几声"咚咚"的响声，几支羽箭钉在巨辇上。

轿夫和杂役吓得丢下巨辇拔腿就跑，两名亲卫迅速护在安禄山面前警戒着箭矢射来的方向。安禄山爬起来时，肚子上插着一支箭，兀自还在抖动。他看了看抖动的箭矢，连肚子上的脂肪都没穿透，于是直接伸手将那支箭拔了出来。

"哪里来的毛贼，也敢来暗算你家安爷爷！出来受死！"安禄山哇哇大叫着。

巷子里，几名蒙面人手握钢刀直向安禄山和亲卫袭杀而来，两名亲卫迅速迎上去。领头的刺客只打个照面，一刀一个，两名亲卫瞬间倒下了。安禄山靠墙而立，蒙面人站成扇形将他包围了。

眼见安禄山寡不敌众，么恒率先冲了上去。其他时空小队成员，各自取出武器，也向蒙面人冲去。

么恒的刀锋直接指向领头的人，他知道那人必定是潘离。王翔的身材太过惊人，立时吸引了三名破桩人联手对抗。唐安迪和程婷也各自迎上一人。安禄山见有人援手，立刻拦住剩下的两人，口中兀自大叫着："今日多承几位好汉仗义援手，且随某家杀敌，他日必有厚报！"

么恒与潘离的对阵，双方皆不再留手，钢刀均朝着对方的要害招呼。擅长马伽术与关节技的潘离，在武器的使用技巧上，明显不如受过传武训练的么恒，很快手臂上已经见血。

不远处，唐安迪的单兵作战能力非常强悍，破桩人则完全不是对手。几个照面下来，破桩人已经被一刀砍在面门上，仰面倒了下去。杀死敌人之后，唐安迪立刻冲进王翔的战团。

王翔这边人高马大，手中的石锤舞得虎虎生风，三名破桩人完全不能近身。一人借机绕后偷袭，被王翔一锤砸在头上，整个面门塌陷下去，倒地身亡。

程婷面对两人，则有些被动，依靠着各种格斗技巧和灵活的身体与破桩人缠斗。

倒是安禄山，显得勇猛异常。肉山一样的身躯，面对砍来的钢刀根本不躲，一巴掌就将刀锋拍飞。但在两人夹击之下，身上还是被砍出数道伤口。两人的袭扰让安禄山暴怒，他抡起手臂一拳捶在身后的墙壁上，墙壁立刻出现一个缺口。他抱起落下来的一块墙壁，朝其中一人砸了下去。那人根本来不及躲避，连人带手中的钢刀尽数被拍在墙壁下面。墙壁碎裂了，缝隙中也跟着流出殷红的鲜血。

潘离发现，自己这一方几名破桩人已经被杀死，大叫了一声："走！"

余下的几名破桩人迅速跟着潘离，向着巷子的深处跑去。王翔要追，却被唐安迪拉住："别追了，这么大动静，巡城司很快会来，多一事不如少一事。"

安禄山看看地上已死的三名刺客，对几人道："各位壮士，请随某到行馆一叙如何？某观诸位身手，皆非寻常江湖人士，安某别的没有，金银、军职任由诸位予取予求！几位如有意，可到某麾下，某必厚待之！"

"给多少钱？啥军衔？哎哟……"王翔刚出声，被程婷在背后拧了一下。

唐安迪越过众人，来到安禄山面前："我等只是适逢其会，路过此地，多谢贵人厚爱。投军之事可大可小，且容我等回去商议一番如何？"

"善！即便不愿来某麾下，也容某家答谢一番，某在行馆恭候诸位。"安禄山拊掌大笑。

三人护送安禄山到行馆后，并未回转客栈，而是到了程婷的房中。

程婷道："历史的轨迹是，安禄山得到河东节度使的权柄后，就会离开长安，立即与史思明勾结起兵造反。"

么恒补充道："出了长安之后，安禄山就会有大军拱卫，破桩人想刺杀他基本不可能。穿隧之后不能深度睡眠这一点，也决定了他们无法在唐朝逗留太长时间。也就是说，破桩人必然在安禄山离开长安之前行动！"

王翔问："接下来该怎么办？要不先去安禄山那弄点钱花？反正也得保护他，不能让他死了。"

程婷无奈地翻了个白眼，么恒突然道："这也不失为一个好办法。"

程婷问："怎么说？"

么恒接着道："王翔有一点说得很对！咱们确实要保护安禄山，去做安禄山的贴身保镖，恰好可以一直保护他直到他离开长安。这几天，潘离除非动用军队，否则，就凭几个破桩人，绝对没有机会杀他。"

程婷赞同道："不错，就算潘离的身份是太子，没有兵权，他也无法越过李隆基调遣军队。好，就这么办了。你们不能在此久留，今晚就交给我吧。"

41

第四十一章 虢国夫人

兴庆宫，花萼相辉楼。

这里本是李隆基专门用来宴饮歌舞的所在。安禄山与杨国忠离开后，李隆基还要到勤政务本楼去处理政事，杨玉环便想来此嬉戏一番。

"妹妹果然在这！"刚到花萼相辉楼，杨玉环便听到有人相唤。回身望去，竟是虢国夫人！

她的这个三姐，早就跟李隆基眉来眼去。自从上次被自己逮了个正着，她就一直没给过这个三姐什么好脸色。

"三姐怎会在此处？"杨玉环不咸不淡道。

"妹妹还生气呢？姐姐是专程来给你赔罪的。"虢国夫人道。

"姐姐有甚错处？陛下要宠幸谁，妹子可管不了。"杨玉环赌气道。

"行了，我的好妹妹，你就别生气了。陛下对我无非就是一时兴起，对妹妹你那才是郎情妾意，这满天下谁不知道后宫佳丽三千，陛下独宠你一个？我的好妹子，以后没有妹子你点头，姐姐绝不再见陛下，如何？"虢国夫人挽起杨玉环的胳膊，如小女儿撒娇般摇晃着。

"当真？"杨玉环道。

"当真！"虢国夫人见杨玉环面色缓和，转头对她身后的宫女道："快去准备些酒食，本宫要和妹子小酌几杯。"

就在她转头时，杨玉环身后的鲁霞秋悚然一惊，她在虢国夫人的眼眸中见到一抹蓝色！鲁霞秋急忙将头低下，丝毫不敢再抬头与虢国夫人照面。她低着头快步向殿外走去："娘娘和夫人稍候，奴婢这就去传膳。"

通知小太监准备酒食后，鲁霞秋急急向勤政务本楼奔去。这个时间，李隆基应在批阅奏章，唐安迪正在御书房门外当值。

御书房门外，远远地，唐安迪已经见到神情慌张的鲁霞秋躲在门外向自己招手。他看了看左右，向对面的侍卫说道："兄弟，我去出个恭，你先盯着点。"

"虢国夫人是破桩人！宫里都知道，虢国夫人和杨玉环虽然是亲姐妹，因为李隆基的缘故，两人关系并不好。她已经成了破桩人，主动来找杨玉环和解，其中必有蹊跷。"唐安迪还没开口，鲁霞秋已经迫不及待地说出了自

唐朝·花萼相辉楼

　　花萼相辉楼，始建于唐代开元八年（公元720年），位于京师长安兴庆宫之内。此楼乃盛唐天子玄宗与万民同乐、交流同欢之处。

己的担心。

唐安迪寻思片刻，突然大惊："不好！我们疏忽了李隆基这个皇帝！"说完，他立刻向宫外跑去："你先去盯紧她，我现在就去通知么恒他们，想办法带他们进宫。"

回到花萼相辉楼，殿内灯火通明，几案上已经摆放了不少餐食。鲁霞秋立刻站立在墙边，借着阴影隐蔽自己。杨玉环和虢国夫人正在对饮。两人一人一张矮几相对而坐，身后的宫女正在为两人布菜。见到鲁霞秋回来，虢国夫人似有似无地瞄了鲁霞秋一眼。

"皇上今日不来寻妹妹吗？"虢国夫人借机问道。

"边关又起战乱，陛下不得不去处理一番。此事不劳姐姐挂怀。"虢国夫人提起李隆基，杨玉环立刻警觉起来。

"妹妹但请放心，就算陛下要来，姐姐早就走了。且饮了这杯，姐姐既然应承了你，日后自然便不会主动与陛下见面。"虢国夫人笑道。

听到虢国夫人这样的说辞，杨玉环当即举杯。几杯之后，她已经放下戒心，与虢国夫人你来我往地拼起酒来。今日的酒是虢国夫人亲自带来的剑南烧春，度数极高，杨玉环几杯下肚，已经脸泛红霞。再几轮下来，明显已有醉意。

见杨玉环开始口齿不清，虢国夫人当下起身告辞："妹妹，且在这里小憩等候陛下，姐姐不胜酒力，这就回府了。"

在她走出殿门后，鲁霞秋趁着没人注意偷偷跟了上去。虢国夫人果然没有出宫，直接向勤政务本楼的方向走去。只见她并未接近，而是在不远处等候了一阵。不多时，一名小太监提着食盒经过。

她拦住小太监："小公公，可识得我？"

突然被人拦住，小太监吓了一跳，看清来人后松了口气道："是虢国夫人啊！贵人拦住奴婢，可有什么吩咐？"

虢国夫人掏出一锭金子塞进小太监手里："确有一事劳烦小公公，给陛下送羹汤时，劳烦小公公知会陛下一声，就说'虢国夫人听闻，安禄山所献美玉，被陛下安置在御汤中，欲在其中沐浴欣赏一番'。事成后还有重谢。"

"不好！她要刺杀李隆基！"鲁霞秋暗暗心惊。

只见那小太监犹疑了片刻，虢国夫人又拿出一锭金子塞了过去。小太监将金子塞进怀里，有些慌张道："万一被贵妃娘娘发现，您可得护奴婢周全啊。"

"放心，绝不会连累了小公公。"虢国夫人轻笑道。

小太监匆匆向御书房走去，虢国夫人也朝着另一个方向离开。他们的对话，被躲在花丛后的鲁霞秋全部听了去。鲁霞秋急忙向虢国夫人离开的方向跟了过去。

跟了不多时，行至一处园林。虢国夫人经过园林入口处的一块巨石，顺着巨石下的小路转了进去。四处无人，鲁霞秋急忙跟了上去，只见巨石上篆刻着"御汤"二字。

夜色已深，四周漆黑一片，只有远处有些许光亮透过重重树影，却不见了虢国夫人的身影。鲁霞秋心下焦急，不由加快了脚步。

突然，寒光一闪！巨石后，一柄匕首自下而上向着她的咽喉疾刺而来！眼见避无可避，鲁霞秋匆忙中急向后仰，那只握着匕首的手臂突然弯曲，手肘猛然向下砸来。

失去重心，鲁霞秋再也无力闪避，肘尖重重地砸在胸前！

偷袭之人正是虢国夫人！原来，在转到巨石之后时，她突然下蹲，将身体完全缩进了阴影中，伺机出手。

鲁霞秋捂着胸口退了几步，吸气时发现胸口剧痛，不由咳了两声。鼻腔中感受到一股浓烈的血腥气，再看手上，多了不少血迹。她再吸气，伴随着肺部强烈的疼痛还有强烈的窒息感。

"不好！胸骨断了，刺伤了客体的肺叶！客体坚持不了多久，就会因为大量内出血休克，我的意识也会因为昏厥被强制拉回2097年！从她那一肘的力量看，以我现在的状态，根本打不赢这个女人。逃，必须在昏迷之前通知唐安迪，她会在御汤行刺李隆基。"想到此处，鲁霞秋毫不犹豫，转身就跑。

虢国夫人正要追上去，身后传来一名太监的声音："哪个不开眼的？深更半夜的，到咱家这里闲晃。"

她转过身来，只见前方的小路上一名太监打着灯笼迎面走来。这太监走近一看是虢国夫人，立时换了一副嘴脸："哟，虢国夫人？您看我这老眼昏花的，这张臭嘴着实该打！怎地污了贵人的耳朵！"说着，连连扇起自己耳光。

"这位公公，本宫就是闲来无事，想来泡个汤，可否行个方便？"虢国夫人又将一锭金子塞到了老太监手里。

"方便！自然方便！"老太监接了金子立刻眉开眼笑，招呼出几名小太监，生火担水忙碌起来。又有几名宫女从园内出来，将虢国夫人迎了进去。

42

第四十二章 智救
明皇

唐安迪到达客栈时，么恒与王翔正准备冥想。敲开门后，么恒还未开口，唐安迪急匆匆说道："快跟我走，虢国夫人是破桩人，要在皇宫里刺杀李隆基！"

"什么？宫里也有破桩人？"么恒惊道。

王翔叫道："他们到底来了多少人？怎么到处都有？"

"穿隧之前，刘局说过，破桩人出动了十人，刚刚刺杀安禄山时，他们损失了三个，也就是说还有七人。"么恒道。

"安禄山刚刚被刺杀？来不及了，边走边说吧。对了，程婷在哪儿？"唐安迪焦急道。

王翔二话不说，越过么恒率先蹿出了门，么恒只觉眼前被个巨大的黑影遮住。他一把拉住王翔："老王，你这模样想进皇宫太难了！不如你去行馆替换程婷，那边都是胡人，多个你这样的异族也不扎眼。"

王翔刚想争辩，唐安迪立即应声道："叫程婷到兴庆宫外和我们会合。"

见两人急急向前走去，王翔张了张嘴，无奈地"哦"了一声，接着嘀咕道："怎么偏偏就我倒霉，摊上这么另类的客体……"

即将开始宵禁，兴庆宫的入口盘查森严。为了第二天的"洗三"，宫中派出了大批的太监宫女采买一应物什，他们一一接受着侍卫们的检查。

么恒一身游侠儿的装束，自然是无法顺利进宫的。唐安迪只能带着他在回宫的必经之路上埋伏起来。

不久后，两名提着不少油纸包和提盒的太监缓缓走来。经过阴影处时，他们被唐安迪与么恒迅速扯了进去。两人分别将一名太监打晕，剥下了太监的衣服。又过了片刻，一匹快马由远及近疾驰而来。马上的正是程婷！

眼看她要纵马冲出巷子引起宫门外侍卫的注意，么恒急忙冲出去将马儿拦了下来。匆忙之间，两人换上了太监的衣衫，拿上太监采买的东西，跟着唐安迪向宫门走去。

"腰牌呢？"守门的侍卫果然上前盘查。

唐安迪掏出自己的腰牌，说是今日在御书房当值，为陛下出宫问些事情。么恒、程婷则举起采买的东西，说是出宫为了明日"洗三"采买用度。

鲁霞秋给唐安迪传讯时尚不知晓虢国夫人的计划，唐安迪只能带着两人向花萼相辉楼的方向沿路寻找鲁霞秋的踪迹。

就在经过一片花丛时，三人隐约听到了鲁霞秋的声音。拨开花丛，三人见到了已经濒临昏厥的鲁霞秋。此时的鲁霞秋口鼻中不停地往外涌出血块，喉咙中发出"咯、咯"的声音，气息已经极其微弱，她是强撑着在这里等待三人的。

见到三名同伴，鲁霞秋已经无力说话，嘴角咧出一抹惨笑，跟着用目光瞄向自己手臂的方向。三人立即会意，顺着她的手臂看去，只见她的手指前写着"御汤"两个字。这显然是她用尽最后的力气，在三人到达之前写下的。三人再看鲁霞秋时，她已经没了动静，嘴角上依然挂着那抹惨笑。

程婷急忙去探她的鼻息，又摸了摸这具客体的动脉，叹了一口气道："她的客体是活不了了，小鲁应该已经回去了。"

到了御汤园林时，此间已经水汽弥漫，树丛后传来女人的声音，三人急忙矮身隐在树丛后向内观瞧。

只见安禄山所献的那面玉璧，就被安置在主池中。池子中，水已经灌满。整个园林中，蒸腾着氤氲的水雾。那面玉璧上的图案，在朦胧的雾气中影影绰绰，好似活了一般，栩栩如生。

此时的虢国夫人已经被两名宫女褪去了身上的衣物，披上一袭透明轻纱。她伸出脚趾试了试水温，接着将笔直而修长的小腿伸进水中，进而缓缓走进池水深处。她的身材极好，腰肢纤细，胸前高耸。常年骑马，因而双腿非常紧致，即便已经年届三十，她的皮肤依然紧绷富有弹性。黛茜很满意这具身体，在池水和雾气中，轻轻抚摸自己，曼妙的身材时隐时现，更显无比诱人。树丛之后，两个男人看得一阵心猿意马。程婷见两人眼睛都直了，不禁狠狠地在么恒的腰间拧了一把。

就在此时，虢国夫人的手中寒光一闪，多了两柄小巧的匕首。两柄匕首，被她插进水下离自己不远的假山缝隙之中。随后，她将自己全部浸湿，走到汤池入水的位置，斜倚在池边，嘴角上泛起一丝邪异的笑。

三人不由得对视一眼，大家都清楚，如果李隆基进入汤池，与虢国夫人相隔这么近的距离，就是一头待宰羔羊。

"三姐，可想死朕了！"恰在此时，李隆基的声音传来。

只见他嬉皮笑脸地走到池边，哪还有半分皇帝的威严模样？见到虢国夫人正背对自己坐在池边，他已经急不可耐地褪下衣物。

唐朝·唐玄宗

　　唐玄宗李隆基，在他的统治年间唐朝迎来了开元盛世，但到了晚年时期的公元 751 年，他已是重用贪官、贪图女色的昏君，在这样的君主统治下，安史之乱似乎已经是一场无法避免的悲剧。

虢国夫人似乎有些怨气，从水中站了起来，接着背过身去娇嗔道："陛下与奴那妹子如胶似漆，哪还有闲暇想起奴家？"

水雾中，虢国夫人站起身时，雪白娇嫩的背部引得李隆基一阵口干舌燥："我的好三姐，朕这不是来了吗？快让朕解解相思之苦吧！"他说着已经张开双臂，就要向池中扑去。

"今日不把奴家哄开心了，休想碰我！"虢国夫人躲开李隆基的熊抱，向藏着匕首的地方走去。

"我的小心肝，快别吊朕的胃口了。只要你开口，就是天上的月亮朕也给你摘了来。"李隆基又扑了过去，一只脚已经踏进了汤池。

李隆基与虢国夫人的距离太近，即使三人冲上去也来不及阻止，程婷突然灵机一动，尖声叫道："贵妃娘娘驾到！速速来人伺候！"

御汤中的虢国夫人突然一愣，李隆基则是浑身一个激灵。等虢国夫人回过神来，他已经爬出池子，正在岸边手忙脚乱地穿衣服。

么恒担心虢国夫人突然暴起，绕过树丛跑了出去，口中不忘尖声装作惊慌道："哎呀，虢国夫人？陛下，您还是快些走吧，奴婢们自会替您隐瞒。"

杨玉环的醋意太大，上次发现自己与虢国夫人私会，足足一个月没理自己，还扬言要出家。李隆基一想起来就无比头大，他回头看了看水中的虢国夫人，叹了口气，提着裤子匆匆忙忙向假山背后跑去。

这时，唐安迪、程婷也从隐蔽处走了出来。虢国夫人见到几人眼中的蓝色，毫无惧意，赤裸着身体从水中站了起来，向着自己放在岸边的衣物走去："只有你们四个？一旦咱们发生打斗，必然引起注意。你们几个的身份，恐怕也没那么容易解释！搞不好李隆基立刻就会派人抓了你们几个！所以，你们最好不要轻举妄动……"

虢国夫人就这样堂而皇之地向外走去。么恒正要上前阻拦，却被程婷拉住了："你们觉不觉得有些奇怪，自从我们到了唐朝，好像就被破桩人牵着鼻子走？"

么恒答道："确实有这种感觉，而且，潘离似乎还知道我们所有人的信息。"

程婷若有所思道："以虢国夫人的身份和地位，带几个人入宫应该不是什么难事。为什么这次刺杀只动用了她一个人？其他人在干什么？有没有一种可能是，他们故意分头行动让我们疲于奔命，做不到首尾兼顾？毕竟，李隆基还是安禄山，他们只要解决一个就够了。"

唐安迪惊道："不好！行馆那边只有王翔一个人！如果这是调虎离山……"

43

行馆
夜袭

　　程婷将王翔安置在自己住的小屋中就离开了，没过多久，行馆里响起鼓乐之声。唐代时权贵的奢靡生活远非后人所能想象，即使刚刚遭遇刺杀，安禄山还是准备大摆夜宴。此时的行馆已经在安禄山的布置下加强了守卫，每隔数米就有护卫把守。

　　躲在程婷的小房间中，王翔实在气闷，加之外面的喧闹，令他终于按捺不住走了出去。行馆中灯火通明，胡姬小厮来来往往，户外架着烤炉，炉子上几只肥羊正在炭火上吱吱冒着油花。偌大的行馆正厅中，安禄山卧在一张巨大的动物毛皮上，两名胡姬在旁一人执扇一人举着果盘。

　　他面前，几名衣着暴露的胡姬正在随着胡琴胡笳之声扭动着身体。胡人习俗本就不似中原，来自一千多年后的王翔，何曾见过这等风情？见到此番景象，着实有些惊艳。

　　见有个巨汉突兀地站在院中，安禄山放下手中的盛着葡萄酒的金杯，在胡姬的搀扶下坐起身来，待看清王翔面貌，随即哈哈大笑道："壮士，真的是你？快请落座。多承今日仗义援手，且请随意吃喝耍子，莫与某家客套。"

　　"我跟同伴商量了，我们同意给你当贴身保镖，随时保护你的人身安全。"王翔完全学不来古人说话的方式，也不管安禄山能不能听懂，直接说明了来意。

　　"敢问壮士尊姓大名？"安禄山道。

　　王翔："我叫王翔。"

　　安禄山："敢问王壮士，贴身保镖是何意？是否就是近身护卫？"

　　王翔咧嘴一笑："对。老安，老实跟你说，有我们几个当保镖，这回你可赚大了。"

　　对于王翔的称谓，安禄山也不以为意，只当他是昆仑奴不懂中原礼仪，随后又吩咐仆人给他添酒添肉，还不忘为他安排两名胡姬伺候左右。

　　程婷走时曾经特意嘱咐，行馆中有两名仆人是破桩人，叮嘱他务必小心。自从来到院中，王翔已经在小心观察添酒布菜的这些仆人有没有什么异常。直到将每个面前经过的仆人都打量了一遍，也未发现异样。他不得不向身边的胡姬询问行馆中还有什么人。

胡姬知他救过安禄山，也未有什么防备，只说她们与这些仆人、护卫，都是安禄山带来伺候生活起居的，还有十几名杂役和马夫都在马厩里，他们根本没资格到前院中来。

王翔这才明白，难怪破桩人就在安禄山身边，却一直没有动手。原来，那两名破桩人哪里是什么仆人，根本就是更低等的杂役，完全没有接近安禄山的机会。

"走水啦！后院走水啦！"一声大叫突然打断了王翔的思索。

听到叫声，安禄山立刻丢掉手中的酒杯，身后的胡姬马上扶着他站起身来。他急匆匆跑到门口，向后院的方向张望："来人，救火！都去救火！"

此时的房屋多是木头结构，一旦失火很容易引起连片燃烧，所以，在每个院子中几乎都有水缸存水，就是为了救火。而安禄山这次来长安，带着不少财物用以打点一应官员。一旦大火烧到前院，损失着实令人肉痛。

王翔紧随安禄山身后，也到了门外，只见后院的方向火光映红了天空，脸上还能感受到传来的一阵阵热浪。院子中，护卫、仆人有人拎着水桶，有人从邻近的房舍中搬出财物，整个行馆已经乱作一团。

看着漫天的火光和行馆里的乱象，安禄山面色阴沉，突然大喝一声："来人，拱卫！"

恰在此时，前方的屋顶上出现数十名蒙面人。这些人手中全部托着弩弓，一阵密集的机栝与弓弦声响起，无数支弩箭向着安禄山疾射而来。

已经围上来的护卫立即倒了一片，门口处的安禄山连忙一扯身边的胡姬，"啊！"胡姬被数支弩箭钉在胸口，瞬间香消玉殒。房顶上的蒙面人，再次端起弩弓，又是一阵箭雨。

"这是诸葛连弩！"王翔见状大惊，急忙扑向安禄山。他那巨大的身形连同安禄山硕大的身躯一起跌倒在门内。他再起身，急忙将大门关上，他的后背已经被钉上数支弩箭。

这数十人自然是潘离率领的破桩人。这个时期，诸葛连弩本已失传。潘离穿隧至三国时，特意研究过诸葛连弩的制作方法，并且专门记下了图纸。在刚刚来到唐朝时，他已将图纸画出来交给了工匠。今晚的刺杀，除了几名破桩人，他还带上了太子府中的死士。

　　按照唐朝时的法度，安禄山所带的兵丁大部分必须驻扎在长安之外，能够随他来到行馆的最多不过百人。其中除却仆人、杂役，有战斗力的亲兵、护卫不过五十人。

　　潘离的死士们，有了诸葛连弩的加持，顷刻之间将安禄山的亲兵护卫杀死大半。剩下的人也已杀红了眼，死死堵在大厅门外。他们大部分是安禄山的私兵，家眷、亲属都在安禄山的属地，如果安禄山遇刺身亡，他们的家人也会遭到牵连。

　　此时，大厅的后窗已被引燃，滚滚浓烟涌了进来。王翔发现，屋顶的横梁已开始冒烟，很快也燃起了火苗。此时，如果再不冲出去，他和安禄山就算不被大火烧死，也会被浓烟呛死。

　　王翔双手抓住半扇房门，对着安禄山大叫一声："跟在我后面。"

　　他双膀较力，硬生生将那半扇门拆了下来立在身前，成了一面巨盾，然后口中大喝一声："都闪开！"猛向门外冲去。

　　亲兵护卫们听到身后大叫，立时向两边散开。王翔从人群中冲出，他将门板打横直接冲向对面的死士。连弩的箭矢纷纷钉在门板上，后面的亲兵护卫们见状，也跟在王翔身后向死士们冲去。

　　被王翔与护卫近了身，这些死士手中的诸葛连弩立即失去了远程优势。这些死士虽然还能射中敌人，但也必须面对近距离砍来的弯刀。双方开始惨烈地近身肉搏。

　　就在王翔用门板撞飞几名死士之后，一阵眩晕感突然袭来，背后那些被弩箭射中的地方也有一阵阵的麻痒传来。

　　"不好！中毒了！"王翔心知不妙，再想举起门板，双臂已经感觉到些许无力。他奋力将门板砸在一名死士头上，门板终于碎裂。这名死士倒地，他身后竟然还有个人！王翔看到那人蓝色的眼睛时，已经来不及躲闪，那人手中的短剑已经从肋下直接刺进了自己的胸腔！

　　这人正是潘离！肋下的剧痛，也在一瞬间帮王翔驱散了眩晕感，他双臂一拢直接将潘离搂在怀里，竭尽全力想要箍断对方的手臂。

　　潘离无法挣脱，手中的短剑一拧，王翔又感到一阵剧痛从伤口处、胸腹内传来。他知道客体显然是活不成了，拼尽全力仍然死死箍着潘离。

　　突然，潘离笑了。只见后院马厩中，数名杂役受不住大火和浓烟跑到了前院。他们见到前院正在厮杀，纷纷靠向墙边试图绕到门口逃出去，其中有两人却丝毫不显得慌乱，悄悄向安禄山的方向接近。此时的王翔也发现了，这两人正是隐藏在行馆中的破桩人。

身中弩箭的毒素，手上死死箍着潘离，他已经无力再向安禄山示警。那两人已经到了安禄山背后，并且抽出了藏在怀里的短刀。而安禄山正在与面前的几名死士搏杀，竟丝毫不觉。

王翔此时的意识已经越来越模糊，心中只剩下一个念头："糟了！"

44

第四十四章 山中意外

行馆正厅已有部分被引燃，房顶之上也有不少地方开始蹿出火舌。厅前院中，那两名仆役已经到了安禄山背后，弯刀在火光的映衬之下泛着红芒。

就在二人举刀欲刺之时，屋顶火焰的空隙中突然出现两道人影，宛如神兵天降，从空中飞身跃下。两人正是唐安迪和么恒！

半空中，么恒屈膝全力向下撞去，背对他的那名仆役脊椎受到重击应声断裂。唐安迪则是一肘砸在另一人的后脑，那人当场昏厥生死不知。两名破桩人倒地后，程婷也从屋顶上一跃而下。

此时，安禄山面前的死士也已被他击毙，四周的护卫尽数围拢了过来，将他护持在中间。院中剩下的几名死士见己方已寡不敌众，纷纷聚拢在潘离身后小心戒备。

原本双臂环绕箍住潘离的王翔，此刻已经虚弱不堪，铁塔般的身躯缓缓软倒委顿在地。

"王翔！""老王！"程婷与么恒见王翔倒地，当即扑了上去。

面前的安禄山被护卫死死拦在身后，刺杀俨然再无机会。潘离急退，口中低喝道："走！"那些死士跟着他迅速离开行馆。

王翔的气息极其微弱，见到么恒与程婷出现在面前，咧开嘴艰难地笑了笑："这回我可不是累赘了！"

么恒正要答话，他已经没了气息。程婷见状不由大叫："王翔！王翔！"

唐安迪走近，冷静道："放心，脑部没受到致命伤，他的意识应该回去了，就是回去之后要受点折磨了。"

"无论如何，客体也是因我们而死，我觉得这对客体很不公平。"么恒有些颓然。

"王壮士！王壮士！"么恒还在神伤，安禄山也已发现王翔的异样，拨开身前的护卫跑了过来，"王壮士可还安好？"

"安好个屁，死了。"程婷没好气道。原本她对安禄山这个历史人物就没有好感，鲁霞秋和王翔的客体先后死亡，让她对安禄山更加厌恶。

"是某家连累了王壮士！来人，将王壮士的尸身好生安顿，择日厚葬！"

说完，安禄山拍了拍掌，立时有仆人捧着托盘走近，盘子上摆着几个硕大的金饼，"且容某家聊表心意，万望各位壮士勿要推辞。"

唐安迪拍了拍么恒，然后对安禄山道："心意就不必了，将军代我等将王壮士的尸身厚葬便是。我等还有要事，就不叨扰了。"

说完，他拉起么恒与程婷一起走出了行馆。

行馆门外，唐安迪停下了脚步："明天就要洗三了，只有安禄山顺利成为河东节度使离开长安，我们的任务才算完成。"

么恒："还有一天的时间！以我对潘离的了解，不到最后一刻，他的行动还会继续。而且，我怀疑，他在抵达唐朝的第一天，已经针对"洗三"有了安排。别忘了，他和我们同样来自后世，对于唐代的历史，他和我们一样清楚。"

"我有一种很不祥的预感，"洗三"大典，破桩人会有更大的动作。"程婷不无担忧道。

"所以，现在开始，我们必须盯紧他们的一举一动，不能再被他们牵着鼻子走了。"唐安迪道。

三人决定立即动身前往太子府，监视破桩人的一举一动。

时值深夜，长安的街道寂静清冷。三人避过巡城司的盘查，找了一处高些的屋顶，观察着太子府中的动静。

此时的太子府中灯火通明，潘离调动了府中所有的部曲，将整个太子府围得水泄不通。三人守了个把时辰之后，一辆马车来到太子府外，只见虢国夫人骑在一匹马上，在马车前引路。守在门外的一名破桩人招呼身边的部曲打开了大门，虢国夫人和马车进门后，这人小心观察一下他们后方是否有人尾随，随后将大门关上。

府内立刻有许多下人从马车上搬下许多铁桶，这些铁桶都被搬进了有人把守的房间。虢国夫人则走到书房前，太子李亨，也就是潘离的客体打开房门将虢国夫人放了进去。

"他们在做什么？"程婷好奇道。

"那些铁桶的形状很奇怪，潘离到底想干什么……"么恒思索道。

"等等看，他早晚会出来。我们三人轮流监视，我先守着，你们两个抓紧冥想恢复体力，有情况我会立刻示警。"唐安迪道。

这一夜，潘离再未出过书房。那些铁桶直到午后，才被人从房中搬了出来。下人敲了敲书房的门，潘离和那名女破桩人也从书房中走了出来。潘离接过下人呈上来的铁桶，仔仔细细察看了一番，似乎很满意，接着又对下人说了些什么。下人们从房子里将一个个铁桶搬出来，又搬到马车上。马车装好后，潘离与其余几名破桩人跟着马车出了太子府。

三人对潘离的举动都有些不明所以，只好远远跟在马车后尾随。不多时，马车竟然到了长安城外。三人更加奇怪：洗三在兴庆宫举行，潘离带着破桩人到城外做什么？

又走了个把时辰，马车来到山坡上，进了一片密林。三人不由分说跟了进去。进了密林才发现，眼前是一处空地。这片空地上早就搭建了简易的房屋，似乎是为了制作某些东西专门搭建的。而空地上，一个巨大的竹篮被粗大的绳索固定在地面上，竹篮上方架着火炉，炉子里已经点燃火焰。火焰上方，是一只油布制成的巨大气球！

"热气球？难道潘离在刚来到唐朝时就开始找人制作这个东西了？"么恒奇怪道。

"那些铁筒……不好，那是火药！他要把安禄山和李隆基一起炸死！"程婷惊道。

"他不停给我们制造麻烦，原来是为了吸引我们注意。早在到达唐朝时，他就测算好了风力，在这里秘密制作热气球。恐怕从那时起，他已经开始四处收购硫和硝，等我们发现时，他的炸弹和热气球早就制作完成了。"唐安迪道。

"洗三马上开始了，气球一旦升空就什么都晚了。"程婷急道。

这时，剩余的三名破桩人下了马车，他们的背上各多了一个小型背包。潘离和虢国夫人接过他们递过来的背包背在背上。随后，潘离与一名破桩人登上吊篮，其他两名破桩人则将铁桶一个个搬了上去。

为了掩人耳目，潘离早将工匠等人驱散，此时留在附近的只有破桩人。么恒见最后的铁桶被搬上了吊篮，虢国夫人也抓住吊篮的绳梯，他立即不由分说就冲了上去。

程婷与唐安迪急忙跟上，程婷不忘提醒道："潘离的客体千万不能死！太子李亨未来将会称帝，如果他死了，极有可能产生新的时空。"

第四十五章

45

全力
搏杀

酉时将至，满朝文武纷纷被小太监引至兴庆宫外，"洗三"的庆典就在这花萼相辉楼里举行。安禄山早早进了宫，这时正在后殿，被太监宫女们围绕着准备典礼。太监宫女们七手八脚，正往他身上缠着五颜六色的布条，还在他脸上涂抹起厚厚的脂粉。安禄山也任由他们施为，咧着大嘴嘿嘿傻笑。

花萼相辉楼被装点得喜气洋洋，庆典之后还会有一场宴会，就连座位也早已安排好。随着长长的一声钟鸣，高力士搀扶着李隆基，在杨玉环和宫女们的簇拥下从殿后走了出来。

群臣顿时山呼万岁："吾皇万岁万岁万万岁……"

"众爱卿平身！"李隆基伸手虚扶，在他落座后，大臣们也纷纷坐了下来。

李隆基高声道："众卿家，今日乃朕与爱妃大喜之日。从今以后，安禄山即为朕之义子，爱妃之蛮儿，可谓亲上加亲。还望诸卿与之共勉，共为我大唐鞠躬尽瘁，镇守河山。"

李隆基的话语刚停，高力士已然走上前，高声喝道："奏乐。"

从花萼相辉楼的后方传来编钟与管弦丝竹之声。群臣顿时齐齐望着殿后的方向，只见两队女官走出，其后由三十二名宫女抬着一乘巨辇，巨辇上躺着一名半裸的胖子，正是安禄山。安禄山的身上被五颜六色的布带缠满，布带的缝隙中露出一条条的肥肉，就像一只没包好的大号粽子，给人一种说不出的滑稽之感。

随着鼓乐齐鸣之声，宫女们抬着安禄山在花萼相辉楼前绕了三圈，然后在殿外中央的地方将巨辇放下。早有小太监抬来一只巨大的木桶，桶中注满了清水。两名小太监跪伏在桶前，安禄山则踩着小太监走进桶中，桶中的水立刻因他肥硕的身躯涨得满溢出来。

杨玉环被宫女搀着款款走来，踩在小太监的背上之后，立时有宫人送上水瓢。她一边从木桶中舀着水淋到安禄山身上，口中一边念叨："禄儿，禄儿，为娘给你洗澡了。"

安禄山扮出一副憨傻的模样，口中嗲声嗲气道："娘亲、娘亲！"

这一幕看得么恒一阵恶寒，唯独不远处的李隆基拊掌大笑，还不忘打趣道：

"我的儿，你这肚子怕不是比你的年岁都大吧？"

安禄山则一副傻乎乎的样子："我这肚子里装的可都是对父皇的忠心，自然是越大越好！"

李隆基听后笑得前仰后合，群臣尽皆面色古怪，有人还在偷偷摇头叹息。

山坡树林，热气球的吊篮下方，四个角上用来固定的四根粗麻绳已经紧紧绷直，虢国夫人正抓住吊篮垂下的绳梯准备向上攀爬。

吊篮中的潘离见三人从林中冲出，神色大变："砍断绳子，快！"

他一边大喊，一边拔出腰间佩剑，从吊篮中探出身体，一剑砍向距离最近的绳索。

吊篮外的两名破桩人，分别抽出刀奔向两侧的绳子。唐安迪一马当先冲上去，同时向么恒与程婷叫道："快去拦住他们，这里交给我。"

他一刀逼退最近的一人，跟着又一刀劈向另外一人。这时那人又斩断了一条麻绳。

此时的吊篮又失去一条绳子牵扯，一角失去平衡，热气球瞬间上升了一截，吊篮跟着一晃。吊篮中的潘离和那名破桩人急忙抓住边缘控制平衡。

吊篮外，唐安迪将一根麻绳护在身后，两名破桩人举刀向他砍来。

这时，么恒与程婷也到了吊篮下方。牵引着吊篮的麻绳，四根已经被斩断了两根。

程婷当先一步抓住绳梯。上方的虢国夫人，迎面一脚踹来，程婷将头一偏，一把抓住她的脚踝，顺着她用力的方向，向下猛扯。

虢国夫人立时脱手，被扯得滑了下来，她在一瞬间抓住下面的绳子，奋力挣脱程婷的拉扯。

而在吊篮中，潘离对面的那名破桩人，也将身体探出吊篮，一刀砍在麻绳上。热气球又是向上一蹿。吊篮只剩下一个角被绳子拉着悬在半空中。

此时的吊篮已经完全倾斜，吊篮中，潘离与那名破桩人都悬在半空中，全力维持平衡，根本无暇顾及最后的那根绳索。

潘离见那两名破桩人正在围攻唐安迪，大喝一声："快把那根绳子砍断！"

两名破桩人立刻放弃攻击唐安迪，转而一刀刀全部砍向绳子。唐安迪大惊，手中的钢刀只能奋力去抵挡不断斩向绳子的刀锋。

他望向吊篮，发现程婷和么恒都被虢国夫人困在绳梯上，心下不由一紧。

此时，那两名破桩人一刀劈向绳子，另一柄刀正直刺向自己肋下。

唐安迪牙关一咬，拼着肋下挨了一刀，自己手中的刀也斩在了对方的脖子上。他同时将右腿踢出，堪堪抵住砍向绳子的那把刀。

这一刀深深嵌入腿骨，唐安迪疼得"啊！"地大叫一声，趁着对方拔刀时，奋力向前一蹿，将手中的刀送进了那人的胸口。那人的刀已经从他的腿骨中拔出，倒地时刀锋掠过了绷紧的绳子。绳子原本就是数股麻绳绞在一起而成，绷得笔直，再被刀锋一划，顿时断开几股。

被热气球升空的力量拉扯，绳子一点点断开，唐安迪眼疾手快，在绳子断开前奋力抓住了两端。绳子两端巨大的拉扯之力，立刻让他的身体悬空。他在半空中向吊篮望去，只见么恒抓住了绳梯，迅速向上爬，刚好到了与虢国夫人面对面的位置。

虢国夫人见绳梯对面的么恒马上要越过自己，立即单手抓住绳梯，另一只手掌一翻，掌中多了一柄匕首，当胸向么恒刺去。

么恒急忙松开一只手，另一只手抓住绳梯的侧面，借助惯性将身体荡开，堪堪避过虢国夫人的匕首。之后，他急忙上蹿，双手抓住了绳梯再上一格的绳子。

程婷见虢国夫人多了一柄武器阻拦么恒，抓着她脚踝的那只手再次用力一扯，同时另一只手也猛然发力。程婷也向上蹿了一截，抓住了虢国夫人背后的背包。

这时的虢国夫人已经不胜其烦，顾不得面前向上蹿的么恒，反手一刀向背后的程婷刺去。由于吊在半空中，她这一刀刺出的力量并不大，反而被程婷抓住了手腕。

唐安迪见么恒已经越过虢国夫人，马上接近吊篮的边缘，终于松开了双手，从半空中跌落在地上。他已经脱力了，只能眼睁睁看着热气球升空。

见么恒已经接近吊篮边缘，程婷发狠，抓住虢国夫人的手腕狠命一扯，跟着手臂弯曲，她用小臂勾住了虢国夫人的脖子，同时弓起身体，用膝盖死死顶住虢国夫人的后腰。虢国夫人终于支撑不住，松开了手掌，两人一起从绳梯上掉了下去。

尽管热气球刚刚升空，离地也已经将近十米，两人从绳梯上重重地摔在地面上，同时晕了过去。

失去了最后一根绳子的拉扯，吊篮不再倾斜，随着热气球缓缓升空。那名破桩人见么恒接近吊篮边缘，探出身体挥刀就砍。么恒大惊，松开一只手让身体悬空，堪堪避过一刀。那人另一刀砍来时，么恒欺身而上，一把扯住这人胸口向下一拉，这人直接从吊篮中栽了下去。

此时热气球已经离地五六十米，这人匆忙中拉开背后布包的绳扣。布包中，竟然是一面油布缝制的小型降落伞。只可惜他距离地面太近，哪怕是如此小型的降落伞还来不及打开，他已经摔在地面上。重重的冲击力，让他骨断筋折、口喷鲜血，他的身体在地面上弹起再落下后就不动了。

潘离见同伴从吊篮中栽出去，知是么恒所为。他急忙举剑凝神，准备等么恒探头出来，就一剑刺去！

46

第四十六章 长安
祥瑞

兴庆宫，花萼相辉楼。

杨玉环在安禄山身上淋了三瓢水，转身对李隆基道："陛下，今日礼毕，让禄儿换上衣衫，开始饮宴如何？"

李隆基像完全看不到群臣的表情："就依爱妃！来啊，传膳！诸位爱卿，洗三洗三，顾名思义可是要洗三日的，明日后日，还请诸卿到此观礼。"

大臣中已经有人忍无可忍、义愤填膺，却被身旁的同僚拉住，用眼色示意前面的李林甫和杨国忠，摇了摇头，似乎在说：满朝都是这等奸佞，此时出声只会惹得龙颜大怒，被奸人所趁。那名官员像被抽干了力气，叹了口气，把头低了下去。

很快，安禄山换了一身华丽的衣衫，来到了自己的座位，各种美味佳肴也陆陆续续被端了上来。

长安城不远处的天空中，吊篮里，潘离举剑戒备，见么恒的一只手抓住边缘，他算好么恒爬上来的位置，一剑刺出。令他没想到的是，迎面而来的却是一柄连弩！那正是之前自己为了袭击安禄山命人赶制的。

弩箭上喂有剧毒，潘离只好迅速后撤。那支弩箭正中他束发的金冠，将金冠钉在了吊篮边缘的藤条上。潘离的头发随之披散开来。

原来，么恒在离开行馆时特意从那些死士身上取了一柄连弩以备不时之需，想不到在此时用上了。趁着潘离躲避的时机，他丢掉连弩，双手发力攀进了吊篮。

么恒尚未站稳，潘离已经一剑刺来。他急忙侧身避过，那柄长剑刺入了编制吊篮的藤条缝隙。半空之中，两人脚下虚浮，极难借力，么恒趁机抵住剑身，利用身体的重量全力一压，剑身应声而断。

潘离抓着断剑，随着吊篮摆动的方向刺了过来。已经来不及闪避，么恒只能抓住剑刃，另一只手抵住潘离的手腕。宝剑失了剑尖，依然刺破么恒的前胸。潘离双手握住剑柄，用力下压，想将断剑刺进么恒胸膛。吊篮的空间有限，又在随着热气球飘荡，么恒只能抵着身后的篮筐屈着手臂奋力抵抗，他的上半身已经被逼出吊篮，全靠腰部在支撑。

此时的潘离头发披散，面容因为用力变得有些扭曲。么恒身后正是长安的繁华景象，潘离死死抵着么恒嘶吼道：

"看看这下面！不久之后，安禄山会放任兵马在这里劫掠四日，长安百姓死伤无数。在这之后，三千万人死于乱世。你本来可以救他们，却放任他们死去。这就是联合政府所谓的守护正义？"

随着断剑一点点刺入胸膛，么恒根本不敢出声，如果张口，力气就会泄掉，那柄断剑恐怕会在一瞬间没入自己的心口。

潘离像在质问么恒，又像在说服自己："如果这三千万人能活下来，如果这大唐盛世能再延续几百年，那样的未来将是何等辉煌？"

断剑被卡在么恒的胸骨上，潘离每用力一分，他的疼痛就会加重一分。疼痛的刺激，让他无比清醒，他很清楚，如果再不想办法摆脱面前的困境，这半截断剑随时可能穿透自己的心脏。

潘离状若疯虎，力道又重了几分。他的愤怒中夹杂了些许兴奋："别白费力气了，客体死亡，你回去还要经历濒死状态，何必呢？不如和我一起欣赏一下，新时空诞生的瑰丽景象。"

就在他准备全力将断剑刺进么恒的胸膛时，么恒趁着他吸气的那一点点时间，松开了抵住潘离手腕的那只手，从不远处拔出插在藤条中的那支弩箭，顺手刺进了潘离的肋下。

潘离吃痛，手上力道一松，么恒奋力将他推开。那半截断剑也被潘离拔了出去，一道血箭立刻从么恒胸前喷了出去，洒了潘离一头一脸。

潘离急忙抹掉眼前的血迹，正要挥着断剑斩向么恒，突然一阵头晕目眩，弩箭上的毒发作了。

弩箭上的毒是潘离亲自配制的，他很清楚，这种毒素，哪怕只是一支弩箭上的量，也会在短时间内让人身体麻痹。如果不及时医治，三到四个小时之内，全部内脏器官就会衰竭，进而死亡。

在潘离控制不了身体的时候，么恒的声音传来："那三千万人应不应该活下来，我不知道。但是我知道，如果你阻止了安史之乱，就会有人在2097年失去家人，失去生命。将来，我和么兰还要生活在那个时空！"

他将潘离背上的背包解了下来，系在自己背上，又解下腰带将自己和潘离绑在了一起。然后，他又从火炉中抓出一截还在燃烧的木头扔在那些铁桶的引线上。引线被点燃后，他带着潘离跳出了吊篮。

花萼相辉楼前，群臣正在饮宴，突然有人指着天边大叫道："快看，那是什么？"

众人的目光都向那名大臣所指的方向望去，此时天色已经渐暗，只见天边一个大球正在缓缓飘来。那个时代的古人，除了飞鸟，何曾见过这种怪物在天上飞舞？顿时，群臣乱作一团。

李隆基怔怔地望着那个大球，正在寻思着要不要先找个安全的地方躲一躲，看清是什么再出来，只见那怪球的下方突然爆起一团火球，然后就是一声巨响，随后附近的空中纷纷爆起火球，一声声的巨响传来。那原本飘浮在半空中的巨球，也被火焰吞噬殆尽，而后天空中归于平静，就像什么都未发生过一般。

群臣在火球爆起时已经吓得没了声息，此时更是面面相觑、不明所以。突然，只见李林甫越众而出，向着李隆基拜倒，口中大呼："祥瑞啊！陛下，这是祥瑞啊！洗三大典之际，天现雷火，必是上天想要告诉陛下，安将军实乃我朝股肱之臣，必将助我大唐雷动九天啊！"

听闻李林甫如此言说，李隆基顿觉有理，顿时拊掌大笑道："李相所言甚是！有此贤臣，何愁我大唐不兴？我大唐雷动九天之时，指日可待啊！哈哈哈哈！"

刚刚天空中的火球和爆炸声，早让杨玉环心神巨震，听闻李林甫如此说，又见李隆基龙颜大悦，这才安下心来，也跟着说道："陛下，禄儿洗三之日，长安出此祥瑞，实乃大唐之福啊！臣妾观这祥瑞，必是随着禄儿一起来的。既是如此，若不给咱的禄儿一些赏赐，岂不是有负上天的厚望？"

李隆基拍了拍杨玉环的手："爱妃说的是，禄儿啊，想要些什么尽管直说，朕绝不吝啬。"

安禄山早就跪倒在地："微臣今日已得了世上最好的父皇和母妃，哪还敢再做他想？"

说完，安禄山将头微微抬起，有意无意地看了李林甫一眼。

李林甫立即会意，高声道："陛下，微臣倒是有个两全其美的办法。"

李隆基好奇："哦？爱卿说说看。"

李林甫当即拱手道："不若赏赐个官职给安将军，既让安将军升了官职，也让我大唐河山更多了一份保障。"

李隆基："爱卿觉得，什么官职合适？"

李林甫："河东节度使如何？加上平卢、范阳，手握三镇兵力，安将军日后必能如虎添翼，为我大唐开疆拓土，立不世之功。"

李隆基："准了！安禄山听封……"

这时，么恒背后的降落伞早已打开，潘离还在怔怔地看着空中火球消失的地方。就在两人落地的时候，潘离眼中的蓝芒褪去了。

47

第四十七章 两败
俱伤

"脑死亡七人，一人濒死昏迷，能动的只剩下潘离和黛茜。阿尔法，这就是你策划的行动？我的不死鸟，在唐朝损失了八人！足足八人，你知不知道这是什么概念？时空管理局在几万名联合特警中，才挑出五个可以执行穿隧的人。他们经营了这么久，时空特警的人数还是只有五人。这样的人有多难得，我相信你比我更清楚。付出了八个人和能够买下一个小国家的资本，我得到了什么？没有！什么都没有！"全息影像中的人影怒火冲天，"哐啷"一声，他似乎因为愤怒将面前能见到的东西全部打翻了。

"你太急躁了，和一个全新的时空相比，死几个人算得了什么？"阿尔法面不改色，只是静静地看着全息影像，他像是一名看着某出舞台剧却又置身戏外的观众。

"你所谓的新时空呢？在哪儿？没有！迄今为止，连影子都见不到！"黑影被阿尔法的态度刺激得更加愤怒。

"饭是一口一口吃的，难道你现在的位置是一夜之间得到的吗？进步，总是需要时间和代价的。想要品尝胜利的果实，就要面对流血与牺牲。我们不是小朋友在过家家。从某种意义上讲，这是一场革命，更是一场改变人类命运的伟大创举。请你仔细读一读人类的历史，哪一次的伟大进步是轻易实现的？"阿尔法还是那副云淡风轻的样子，像是一名经验丰富的人生导师。

黑影突然冷静了："别用你那套理论来忽悠我，我不是你的那些崇拜者！你我都很清楚，我们的合作是建立在利益上的。如果一直看不到希望，我凭什么给予你人力物力上的全力支持？所以，请让我看到一些好的结果，足以支撑我们继续合作的结果！另外，我也有个消息给你。"

阿尔法："请说！"

黑影："回归的时空特警全部带伤，其中两人处在濒死昏迷状态，短时间内无法进行穿隧。其余的人只要干掉其中任何一个，下一次破桩行动的成功率将会大大提高。"

回到2097年后，王翔与鲁霞秋一直没有苏醒。客体的致命伤，让两人的意识一直处在濒死状态。刘伟文动用了一切能够利用的资源，将两人严密保护起来。进行意识修复的脑科专家与技术骨干，对两人的意识进行着二十四小时不间断地矫正。尽管如此，进度依然缓慢。

　　唐安迪在控制客体时，膝盖被潘离击碎，回归之后，也出现了后遗症。受伤的那条腿完全无法受力，膝盖稍微承受一点压力就会剧痛钻心，走路只能借助手杖。好在，他的伤势较轻。在对意识进行康复训练后，专家非常肯定地告诉他，只要两到三天，他就可以完全丢掉手杖，但跛脚走路仍然会持续一段时间。

　　么恒与程婷的情况是五人中最好的。程婷的客体在落地时距离地面不算太高，而且山林中的树枝缓冲了力量，不过苏醒后依然浑身疼痛。

　　相比起来，么恒摔得反而更严重一些。潘离用油布制作的简易降落伞，根本达不到使用高科技材料制作的正常降落伞水准，唯一能做到的就是减缓使用者的下降速度，但也仅仅保证了他和潘离没摔死而已。幸好，经过多年的打熬，么恒的神经反应速度远超常人，这才让他的客体没有摔成残废。也正因此，他才能及时地将潘离的客体，也就是太子李亨，带到了太医院……

　　回归的第二天，程婷在冥想室找到了么恒。看着冥想中还是一脸凝重的么恒，她突然想逗逗么恒。

　　程婷忍着痛，扯断一根头发，将断发扭成一根细线。然后，她凑近么恒的脸，将发丝一点点伸进了么恒的鼻孔。

　　鼻孔里奇痒难耐，么恒立即从冥想中醒来。睁开眼睛，正见到面前还在用发丝捅自己鼻孔的程婷，刚要发火，却没忍住喷嚏，程婷慌忙躲避。

　　"你无不无聊？多大的人了，还开这种小孩子玩笑！"打过喷嚏之后，么恒的火气也消了许多。

　　"天天一副苦大仇深的样子，闷不闷啊？来来来，给姐笑一个。"程婷故意凑近么恒。

　　看着程婷嬉皮笑脸的样子，么恒的火气顿时消了。他自己也有些奇怪，如果放在刚认识的时候，程婷这样逗自己，恐怕自己早就发火了。

　　"老爸不知道在哪儿，老妈早早去世了，妹妹还在仪器里躺着，还能笑得出来？谁的心能这么大？"么恒的语气有些落寞。

　　"发愁也不能让么兰醒过来呀。知不知道有句话叫：爱笑的人，运气一定不会太差。来，快给姐笑一个，你笑笑，我就告诉你个好消息。"程婷笑眯眯盯着么恒的脸，么恒咧了咧嘴，实在笑不出来。

"唉，明知道我正烦着呢，你就别折腾我了……"么恒叹了口气道。

程婷把手一摊："没劲！算了，放过你了。联合特警找到了盖尔进行唐朝穿隧的实验室。"

么恒："在哪儿？"

程婷："地点和资料，我都拿到了。而且，我还向刘局做了申请，去现场找找有没有什么线索。刘局同意了，嘿嘿。"

么恒"蹭"地站了起来："那还等什么，赶紧走啊！"

原本坐在地上的程婷，不紧不慢站起身，故意道："刘局可没说让我带你去！"

么恒顿时大急："行了！我的姑奶奶，你就别逗我了，行吗？"

程婷无奈道："你这人可真无趣，将来谁要是找你做男朋友，估计要闷死！"

么恒摸了摸头，终于露出一丝傻笑。

"走啦，先去申请一台水下设备。"程婷也不理么恒，兀自走出了冥想室。

离开时空管理局时，两人意外地碰到唐安迪一瘸一拐地出了电梯，手杖竟被他提前扔掉了。问过才知，原来唐安迪是来找刘局请假的。他的父亲已经被下了病危通知书，可能熬不过 2097 年的圣诞夜，他要赶回老家柏林。他常年忙于执行任务，在老人家离开的日子，无论如何，他都要去见父亲最后一面。

48

第四十八章 海底
交锋

这是一片极其安静的海域，不但距离大陆极远，而且避开了所有的航线。满月之下，海风徐徐，一台小型警用三栖飞梭划过夜空钻进了海平面。飞梭之上，正是么恒与程婷。

两次穿隧让么恒明显感觉到，曾经是联合特警精英的潘离对于破桩人的身份貌似更加坚定了。这次搜索，他并不指望得到有关潘离的线索，只希望找到一些关于盖尔的蛛丝马迹。

么兰的案件，几乎可以断定盖尔就是主犯，潘离为什么会和他走到一起？还有一件让么恒很是费解的事情——盗取意识，盖尔的动机是进行非法意识穿隧实验，那么锁住么兰的意识呢，动机又是什么？

盖尔的海底实验室并不是很大，但其中已经空空如也。撤离时，破桩人显然已经清空了一切有价值的东西。程婷得到的资料显示，联合特警在找到这座实验室时，对方已经启动了爆破程序。很不凑巧的是，这一次的突袭行动中，联合特警出动了一名爆破专家，他通过远程入侵破解了对方的代码。

没找到任何有用的线索，站在空荡荡的实验室里，么恒有些沮丧。漆黑如墨的海底，像是无尽的深渊，望不到尽头。几千米的水下，除了偶尔掠过的几只海底发光生物，再无其他。那些生物似恶魔般的长相，更让人觉得仿佛置身在水下魔窟，不知什么时候，就会被未知的怪物吞噬。

么恒突然感觉自己很渺小，就像这无尽深海中的某只发光浮游生物，对很多事情根本无能为力，只能随波逐流，等待命运的安排。

"在想什么，这么出神？"不知什么时候，程婷来到么恒身后。

么恒的目光仍然注视着那些会发光的海底生命："这些小东西不知道什么时候就会成为其他掠食者的食物。它们生命的意义是什么呢？难道就是为了成为其他生命的营养？"

从么恒口中冒出的这突如其来的深沉问题，让程婷有些措手不及："天地不仁，以万物为刍狗……也许，这就是它们的宿命吧……"

"在更高级的生命看来，我们是不是也像这些小东西一样，在时空、在宇宙中飘荡，等待着成为另一个生命体的营养？"么恒的口吻像是在问自己。

程婷扁了扁嘴，皱着眉戳了戳么恒的脑袋："喂，你不是受了什么刺激吧？怎么会冒出这么高深的问题？想那么多干吗？活在当下，懂不懂？自己还没活明白，去想这些做什么？再说了，哪怕这些小东西，它也会发光，也会照亮周围，起码它们也在这个漆黑一片的海底让我们看到了一丝光明。"

么恒转过头，刚想说什么，突然，他在程婷侧后方的空气中看到了一阵诡异而快速的扭曲，似乎有什么东西快速袭来。他迅速将程婷推开，一拳向扭曲发生的地方轰去。

拳头击中了实体，从触感上判断似乎是人体。对方被击中后，空气中短暂地显现出一个女人的轮廓，随后又消失了。么恒立刻挡在程婷身前，死死盯着人形轮廓消失的位置，同时低声问程婷："没事吧？"

"是利器！"程婷的发丝被削断了一些。

诡异的扭曲再次袭来，这一次的目标是么恒。随着那阵扭曲，女人的轮廓也短暂地显现出来，她似乎握着类似匕首的武器，隔空向么恒划来。

么恒竖起手臂，手环上立刻撑起一面能量护盾。"叮叮叮"地，有什么东西击打在护盾上。

"环境自适应隐身服！她可以拟态！"从短暂的轮廓显现，程婷立刻判断出，袭击者的衣服可以模拟周围的环境。她立刻对人工智能防卫武器下达了指令："搜索拟态频率，启动干扰。"

么恒也已经释放出能量剑全神戒备。蓦地，空气中再次显现出人形轮廓，向么恒袭来。对方双手各持一柄短刃，一正一反，一撩一刺。袭来的短刃，前一刻隐在环境中，后一刻突兀地向要害攻击而来，短刃的边缘在攻击的同时，释放出能量风刃。一时间，么恒左支右绌。

终于，程婷的干扰有了效果。袭击者的轮廓呈现出不稳定扭曲，她无法再借助周围的环境隐藏身形。她的身体的一些部位也开始不规则地显现出来，袭击者正是黛茜！包裹着她曼妙身材的，是一身紧身忍者服，只在眼睛和鼻梁的位置露出一丝缝隙，即便如此，依然掩盖不住她那种举手投足之间的妖媚。

"反应很快嘛，小弟弟。"黛茜关闭了忍者服的拟态功能，将正握的手里剑随手一旋变为反握，"小心点，我要认真了哦。"

话音一落，她脚下的空气爆起一圈涟漪，人也向着么恒冲来。她的鞋子似乎有某种助力系统，能够提升速度。斜挑而来的两把手里剑，外表泛着一层幽光，也是一种能量武器，随时可以释放出能量风刃。

黛茜的手里剑招数融入了许多匕首战斗的技巧，她始终贴着么恒的身体近身缠斗，么恒的能量剑太长，一时之间很难发挥优势。尤其是黛茜的手里剑不时射出的风刃，更让么恒防不胜防。几个回合下来，身上已经被划出了数道伤口。

么恒看准时机，用能量盾抵住黛茜的手里剑，全力向前一推，将黛茜推出数米的距离。趁着这个空当，他收起了能量剑，摆了个八极拳的拳架。对方擅长近身格斗，恰巧自己最擅长的也是这个。

"把剑收了？这是要投降了吗，小弟弟？"黛茜笑了笑，她将两把手里剑的刃口互相撞击了一下。她大腿两侧的匣子自动打开，飞出六枚忍者镖。这六枚忍者镖悬浮在她周身，跟随着她一起向么恒冲去。

在她将手里剑划向么恒的时候，那六枚忍者镖也在上下飞舞，寻找机会射向么恒。

"这女人的花样真多！"黛茜的攻击方式让么恒更加头疼了，八极拳刚猛的优势还没发挥出来，就被半空中伺机而动的飞镖化解了。

几声叮叮的脆响，黛茜的飞镖被击落。么恒看准机会，向黛茜胸前一靠，黛茜直接飞出去数米，重重落在地上。是程婷出手了，她的身前不知什么时候悬停着四架微型无人机，就是这几架微型无人机击落了黛茜的悬浮飞镖。

"她的风刃需要积蓄能量，释放一次大概需要 10 秒！"程婷已经打开了光幕，她已经采集了黛茜的战斗数据。

黛茜爬起身，有些狼狈。她有些恼羞成怒，两把手里剑向着程婷交叉一挥，两道风刃直奔程婷而去。么恒急忙竖起能量盾挡在程婷面前，那两道风刃在即将击中能量盾时突然转向，再次锁定了程婷。

嘭、嘭两声，风刃毫无悬念地被无人机击中。

两人再回头看时，黛茜已经不见了。么恒和程婷不由面面相觑，这一场袭击来得真是莫名其妙！

第四十九章 柏林遇险

49

医院的灯光无比清冷，仪器中滴滴作响的声音，让人觉得生命正在悄然流逝。

"贝塔，我知道自己的身体情况，答应我，好好地活下去……"病床上的女人竭力地说着。她已经很虚弱了，张贝塔能感觉到说出这段话时她用尽了所有的力气。

这是张贝塔的梦境，他已经数不清多少次梦到这个场景。但每一次醒来，那种心里被掏空的感觉都让他无所适从。那天是张贝塔最后一次听到妻子婉儿的声音。

当知道还有机会能再次见到婉儿之后，他给整栋房子做了一次大扫除，然后跟着阿尔法离开了。现在，穿隧实验成功了，他与婉儿相见的日子，也就不会远了。

深吸了一口气，他一口喝光了面前的啤酒。看了看时间之后，他打开了光幕，再次确认目标的样貌体征等等信息，光幕显示的目标竟然是唐安迪！接着，他打开了通信器中的目标搜索功能，用目光观察着周围走过的人们。

这里正处在圣诞与新年的祥和气氛中，目标的家乡就是此地——柏林。张贝塔收到的信息显示，目标父亲刚刚离世，他会在这个时间赶回来参加父亲的葬礼。这里就是唐安迪的必经之地，于是，他事先找了一家露天的小酒馆，等待目标出现。

夜色下的柏林繁华喧嚣，霓虹灯点亮柏林胜利纪念柱广场。斑斓的彩灯映衬下，远处可见到一座座古老的大教堂、各式各样的博物馆巍然挺立。灯光映照着美不胜收而又经历了历史沧桑的独具特色的胜利柱，柱子顶端金色的雕塑熠熠生辉，使人强烈感受着柏林的古典与现代、浪漫与严谨的氛围。

柏林人将再生材料、纳米技术与可编程纤维融入了服装，使其变得具有生命力——色彩、花纹甚至外形都可以随着情绪、个人喜好而变化。再生材料制作的人工智能服饰体感轻盈，会随身体的律动散发出令人着迷的流动光泽，为柏林的灯光节增添了一份独特的魅力。

广场四周有不少大大小小的餐厅，后厨工作均由1人完成——多机械臂的大厨机器人，精通各种烹饪技法，烧、焖、炖、蒸、汆、煮、烩、炒、炸等，甚至可以同时进行多锅翻炒。一个大厨机器人可以在一个小时内做好几百份美味佳肴，且品质一流。

天空中，各种款式新颖的智能化飞行交通工具，穿梭于带悬浮装置的楼宇之间。街上的全息投影和灯光机器人的光束汇聚在一起，犹如流光溢彩的绸带，在夜空中跃动、旋转，为城市披上了一袭华丽的霓裳。

"目标出现！"通信器的提示闪烁，并且精准地锁定了位置。唐安迪的腿依然有些跛，他正跟随着老式地铁中涌出的人群，向广场一侧的小巷中走去。张贝塔站起身，拉低了帽檐，向着唐安迪的方向快速跟了上去。

小巷很长，人也渐渐稀少了。张贝塔很自信，在这个人烟稀少的小巷中，他可以在一秒钟之内完成拔枪射击的动作，而且精准命中，对方甚至来不及做出任何反应。让他没想到的是，前方的唐安迪突然拐进了另一个巷子，张贝塔快速跟了上去。转进小巷时，唐安迪不见了。

"发现我了？看来有两下子。"张贝塔心中暗道，随即取出枪，放慢了脚步小心戒备。

突然，一道红色的影子迎面袭来，是一罐灭火器。他急忙侧身躲过，就在这个时候，唐安迪的身影扑了过来。显然，他发现了张贝塔手中的枪，想制造近身搏斗的机会，从而制服张贝塔。

张贝塔避过唐安迪迎面的一拳，跟着竖起手臂挡住唐安迪一记肘击，另一只手中的枪，指向了唐安迪的腋下，同时扣动了扳机。这是他最擅长的枪斗术！

唐安迪似乎预知了他会开枪，手肘碰触到张贝塔的手臂时，脚下已经有了动作。他转身的同时，屈膝撞来，堪堪弹开了张贝塔握枪的手。子弹"砰"的一声，击中了墙壁上的石雕。石雕立刻坍塌出拳头大小、深深的洞。

膝盖上也随之传来一阵疼痛，唐安迪心下有些惋惜：如果不是膝盖的问题，对方的枪恐怕已经脱手了。

"聚能武器！"看到石雕上的坍塌，唐安迪不由一惊。

持枪的手被膝盖一撞，张贝塔顺着撞击的力量，手臂上扬，枪口指向了唐安迪的头，手指再次扣动了扳机。

唐安迪后仰，脚下则蹬向张贝塔的膝弯处。张贝塔撤步转身，枪口顺势又指向了唐安迪。唐安迪急忙伸手格挡，架住对方的小臂。

"砰"，又是一声枪响，能量束掠过唐安迪的耳朵，带走了耳朵上的一块皮肉。鲜血顺着脸颊流下，他的耳朵上一片火辣辣地痛。

几次交锋下来，唐安迪发现，膝盖的伤势让自己在速度与力量上完全处在下风。最要命的是对方持有武器，再打下去，自己大概率会被对方杀死。

"对方身份不明，战斗力强悍，必须想办法离开！"唐安迪暗道。

避开张贝塔的一记侧踢，那只持枪的手再次如影随形般地向自己的面门袭来。唐安迪只好后仰，以手撑地，双脚连踢，袭向张贝塔面门。在张贝塔格挡时，他趁机打开了自己的通信器，大声求援："接通柏林特警，呼叫增援，呼叫增援！"

张贝塔并未给他再次呼叫的机会，全力一脚，踢中唐安迪腰部。唐安迪向前飞出三米，起身捂着腰部就跑。

身后"砰砰"的微弱枪声传来，唐安迪根本来不及回头，只是一瘸一拐地以"之"字形路线狂奔。终于前方有一处门廊，他矮身蹿入门廊，躲在半人高的雕像底座下。这时，腰部一阵剧痛传来，他急忙低头查看，只见腰部被击穿了！那个位置的肌肉组织生生被灼烧殆尽，剧痛已经让他无力再跑。他向外望去，张贝塔正一步一步向自己走来。

就在张贝塔接近的时候，天空中响起警笛，几架警用飞梭赶到了。

张贝塔望了望天空，将枪收进怀中，转身快步离开了。

警用飞梭降落的时候，唐安迪终于撑不住晕了过去。

50

第五十章 潮汐再临

　　么恒与程婷再次见到唐安迪时已经是 2098 年的元旦。重症监护室门外，两人看着刚做完抢救手术的唐安迪被推了进去。

　　刘伟文也在现场，医生出来之后，他迫不及待地迎上去问道："情况怎么样？"

　　"暂时过了危险期，他的内脏器官被灼伤，损毁很严重。配型的人造器官正在运送途中，到了之后我们会再次实施手术。你们可以先回去，有什么消息我会立即通知的。"医生道。

　　刘伟文知道，无论医术多高明的医生，也不会做出绝对肯定的答复。他看了看身后的么恒与程婷："回去吧，时空潮汐马上来临。你们俩准备一下，马上执行新的任务。"

　　程婷："时空潮汐？这是什么？"

　　刘伟文："刚刚联科院发了一个密信给我，最新研究发现，四维空间就像大海，时空片就是大海里的水滴，时锥就像一个泉眼，在不断喷射出各种各样的时空片，形成这个四维的时空海。与我们大海的一样，时空片以潮汐的形式随机波动。重要的时空节点，也就是我们所说的时间桩，一样随着这潮汐在运动。潮汐有大小，小的潮汐对于现在的我们而言难以穿隧，但就在刚刚联科院检测到一个巨大的时空潮汐会在明天到达，小鲁、王翔的意识还未恢复，唐安迪也受了伤，做好准备吧，这次的任务恐怕只有你们两个人了！"

　　两人都从对方的眼中看到了些许紧张，心头惴惴，跟着刘伟文离开了。

　　来到 7 号实验室之后，盖尔很少露面，只在设备穿隧调试进入关键步骤时亲自进行数据监测与调整，反而是王长汀与西格玛时刻关注着时空潮汐的数据。

　　为了顺利穿隧，盖尔在阿尔法的帮助下设计了一种深度冥想舱。它可以改变冥想者的脑波频率，配合对冥想者身体的刺激，强行使冥想者进入一种类似古代道家修行的龟息状态。这可以令冥想者在最短时间内，将意识与身体恢复至最佳状态。

　　潘离是从冥想舱出来后才得知张贝塔与黛茜去执行刺杀任务了。尽管在唐朝时两人大打出手，但他对么恒还是有着一丝莫名的担心。在很久之前，他就将么恒当作朋友，唯一的朋友！生命的进化，一向都是赤裸裸和血淋淋的，这一点他很认同。但他也不想唯一的朋友就这样死去。

黛茜回来时，那副狼狈的样子刚好被潘离撞见。他情不自禁地笑了笑，那个女人顿时气急败坏。如果不是盖尔，她恐怕早就冲上来和自己拼命了。

在同一天，潘离竟然还见到了另一个人，那就是那天从医院把潘离带出来的男子张贝塔，自从那天以后，两人再也没碰过面。其实张贝塔这个人一直都在他们身边，只是从不出现。尽管是他从医院把潘离带出来的，两人却几乎从未说过话。这个人似乎谁都不爱搭理，只是一门心思做着自己的事情，当然，也没人知道他在做什么。不过，潘离可以非常肯定的是，这个人一定是用枪的高手！他手上遍布的老茧就是证明。从潘离身边经过时，他还是那副冷冰冰、心事重重的样子，似乎这个世界上就没有什么值得他多看一眼的人和事。

时空潮汐来临的时候，盖尔得到了一个好消息：撒哈拉深处，一座最完善的大型穿隧实验室马上要完工了。那座实验室不但更先进，配备了更加严密的防卫系统，同时也会投入大量的安保人员。它的电力支持，也是目前这间实验室的数十倍！直到刚刚，阿尔法才告诉他，那座实验室在第一次穿隧之前已经开始修建了，那里关乎着阿尔法一个酝酿已久的计划。

当潘离与黛茜进入穿隧室时，盖尔点开了虚拟屏幕："这一次时空潮汐迎来的是1993年，执行破桩任务的只有你们俩，穿隧的目的地为上海。这次行动以潘离为主，黛茜负责协助。西格玛，介绍一下任务的情况。"

西格玛："1993年，上海科学技术大学建立了一间物理实验室，它是华夏第一间量子纠缠实验室的前身。你们的任务，是让量子纠缠控制技术提前发明，并将现代的科研成果交给实验的主导人，促成时空穿隧技术的提前诞生。"

黛茜："为什么这个量子纠缠技术提前诞生就可以有新的时空产生？"

西格玛白了她一眼："试想一下，如果沃纳·卡尔·海森堡先制造出了原子弹，希特勒的结局还会和历史上的一样吗？"

潘离："没事多学习，别天天想着毁天灭地。"

盖尔恼火道："都闭嘴，听我说完！虽然穿隧的客体无法锁定，但穿隧的地点，我们已经可以控制在3公里范围之内！也就是说，你们将被投放到目标实验室的方圆3公里之内，并且，你们两人的客体距离不会超过100米。西格玛已经查过当时的资料，目标实验室方圆3公里之内，只有学生宿舍和教学楼。所以，你们的客体大概率会是学生或者老师。"

西格玛将手放在耳边的通信器上，他收到了工作人员传来的信息。读取之后，他对盖尔请示道："博士，设备就绪。"

西格玛为两人搜集了 1993 年上海的各种资讯以及当时的经济水平、生活习惯等各种信息，当时的上海科学技术大学只有一名物理学副教授，名叫蔡耀中，正在从事量子力学研究。这门学科在当时并不是什么热门学科，实验室也是极其破旧的，甚至设备也极其简陋。

在当时，教授虽然有着不错的社会地位，但生活过得依然拮据。那个时期，很多大学教师因为经济原因，纷纷开始经商，流行起一种叫作"下海潮"的风气。从资料中可以看出，蔡耀中的生活也不富裕。他在学校中更是没有什么地位，学校的教师宿舍根本轮不到他，他一直与妻子生活在一间只有几平方米的老房子里。

"那个年代的日子，还真是辛苦！不过，穷，说不定是件好事，它能让很多人拼命！"潘离笑了笑，一个想法在心中出现了……

潘离与黛茜同时进入了休眠舱。

【黑洞能量级：2】

【穿隧人数：2】

【到达年代：1993 年 9 月 19 日】

【到达坐标：东经 121.544378~121.544379、北纬 31.221516~31.221518】

【任务目标：改变时空事件，扶持重大科研技术突破，保证客体的生命安全。】

【5 秒后准备进入穿隧模式……数字化匹配完成。】

【思维同步成功……开始载入客体……视、味、听、嗅、触五觉体感同步……完成。】

漫长的黑暗之后，潘离睁开眼看到的是已经发黄，有一些发霉痕迹的天花板。坐起身来，他发现自己在一张铁架床的上铺。房间里，靠墙摆着四张铁架床，中间是两张书桌。桌子上暖瓶、书籍、饭盒各种杂物胡乱地摆放着。

"还真是成了大学生！"潘离看了看自己，活动了一下手脚。这副身体还是让他很满意的，年轻而且健壮，身上的肌肉线条分明，显然长期在进行锻炼。

"去看看，那个女人说不定现在成了宿管大妈！"他从床上一翻身跳了下来，向宿舍外走去。

穿隧之前，他与黛茜约定了见面地点：物理实验室。

51

第五十一章

临时
夫妻

回到时空管理局后，刘伟文公布了另一个消息：时空管理局正在全球物色时空特警的人选，同时也会建立守桩人的机构。守桩人将被派往各个时间桩，以旁观者的身份实施监控。如果发现破桩联盟的活动，守桩人将立即结束穿隧并发出警报。拥有冥想特长的鲁霞秋，苏醒后将会进行一周的守桩人能力测试，随时准备成为第一梯队的守桩人。

"刘局，如果破桩联盟再次回到三国，破坏关羽失荆州的时间桩，我们该怎么办？"听到派守桩人前往各个时间桩的消息，程婷突然冒出一个想法。

"这个情况很难发生！正如昨天所说的，时空潮汐是各个时空片的随机运动，会使得某个时间桩不会一直趋向或者远离我们，以我们现在的技术，能够进行穿隧的区间十分狭窄，时机稍纵即逝。"刘伟文解释道。

程婷："也就是说，当那些时间桩远离我们这个时空时，就意味着我们无法穿隧？"

"没错！至少现在人类还没有这个能力。也就是说，目前，关羽失荆州的时间桩已经远离了我们这个时空，我们和破桩联盟都无法再进行穿隧。而守桩人呢，进驻的也会是趋向于我们的时间桩，当时间桩远离我们这个时空，守桩人就必须回归，前往其他趋向于我们的时间桩。"

刘伟文顿了顿又道："好了，随时保持你们的最佳状态。时空潮汐已经来临，破桩联盟的下一次行动不会让你们等太久。"

当天午夜，人工智能系统的召集指令出现了。

赶到穿隧大厅，所有的技术人员已经在调试设备，刘伟文也在现场。见幺恒与程婷到了，刘伟文立刻打开光幕，显现出任务的信息。

"破桩联盟这一次前往的是1993年的上海，经过计算，人工智能已经确定，他们的目标是上海科学技术大学的物理实验室。蔡耀中博士团队在那里建立了华夏第一间量子纠缠实验室，破桩人的目的是让量子纠缠实验进程提前，甚至提前制作出模拟黑洞设备。改变实验进程的因果律极大，如果他们成功了，有可能突破时空因果律阈值从而产生新的时空。"刘伟文一边翻着光幕中的影像，一边介绍影像中的1993年的实验室和大学校园。"你们去到

1993 年，除了需要找到蔡博士，还需要留意这方面的研究者，特别是高能物理与量子纠缠研究相关人员。"

程婷看了看四周，有些落寞道："唉，也不知道他们三个什么时候能再和我们一起执行任务！"

刘伟文："不会太久的。王翔和鲁霞秋已经有了苏醒的迹象，唐安迪的手术很顺利，你们不用担心。而且，这一次从能量爆发时的参数来看，破桩人也只有两个。"

这时，休眠舱旁的一名科研人员从光幕前转过身，高声向所有人说道："设备调试完成，可以进行穿隧了。"

么恒直接走向休眠舱，程婷苦笑了下，急忙跟了过去。

【黑洞能量级：2】

【穿隧人数：2】

【到达年代：1993 年 9 月 19 日】

【到达坐标：东经 121.544378~121.544379、北纬 31.221516~31.221518】

【任务目标：阻止破桩联盟，阻止量子纠缠实验进程被更改。】

【5 秒后准备进入穿隧模式……数字化匹配完成。】

【思维同步成功……开始载入客体……视、味、听、嗅、触五觉体感同步……完成。】

么恒睁开眼时，周围一片黑暗。他在一张床上，身边似乎有人。床头柜上似乎有盏台灯，他摸索着打开了灯。睁开惺忪的睡眼，他下意识地侧过头看向隔壁，朦朦胧胧地看到是个女人。渐渐地，他的视野从模糊变得清晰，看见一张白皙美丽的面孔。就在他忍不住细视之时，女人也在此时睁开了眼。么恒看到女人眼中有一抹熟悉的蓝色，正要开口，想不到，那女人一声尖叫，一脚踹在么恒腰上。他直接滚到了床下。

"程……程婷？"么恒担心程婷继续动手，先举起两只手表示自己什么都不会做。正准备站起身，他突然发现男人睡觉时那特有的生理反应还在，又只好半蹲下身，然后从床沿边探出头，尴尬地露出自己"无辜"的眼睛。

"么……么恒？"程婷惊惶失措地看了看自己的身上，竟然只穿着薄薄的睡衣和底裤，急忙拉过床单遮住身体："你还看？把那边的衣服给我。"

对于一个从没谈过女朋友的人来讲，眼前的一幕让么恒有些眩晕。程婷客体的无敌身材，让么恒的大脑瞬间宕机，目光像被什么锁死了一般再也无法移开半分。程婷说了什么，他根本没听到，只顾着发愣。

"发什么愣，给我拿件衣服！"程婷顺手把枕头甩了过去。

被一个枕头直接砸在脸上，么恒才反应过来。他手脚僵硬地取下衣架上的衣服，直愣愣地递给程婷，眼睛只敢盯着程婷身前的床单上那朵大大的牡丹花。

"转过去！"又一个枕头随着程婷的声音，砸在么恒头上。

"我不是故意的！"么恒有点恼火，他下意识地想转过身面对面地辩解，但又被程婷的一声尖叫喝止了回去，才想起来目前的情况不适合面对面交流。

原本还在慌乱的程婷，被手足无措的么恒逗乐了，她突然"扑哧"一声笑了："喂，你就不能穿条裤子？"

么恒低头一看，自己也是一条短裤！手忙脚乱地找了条裤子，穿上之后才敢去看程婷。

"看这样子，咱俩的客体多半是夫妻。分头找找，看看有没有能证明客体身份的东西？"程婷道。

总算有了化解尴尬的由头，么恒赶忙向床头柜跑去："好……我找找。"

两人在屋子里翻箱倒柜，在衣柜的抽屉里找到了结婚证和一些现金。两人的客体，男的叫"王泉声"，女的叫"李莹"，果然是两口子。

打开卧室的门，两人发现外间摆着两排货架，摆放着各种那个年代的零食，还有方便面、火腿肠，墙壁的货架上摆放着暖瓶、酒精炉等各种杂物。客体两夫妻，似乎经营着一间小卖部。

"这就是传说中的方便面和火腿肠？"程婷迫不及待地拿起火腿肠和方便面左看右看，接着打开一袋零食，吃了起来。

"你无不无聊？竟然吃这种早就被淘汰的不健康食物！"么恒走向门口，发现小卖部的门是反锁的，他回到卧室，在床头柜里找到了钥匙。

再经过时，程婷竟然在用电水壶烧水，还打开了一袋方便面，正往铁饭盒里倒调料。

"喂，你要不要试一下？1993年的方便面哦！"程婷眉飞色舞。

"我们是有任务的！"么恒没好气地打开大门，走了出去。

门外，一片夜色，只有几盏老式的电灯在墙边亮着。借着灯光，么恒发现小卖部就在几栋宿舍楼的旁边。程婷端着饭盒从么恒身后冒了出来："这是大学宿舍？"

52

第五十二章 秘密任务

蔡耀中活得很窝囊，不单他自己，包括全校的老师学生们都这么认为。小时候，常听大人说"学好数理化，走遍天下都不怕"，所以，他选择了物理这个学科。凭着天生过人的记忆力与头脑，再加上后天的努力，他很快拿到了物理学博士的文凭，并且选择了量子物理这一方向，开始往博士后方向努力。随着学习与研究的深入，他愈发迷上了量子物理这个极其冷门的方向。可惜，无论自己在这个领域的研究有多么深入，取得的成就有多么斐然，依然不能让他收获可观的金钱与崇高的社会地位。

教师这个职业，尽管受人尊敬，可还是被不少人背地里叫他"乡巴佬"。而以他在学校的关系，即使是学校分配房子这种理所当然的事情，也一直轮不到他。几年了，他仍然和妻子挤在那间只有几平方米的老房子里。正因如此，那个泼辣的妻子从没给自己好脸色。也正是因此，他才希望能尽快获得研究成果，早日晋升为正教授，成为国内首屈一指的量子物理学人才，也才会让自己在这所学校里拥有说话的资格！

在那个年代，考上大学是足以改变一个人的命运的。他原本是个乡下孩子，毕业之后读研考博，一路高唱凯歌。顺利地落户之后，经人介绍，他认识了现在的妻子。妻子是本地人，看重的就是他大学教授的身份，直到婚后她才发现，原来冷门学科的大学教授这么不值钱。

加上生活的拮据，导致妻子稍不顺心就会和他闹别扭。蔡耀中整个人的神采，渐渐地也不复从前。整日愁眉苦脸，从早到晚几乎一声不吭，慢慢地连朋友也没了。三十多岁的人愣是活得死气沉沉，一身暮气。学生们有几次在校门口看到他老婆对他当街破口大骂，而他屁都不敢放一个，于是偷偷给他取了个外号叫"蔡憋屈"。

身边的不少老师都能出去兼职，做做顾问捞点外快，还有人自己下海当老板赚了大钱。偏偏自己这个领域，根本没什么实用价值。他是真的着急，急得整夜整夜无法入睡，眼看奔四的人了，依然上天无路、入地无门……

"老天饿不死瞎家雀儿，老子的机会终于来了！"他关掉了电视，屏幕里宣读彩票中奖号码的声音戛然而止。老蔡心中的郁闷，也随着消失的画面一扫而空。

就在今天早上，两个学生找到了他，说是有办法让他发财，并且让他成为量子物理领域的世界第一人，甚至改变这个世界。起先，他以为这两个学生纯粹是闲得无聊，来拿自己找乐子。不过，两个学生完全与年龄不符的成熟，又让他心底滋生了一丝好奇与期待。那个男孩也看出了自己不信，他给自己写下一串号码，让自己注意今晚电视里的彩票摇号节目。那串号码中奖了，而且是头奖，奖金五百万。

作为一个物理学家，老蔡是个坚定的唯物主义信徒，那两个学生和这串号码，让他开始怀疑自己的信仰。不过很快他就意识到，什么信仰不信仰的，五百万后面那些零才是信仰。

"咣当"，关门的声音传来。妻子自顾自地吃了晚饭，又出门去跳舞了。看着紧闭的房门，蔡耀中不禁冷冷地笑了一声。

学生食堂。潘离与黛茜各自的客体，在一张餐桌上相对而坐。

"我很不喜欢蔡耀中这个人，我认为我们有必要对计划进行调整。"这个时代的食物，完全不符合健康的膳食结构，那些乱七八糟的餐食，潘离竟然可以吃得津津有味，这让黛茜很难理解。

"为什么？"潘离将一块红烧肉放进嘴里咕哝道。

"第一，这个人很懦弱，早晚会为我们带来一些不必要的麻烦；第二，他很贪婪。不知道你有没有注意到，在听到彩票两个字的时候，他的情绪中明显带着强烈的渴望！他已经接触过我们，我建议杀掉他，重新选择帮助我们执行计划的人。"黛茜将面前的餐盘推到一边，这样的食物她实在提不起兴趣。

"我们可以帮他变得坚强一点。"潘离若无其事，"至于贪婪，这正是我想要的！越想得到，就意味着越想付出。我相信蔡耀中也很明白这一点。我不会一次性让他尝到所有的甜头，每一次的好处都需要他踮起脚尖甚至跳起来才能摸到，这样，他就会一直在我们的控制之下，全力实施我们的计划。"

黛茜一副无所谓的表情："好吧！你说了算，反正我是来配合你的。"

观察了一下周围走过的学生，潘离又道："时空特警极有可能已经追踪到了这个时空。蔡耀中和他的实验室，一旦出现异常，我们大概率会被他们发现。所以，我们需要针对时空特警的预案，你擅长的东西应该可以派上用场。"

黛茜："你指的是？"

潘离："潜伏与暗算！不需要杀人，控制住就可以了。这个时代，有人死亡会引起太多不必要的麻烦！"

黛茜"呵"了一声，抬起眼皮看着潘离："不用找这种冠冕堂皇的理由，我很好奇你和么恒的关系。"

"他的事情，我会亲自解决。阿尔法那里，我自然会给他一个交代，不需要你操心。"潘离端起自己的餐盘，走向学生们放置餐盘的地方。

潘离经过身边的时候，黛茜突然玩味地笑了："万一我错手杀了他呢？"

潘离突然拿起餐盘上已经折断的一支一次性筷子，迅速插在她的手背上，并且持续用着力。他凑近黛茜的耳边，一字一句地低声说道："我再说一遍，不要以为你是女人，就可以挑战我的耐性，我不介意杀死一名不听话的辅助！"

突如其来的疼痛，让黛茜全身紧绷。可她的表情并没有什么变化，只是眉头皱了皱，似乎对这样的疼痛早就习以为常。潘离松开手，走开了。她抬起手背，看了看筷子插入的地方，那里流出一些殷红的血液。

"哎呀，自我感动的男人，一文不值的义气。"黛茜冷笑一声。她将筷子拔了出来，拿出一块手帕擦拭着血迹。她的脸上依然看不出丝毫的疼痛，好像那只手不存在似的。

其实，在这次穿隧之前，阿尔法曾经单独找过黛茜，并给了她另一个任务。他希望黛茜在执行任务时随时注意潘离的状态和行为，在回归之后事无巨细地向他进行汇报。他认为，目前的潘离还不够坚定，还不足以成为一把锋利的矛。

53

第五十三章 彩票计划

　　物理实验室和蔡耀中这样的学校名人并不难打听，很快，么恒与程婷就从一名学生的口中得知了实验室的位置。趁着蔡耀中不在时，两人偷偷摸进了实验室。实验室中空荡荡的，蔡耀中连个像样的助手都没有，可见在这个年代，量子物理这个学科是多么的冷门。其他的一切没有丝毫异常，并且，这里的设备极其落后，在程婷看来都是一些老古董，别说量子物理实验，连很多基本的物理学实验都无法完成。

　　两人没发现破桩人的任何踪迹，更不知道他们的计划，于是决定对实验室和蔡耀中进行全天候的监视。程婷的建议是：一旦发现破桩人，抢在他们还没有任何行动之前将其制服，在最短的时间里完成这次任务。

　　可让两人郁闷的是，蔡耀中回到实验室，一个上午根本没出过门，更没与任何人接触过。他所做的事情就是泡了杯茶，然后看书，只在中午急匆匆走了出来。程婷以为他要去见破桩人，拉着么恒兴冲冲地跟了上去。没想到，蔡耀中只是去食堂吃饭。午饭之后，蔡耀中的心情似乎很不错，哼着轻快的曲子又回到了实验室。接着就是午休、看书，摆弄摆弄实验室的各种设备。一个物理学教授，竟然连去讲课的机会都不多，着实让两人同情了一番。

　　蹲守在实验室外，程婷实在无聊，借口去找破桩人的踪迹，几次丢下么恒独自在校园里闲逛。回来时，不是吃着零食就是喝着汽水，么恒只有无奈摇头。终于，到了下班时间，蔡耀中走出了实验室。他看了看手表，似乎赶着去做些什么，两人决定跟踪。

　　没想到的是，离开实验室后，蔡耀中竟然来到了两人的小卖部。见小卖部锁着门，蔡耀中有点着急。等了一会，他开始不停地向里面张望，甚至推开门缝不停地喊："有人吗？""有人吗？"

　　程婷觉得事有蹊跷，示意么恒等等，自己则走上前去。

　　"来了，来了，想买点什么？"程婷不慌不忙地上前开门。

　　"彩票，快帮我打张彩票，这是号码！"蔡耀中迫不及待地将号码递给程婷。

　　见他如此着急，程婷试探道："撞大运的事，不用这么着急吧？"

"这期晚上开奖，要是截止了，就耽误我大事了！"蔡耀中已经先一步站到了彩票机前等着程婷输入号码。

"彩票这东西，又不是必中，这期赶不上就下一期呗，有啥好耽误的？"程婷故意不紧不慢的样子。

"几百万呢，你说有啥好耽误的？别啰唆了，赶紧的吧！"他已经迫不及待地把钱甩到了程婷面前。

这种老式的彩票打印机，很好操作。彩票打出来后，蔡耀中小心翼翼地将彩票放进钱包，兴高采烈地走了出去。程婷也跟到门口，向暗处的么恒使了个眼色。么恒立刻会意，远远地追着蔡耀中，跟了上去。

蔡耀中的家并不远，只有几站公交车的距离。么恒跟着他走进了一处老旧的弄堂，这种结构的房子么恒从没见过。走廊连着一家一户，曲曲折折向深处蔓延，长长的通道一眼望不到尽头。每家大门都对着马路，门旁都有个装着厚厚螺纹钢的铁笼子窗户。窗户上两三米处都以"T"形钢柱子拉着铁线，横七竖八地吊着各式各样的衣服。房间里面的人透过窗户就能看到外面的人来人往，狭窄的通道两边，歪歪斜斜靠着老式的自行车。

现在正是晚饭时间，通道里摆着煤球粒子，街坊四邻炒着各式各样的菜，空气中弥漫着火腿、咸鱼等食物浓郁的味道。地上也是湿漉漉的，污水被随意地泼在地上，各个年纪的小孩跑来跑去，各式各样的人在为生活忙碌……

蔡耀中到了自家门前，他的妻子正在门外煮饭，房门打开着，里面传来录音机的声音，播放着那个年代的流行音乐。经过妻子身边时，他兴高采烈道："别做了，走，今天晚上出去吃点好的。"

妻子顿时火了："就你挣那仨瓜俩枣的，还吃点好的？老娘跟着你，不喝西北风就阿弥陀佛了。"

蔡耀中连拉带拽地将妻子拉进屋，又探出头来看了看，见左右没人，关上了门。

妻子已经不耐烦了，正要开骂，只听蔡耀中说道："前天有两个学生给了我一组彩票号码，当天晚上那组号码就中了头奖。昨天，他们又找到我，给了我一组今晚开奖的号码，头奖可是五百万，五百万呢！"

"能中奖人家自己不要，会给你？我看你是想钱想疯了吧？"妻子像看神经病一样看着蔡耀中。

1993年 · 上海弄堂

20世纪90年代，上海开始开发浦东新区。极具未来感的上海东方明珠塔，毫无疑问成为浦东新区的标志性建筑，与之对应的是周围破旧的厂房与凋敝的平房。在浦西，除了淮海路的旧风格建筑外，依旧是成片的上海弄堂区建筑群，杂乱无章的弄堂与熠熠生辉的东方明珠塔形成强烈新旧对比，正好体现了时代的脉搏在偾张，一个大世界、一个大时代的历史车轮在隆隆而行。

"一开始我也不信！他们说是从一百年之后来的，还给我讲了一些物理知识，确实比目前的领先很多。而且，他们手上有本笔记，里面有以后所有的彩票号码、股票信息，只要我用赚到的钱帮他们完成实验，剩下的那些就都是我的。不仅如此，我大概翻了一下，那本笔记里还记录了很多未来的物理成果，有了那本笔记，以后不但能有数不清的钱，我还会成为全世界量子物理领域里的第一人。到时候，多少国家、政府都得求着我！"蔡耀中越说越兴奋。

妻子也被他的情绪感染了，激动道："会不会得那个什么诺、诺贝尔奖？据说奖金有好几百万，还是美金。"

蔡耀中眉飞色舞："到那时候，你老公我都富可敌国了，谁还在乎那几百万美金？"

妻子："你要是敢忽悠老娘，看我回头怎么收拾你！"

蔡耀中："等会开奖不就知道了！中了头奖，咱先把房子换了。对了，以后你给老子收敛点，再敢打我，小心老子把你也换了！"

妻子："你敢！"

两人的声音越来越低，好像已经在憧憬着有钱以后的生活。窗外，听到两人对话的么恒迅速离开了。

蔡耀中的一番话，让么恒立刻意识到，那两名学生就是破桩人！随后，么恒马上猜到破桩联盟的计划，那就是将未来的量子物理知识告诉蔡耀中，让很多量子物理领域中的成果提前出世，这个时空就会提前出现时间穿隧的技术！他们甚至很清楚这个时代对量子物理知识不重视，将实验所需的资金来源也算计在内！

他必须立刻回到小卖部与程婷会合，他需要程婷的头脑，帮他制订出阻止破桩人和蔡耀中的计划。与此同时，他心头冒出另一个疑问：破桩人在前天就接触了蔡耀中，那么昨天与今天，破桩人为什么一直没有出现？他们在做什么？

想到这里，么恒顿时有了一丝不祥的预感，他急忙加快脚步向小卖部赶去。

54

第五十四章 束手
就擒

小卖部的门是关着的，没有上锁。隔着玻璃门望去，程婷没有在柜台里。么恒心生警惕，小心翼翼地推开了门。

突然，玻璃门的倒映中闪出一个人影。那人手中握着的水果刀，迅速刺向自己。么恒侧身，一手托住来人握刀的手肘，另一手搭上他的肩膀顺势一推，那人被推了出去，撞在玻璃门上，然后立刻回身站稳，手中的刀遥指么恒。

么恒这才看清，那人是个女孩，年纪不大，样貌很清秀，那双盯着自己的瞳孔是蓝色的！

"破桩人的客体！程婷呢？"么恒心头一惊。

来不及多想，那名女孩已经将水果刀反握冲了上来。雪亮的刀锋向自己的咽喉划来，么恒上身后仰，起手格挡握刀划向自己的手臂。猛然间，腰部一痛，他向后急撤。低头看时，腰部竟然被划开了一道伤口。

再抬头望去，女孩嘴角露出邪异的笑，与看上去的年龄极不相符。她的右手依然反握着水果刀，左手的指缝中竟然藏着一片老式刮胡刀的刀片。

她再次冲了上来。尚不知晓程婷的境况如何，么恒心知，必须快速制服破桩人，问出程婷的下落。破桩人的攻击方式极其诡异，刀片和水果刀在她的手中忽隐忽现。尤其是那枚刀片，无论自己从哪个角度进攻，刀刃总会迎向自己的拳头、手腕，甚至小腿、膝盖。

这样的打法，让么恒极不适应。他匆忙变招，使出了自己擅长的八极拳招数，以自己占优势的体型和力量进行还击。他的每一次进攻都变得势大力沉，直接避过女孩划过来的刀锋，重击在她匆忙格挡的手臂上。女孩果然开始不敌，被轰得节节败退。么恒看准一个破绽，借着她双手格挡自己的鞭腿之后来不及进攻的间隙起身而上，用肩部重重地靠在她的双臂之上。女孩如被炮弹击中，倒飞出去，重重地砸在身后的货架上。

么恒走上前去，口中问道："我的同伴呢？"

女孩倒在货架上，只是怨毒地看着么恒。

"么恒？果然是你。"里间的门开了，一名男孩站在门口。在他身边，程婷已经被绑在椅子上，嘴也被塞住了。

"潘离?!"么恒马上意识到,通过招式认出自己的一定是潘离。

潘离没有回答,看了看墙上的钟,对还倒在货架上的女孩道:"时间差不多了,黛茜,去通知蔡耀中,马上用那笔钱购买实验设备。如果他敢用在别的地方,我不会再给他任何信息。适当用点手段,让他知道怕就可以了。"

"你想支开我?"黛茜爬了起来愤愤道。

潘离笑了笑,一拳打在黛茜的胃上,顺手拿走了她手上的水果刀:"第一次见面之后,我就知道,绝对不能把你当作一个女人看待。所以,最好不要在我面前用你那套迷惑人的伎俩,更不要一再挑战我的耐性。记住,你只是来辅助我的!"

黛茜悻悻地离开了,潘离转头笑眯眯地对么恒道:"知道吗?离开联合特警局之后,我想明白了一件事。"

么恒看着潘离的目光有些茫然,他不知道为什么在这么短的时间里,潘离会变得如此狠辣和无情。

潘离对么恒的表现并不意外,一边摆弄着手里的水果刀一边道:"人这种生物,都是很贱的!你越对它报以善意,它就越想把你踩在脚下,越想肆无忌惮地利用你,你不觉得联合政府就是这样吗?"

"就因为这个,你要背叛联合政府?为了报复联合政府,你才加入破桩联盟?"么恒盯着潘离道。

潘离:"并不是报复,我只是不想再为那些官僚效忠而已。以前的我出生入死,我以为我是在匡扶正义,是在保护普通人的生命。那场爆炸之后,我发现我错了,我不过是那些官僚和政客的棋子,我做得再多也只是为他们的政绩添砖加瓦而已!"

么恒:"难道你现在不是在为破桩联盟添砖加瓦?难道他们的所作所为就不是在危害普通人的生命?"

潘离:"那是联合政府想让你知道的破桩联盟!我们的目的是为人类文明注入活力,让她以最快的速度不断进步。你有没有想过,如果在这个时空,时间穿隧的技术在这个年代就可以实现了,一百年后,人类文明会拥有怎样的成就?"

一时之间,么恒无言以对。他像在唐朝时一样,再次被潘离的话震惊了,他原以为,破桩联盟不过是疯狂的恐怖组织,为了实验不惜与全人类为敌。

从这两次穿隧获知的情况来看，破桩联盟根本就不是在盲目地实施恐怖活动，而是试图找到某些新的可能。

见么恒在错愕之中，潘离用水果刀敲了敲程婷的肩膀："因为你，我没有杀她，我不希望我们最终成为敌人。你是一个单纯得近乎可爱的人，只是还没有认清真实的联合政府与联合特警而已！我希望你能加入我的阵营，继续和我并肩作战。既然时空被打开了，你要守护的，就不再是一个时空的少数人，而是所有时空的所有人。"

潘离的话让恒更加迷茫。当初加入联合特警，他只是单纯地为了么兰。随着成为特警的时间越来越长，与潘离搭档越来越久，他亲眼见证了那时候的潘离为了案件有多么拼命。在潘离的影响下，除了要救么兰的信念越发坚定，联合特警的责任感也在他的心底渐渐发芽。那时候，每破获一桩案件，他都会为自己联合特警的身份无比自豪。他也曾想过，么兰苏醒之后，自己仍要作为一名联合特警守护正义。而如今，自己的引路人，竟然倒向了另一方。

么恒曾经读过一名学者关于文明的归类的理论，那名学者将文明划分为七个等级。2098 年的文明程度，在他的学说之中，还只是一级文明的阶段。能够进行时间穿隧，也只不过是触碰到高级文明的门槛而已。如果破桩联盟能让人类文明向更高等级跃升，是否对人类而言是件好事？可是，那些被破桩联盟夺取了意识的人呢？他们就活该成为文明升级的祭品吗？

短时间内，这些问题是没有答案的。么恒强制自己将这些想法统统抛在脑后，他知道，必须解决的是眼下的困境。

潘离似乎也看出了他的难以抉择，轻轻将水果刀抵在程婷的喉咙上，将另一把椅子拉到程婷身边："做出选择是很痛苦的！现在，为了不让你们扰乱我的计划，我希望你能束手就擒。我的任务完成后，自然会放了你们。你可以在回到 2098 年后，慢慢思考。"

潘离如今的冷酷，让么恒不敢用程婷的性命去赌，他犹豫了片刻，在程婷呜呜的声音中乖乖坐在了椅子上。

第五十五章 毁灭之趣

　　狭小的房间里，播放着欢快的华尔兹。几年没和妻子跳过舞的蔡耀中，正和妻子翩翩起舞。房间实在太小，两人不时撞在家具上。这支舞跳得极其不顺畅，不过完全打断不了两人兴奋的情绪。

　　蔡耀中真的中奖了！五百万，足足五百万！最后一个中奖号码出现的时候，妻子双眼一翻直接晕了过去，被蔡耀中玩命掐人中，醒来之后丝毫没叫疼，抱着蔡耀中又亲又啃，跟着就是规划买哪儿的房子，换什么样的家具……"蔡憋屈"这下完全不憋屈了，大手一挥："你定、你定。"俨然已经有了领导作派。规划完了，两人立马从床底下翻出那瓶不知道放了多久的红酒，开始计划怀孕。再接着就是蔡太太媚眼如丝地打开了录音机，邀请蔡先生共舞一曲。

　　跳着跳着，两人的衣服也越来越少，眼看就要滚到床上的时候，房门被推开了！蔡耀中刚刚燃起的激情，恍如被当头泼了一盆凉水，顿时熄火了。蔡太太急忙拉过床单挡住自己已经半裸的身躯，发现门口是个二十岁左右的女孩，立马将老公的身体也遮住了。

　　"你、你谁啊你？不会敲门啊？那么大的姑娘，怎么一点儿家教都没有！"见是个小姑娘，蔡太太的火腾地一下就上来了。

　　黛茜没理会歇斯底里的蔡太太，盯着蔡耀中一步步向床边走去："这笔钱是让你买设备的，最好别乱花，否则你什么都得不到！"

　　"彩票是我们老蔡中的，我们家想怎么花就怎么花，你、你管不着……"蔡太太发现黛茜的眼神不善，躲在蔡耀中身后哆哆嗦嗦道。

　　黛茜拿起床头柜上的红酒，"啪"的一声敲在蔡耀中身后的铁床架上。

　　"啊！"蔡太太尖叫了一声，蔡耀中也不知是被他老婆还是黛茜吓的，打了个哆嗦。

　　黛茜将破碎的酒瓶直接插进蔡太太身前的枕头上，枕头立刻被红酒染红了一块："有胆子你就试试！我不介意换个懂量子物理的人，再建一个实验室。"

　　蔡耀中和妻子吓得脸色惨白，根本不敢出声。黛茜又伸手捏了捏蔡太太的脸蛋："哟，你这把年纪了，还细皮嫩肉的，身材保持得也不错，可别浪费了。"又转头望向蔡耀中:"万一以后用不上了,那就太可惜了。"

说完,黛茜又用力拍了拍蔡太太的脸,转身走向门口:"你最好连夜去找设备供应商,明天我要看到实验室开始动工。"

黛茜离开之后,蔡耀中拿起床头柜上的烟,哆哆嗦嗦地点了一根。蔡太太惊魂未定,问道:"她、她就是你说的未来人?"

"闭嘴!让我静静!"蔡耀中史无前例地硬气了一次,然后站起身也走出了门。这种实验设备怎么可能在这么短的时间里制造出来?那个女人逼得那么紧,根本不给他解释的机会。他只能通过自己的导师的关系,连夜走访其他物理实验室,高价去收购所有用得到的设备,明天由自己亲手组装……

黛茜有些嫉妒潘离,嫉妒潘离至少有个朋友。这么多年来,她从不知道朋友为何物。从离开孤儿院时起,她就不敢再把任何人当作朋友。她曾经认为在孤儿院认识的那些孩子是朋友,对他们毫无戒心。想不到,那个年纪的孩子竟然会做出那样的恶行:他们进入一名老人的家中偷东西时被发现了,这些孩子不但打晕了老人,而且为了掩盖罪行,将老人连同房子一起烧了。

警察来的时候,竟然在她的床下发现了赃物。尽管她因为没有纵火的直接证据被释放了,回到孤儿院之后,仍然遭到了修女嬷嬷和孩子们的冷眼。她哭了很久,终于有一天,她将那些栽赃她的孩子锁在谷仓里,一把火烧了。在那之后,她就逃了。

本以为自己会就这样死去,也许是上天的眷顾,她遇到了那个收养自己的继父。那个人对她很好,而且掌控着岛国的某个地下势力。他给了自己最好的食物、最舒适的床,甚至将自己送进山中跟随忍者师父修行,让自己有了强大的实力。即使他让自己为了他杀掉某个人,自己也毫不迟疑。直到有一天,他爬上了自己的床!

她痛恨这个世界,也痛恨所有人。她想不明白:她只是想开心地活下去而已,为什么这个世界从来对她都是如此不友善?

后来,她趁继父喝醉的时候,将继父花重金为她打造的那把刀刺进了他的心脏。接管了继父的势力之后,她靠着狠辣和残忍的作风,几乎统治了整个岛国的地下势力。拥有了权力,拥有了金钱,可她还是活得不快乐。她开始觉得这个世界无聊透顶,她变得更加极端,更加嗜血,毫无底线地寻找各种刺激的方式,她想找到那种自己还活着的感觉!终于有一天,岛国警方在联合特警的帮助下，将她和她的势力一网打尽了。

阿尔法的出现，让她觉得，这个世界似乎还有那么点有意思的地方。她从没见过这么疯狂的人，也许这个疯子能给自己的余生提供一些不一样的乐趣吧。

她并不喜欢潘离这个人，也许是嫉妒，也许是厌恶！她要找个机会，杀掉那名叫么恒的时空特警。这样不但可以保证任务顺利完成，而且会让人觉得有趣。她很期待看到，知道么恒死后的潘离会是一副什么样子。

黛茜回到小卖部时，潘离正在货架上百无聊赖地挑选着食物。见到她回来，顺手丢了一包过来，然后打开一瓶啤酒自顾自地喝了起来，时不时地还会对这个时代的食物夸奖一番，似乎自得其乐。他为里面绑着的两人泡了两袋叫作方便面的东西，还扯下堵住他们口中的布给他们喂食，还叫黛茜别客气，想吃什么自己动手。

黛茜用尽了几乎所有力气，才控制住自己没有在潘离冥想的时候偷袭。她很清楚，只要她有一点儿不良的举动，这个家伙就会立刻从冥想中醒来。没有称手的武器和环境的优势，自己根本不是他的对手。不过，她依然相信，么恒和那名女性时空特警都已经被控制住了，找个机会杀死这两人，不是什么难事。

第五十六章　虎口脱险

两天以来，潘离除了会去货架上拿些食物和水，几乎没离开过那张床。在黛茜去监视蔡耀中组装实验设备时，他会取出那本笔记，一边回忆一边往那本笔记中添加各种信息。有些不能理解的，还会向么恒和程婷请教。

穿隧之前，潘离通过意识训练，在记忆中嵌入了 1993 年之后的十年中所有彩票的中奖号码、股票信息，以及各种令人一夜暴富的资讯。至于量子物理知识，鉴于那些知识之间的逻辑关系与复杂的推导过程，盖尔设计了另一个意识模块。当潘离到达 1993 年后，那些知识会随着时间的推移分阶段地呈现在他的脑海中。在他将已知的部分交给蔡耀中后，便安排他按照实验的要求以最快的速度定制了相关设备。

么恒与程婷一直在寻找逃脱的机会，可惜的是，潘离太过警觉并且近在咫尺，两人稍有异动，就会引起潘离的注意。关于破桩联盟的远大抱负，尽管听上去很有道理，么恒还是觉得哪里不对，但一时之间又无法想得透彻。他只是觉得，不应该有人为此死亡。这个世界上，应该不会有人愿意生活在混乱的时空中，起码自己不会。

终于，电话座机响起了"铃铃"的声音。电话里，蔡耀中通知潘离：设备就绪，可以进行实验了。

"让你现在做出选择，很不现实。你可以好好睡一觉，回到 2098 年后慢慢思考。"潘离拍了拍程婷又道："没有杀她，是我的诚意。希望下次见面时，我们不会成为敌人！"他又紧了紧两人的绳子，确认两人的手脚都被绑在椅子上没有松动之后离开了。

"喂，你不会真的想加入破桩联盟吧？"见么恒不出声，程婷问道。

"别吵！我在想办法逃出去。"么恒四下打量，寻找着能够借助的工具。

房间里没有任何锋利的东西，玻璃窗太高，根本无法打破。么恒收回目光落在程婷被反绑的双臂上："想办法侧着倒下去，把手露出来。"

"你想干什么？"

"还能干什么？解绳子啊，快点！"

程婷用脚掌踩在地上，用力地左右摇晃，晃了几晃终于向一边倒去。么恒对准程婷双手被绑的位置，也一头倒了下去。倒下之后，又奋力向前蹭了蹭，终于，牙齿可以碰到程婷手腕上的绳子了。

绳子被么恒一点点咬开了，程婷解开自己手上的绳子，正要去解么恒的时，门开了，门后是把玩着水果刀的黛茜。她见到程婷已经挣脱，立刻扑了过来："你们俩果然不老实！"

程婷急忙向身前倒在地上的椅子踹了一脚，椅子腿抵在黛茜小腿正面。

"啊！"黛茜直接向前扑倒，手中的刀不受控制，恰巧插在么恒面前。

黛茜顾不得小腿的疼痛，抽刀再次插向么恒的脑袋。程婷急忙用力一扯么恒身上的绳子，黛茜的刀又一次插在么恒眼前。么恒惊出一身冷汗。

黛茜还想再刺的时候，程婷一扯身边的绳子，黛茜登时一个趔趄，原来她刚刚要刺么恒时，刚好踩在绳子中间。

程婷趁机扑了上去。换作其他情境之下，单打独斗，程婷绝不会是黛茜的对手。可在这个狭小的房间里，还是在地板上扭打，黛茜的手段完全施展不开。没有步法的帮助，手中的刀能发挥的作用也是非常有限的。她几次回刀插向程婷，都被程婷利用那根绳子巧妙地隔开手臂，避过了刀尖。

么恒被绑得死死的，能动的只有头部和手脚，尤其是手还被绑在背后。见到两人僵持不下，他只能看着干着急。

"潘离，快把这个疯女人拖走。"么恒发现黛茜背对着门，灵机一动，突然对着门口大叫。

黛茜回头看时发现门口没人，知道自己上当时为时已晚。程婷趁着黛茜回头的时候，将那截绳子套在黛茜脖子上，转身弓腰将黛茜抵在了背上。黛茜双手乱抓，奋力想扯开喉咙上的绳子。程婷死死地扯着绳子，黛茜在她背上很快就没了动静。

松开绳子后，黛茜直接滚落在地板上，程婷也瘫坐在地板上，大口大口喘着粗气。

"你倒是给我解开啊！"么恒叫道。

程婷看着黛茜的客体，悲伤道："她还这么年轻，我杀了一个无辜的女孩！"说着，她的眼泪流了出来。

么恒手足无措，不知如何是好，过了一会才将一只手轻轻放在程婷背上，另一只手探了探黛茜的动脉。

"她只是休克了，本体意识应该已经被拉回2098年了。"

程婷听后，一下推开么恒："你不早说！"

"是你自己没搞清楚好吧。"么恒又好气又好笑，"难道你以前没参加过联合特警的心理辅导？"

"那种辅导跟杀死一个无辜的人完全是两码事好吧！"程婷又小心翼翼地探了探黛茜的呼吸，终于松了一口气。

两人立刻向实验室赶去。

由于大学校区重建，学院在外租赁了厂房作为临时实验室。这里和宿舍区的距离很远，到达时已是月上中天，晚上几乎没什么人来。两人偷偷来到实验室外，透过实验室大门上的玻璃窗向内观望。

蔡耀中采购回来的设备非常原始，由数台大型仪器组成。仪器的中央，是一个圆球形的不锈钢锅，两头像是多个电线圈串联组成的环状轨道。轨道两极的装置遥遥相对。还有很多传感装置透过固定接口，连接入内。具体的原理，么恒与程婷虽然不太了解，但看得出，那一定是实验的核心。一旦实验开始，这两极应该会加速产生对撞的两束粒子，在对撞那一瞬间爆发出巨大的能量。

潘离静静地靠墙站着，蔡耀中已经忙得满头大汗。终于，他开始将设备连接到一台简陋的电脑上。

"差不多可以开始了，我按下回车键，三分钟之后量子射线就会从两极射出。我需要你帮我看着电脑，如果过载，马上按取消键！否则，我们俩和这栋楼都会被巨大的能量烧得连渣都不剩！"蔡耀中盯着电脑屏幕道。

"你呢？我看着电脑，你去做什么？"潘离狐疑道。

"这么急开始实验，我能弄到的设备只有这些！你必须随时告诉我数值，我再根据数值手动调校两极的距离和角度，一旦过载，我根本来不及跑到电脑的位置。"蔡耀中走到仪器中间，"咱们可说好了，这次实验成功之后，你得给我两期彩票号码和两只股票代码！"

潘离走到电脑边："开始吧。"

57

第五十七章 暗藏
杀机

蔡耀中设置好了所有程序，再次调整了电极的角度。然后，他双手握着电极的底座，双眼死死盯着电极的顶端："准备，3、2、1，开始！"

随着潘离敲击键盘的声音，那几台大型的仪器内部传来"隆隆"的声音，电线圈环根部开始涌现出丝丝电流，这些电流弥漫至线圈的中心原点处，似乎在积聚能量。过了十几秒，蔡耀中双手同时扭动了两个电极底座上的旋钮。

两个电极的尖端处两条射线激射而出，在中间撞击在一起。撞击的那一点先是出现了一个极小的光团，但那光团瞬间湮灭，随即监视器回放显示光团周围的空间开始不规律地扭曲。

潘离观察到光团的变化，离开了电脑，向机器走去。他有些好奇，这似乎和他让蔡耀中进行的实验有些出入。他给蔡耀中下达的指令明明只是进行初期的量子纠缠判断实验，为什么会造成空间的扭曲？

蔡耀中也有些惊讶："我只是在一些地方，做了些我觉得更合理的小小的改动，想不到啊，真的想不到……"

"为什么不按我给你的数据实验？"潘离有些恼火，他不想因为实验进度被迫在这个时空停留更长的时间。

潘离打开圆形钢球观察盖口，探头查看设备的组装结构，蔡耀中突然用力转动电极的底座，射线就像一支锋利的箭射向潘离的头颅。电光石火之间，潘离意识到，不能让射线穿透大脑！他的头向侧方一摆，整个人迅速倒在了地上，想要站起来的时候，难忍的剧痛让他根本无力起身。

他摸了摸脸颊，大量的血液正在渗出。头骨与头皮消失了一块，伤口几乎延伸到脑后！

么恒与程婷就蹲在门后，"射束"几乎擦着两人的头皮而过，在不远处贯穿了实验楼的外墙，向着地平线射向夜空。

蔡耀中立刻发现门后有人，他从后腰间拔出一把老式的手枪对准了门口。

"进来！不然我开枪了！"蔡耀中大声叫着。

老旧的木门根本挡不住子弹，么恒与程婷只好高举双手，走进了实验室。重伤之下的潘离看着进来的两人苦笑道："贪婪确实让人发疯，我大意了。"

"过去！"蔡耀中用枪口指了指潘离所在的位置。

两人只能走到潘离的位置，程婷低声嘀咕："这家伙从哪儿弄到把枪的？"

蔡耀中似乎听到了程婷的话，怪笑道："哈哈，你们运气真好。中彩票的那点钱，买完设备剩下的，刚好够买一把手枪和二十发子弹。"

他的笑容已经扭曲了，声音也是极力控制着自己发出的。么恒发现他的手在抖，显然他是鼓起十二万分的勇气才敢暗算潘离和用枪威胁他人。

他将枪口又对准了潘离："我本来以为老天终于眷顾我，派了你们来拯救我。谁知道，你只是想控制我！学了这么多年物理，我很清楚这样的实验需要的资金多么庞大。就凭你给我的彩票号码、股票代码，要完成你说的那些东西，起码要十年以后。"

"你们真的以为，我在乎的是那些彩票和股票吗？和笔记里的那些知识比起来，彩票和股票算什么！"蔡耀中走到潘离身边，从潘离口袋里拿出那本笔记。

"现在有了它，以后，只要是我研究的物理学成果，都将是划时代的。我会站在这个时代的科技最前沿，主导全世界的量子物理研究。我会成为现代物理学之父，用不了多久，更会成为20世纪的牛顿、爱因斯坦！至于你们什么狗屁的时空进化，跟我有半毛钱关系？"

"昨晚，在我四处求爷爷告奶奶去找设备的时候，我就想明白了，明明有机会当个人，甚至成为这个时代的神，我干吗还要给你们当狗？只要你们都死了，这个时代就是我的！"

蔡耀中越来越激动，声音已经在颤抖，深吸了口气，语气变得有些阴森："你们放心，杀了你们之后，我会让这台仪器超载，整栋楼都会灰飞烟灭，你们几个渣都不会剩下。实验出现事故很正常，楼没了也就是造成不良损失。我除了遭受处分，最多也就是被开除，再不济关个两年。等事情了结了，我还怕什么？哈哈，到时候，我会给你们烧纸的，我先杀了你这家伙！"

蔡耀中朝着潘离举起枪，潘离已经无力躲闪。么恒急忙一扯潘离的肩膀，"砰"的一声，枪响了，子弹却打在潘离身后的地面上。

蔡耀中恼羞成怒，调转枪口，瞄准了么恒。在么恒的一扯之下，潘离压在他身上，他已经没法躲闪。程婷敏捷地侧身，双腿奋力将他俩蹬了出去，又是"砰"的一声。

　　么恒没被打中，迅速向几台设备的背后躲去。又是几声枪响，子弹打中了设备边缘。么恒从设备背后向潘离和程婷望去，他发现程婷中枪了！潘离正咬着牙，将程婷拖进另一台设备的背后。

　　"程婷！"么恒大叫了一声。

　　程婷没有回应，潘离也已经奄奄一息。么恒几次想冲上去，但都被蔡耀中的子弹逼退。

　　"必须尽快制服他，潘离和程婷坚持不了太久。"么恒的大脑飞速运转，同时也在观察着周围的地形。

　　见么恒在设备后一直不出来，蔡耀中将枪口对准么恒藏身的位置，慢慢走了过去。他很紧张，紧张得全身都在颤抖。虽然已经计划了很多次怎么杀死潘离，可杀人这种事，对于一个常年搞研究的人而言，事到临头还是无比地紧张、害怕。"怦怦怦"地，他觉得自己的心脏快要从胸腔中跳出来了。

　　"那个未来人和小卖部那个女的已经重伤了，翻不起太大风浪！只要杀掉藏在那后面的男的，以后我的人生就是光明一片！"蔡耀中不禁给自己暗暗打气，努力控制着自己的紧张和恐惧。

　　突然，设备后面蹿出一道人影，直接向实验室大门的方向掠去。蔡耀中手里的枪快速追着人影连开数枪，人影的速度太快，已经蹿出大门，蔡耀中急忙追了上去。

　　来到走廊，那人已经不见了。他低头看了看，地上有血迹！对方显然中枪了，地上的血迹点点滴滴，延伸向走廊另一端的黑暗之中。

58

第五十八章 意外
破桩

　　"必须将蔡耀中从实验室中引走！"

　　这是看到潘离与程婷重伤之后，么恒脑中浮现出的第一个想法。如果蔡耀中以潘离或程婷为要挟，那样他就会陷入进退两难的困境。他只能趁着蔡耀中还没反应过来的时候，将蔡耀中引开。

　　他不能冒险！这具客体显然在体能、力量和反应速度上，完全没有经过任何训练。如果是自己本来的身体，他完全可以在蔡耀中开枪时将其制服甚至杀死。

　　在蔡耀中分神的时候，他迅速冲向了实验室的门。在冲出大门的时候，他中枪了。强忍着剧痛跑到这个房间，他才来得及查看一下伤口。子弹打中了大腿，好在没有伤到腿骨，从肌肉中贯穿了出去。

　　子弹穿过的地方，流出大量血液。担心动脉有损伤，会失血过多导致晕厥，他将皮带解下来，扎在了伤口之上。然后开始观察这间房子，希望可以找到对付蔡耀中的武器。这似乎也是一间实验室，房间似乎刚刚被整修过，实验用的设备还没来得及搬进来。除了来不及丢弃的几个油漆桶，只有扫帚、簸箕和拖把摆在墙边。

　　从门上的窗口可以看到，走廊的灯闪了几下后被打开了。么恒急忙来到门边观察。

　　蔡耀中循着血迹，来到了门外。他举着枪，没有急着推门，而是先从窗口向内望了望，房间内很阴暗，目所能及的地方没有么恒的身影。

　　"明明血迹是指向这里的，那个人一定在里面。他一定在墙边，等机会伏击我。"蔡耀中小心翼翼，用枪口轻轻顶着门用力。

　　空荡荡的走廊中，"吱呀"的一声格外刺耳，那扇门应声打开了一道缝隙。他贴着墙边，向里面看了看，墙边没人。他可以确定，么恒就在门后或者另一侧的墙边。

　　他继续用枪顶着门，让门开向另一侧。突然，门后飞出一个影子。蔡耀中抬枪就打，"砰砰"两声枪响之后，他才发现，落在地上的是一根拖把。

　　"不好！"

他急忙调转枪口，可惜已经晚了。那扇门被人从背后狠狠踹了一脚，门直接撞在他举枪的手臂上。"砰"的一声，手枪走火了！蔡耀中也被门震得倒退了一步。

门口伸出一截短棍，如毒蛇一般戳中蔡耀中的胸口！他急忙调整枪口，想要瞄准么恒。那截短棍迅速地抽打在自己拿枪的手腕上。他死命忍着疼痛，才没让枪脱手。可手腕也已经被震开，跟着那截短棍变了个方向，再次戳向了胸口刚刚被戳中的位置。他急忙伸手去挡，可短棍又一次变向，快速地戳在喉咙下方与锁骨交会的地方。被击中的地方，立时传来钻心的剧痛。

"啊！"蔡耀中不禁痛呼一声，握枪的手横甩，想将枪口对准么恒。那截短棍再次抽打在他的手腕上。这一次，他再也握不住枪了，手枪掉了下去。

短棍的一头从斜下方快速抵住他的咽喉，蔡耀中想用手抓住短棍，却抓了个空。门后，么恒站了起来，一手持枪，一手持着短棍。那截短棍，原来是簸箕的杆。

"放了我！只要你放了我！彩票和股票代码都给你！咱们杀了那个来自未来的家伙，你不说，我不说，没人会知道！"蔡耀中并不知道么恒时空特警的身份，在他看来，么恒与程婷就是那个卖彩票的小卖部的老板和老板娘，他们一定是意外得知自己中彩票的秘密，想要分一杯羹。

"到实验室去，快点！"从蔡耀中身上拿走笔记后，么恒扬了扬枪口。

"不要杀我！求你了！不要杀我！我什么都不要了，还不行吗？"蔡耀中腿已经软了，哭着哀求道。

么恒踢了他一脚："快走！"

回到实验室，么恒大声叫着："潘离！程婷！"没有任何回应。他看到两人倒在设备后面没有动静，心中不由一沉，急忙上前探了探两人的鼻息，两人都没了气息！

这意味着回归2098年后，两人都要经历濒死状态。

一股怒火涌上心头，再看蔡耀中时，他趁自己没注意正一点点地向门边挪动。么恒抬手一枪打中了蔡耀中的大腿，他应声倒地开始哀嚎。

么恒一瘸一拐地走过去，一把扯住蔡耀中的头发，将他扯到电脑边，用枪抵住蔡耀中的头："让设备过载！"

蔡耀中一把鼻涕一把泪道："笔记都给你了，这设备你就留给我吧。将来实验成功了，对于我国量子科学技术的……我弄我弄，饶命啊，我弄！"
么恒的话让么恒心底生出一种厌恶，他手上用力，用手枪将蔡耀中的头抵在了电脑屏幕上。

蔡耀中调整了电极的方向，设定好了程序。么恒将他带到了实验室的楼下，远远地望着实验室。很快，实验室玻璃窗内闪耀起一团强光，那团光由一点扩散到两层楼高，而且越来越亮。突然，那团光猛然爆发了。这团能量的爆发，没有任何声音，只有无比耀眼的光芒。那光芒太过刺眼，么恒不禁伸手在眼前遮挡。

强光过后，实验室大楼，以物理实验室为中心，出现了一个半径足有五六米的大洞。洞的边缘，那些破败的建筑材料，并没有在明火中燃烧，更像是以一种快速分解的状态，还在一点点消失着。

么恒踢了踢蔡耀中："有没有打火机？我知道你抽烟的！"

蔡耀中看着枪口，哆哆嗦嗦拿出打火机。么恒就在他的面前点燃了那本笔记，看着它烧了个精光。快烧完的时候，么恒才发现，蔡耀中竟然毫无反应。

"哈哈哈哈！"就在此时，么恒听到了蔡耀中近乎疯狂的笑声。

"你做了什么？"么恒一脚将蔡耀中踢倒，逼问道。

蔡耀中躺在地上仍然在笑："哈哈，我突然又想明白了一件事情。"

么恒不明所以，蔡耀中缓缓坐了起来，他不紧不慢地从口袋中取出一支烟，用即将烧完的笔记点燃，深吸了一口将烟吐了出来，抖着那些灰烬说道："别忘了，我是搞量子物理的，只要我记住这本笔记里一部分关键数据与理论，就足够我推导出完整的结论。而那个家伙为了引诱我，给了我一分钟的时间浏览这本笔记。"

蔡耀中看着最后一点点的笔记燃烧殆尽，笑得无比灿烂："你们觉得，如果没有过人的脑力，我凭什么成为全中国少数几个研究量子物理项目的人？可以说，这本笔记早就不重要了，最关键的东西已经在我脑子里了，你们已经阻止不了跨时代的技术提前出现了。我想你们所说的，新时空诞生的阈值，应该已经达到了吧？"

么恒将枪口对准了蔡耀中，他只能选择杀死蔡耀中了！

"你杀了我，一样会出现新时空。我听那个家伙提起过，我是华夏量子物理领域的先驱者。也就是说，我死了，量子物理领域的研究就会停止！新时空诞生的阈值，依然会达到吧？"他笑着站了起来，看都不看么恒，口中叼着烟一瘸一拐地向远处走去。

么恒的枪口一直跟着蔡耀中的背影移动，手指停在扳机上，迟迟无法扣动。

突然，么恒面前的空间，出现了一种迟滞的感觉，随之而来的是地面、楼宇、星辰……他目之所及的一切，都像要分离出另一个自己一般出现了极不稳定的扭曲。

么恒的意识也随之感受到一股拉扯之力，眼前瞬间一片漆黑，他也被强行拉扯回 2098 年了。

59

第五十九章

么恒
之怒

么恒苏醒时，穿隧大厅回荡着各种报警的声音，地磁变化让所有数据一片混乱。上百名工作人员全部忙碌着，处理着各种紧急问题。

么恒睁开眼，看到刘伟文紧张的神情，心中不由一沉。爬出休眠舱，他看到了穿隧大厅的乱象："刘局，影响有多大？"

刘伟文："就目前的程度看来，1993年的时间桩已经被破坏了。地心引力在瞬间剥离后重联。引力重联的过程让地壳动平衡被打破。各种地震以及海啸正在席卷全球，造成的现在已知的死亡人数已经超过十万人。从目前的数据来看，太阳系内的引力正在趋于平稳。"

么恒："我们能做些什么补救？"

刘伟文："没有方法补救，你现在能做的，就是尽快恢复，整理好自己的思路，应对马上召开的听证会。"

听到死亡人数超过十万人的一瞬间，么恒一下子呆住了，他似乎在隐约中听到了无数遭遇灾难时的哭号，甚至眼前有一双双求救的手，在对着他奋力地挣扎。他感觉有什么东西在撕扯自己的心脏，那可是十万个活生生的人啊，十万无辜的生命，就这么没了，而这一切，都是源于自己和程婷的失败！

两个小时之后，刘伟文带着么恒走进了会议室。令么恒意外的是，这次会议的参与者竟然如此之多。整个会议中心几乎坐满了人，即便通道处也有人站立，其中不乏一些记者。而自己与刘伟文投射影像的位置，就在主席台正中间单独被围起来的区域。置身于此更像等待审判的犯人，这令么恒的心里异常紧张。

全息会议被接通后，秘书长约翰、副秘书长希尔特以及数名联合政府高层的影像，出现在众人面前。

副秘书长希尔特跷着二郎腿，一手托腮，一手翻阅着光幕报告书，严肃地问道："1993年的时间桩目前已经被破坏，请你详细阐述穿隧之后的事件经过，越详细越好。"

这番话，让整个会议中心都沸腾了起来。与会的大部分人还是第一次知道，联合政府有了时空穿隧这种技术，有些人已经迫不及待地交头接耳。

"冷静，大家冷静。"刘伟文局长站起身大喊道，嘈杂的声音逐渐平息。

在这场突如其来的会议上，么恒的发言受到全世界瞩目，他清楚自己接下来说的每一个字都可能会影响时空管理局接下来的工作。但是，十万个逝去的生命，都是自己的责任，这份沉重让么恒如鲠在喉。但么恒也明白，汇报工作也是自己职责的一环，他不能逃避。

么恒努力平静自己的思绪，集中精神，然后才开口问道："是从到达的那一刻开始吗？"

希尔特："是的！"

么恒边回忆着边说道："穿隧时间起始点是 2098 年 1 月 2 日 13 时 00 分 00 秒，目标参数到达坐标：东经 121.544378~121.544379、北纬 31.221516~31.221518，穿隧时间终点是……"

"稍等，请用大家能听明白的表述方式。"希尔特打断道。

么恒："抱歉，我整理一下言辞。"

主持问询的是议会秘书处的一名机要秘书和秘书长，么恒面对各种事无巨细的问题，根本无心应答，只是麻木地如实回应着。

接下来的问询过程十分漫长，让么恒感到十分煎熬。那十万个惨号的声音就像挥之不去的魔咒，在么恒的心头萦绕。他如行尸走肉般，完全不知道自己说了什么。不知过了多久，听证会终于接近尾声。

在么恒的陈述完毕之后，刘伟文直接发言道："作为时空管理局的负责人，这次任务的失败，我具有不可推卸的责任，我接受议会以及联合政府对我的任何处罚！有一点我想提醒诸位的是，1993 年被开辟出的新时空，因为科技基础、时间同步等问题，短期内不会对当前时空造成更大的影响。但是，如果破桩联盟今后选择的，都是具备科技快速孵化能力的时间桩，一旦破桩成功，就有可能对当前时空造成毁灭性打击。所以，我提议，为了避免下一次行动准备不足，必须尽快派出守桩人，对所有近现代时间桩进行监控。"

一名议员不紧不慢道："刘局长的提议，我认为可行。另外，对于时空管理局的处分问题，我认为应该会后再行商议，目前最需要应对的是全球灾难的善后以及个别地方政府面临崩溃的困境。"

"善后，是需要资金的！"副秘书长希尔特接过了这名议员的话题，"关于财政的审批，目前都在约翰秘书长的管理之下。我建议约翰秘书长将善后以及重建的资金流动明细进行全民公开，这一场全球性的灾难涉及的善后金额必然是极其庞大的，我想，各位都不希望这些钱进入某些人的腰包。"

约翰发现希尔特在将矛头对准自己："希尔特，注意你的言辞！这些钱从来也没进过某个人的腰包，每一笔资金都清楚地记录着。另外，我需要通知诸位的是，最近的两个月，时空管理局进行时空穿隧已经用掉了近半的财政预算，还有希尔特副秘书长所负责的情报部门，也是一笔巨大的支出，我们能用在全球善后上的资金已经不多了。"

希尔特冷笑道："约翰秘书长，自从联合政府的财政纳入您的管理之下，四年以来，每一年的财政都在亏空，我想这些数字是在座诸位有目共睹的。我认为，约翰秘书长并不擅长财务以及预算管理！我建议，从现在开始，由我来管理联合政府的一应财政问题。关于全球善后的资金缺口，由我想办法解决。"

四年前，约翰通过议会表决，将联合政府的财政紧紧握在了手中。他本以为，在与希尔特的政治博弈之中他已经大获全胜，想不到的是，随后希尔特提议全力发展时空穿隧项目，尽管自己百般阻挠，项目还是获得了大笔支出。尤其是破桩联盟成立，迫使联合政府不得不在时空穿隧项目上进行大量投入，自己再也没了阻挠的理由。如今，财政大权，反而成了自己最大的漏洞。

约翰还未来得及做出应对，希尔特已经决定乘胜追击了："约翰秘书长，早在四年前，我在提议大力发展时空穿隧项目时，就遭到了你的数次否决。时空管理局成立后，你仍旧以资金问题拖延着各种研究经费！正因如此，才导致破桩联盟率先实现了穿隧技术，我们只能匆忙应对，现在的局面足以证明，我在四年前的提议是正确的！我认为，这一次时空紊乱带来的灾难，你应该负起一部分责任。"

此时，约翰已经哑口无言，他在心中暗骂：希尔特这只老狐狸，真是老谋深算！四年前，已经开始给自己挖坑！

"好了，各位，我想现在不是追究谁的责任的时候。"希尔特觉得差不多了，政治斗争并非一蹴而就的事，他会一点点将约翰蚕食殆尽。约翰暂时还不能下台，毕竟自己还需要一个挡箭牌："我建议，从现在开始，联合政府的财政需要给时空管理局供应无限的支持。危急时刻，要害部门更需要雷厉风行的手段，下面，请各位举手表决。"

希尔特率先举手后，现场不少议员举起了手。希尔特向着约翰的方向挥手，一张纸质文件的影像出现在约翰面前。

希尔特："文件我已经草拟好了，约翰秘书长，请签字吧。"

约翰看了看所有人，无奈地签下了自己的名字。他很清楚，这一次的失利，极有可能导致自己的政治生涯走向衰亡。

看着约翰和希尔特的争斗，么恒很愤怒。他的双拳紧握，青筋暴露，如果不是刘伟文按着他的手臂，他可能已经拍案而起了。这是他第一次见识这些政客的嘴脸，他完全无法理解，那十万条生命，为什么没人提及？在权力的角逐中，生命难道就这么不值一提？

离开会议室，么恒走出联合特警大楼，直奔自己的飞梭。

舱门打开后，程婷竟然突然从他身后蹿出来，率先坐了进去。

她笑眯眯看着么恒："喂，我可是你的救命恩人！你这是什么表情？"

么恒愣愣地望着程婷，目光直勾勾的。

程婷坐在飞梭里上上下下打量着么恒："嗯，完好无损？还不错！那一枪，总算没白挨了！"

么恒回过神来："你是怎么回来的？"

程婷："蔡耀中去追你的时候，潘离在隔壁的化学实验室找到了乙醚，他在我的客体死亡之前，让我进入了昏迷状态。"

么恒没再说什么，坐进了驾驶位，打开了手动驾驶模式。程婷只是静静地看着，她也不知道该怎么安慰么恒。

飞梭发动了，速度快得惊人，在林立的高楼间穿梭，不停地超越着一架又一架飞梭。么恒以超高速足足飞行了十几分钟，直到抵达某座山中的森林上方才终于放慢了速度。

"我们这是去哪儿？"飞梭的速度减慢时，程婷问道。

"不知道……"么恒将飞梭悬停在空中。远处的城市依然显得无比繁华，他的声音却很疲惫："无论去哪儿，我们见到的人，都可能是死去那些人的亲人或者朋友。我不知道该怎样面对他们。"

程婷深深叹了口气："这不是我们某个人的错，有些事根本不是我们能控制的。"

"毕竟是我造成任务失败，才导致这么多人丧生。差一点就能阻止这场灾难，就差那么一点……"么恒无力地靠在座椅上，"还有那些高高在上的官员，我想不通，他们是怎么做到对这么多平民的生命视而不见的？"

"要不策划一场暗杀行动，干掉那些官员吧？你放心，我一定帮你！到时候，你当秘书长，我当副秘书长，怎么样？"程婷煞有介事道。

么恒惊了，侧过头怔怔地看着程婷。程婷突然"扑哧"一声笑了："行了！逗你的！看你那表情还真信了！"

么恒吐了口气，这才放下心来。被程婷一打岔，他心中的愤懑平息了许多："有你这么劝人的吗？"

程婷摆弄着飞梭里么兰的全息照片："你这么爱钻牛角尖，我可劝不动你！我觉得，与其在这里生气和追悔莫及，还不如想办法快点抓住盖尔，捣毁破桩联盟，顺便还能救你妹妹。"

么恒沉默了片刻，突然说了声"谢谢"，然后再次启动了飞梭。程婷双手交叉在脑后，靠在了座椅上，她看着专心驾驶的么恒，笑了。

60

约法
三章

回到联合特警总部，么恒与程婷才知道，刘伟文已经在办公室等很久了。

办公室里，刘伟文并没因两人短暂失踪恼怒，反而语带褒奖。

"1993年的任务失败，你们俩不用过于自责。起码，在没有杀死蔡耀中这件事上，你们做得很好。记住，你们是时空特警，不是杀人狂魔！还有，我要提醒你们一点，从这几次穿隧得到的时空震荡数据来看，你们必须最大限度地减轻行动对时间桩的影响。三国和唐朝的穿隧，导致太多人脱离原本的轨迹，虽然阻止了破桩联盟，但是引起了巨大的时空震荡。如果时空震荡超过因果律极限的话，同样会诞生新的时间线。所以，以后执行穿隧任务务必要小心。"

接着，刘伟文拍了拍么恒的肩膀："去休息一下吧，明天给我一份详细的任务报告。"

么恒迫不及待地冲向时空特警的专属食堂，那场令人不齿的听证会，让他完全忘记了饥饿！这时，身体持续休眠造成的饥饿感，才突然袭来。

刚刚打开虚拟菜单，眼前已经出现一份大号的牛肉汉堡。

"喏，给你叫的，还有咖啡。快点吃，吃完我还有事跟你说。"不知从什么时候开始，程婷好像知道了么恒的口味。这让么恒有些不知所措，接过汉堡时，表情极不自然。

程婷看了看周围，确认没人后道："昏迷前，潘离让我告诉你，么兰的事他会找机会查。既然答应过你，他就会给你一个交代。嗯……还有，他很期待和你并肩作战！"

么恒咀嚼汉堡的嘴巴突然停了，用力把嘴里的食物咽了下去："你要说的事，就是这个？"

"啊！你以为是什么？"程婷疑惑道。

"哦，没什么……没什么……"么恒继续低头啃汉堡，眼睛不敢和程婷对视。

"我觉得这事不能让刘局知道，搞不好会给你惹麻烦！怎么样？够意思吧？咱可先说好了，我相信你不会这么容易被潘离忽悠，你要是敢对不起我的信任，哼哼……"程婷挥了挥拳头，冷笑出声。

"么恒！听说你回来了！哈哈，快给我说说，1993 年的上海啥样？侬晓得伐，阿拉上海宁啦！可惜我没去成，要不说什么也得去看看我曾祖父，看看我这高大威猛帅气的基因，是不是祖传的！"一阵瓮声瓮气的声音传来。

么恒："老王？你醒了？"

越过程婷，么恒看到了呵呵傻笑着的王翔。他那两句上海话，配上如此粗犷的声音，还有这副牛高马大的身板……么恒终于没忍住，笑喷了。

一个小时之后，么兰的休眠舱前，么恒与程婷一起静静地看着么兰。么恒已经很多天没有见过么兰了，穿隧到另一个时空的这些天，让他感觉像是经历了好几年。在那个时空，他几乎无时无刻不在担心么兰会出现什么意外。

"你觉得潘离的话可信吗？"程婷来到么恒身后问道。

"关于么兰的事？"么恒没有回头。

程婷走到休眠舱前，凑近看着么兰的脸："他不是说会给你一个交代吗？"

么恒："他这个人，说过的事情一向会去做的。但是，我不想等。"

程婷："你准备怎么做？"

么恒："天梯！张贝塔！"

程婷："上次你遭遇的特种兵王？"

么恒："是的！实现穿隧必需的元素锏，既然来自火星，破桩联盟就一定要通过天梯拿到。上一次，在天梯出现的只有张贝塔一个人。这种事情，经手的人自然是越少越好。也就是说，张贝塔是专门负责接收和运送锏元素的人。"

程婷："通过他抓到盖尔？"

么恒："对！只有抓到盖尔，才能找到解开脑控环的脑纹密码。"

程婷："记不记得文森说过一件事，盖尔有了免费的货源，才踢开了文森。"

么恒："也就是说，盖尔的背后还有支持者。能够免费提供锏，这个支持者一定不简单。"

程婷："会不会是某个想颠覆联合政府的财团？"

么恒："希望只是财团吧……交易和使用这种元素的公司，一般都是需要安全许可的。上次你查到的天寰公司，根本不具备任何实力，却能拿到这个许可！要知道这种安全许可的颁发，可是要联合议会通过的。"

么恒转向程婷，非常郑重地说道："继续查下去，遇到的危险恐怕难以想象。你现在退出还来得及，毕竟么兰的事与你无关。"

"喂！想退出早就退出了！还会和你一起查到这一步？再说了，你觉得，我是那种能装作什么都不知道的人吗？"程婷煞有介事道。

么恒沉默了片刻："那约法三章，如果你不答应，我就自己单干。"

程婷："哪三章？"

么恒："第一，么兰的事，必须听从我的安排，禁止自行其是。第二，不要让任何人知道你接触过么兰的事。第三，你只负责查询线索、制订计划等支援型任务，一切行动由我单独完成，一旦出现危险，你必须斩断与我的一切联系。"

么恒的神情异常严肃而且不容拒绝，程婷从没见过么恒这副样子，心头有些惴惴不安，极不情愿道："好咯，你说什么就是什么。"

么恒："好，谨记我们的约法三章，只要违反了其中任意一条，我就当你自动退出。"

程婷连忙道："什么都听你的，行了吧？"她嘴上应承着，心里却在偷偷想道：先答应了再说，嘿嘿，到时候老娘再想办法钻空子！就你这不会拐弯的脑子，想蒙混过关还容易？

61

第六十一章 问心无愧

森林、阳光、湖泊，还有时不时响起的虫鸣鸟语。阿尔法与盖尔正下着一盘国际象棋，西格玛恭敬地站在一边。

看着盖尔心不在焉的样子，阿尔法摇头笑了笑："金钱，无非是个数字，它只是完成我们事业的手段而已。科学，更像一种修行。科学家，应该拥有苦行僧的觉悟。和我们即将取得的成就相比，一切都是外物，都是虚妄。"

"想不到你还研究过禅学？"盖尔道。

阿尔法："你不觉得，禅的哲学思考对科学研究很有指导作用吗？"

盖尔："我并非在乎那些花掉的金钱，我在乎的是那些用掉的时间和一次次的重复作业。"

阿尔法："很快，我的朋友，相信我，很快我们就不必再像个丧家之犬了。我们的计划成功之后，等待我们的会是一座极其完善而且安全的实验基地，那里将是我们的乌托邦。"

盖尔用他那穿戴着外骨骼的手指了指挂在肩上的呼吸器："你知道，我的时间不多了！"

阿尔法："放心吧！长汀已经在为你研究提升身体条件的药物，你想要的时间桩也正在向我们靠近。"

迄今为止，盖尔仍不知道阿尔法的盟友到底是谁。他只知道，这位盟友神通广大，提供着一应的资金和资源。张贝塔、潘离、黛茜，全都通过这位盟友征召而来，这几人的身份，无一不是敏感而又危险的。不过，无论阿尔法如何安排，对他而言都是无所谓的，他想要的只是活下去。

盖尔还想再说些什么时，他背后的树林凭空打开了一扇门，原来这些森林、湖泊统统是全息影像。黛茜从门后走了过来，来到阿尔法身边，她看了看盖尔和西格玛。

阿尔法注意到黛茜的神情："我们是战友，必须互相信任。有什么想说的，不必遮遮掩掩。"

黛茜："潘离和一名叫作么恒的时空特警关系很不一般！执行任务时，他曾支开我与么恒会面，并禁止我对么恒动手！"

阿尔法落下一枚棋子，表情平静："不用担心，你能活着回来，就证明他很清楚自己在做什么。"

西格玛突然将手抬起放在耳边的通信器上，听完另一边传来的信息，他微微欠身对阿尔法和盖尔道："潘离快醒了。"

赶到休眠舱前，盖尔问道："还需要多久？"

西格玛答："意识正在与本体融合，以他的体质，还要三十秒左右。"

盖尔有些羡慕潘离。这个年轻人的意识，在先后的两次穿隧中，非但无须调整状态，更在穿隧之后能够极其完美地操控客体。从之前的脑波数据来看，他在回归之前，很可能已经进入濒死状态。一旦开始回归，他的脑波就迅速回归平静。这在他使用过的不计其数的实验体当中，是绝无仅有的。

看到潘离的眼皮动了动，盖尔让西格玛打开了休眠舱盖。

重新控制自己的身体，让潘离有种脚踏实地的感觉。他下意识地摸了摸自己的头，那里不再有伤口；轻轻嗅了嗅，也不再有能量炙烧皮肉产生的焦煳味道。刚要起身，一阵剧烈的头痛袭来，他不得已又躺进了休眠舱。几十秒后，穿隧的失重感如潮水般退去了，可头皮被掀飞的痛感依然存在，只是弱了些许。他忍着痛，爬出了休眠舱。

黛茜也在这时来到了盖尔身后。

"嗨！恭喜你，还没死！"黛茜向潘离挥了挥手。

阿尔法的面容也出现在眼前："我代表破桩联盟与全人类，感谢你所付出的一切，我的孩子。这次破桩成功，为我的研究生成了宝贵的样本。未来，你会像第一个登月的宇航员一样，被人们永远铭记。"

对于黛茜的提前回归，潘离并不意外。在么恒与程婷出现在蔡耀中的实验室时，他就知道这个女人要么死在1993年，要么就是已经回到2098年了，他希望这个女人永远留在1993年。他很不理解，一个心理如此扭曲的人，为什么会适合意识穿隧这件事。他更不能理解，阿尔法为什么会让一个情绪如此不稳定的女人加入破桩联盟。他很担心，将来黛茜会成为任务中最不可控的风险之一。

为此，在向阿尔法汇报此次穿隧的细节时，他向阿尔法表达了强烈的不满。而阿尔法却对黛茜非常欣赏，他认为黛茜的骨子里有一种毁灭的天性，这正是他所希望看到的。潘离这才意识到，原来，黛茜这个人本身，也是阿尔法选定的试验品。

其实，在脱离联合特警之后，潘离始终有些心绪不宁。见到么恒之后，他突然找到了原因：那就是么兰的案子！这是他漫长的联合特警生涯中，唯一一起没有破获的案件！解决了这件事，对么恒、对自己都是个交代。他这个人一向恩怨分明，为破桩联盟卖命也好，与么恒的友情也罢，总要做个了断。将来无论如何，他都希望自己能够问心无愧。

"这件事也不能让盖尔察觉，必须徐徐图之，没必要因此引起阿尔法与盖尔的误解。现在唯一可以确定的是：盖尔绝对不会无聊到毫无目的地给一个普通女孩装上脑控环！"躺在自己的床上，潘离怔怔地又望着房顶发呆。回归之后，他只想好好睡上一觉，可一躺在床上又变得睡意全无了。

他从床上坐了起来，摸索着点起一支烟，深吸了一口，靠在床后的墙壁上，望着房顶怔怔地发呆。

墙壁的另一边传来微弱的"啪、啪"声，他将耳朵凑在墙壁上听了听。这声音确实来自隔壁，响声中似乎还夹杂着呜咽的哭泣声。他记得隔壁是西格玛的房间，现在已经夜深人静，难道有人在拷打西格玛？

潘离随手拿起一柄水果刀，打开了房门。他沿着通道轻手轻脚走近隔壁的房门，这间实验室建设得比较仓促，门前的感应装置是临时安装在门边的。他用水果刀撬开控制面板，找出两条电线；又用水果刀轻轻切割电线的外皮，很快水果刀触碰到了电线内部的金属部分。感应装置短路了，感应装置连接的门锁随之发出咔的一声，门轻轻动了一下，露出一条窄小的门缝。

门缝中透出微弱的灯光，光线忽明忽暗，里面似乎有人在动。潘离屏住呼吸，轻轻推开房门。门内的景象让他惊愕不已。

他看见西格玛背对自己，跪在床边面对着墙壁上的十字架。他赤裸着上身，手中握着皮鞭，一下下地鞭挞自己的后背。西格玛的背上鲜血淋漓，除了新出现的痕迹，还有很多明显是经年被鞭挞留下的疤痕。抽打自己的同时，他的口中还在呜咽着，似乎在请求什么人的宽恕。

观察了一阵，潘离蹑手蹑脚关上房门，将感应装置恢复原状，退了回去。

第六十二章

62

小心试探

透过酒杯中的威士忌，伴随着缓慢融化的冰块，光线呈现出迷离与梦幻的扭曲。潘离手中的这杯酒，喝了一口就再没动过。他并不需要酒精的刺激或者放松，只是喜欢放任思绪随着杯中的光影流动。

昨晚，在西格玛的呜咽和呢喃中，他隐约听到了"人类的灾难""那个叫么兰的女孩""请宽恕我"等字眼。他记得从某本关于宗教的书中读到过，那是某个教派的仪式。这个教派的教徒们认为人类天生带有原罪，对自己进行鞭挞可以减轻罪孽。

如此原始的宗教仪式，竟然会出现在科技如此发达的今天，还出现在一个研究前沿科学的人身上，这让潘离感到无比意外。从西格玛的行为来看，他也许是受到了一些有关联的刺激，才会在夜深人静的时候鞭挞自己！他心底一定认为帮助盖尔控制么兰和当初进行的意识实验，都是一种罪孽。

潘离直觉地感到：也许，西格玛就是唤醒么兰的契机！

他在门外等了许久，终于西格玛走出了房门。

潘离立即跟了上去："西格玛？这是去哪儿？"

西格玛好像没听到似的，自顾自地向前走着。潘离快走了几步，保持跟他并排的速度。

西格玛一言不发，潘离用胳膊肘碰了碰西格玛："别总是一副苦大仇深的样子好吧，咱们好歹也算队友，聊聊天没什么坏处。"

西格玛："我没什么想聊的。"

潘离："你不会是盖尔的学生吧？"

西格玛："算是吧。"

潘离："我一向很钦佩你们这些搞研究的，为了一件事能坚持那么多年。研究意识提取和传输，会不会很枯燥？"

西格玛默默走着，丝毫没有与潘离谈话的意思。潘离继续问道："那些活体实验样本都是你帮盖尔找的吧？这么多年，需要的活体少说也有几百人，真是难为你了。"

西格玛的眉头一皱，表情不再自然："我不想和你讨论这个问题！我到了。"

传感器探测到西格玛，他面前的墙壁打开一扇门。看着他走进门的背影，潘离的嘴角泛起一丝不易察觉的笑容。

仅仅不到一天的时间，所有破桩人全部抵达了位于撒哈拉深处的全新实验基地。它的设计与建造全部由阿尔法一手操办。这座基地占地面积很广，用来伪装的地上部分足有半个足球场大小。地下部分的设施极其完善，而且拥有极其完善的安保系统。另外，阿尔法还在基地内外分别安插了两百名全副武装的安保人员与机械警卫，全天候进行警戒。

潘离回归后，阿尔法兴奋得像个孩子，即使是从来不苟言笑的盖尔也难得地露出了笑容。他们带领所有破桩联盟的成员，向潘离表达了祝贺。而潘离却觉得这有些无聊，趁没人注意的时候溜进了实验室的小酒吧中。

小酒吧里，他见到了全神贯注盯着全息影像的西格玛。影像中正在播报着全球灾难的新闻，西格玛的背影微微颤抖。他在拼尽所有力气，压抑着心中的悲伤。潘离一边观察着他，一边从吧台里拿出一瓶酒。

"你并不适合做盖尔的助手，"潘离走到西格玛身边，递给他一杯酒，"窥探未知的代价，总是巨大的。"

西格玛接过酒杯一口喝干，叹了口气道："在我很小的时候，盖尔就曾告诉过我：人，如果想取得他人无法企及的成就，首先要做的，就是抛开人类的情感。只有不被情感左右，才能理智地思考问题。"

在悲伤与自责的作用下，西格玛的情绪非常低落。也许是一直没有朋友的原因，他对潘离不再像之前那般抗拒。潘离笑了笑："难怪盖尔像台冷冰冰的机器！你给我的感觉，更像盖尔身边的一台人工智能机器人。"

"可我终究还是个人，看到无数人因为我们的所作所为失去生命时，我做不到无动于衷。"西格玛坐直了身体，仰望着房顶。

潘离为他加了些酒："我还是联合特警的时候，查过一些受害人，也就是盖尔的那些试验品的资料。他们多数是身患绝症或者罪大恶极的人，那些人是你刻意挑选出来的吧？"

西格玛："是的！"

潘离："那时候我手头的另一个案子，是一个名叫么兰的女孩被脑控环锁住了意识，你还记得这件事吗？我想不通的是，她对盖尔的研究没有任何意义，为什么他会锁死她的意识？她是所有被害人中，唯一一个人畜无害的年轻女孩，这很不寻常。她的事件也是我的特警生涯中，唯一没有破获的案件，我很想知道答案。"

西格玛："其实，脑控环是盖尔专门为了她开发的。"

"什么？"潘离想不到，么兰竟然如此重要。

"脑控环的密码，也是盖尔亲自通过耳语为她设置的！至于制作脑控环的原因，他从没向我提起过。他吩咐我做的事情，从来不会说明原因。我猜他是想把那个女孩当作人质，试图交换到某样东西，用以挽救他的生命。知道吗？他的身体已经支撑不了几个月了。如果他死了……唉，对那个女孩的遭遇，我只能深表同情。"西格玛有些无奈。

"意识控制和意识提取，这恐怕是两个研究方向吧？盖尔的转变也太突然了……"潘离做出一副不解的样子。

"将脑控环安装在那个女孩身上之后，盖尔就开始专心研究意识提取的技术了，没人知道他那时候是怎么想的。"西格玛已经有些微醺。

从西格玛的叙述中，潘离更加确定，盖尔锁住么兰的意识，一定另有原因，也许和意识提取研究有直接关系。

实验室中的人群已经散去，就在刚刚，阿尔法收到了一条要求会晤的加密讯息。会晤是通过暗网进行的。阿尔法对面的人，正是那团似有似无的虚影。

"恭喜你，阿尔法，为我们开辟了一个毫无用处的时空！"虚影的语气中带着嘲讽。

"你太功利了！1993 年的科技文明对我们来说，就像一张白纸，我们可以任意书写。只要进行适当的干预，用不了几年，她会带给我们无限可能。"对方的嘲讽，对阿尔法毫无影响。

"几年？我耗费了数量庞大的金钱与资源，难道就为那些虚无缥缈的可能性？再说了，我们这穿隧技术能去这个新的时空吗？"虚影语气非常愤怒。

"我是科学家，不是政客！我所追求的是科技文明的飞跃，是探索人类未来的方向。而且我的行动也在一步一步接近我们的目标，首先我们创造了新的时空，可能它不是你想要的，但是，它是通向高维的阶梯，下一步，我们努力在科技上取得突破，让我们可以在两个时空间跳跃，那就能让人类从四维跳跃到五维。这也是为你创造政治资本和通向权力巅峰的阶梯。"阿尔法冷漠地答道。

"你不要忘了，这才是我们合作的基础！我可以不断资助你的行动，也可以随时摧毁你的一切。我有这个实力，这一点，我想你很清楚。"短暂的怒意之后，虚影的语气也变得冷静起来。

阿尔法静静地看着虚影，片刻之后他突然笑了："好吧，如你所愿！新的时空潮汐即将接近我们，其中应该会有你想要的时间桩。"

"时空管理局已经开始寻找守桩人，他们计划多人次守护重要时间桩，破桩行动的难度会越来越高。拖得越久，我们就会越被动。虽然火星上的产业能够提供充足的财力支撑，但你要知道，那也是无法与联合政府长期抗衡的，这一次必须速战速决！"虚影说完，立即结束了通话。

对于这个盟友，阿尔法非常清楚他想要的是什么。从合作开始他就知道，穿隧技术让对方看到了汲取各种超前技术与资源的可能，得到这一切，也就意味着得到至高无上的权力。

很早之前，阿尔法就在东方的哲学著作中，学会了"借势"这种手段，并将之运用自如。他相信，世间万物，都有可以为他所用的力量。他的实验，他的计划，他的一切所作所为无一不贯彻着这种手段。这位强大的盟友，于他而言，无非也只是可以借助的一种力量而已。

"阿尔法博士，关于即将接近的时间桩的资料已经整理出来了。"王长汀的声音从通信器中传来。

阿尔法道："传过来吧。"

很快，阿尔法面前弹开一块屏幕，屏幕上列举着数十个时间桩信息。其中，1911年黄花岗起义和2091年脑控环出现这两个时间桩，让阿尔法沉思良久。

"天予不取，反受其咎啊。"阿尔法用手指敲着座椅的扶手，沉吟出声，"想要速战速决？这一次我就玩把大的给你看看。"

继续沉思了片刻，他突然高声道："长汀，让盖尔和张贝塔来见我。"

"好的，博士。"

63

第六十三章 事态
严峻

上一次面对张贝塔，么恒曾经被他那身凛冽的气息震慑。在了解了这个人的过往之后，他更加觉得张贝塔会是生平难得一见的劲敌。为此，他专门找到了唐安迪。

人造器官的植入很顺利，在纳米再生科技的帮助下，唐安迪恢复得非常好。在么恒与程婷执行1993年上海任务期间，唐安迪将遇刺的经过进行了详细的汇报。根据人像识别系统的比对，杀手的身份很快得到了确认，就是当初吓退么恒的张贝塔。

在唐安迪的描述中，张贝塔的枪斗术非常恐怖！一旦与其近身战斗，精神力必须高度集中，因为他的子弹很可能由各种出其不意的角度近距离射出。而且，张贝塔这个人的力量很强，这种强不是瞬间爆发，而是那种持续性的稳定输出，这就更加可怕了！面对爆发力极强的对手，可以通过闪避、拖延等战术，寻找适当的时机将其击倒。而持续稳定的攻击输出，则意味着对方几乎不会露出任何破绽。

么恒发现，以他目前的实力，想要生擒张贝塔，几乎是不可能的。独自坐在冥想室中，他突然有些灰心。

突然，一个纽扣大小的装置出现在眼前。拿出这个小东西的，正是程婷。

么恒疑惑地看着她："这是？"

程婷打开耳边的通信器，在面前投射出的屏幕上，点了下启动键。那枚小纽扣以肉眼无法捕捉的速度，迅速吸附在么恒身后的墙壁上。

"这是追踪器？"么恒问道。

程婷答道："上次你在天梯遇到张贝塔之后，我就找人做了这个。你这个人就是一根筋，总爱意气用事！我觉得没必要跟张贝塔硬杠，咱们的首要目标是盖尔和他的实验室。"

程婷挥了挥手，将追踪器的程序传输到么恒的通信器上。

么恒摆弄着那枚"纽扣"，低声道："谢了。"

两人同时沉默了，冥想室中的氛围突然有些尴尬。过了很久，么恒却先出声了："其实，有一个你这样的搭档，蛮不错的！要是、要是……"么恒憋得满脸通红，他本想说的是"要是有个你这样的女朋友就更好了"，可话到嘴边，嗫嚅了半天，还是没说出来……

"要是什么啊？"发现么恒的窘态，程婷似乎预知了什么，心里很紧张，表面却装得若无其事。

"要是……要是……以后能一直搭档就好了……"话在嘴边，么恒说出来的已经变了样。

程婷翻了个白眼，心中顿时升起一阵恼怒，低声咕哝道："死直男！"

么恒："你说啥？"

"没啥！还走不走了？说不定张贝塔现在已经去天梯了！"程婷起身忿忿地向冥想室外走去。

程婷的语气突然变得冷冰冰的，显然生气了。么恒兀自不明所以，只好急匆匆追上去。

足足守了三天，两人才等到了张贝塔和那艘飞行器。程婷利用自己的黑客技术，为么恒制造出天梯工作人员的身份，让么恒顺利地混进了天梯内部。并且，程婷还事先黑进了天梯的调度系统，掌控了所有飞行器停靠的位置与顺序。张贝塔的飞行器被安排在她指定的位置上，么恒则早在这里放置了那枚"纽扣"。启动跟踪程序后，"纽扣"自动吸附到张贝塔的飞行器上！有了程婷的帮助，这一次么恒根本未与张贝塔照面。而张贝塔也对追踪器似乎一无所知，他仿佛没有觉察到丝毫异样，带着提取的锎离开了天梯。

回到时空管理局，两人立即收到了集合的讯息：破桩联盟又开始行动了。

刘伟文神情凝重："从能量波动上看，破桩联盟这次起码动用了超过五十名破桩人！他们前往的是1911年的广州。有资料显示，这一年的黄花岗起义之前，孙中山先生曾经秘密抵达过广州。

"一次性投放这么多破桩人，破桩联盟可能要孤注一掷了。他们本次行动的目的可能有两个：一是帮助黄花岗起义获得成功，提前结束清王朝并建立政权；二是刺杀孙先生，让清政权由军阀接管，建立军事政权。

"1911年的时间桩如果被破坏，造成的影响将是无法估计的。这个时间桩在第二次工业革命与第三次工业革命之间，无论破桩联盟帮助哪个组织掌权，只要埋下未来科技的种子，它的科技文明足以在短时间内追上我们这个时空。所以，你们这次的任务很艰巨，绝对不能让破桩联盟得逞！

"还有，鲁霞秋将作为守桩人前往 2091 年执行守桩任务。这次的行动，只有你们四人。好了，准备开始吧。"

听到 2091 年，么恒心头不由一动：那是么兰意识被锁的时间！必须尽快赶回来，去 2091 年看看，说不定能找到救么兰的方法。

与此同时，时空小队的成员们尽皆感受到了压力。1993 年在上海时间桩被破坏，造成的灾难已经如此巨大。如果这次任务失败，形成更大的灾难，地球上又将会有多少平民死亡？么恒心中发狠：对方的人数太多，这次绝不能心慈手软，有机会就要消灭对方的有生力量。

进入休眠舱之前，么恒将自己的通信器交给刘伟文，同时打开了追踪器的程序："刘局，记得张贝塔吗？就是为破桩联盟运送铡的那个人。我在他的飞梭上安装了跟踪装置，也许，这次可以将他们一网打尽！"

"好样的，我会为你记一大功。这事我会做出安排，1911 年的事就拜托你们了。"刘伟文拍了拍么恒的肩膀。

躺进休眠舱时，么恒还是忍不住说道："刘局，如果回来时能赶得及，我想去一趟 2091 年。"

【黑洞能量级：2】

【穿越人数：4】

【到达年代：1911 年】

【到达坐标：东经 113.2505~113.2506、北纬 23.1111~23.1112】

【任务目标：阻止破桩联盟，阻止历史进程被更改。】

【5 秒后准备进入穿隧模式……数字化匹配完成。】

【思维同步成功……开始载入客体……视、味、听、嗅、触五觉体感同步……完成。】

时空小队穿隧后，刘伟文立刻吩咐助手："叫雷震霆立刻来见我！"

64

第六十四章 双花
红棍

1911 年，广州，十三行码头。

几艘货船停靠在码头边，船上的货商与小工躲在船梆后面偷偷观望。码头上一片混乱，上百人正在械斗。打烂的货物、破碎的木箱，刀光剑影里，鲜血和残肢比比皆是。

这些人手中的武器五花八门，扁担、斧子、铁钩，还有人挥舞着朴刀。不断有人倒地，接着就是被斩断手脚之后的嘶声哀嚎。码头两边还有不少人陆陆续续加入战团，厮杀的规模正在逐渐扩大。

这时，由码头深处的巷子里，走来几个精壮的汉子。为首一人，一身黑色绸缎短衣，罩着内里的白色汗衫，绸衫上绣着暗金色龙纹，脚下是一双圆口布鞋。二十七八岁的年纪，瘦削的脸庞，显得格外精悍。

他的手中没有武器，只是腰间别着一柄暗红色的短棍。短棍油光锃亮，像是被把玩过多年。在他身后，跟着八名健硕的汉子，一色的粗布麻衫，手中握着卸货用的铁钩，眼神中满是狠戾凶悍。

来到混战的边缘，这人站定了脚步，看着眼前的狼藉皱了皱眉。他挥了挥手，身后的八人立刻冲了上去。这八人冲入人群，好似虎入羊群一般，手中的弯钩招招不离要害，下手狠辣至极。刹那间，战局显现出一边倒的趋势。

很快，对方的人倒了一地，只剩一名健硕的大汉，手中挥舞着扁担负隅顽抗。这名大汉明显习过武，扁担使得虎虎生风，近身的打手不出几个回合尽数被击倒。

解决了其他人等，那八人很快将大汉围在了中间。奈何大汉手中的扁担毫无破绽，八人完全不能近身。

蓦地，一块瓦片隔空飞来，大汉一扁担将瓦片打碎，跟着又有几块飞来。连续打碎几块瓦片之后，迎面一块瓦片力道极大，被扁担击碎后，碎屑余力未减，直接打在大汉的眼睛上。大汉急忙以手护住眼睛，一根短棍恰在此时如毒蛇一般点在胸口。

等大汉反应过来为时已晚，短棍已经近身，连续在他身上连戳带打数十下。短棍停下攻击时，大汉已经毫无还手之力，扑通一声倒在地上。大汉一伙的

1911年・广州十三行

　　十三行为历史地名，位于广州市荔湾区沙面与文化公园的北面。康熙年间，清政府延续明朝隆庆以来的开放政策，实行开海通商政策。1685年，伴随着日益频繁的国际商业交往，中国历史上最早的官方外贸专业团体——广州十三行应运而生。它是清政府设立在广州口岸的特许经营进出口贸易的洋货行，是具有半官半商性质的外贸垄断组织。

人看着眼前的一幕，更加不敢起身。

使短棍的正是潘离！穿隧之后，他所控制的客体名叫"陈七"，是码头上名为"洪胜合"的黑帮的一员。穿隧后各客体的位置本就集中，陈七所在的地方，自然也有手下分布，大部分破桩人顺理成章成了他在帮中的手下。最让潘离惊喜的是，在这些帮众之中，竟有三名客体分别是习练铁线拳、子午鸳鸯钺与苗刀的传武高手。这三人自从来到广州闯荡，就被陈七收入麾下。现如今，遇到硬茬子，陈七已经很少出手，都是这三人代劳。

潘离曾经见识过恒八极拳的威力，得知手下竟有这样的高手，他立即命令这三人尽快借助客体的身体记忆掌握他们的格斗技巧。用这三人对付么恒，自己一方的胜算必然大增。

客体陈七的身份地位在帮中颇高，被帮众尊为"双花红棍"。所谓双花红棍，其实就是帮中的金牌打手，同时负责惩处犯了帮规的兄弟，在整个帮会中只听帮主一人号令。

洪胜合的帮主名叫"蔡虾"，人称"虾爷"，垄断了十三行码头所有货物装卸的生意。今天与洪胜合发生冲突的是一伙外地人，逃难到广州的。这伙人想在十三行码头立足，虾爷本想招揽他们加入帮会，想不到这群人不识抬举，仗着自己人多能打硬要自立山头。都是苦哈哈吃码头饭的，自立门户不说，竟然还想吃独食！虾爷当即大怒，吩咐陈七，打死打伤勿论，就是不能有一个站着离开十三行码头！

抢地盘的过江龙毫无意外地被赶出了十三行，在给虾爷回话的路上，潘离却隐隐觉得有些不妙：黛茜那个女人的客体是谁？为什么还不与自己会合？行动还没开始，那个疯女人千万不要给自己整出什么意外。

潘离招来一名帮众，将自己带到虾爷府上。下人们自然认识陈七，将他引进府中。这个时期的岭南宅院，让潘离有些目眩神迷：想不到，这个年代的有钱人这么会享受。

进门时，足有三米高的朱漆大门，还有门前的两个石狮子，加上两边长长的院墙，让潘离讶异于虾爷的家底。进门之后，地面全由青石铺就。要知道，这个年代，青石可是采自深山，运输出来都要不少的人力物力，这么大一处宅院，单单铺地的青石已经造价不菲。

庭院之中，假山流水，潺潺有声，四周都是精心修剪过的常青绿植。假山前方是一棵足有半米粗的荔枝树，冠如伞盖，阴凉几乎遮盖了整片假山鱼池。

庭院两旁是下人住的厢房，后方的正堂，似乎是会客的地方。这座会客厅内，四处雕梁画栋，挂满名人字画。靠墙处摆放着古朴的座椅、花几，连角桌上的茶具也是粉彩、鎏金，一片富丽堂皇的景象。

穿过会客厅，到了内宅，早有下人在等。他告诉潘离，虾爷不在书房，此时正在三姨太的院子里喝茶。这人又带着潘离穿过两进院子，才到了三姨太的院子。

这一番大户人家的景象，让潘离有了种不想再回 2098 年的冲动！那些高科技、人工智能什么的，带给人的无非就是便利。可在这个时代，权力和金钱所带来的，远非那些东西可以相提并论。

"老爷，陈七到了。"下人在门外的禀报，打断了潘离的浮想联翩。

"虾爷等半天了，让他进来吧。"一个女人的声音，自房内传来。

下人做了个请进的姿势："七爷，您请。"

进到房内，潘离发现，这是一间有里外间的套房。外间似乎是专门为会客、吃饭用的。一名年约四十、体态微胖的男人，坐在八仙桌旁，正在闭目养神。他的身体靠在背后站立的女人身上，女人正在低着头为他按摩着头部。

"阿七，码头那边怎么样了？"虾爷没睁眼，淡淡问道。

"料理干净了！不过，兄弟们手重，打死了几个。这事得劳您跟巡警局通个气。"潘离躬身道。

"一帮外地来的杂碎，死就死了，不会有什么大事。最近时局恐怕不太平，咱们守好码头就行了，你记住，千万别跟革命党有瓜葛，我不想惹麻烦。"虾爷拍了拍三姨太的手，坐直了身子，端起面前的茶盏。

"嗯，不过听说革命党会有人从南洋偷偷回广州，要是经过咱们码头……"潘离觉得有必要试探一下，虾爷这些人会不会知道点什么。

"这事咱们不知道，也从来没见过什么革命党。咱们只管货，不管人！"虾爷的声音立刻沉了下去。

"嗯，可万一有什么乱子……"潘离不由抬眼望向虾爷，也不经意地看了下虾爷身后的三姨太。

只见三姨太眼中掠过一抹蓝色，此时三姨太也看向了他。三姨太的嘴角泛起一丝诡异的笑，突然，她伸手拿起茶碗的瓷托敲在桌沿上，顺手将碎裂的瓷片插进了虾爷的动脉！

65

第六十五章 巡警么恒

与 2098 年相比，1911 年的广州街头，让么恒既亲切而又充满新奇。这个时代正处在新旧交替的时期，街面上，不少人已经剪掉了辫子，穿着西装，戴着礼帽，也有不少穿着长衫马褂，一副颐指气使高高在上的样子。

街道两边是极具南洋风情的骑楼，二楼住人，楼下就是临街的铺面。一些砖石结构的西洋建筑，夹杂在骑楼之间，丝毫没有违和感。照相馆、拉洋片等等在这个年代属于新事物的"洋玩意"，似乎也被这里的人们司空见惯了。偶尔还会出现一两台象征身份地位的老式汽车，在人群中缓缓驶过，迎来无数侧目。

么恒的客体是一名巡警，他在苏醒后就接到了上峰通知：全员出动，驱散游行的人员。

清政府无能，对于侵占华夏领土的外国势力束手无策，而对国内的进步学生团体却是大肆镇压。在这时期巡警这个角色被认为是清政府的走狗与帮凶。对于他们，平民百姓除了惧怕之外，剩下的只有谩骂和腹诽。看着来往行人目光中的胆怯与鄙夷，么恒感到极不自在。

他所在的这一队有十人，尽管都穿着统一的服装，可有的敞胸露怀，有的歪戴帽子，走在大街上，怎么看都像是一群流里流气的地痞。

来到这个时间桩的破桩人数量很多，为了避免被发现，么恒特意找来一副铜框圆片的墨镜挡住了眼睛。走在一群流氓似的巡警中间，反而不是那么显眼了。

走过两条街道，前方突然一片骚乱。一些商贩与平民正在四散奔逃，中间还夹杂着一些学生。在他们身后，大批游行的队伍已经被冲散，仍有大量的巡警从四面八方冲进游行的队伍。横幅、旗子掉落满地，巡警们挥动手中的棍子见人就打。学生们几乎毫无还手之力，不少受伤的学生被同学们搀扶着四处找地方躲避。

被冲散的学生中，一男一女引起了么恒的注意。这两人并不像其他青年那般狼狈，上前驱赶他们的巡警只三两下就被打倒在地。两人也不像其他学生那样与巡警对抗，而是找寻人少的地方尽力躲避。在他们面对么恒的方向时，么恒见到了两人眼眸中闪现的蓝色！

"时空小队？还是破桩人？"么恒心中盘算着，推搡着前方的人群，一点点向两人靠近。眼看就要接近两人，"都闪开！"小巷里突然冲出一名拉着人力车的壮汉。壮汉高声大叫着："都闪开！都闪开！"朝着两人的方向冲去。

人群乍见有人冲来，不明所以，纷纷闪避。壮汉拉着人力车停在那两名学生身前，从腰间扯下一条白毛巾。他把白毛巾展开，对着两名学生问道："认识这个吗？"

么恒定睛看去，只见毛巾上用甲骨文写着"王翔"两个字，字迹之外的地方还有不少墨迹，显然是匆匆忙忙写下的。

"果然是这家伙！"么恒心道。上一次穿隧到唐朝，王翔背着一面旗子招摇过市，被大家纷纷吐槽：太容易被破桩人发现！这一次，原本在穿隧之前队员们已经定下了暗语，这家伙偏要用甲骨文写自己的名字，让大家务必看到名字确认身份。时空小队都没当回事，只有王翔在事前查了不少资料，还专门请教了考古专家。写出甲骨文版的名字之后，他还洋洋得意地给大家展示了一番自己的成果。看到毛巾上那丑得不能再丑的字体，么恒已经确定，这名壮汉就是王翔！

两名青年先是有些愕然，随后，女孩指着他哈哈大笑："王翔，除了你还真没人能把甲骨文写得这么丑的了！"

这两人的身份也可以确定了：程婷与唐安迪。么恒立即冲了过去，说出暗语之后，没等大家反应，立刻接着说道："快跟我走，我先带你们离开。"

有了么恒巡警身份的掩护，时空小队很快离开了学生游行的地段。见到一处茶楼，王翔把人力车往路边一放，愣是从人力车下面取出一根铁链和锁头，把人力车锁在了路边，嘴里还在念叨着："吃饭的家伙可不能丢了！"跟着转头对其余三人道："走走走，饮茶饮茶，这间便靓正，今次我请。"这番举动看得其他三人目瞪口呆：这家伙还真当自己是人力车夫了！

落座之后，四人交换了各自已知的讯息。唐安迪与程婷的客体是进步青年，经常组织学生运动，并且与同盟会保持着秘密往来。从与同盟会的接触中两人感觉到，同盟会近期的秘密会议非常频繁，而且唐安迪曾亲眼见到有成员通过十三行码头以药材为幌子运送过枪支弹药。而程婷则听到有人提过：

孙中山先生将会秘密到达广州。由此可以判断，同盟会已经在准备发动黄花岗起义。

王翔的客体常年在十三行码头附近拉客，与码头上的搬运工和附近的小贩都很熟络。这几天，管理码头的黑帮"洪胜合"出了大事。帮主虾爷莫名其妙死了，现在的帮主名叫陈七，原本是帮里的双花红棍。据说虾爷死后，帮中有几十号兄弟力挺陈七做了龙头。

"我们还不知道破桩联盟的目的，我认为要先找到破桩人的踪迹，才能查出他们下一步的计划。"程婷道。

么恒指了指自己身上的制服："或许我目前的身份，可以有些帮助，毕竟巡捕每天都要在街面上巡视。"

王翔嘿嘿一笑："咱俩的工作性质一样啊，只不过我是用跑的。"

唐安迪道："不仅仅要找到破桩人的踪迹，同盟会的动态也必须随时掌控。这次行动，破桩联盟出动了五十人以上！这些人有可能分布在各行各业，更有可能就在我们身边。所以，我们务必要小心，也许我们已经被盯上了。"

程婷道："也就是说，从现在开始，我们必须尽量避免被人发现眼睛的不同？"

唐安迪道："没错。另外，我和程婷在寻找破桩人的同时，必须尽快取得同盟会的绝对信任，确保在他们行动之前，获得第一手信息。这样才能在破桩人有所行动时，第一时间做出反应。"

么恒道："我和王翔随时关注市井之中的动态，一旦发现破桩人立即进行跟踪、监视。"

唐安迪道："每日的碰头地点，就选在这间茶楼。大家分头行动吧，注意隐藏身份。"

第六十六章

刑讯逼供

从 1993 年上海的时间桩回归之后，么恒的每次冥想，都仿佛在经历一场煎熬。闭上眼睛，无边无际的黑暗中总会传来隐隐的哀号之声，甚至脑海中时常会出现无数只手纠缠在一起。那些手纷纷向着他奋力地挣扎、呼救。

他意识到自己的心理出现了问题，那些由于灾难死去的人，让自己每时每刻都在自责。那些鲜活的生命，一夜之间成为冰冷的尸体，更有甚者在灾难中支离破碎。他尝试过拼命克制自己不去想象这些画面，却无论如何也抑制不了脑海中那些突然爆发的念头。

他不想影响队员们的心态，在程婷与其他队员面前竭力做出一副正常的样子。可每当独处的时候，那种无法遏制的悲伤、愤懑，就会像一座座火山接连不断汹涌喷发。

"不能再这样下去了！"他很清楚，自己必须尽快想办法摆脱这个心理阴影，否则迟早会被吞噬殆尽。

与时空小队分别后，整个下午，么恒都在街道上巡视。直到晚间，他才心不在焉地走回巡警局。客体的口袋中有一包"双喜牌"香烟，原本不吸烟的他，鬼使神差地点燃了一根，学着当初潘离的样子吸了一口。辛辣、刺鼻，接着就是一阵猛烈的咳嗽。

"真是想不通，这东西有什么好抽的？"他将那根烟卷向巡警局门外的排水渠丢去，而这根烟卷却正落在从台阶上走下来的一只鞋面上。

"对不起，对不起。"么恒赶忙道歉。那人刚要发作，见扔烟头的是名巡警，立即不敢做声低头离开了。就在他抬头望向么恒时，么恒看到了他眼中的一抹蓝色！

么恒心中一凛，顿时警觉。从衣着上看，这人并非巡警，那一身的兜裆滚裤更像是码头上的帮派打手的装扮。等那人走出一段距离后，他偷偷跟了上去。

"洪胜合的堂口离这不远，这必定是他们的人。"在那人走进一条漆黑无人的巷子时，么恒做出了一个大胆的决定：主动出击！

那条巷子，他在白天时已经巡视过，知道其中的情况。巷子的尽头恰好有几间废弃的仓库，里面满是灰尘，已经许久没被使用过了。

他猛然加速，向那人的方向疾跑。那人听到身后的动静有所警觉，回身观瞧的同时，右手已经摸向别在腰间的斧柄。待他发现身后有什么东西袭来时，一斧子便砍了过去。砍中袭来的物事时，他才看清，那是一顶巡警惯常佩戴的帽子。跟着就是一只拳头迎面而来，他急忙闪避，想不到这一拳也是虚招，膝关节处却传来一阵剧痛。

原来，么恒在出拳时，并未将力气用老，趁着对方作势闪避、重心都在一条腿上时，一脚踹在对方的膝弯处。那人登时重心不稳向一侧倒去。么恒顺势搭住对方一条手腕，向自己的方向一带，另一只手插进那人关节弯曲处，使出了八极拳中擒拿制敌的招数：小缠！

那人根本来不及做出反应，手臂被牢牢锁住。在对方的另一只手反抽过来时，么恒踢腿在他的重心腿下一撩，那人侧面朝下直接扑倒在地面上。此时的么恒仍然缠着对方的一条手臂，将对方死死地按压在地面上。

见对方想张口呼救，么恒回手扯出腰间的汗巾，塞进那人口中。随后，他拉住对方的小臂，另一手捏住大臂，双手逆着关节发力。"咔嚓"一声，对方的手臂脱臼了。对方吃痛，身体发力一弓，他立即屈膝将对方手腕压在腿下，双手在对方肩胛处一推，又是"咔嚓"一声，那人的嘴里被汗巾堵着，发出"呜呜"的声音，已经疼得头上冒出冷汗。

么恒将那人拉起来，对方的两条手臂耷拉在身体两侧，已经完全无法动作。他观察一下四周，无人发现，快速将那人推进了废弃的仓库。

仓库的角落中，有一张脚凳。么恒将对方按在脚凳上，然后点亮墙角处的一盏煤油灯，在微弱的灯光中，让对方看清了自己的眼睛。那人先是有些惊讶，接着眼中露出鄙夷与狠戾。

"咱们都知道对方的身份，就没必要废话了。说吧，破桩人在这个时空的身份和你们此行的目的。还有，巡警局里是不是有你们的人？你到巡警局做什么？"扯下破桩人口中的汗巾，么恒淡淡道。

对方一言不发，只是轻蔑地看着么恒，眼中还有一丝戏谑。么恒心头不由得涌起一股邪火，暴风骤雨似的拳头打在对方脸上。对方的脸很快肿胀，已经分辨不出原本的模样了。

拳头停下了，破桩人依然不屑，吐出带着血的牙齿，咧嘴笑道："哈哈！

就这点本事，我劝你还是省省吧，我们的人想必已经觉察出不对了。你最好现在杀了我，或者打晕我，把我踢出这个时空，否则你一定会被找到。哈哈，可以告诉你，我们这次来的人很多，里面有两个是专门负责刑讯的，回头我可以让他们教教你。"

打了对方几拳之后，么恒反而冷静了。他看了看破桩人的状态，又看了看四周，发现屋内支撑房顶的柱子上挂着些破麻绳，应该是前主人搬货用的。么恒将破桩人的上半身绑在柱子上，又解下皮带将他的大腿固定在长凳上。破桩人背靠柱子坐成了一个直角，口中仍在嘲笑着么恒："怎么？捆好我再打？你觉得对一些受过专业训练的人而言，这些小儿科会有用吗？"

么恒笑了笑："看来你的本体一定不是华夏人。不然怎么会不认识这种最传统的刑讯逼供方式？"

说完，么恒走出仓库。片刻之后再回来时，他将几块砖头丢在破桩人面前："看看你能坚持几块砖？"

破桩人显然有些慌张："你、你要做什么？"

"哈哈，在我们华夏，哦，巧了，也是在这个时代，大概在几年后吧，这种审讯的方式就会出现了。这种刑具有个挺特别的名字：老虎凳！"么恒一边说一边用汗巾塞住了破桩人的嘴。

67

第六十七章 围猎杀戮

放到第三块砖的时候，破桩人的腿骨开始发出"咯吱咯吱"令人牙酸的声音。他拼命咬着汗巾，额头上已经蹦起青筋，鼻孔中不时发出粗重的喘息声。

在么恒开始放置第四块砖的时候，破桩人终于撑不住了。他的口中呜呜咽咽，目露哀求。么恒扯下了汗巾。

破桩人此时只想尽快结束疼痛，语速快得出奇："我们要刺杀孙先生！潘离现在是洪胜合的龙头。洪胜合里我们的人有四十多个，还有一人在同盟会。我到巡警局是提醒他们孙先生会到……"

这人说完，么恒踢开砖块，跟着一掌砍在破桩人的动脉上，破桩人登时头一歪陷入昏迷。其实，老虎凳这种酷刑，么恒也只是在故事书和一些老电影中见过。他想不到的是，这种最原始的方式竟然会让受刑人如此痛苦！给对方一块块垫高砖头时，他已经有些于心不忍了。当听到关节发出的声音时，么恒自己也不禁心底发寒。他本想就此放弃拷问，是那些哀号声迫使他狠下心来继续行刑。

现下的时间还不算太晚，王翔应该在沿江的一座剧院门前。碰头时，时空小队互相通报了各自日常所在的地点，以备应对突发事件。么恒决定先找到王翔，再与其他两人碰头，大家共同制订下一步的行动计划。

来到沿江路，一百米开外，么恒就在聚集等客的人力车夫中发现了王翔。他不知从哪里也找了一副墨镜，在夜晚的人群之中显得格外扎眼。那是一个又大又圆的脑袋，夹着一副小圆片墨镜，镜片上闪烁着剧院大门上的霓虹灯光，和夜空中同样又大又圆的月亮交相呼应……

在王翔"隐藏身份"的强烈要求之下，么恒坐上了人力车，两人直奔岭南学堂。唐安迪与程婷的身份正是那里的学生，同时也是学生会的骨干。到了学堂，问过方知，唐安迪与程婷晚饭后就出去了。

两人又急匆匆赶往一处秘密民宅。中午分头离开前，唐安迪为了以防万一，曾特意将他们与同盟会秘密集会的地点告知了么恒。

为了不让同盟会误会进而引发不必要的麻烦，在距离集会地点还有数百米的地方，么恒让王翔假意等客，同时观察周围的情况，自己则小心翼翼靠

南学堂

1888年，美国人哈巴牧师在沙基金利埠（现六二三路）创立格致书院。
年，格致书院更名为岭南学堂，定址珠江南岸康乐村，是岭南大学与华
范大学附属中学的前身。

着阴影的掩护，向集会地点慢慢靠近。那处民宅果然有人在警戒，房顶与院墙之上，每隔几分钟就会有人探出头来观察周围的情况。么恒身上的巡警制服让他更不敢轻举妄动，只能在不远处原地等待。

半个小时之后，民宅的院门打开了。先是出来两名礼帽、穿西装的年轻人，他们在门外巡视了一圈，然后向门内招了招手。随后，由院子里走出几人。这些人中，有的工人打扮，有的一身粗布衣服，像是码头上的苦力，唐安迪与程婷就在这些人身后。

么恒偷偷走到王翔能看到的地方，王翔立刻拉着人力车跑了过来。待他走近，么恒示意唐安迪与程婷离开的方向，说道："他们刚刚拐进那条巷子，快去拉上他们两个，我在江边等。"

"坐车，坐车，坐车啦。"王翔一路吆喝着向着么恒所指的方向跑去，么恒自己则选了一条僻静的小路走向江边。

四人碰面后，么恒立即将自己得到的信息告知了众人。

"同盟会召集我们，明晚在十三行码头发起一场工人与学生的大规模暴动，目的是掩护某位要员趁乱乘船离开。他们所说的要员，应该就是孙先生了！"唐安迪道。

么恒说："同盟会中有破桩人，他们会不会已经知晓了孙先生现在藏身的地方？"

程婷说："应该不会，目前知道孙先生准确位置的，只有领头人，这人我和唐安迪都见过，不是破桩人。"顿了顿，她突然大惊失色："糟了！我和唐安迪，可能已经被破桩人发现了。"

唐安迪此时正盯着对面的小巷，目光凛冽，神情凝重。几人顺着唐安迪的目光望去，只见对面的数条小巷分别涌出十数名打手模样的壮汉，其中的不少人眼中隐隐泛着蓝芒。这些人手中各自持着斧头、砍刀、铁钩等等各种武器，走出巷子后立刻呈扇形将四人围了起来。

领头的人叼着烟，一副玩味的神情扫视着时空小队。这人正是洪胜合如今的龙头——陈七，也就是胜券在握的潘离！他的一侧，黛茜好整以暇地摸出两柄匕首，还有一人赤着上身，小臂上套满铁环。随着双臂抖动，铁环互相撞击，发出叮叮脆响。潘离的另一侧，一人正从背后取出鸳鸯钺。另一人裹着缠头，不似汉族打扮。他的背后斜背着一柄近一人高的窄刃苗刀，只见他握住长柄随手一抖，刀刃割断绑绳，之后单手将如此长的一柄苗刀反握在身后，目光灼灼盯着四人。

眨眼之间，四人已被围在中间，身后只有珠江，只能一人面对一个方向做出迎敌姿态。王翔"嘭嘭"两拳，将人力车的车把打断，分别递给了身边的程婷和唐安迪。自己则抓住人力车的扶手，显然要将整个人力车当作自己的武器。么恒也从腰间抽出了橡胶短棍。

潘离笑眯眯看着几人的动作，好整以暇地吐了口烟圈儿，然后冷冷地吐出几个字："干掉他们。"

他身后的帮众立刻扑了上来，而他身边的黛茜几人，眼睛却死死盯着时空小队伺机而动。一名手下走近潘离，放下肩膀上的长凳，他优哉游哉地坐在上面，好似准备欣赏一出好戏。

面对冲上来的数十人，么恒一下子将程婷拉在自己身后。程婷看着挡在自己身前的么恒，紧张的神情中露出一抹笑意，口中却低声对么恒道："喂，以后再有这种时候别那么大男子主义好吧？姑奶奶我好歹也是特警出身！"

一边的王翔已经率先和对方交手了。四人形成的防御阵形，让对方只能从一个方向攻击，每个人单独面对的敌人并不多。王翔的客体力气原本就不小，人力车被他单手抡起来虎虎生风。一时间，身前的人根本无法近身，在击退面前敌人的空隙，他竟然还有余力为身边的唐安迪抵挡一些攻击。

唐安迪完全是短棍的打法，将戳、甩、挡、拿种种技巧运用得炉火纯青，短短几息的时间里，已经戳中了几名敌人的要害。无奈对方人数太多，这几人被戳倒或者击中要害后，立刻有其他武器砍或刺来，他也只能小心应付。

而一前一后的站位，恰好让么恒拦下了大部分的攻击，程婷则替么恒挡下了他无暇顾及的那些袭来的武器。

尽管对方人很多，时空小队因为地形的便利，暂时还能和对方打得势均力敌，不时地还能伺机击倒对方几人。

潘离看着这番景象，眉头微微皱起。他对身侧的黛茜几人说道："上吧，别站着了。"

黛茜如猎豹一般蹿了出去，她的目标是王翔。在王翔抡起人力车的时候，她蹿进了攻击王翔那几人的缝隙中，跟着身形一矮，从人力车的下方钻了过去。等她再站起身时，刚好在王翔胸前。王翔还没反应过来，身上已经暴起数团血雾，他被黛茜的匕首接连快速划中身体。就在黛茜改划为扎，匕首插向王翔的咽喉时，王翔已经回过神来，一拳向黛茜轰去。这一拳的力量太大，黛茜只好架起手臂格挡。

"嘭"的一声，黛茜的手臂被击中，她倒飞出去几米，砸倒了数名攻上来的帮众。黛茜爬起来时，用来格挡的那只胳膊已经有些变形，而她的嘴角却挂着笑。再看王翔已经满身浴血，在这些帮众的持续攻击下，王翔一定会因失血过多开始脱力！

第六十八章 险招脱身

"王翔！"见王翔受伤，唐安迪惊呼一声。他避过砍来的一斧，手持短棍的一端锁住对方手腕，另一端搅入对方腋下，在对方手腕处全力一推。"咔嚓"一声，对方的手臂被扭断。他顺势一推，将这人推进正用砍刀砍向自己的敌人怀中，急向王翔的方向扑去。

这时，那名反握苗刀的苗人扑向了唐安迪。临近时，他改为双手握住刀柄，如抓着一柄船桨，刀刃极速向唐安迪撩去。

唐安迪刚刚靠近王翔，迎面寒光一闪，只能将短棍竖起，双手握住两端抵住刀刃。对方并未将力用尽，刀刃碰到短棍立即被收回。再看那人，他已经将刀柄反转，刀尖遥指唐安迪的面部。他正摆开架势，似乎是等待唐安迪进攻。

那名双手握着鸳鸯钺的人，不紧不慢地走近程婷。他一边走，一边将手中的双钺互相摩擦，发出"锵锵"的声音。围攻程婷的群众见这人走近，纷纷退出战团。程婷也被"锵锵"声吸引，看到如此奇怪的武器，神色不由凝重起来。

么恒的声音从她身后传来："小心！这种兵器叫子午鸳鸯钺，是以八卦掌为基础的外门兵器。教我八极拳的师父曾经跟我讲过，这种武器各个部位都能致命，而且打法出其不意……"

么恒的话音未落，"哗棱"一声，迎面一只套着铁环的拳头当头砸了下来。他急忙架起双手格挡，一股巨力砸在手臂上，他的身体立即被砸得后退出去，手臂疼入心扉，这是那名铁线拳高手。么恒心知，这种拳法以大开大合的洪拳为基础。看这人每条小臂上各套着九只比拇指还粗的实心铁环，就知道这人的铁线拳已经练到炉火纯青的地步，一拳砸下，配合着铁环的力道，足能开山裂石。

王翔身上的伤口更多了，在被黛茜划出无数伤口后，他为了轰出那一拳暂时放下了手中的人力车。而扑上来的敌人，根本不再给他机会抓起人力车。王翔心头被激起怒火，暴喝一声，双脚发力，在对面的敌人抢起斧子时撞进那人的怀中。这人如被炮弹击中，胸部塌陷下去，身体也被巨力撞得向后飞起，砸在后面涌来的几人身上。这时的王翔好似一尊魔神，对于一些伤害不大的攻击完全不闪不避，只是一拳击出。他的力量太过巨大，中拳的人非死即伤。

"不行，这样下去，王翔很快会力竭！"么恒注意到王翔不要命似的打法，避过当胸轰来的铁线拳，急切大叫道："快想办法，王翔的状态撑不了太久。"

只一分神，么恒的手臂已被侧面袭来的一拳击中。对方根本不给他思考的机会，当胸又是一拳轰来，他下意识地用出八极拳攻防兼备的杀招——猛虎硬爬山。在对方拳头还未触及胸膛时，他一瞬间将小臂交叉下压，拨开对方套满铁环的拳头，同时脚下勾住对方重心脚的脚跟，跟着一肘挑向对方下颌，对方被迫后撤，却被他伸出的脚绊了一个趔趄。趁着对方站立不稳，么恒顺势一个顶心肘，砸了过去。

对方的反应也很快，双拳立即封住前胸，么恒的顶心肘正砸在他小臂上的铁环上。这人被么恒一肘砸得倒退了几步才站稳身形，而么恒的手肘因为砸的是铁环，也被震得剧痛。

在他身侧，程婷正和那名使鸳鸯钺的敌人交手，那人的双钺忽挑忽刺，总是不离程婷的要害，程婷只能利用手中的短棍连拨带打。可对方脚下八卦掌的步法，围着自己前后游走，鸳鸯钺的刃尖，似毒蛇吐信一般，不知什么时候就会从某个极其诡异的角度刺过来。几招过后，程婷身上已经被鸳鸯钺划出数道口子。

就在程婷用短棍刺向对方咽喉时，那人竟然脚下一蹬，肩膀一歪，轻松地避过短棍，左手的钺刃划向程婷的脖子。程婷急忙撤步，还未站稳，那人已经进步转身，另一手的钺刃由上而下切了下来。这时的程婷已经避无可避，腰间突然被人一扯，钺刃擦着她的脸颊切了过去。

她站起身才发现，救她的是么恒，此时，二人背后已经是江堤的护栏，再无地方可退！

此时的王翔状若疯虎，面前的敌人无论怎样攻击都会被其一拳打倒。唐安迪则被那柄苗刀斩得狼狈不堪。刀尖原本刺向面门，当短棍迎上去时，那名苗人后手在刀柄上一撩，刀尖立即变向划向自己的手腕，他只能收回短棍躲避，可对方的后手又在刀柄上一按，刀尖又刺向了自己的咽喉。

唐安迪想快步贴近，和苗人近身打斗，可对方立即撤步，始终与他保持着距离。再要近前时，苗人的刀尖已经封死了进步的线路。等改变进攻路线时，苗人的刀已经横扫过来，终于，他避无可避，被刀刃划开了小腿的皮下组织还有部分肌肉。唐安迪疼得发出一声闷哼，跟着身体一歪，他捡起地上的一把砍刀，舞起一片刀花，挡住身前要害，脚下则退向身边的王翔，口中跟着大喊："我快挡不住了，快找出路！"

"跳江！"程婷的声音传来。原来，程婷与么恒被逼至护栏边时，她趁机瞄了一眼江面，一艘货船正迎面驶来。

程婷大喊过后，么恒踢起脚下的一柄斧子，趁着那名铁线拳高手拨开斧子的时机，又将腰间的橡胶短棍扯下来，朝着那名使鸳鸯钺的敌人甩去。橡胶短棍脱手后，他转身就跑。身后的程婷已经越过栏杆，么恒飞身跃起，抓住程婷的手，两人一起跳了下去。

见两人跳了下去，唐安迪根本不理背后砍来的苗刀，反身抱住王翔的腰，顶着王翔奋力将他向栏杆推去，幸好此时两人离栏杆不远，王翔高大的身材，被护栏在大腿处一抵，两人一起翻了下去。

程婷大喊"跳江"的时候，潘离已经预感不妙，立即丢了烟头直奔江边。等他来到护栏边，程婷与么恒已经爬上货船，正将两个救生圈扔向王翔与唐安迪。他只能眼睁睁看着载着四人的货船向下游驶去。

四人上船后，立即被船上押货的工人围住，已经熟睡的船主也被惊醒，来到了甲板上。船主本以为遇到了水匪，可见几人身上满是伤口，更像是逃命的歹徒。最终，还是么恒的巡警制服打消了船主的疑窦。

船主找出应急药品为几人做了简单包扎，在就近的码头放下了四人。

"破桩人既然通知了巡警，明天的暴动，巡警必然会早做准备，甚至有可能连夜抓人。"程婷道。

么恒说："目前破桩人应该也不知道孙先生的位置，否则，潘离必然会去围杀孙先生而不是我们。"

王翔一屁股坐在地上："不行了，全身发软，我要歇一下！接下来怎么办，我全听你们的！"

程婷说："对你就一个要求！下次冷静点，不准发疯！你再这样，我回去就找刘局告状！"

"嘿嘿！不了！不了！下次一定不了！"王翔不好意思地干笑两声。

四人全都带伤，所幸并不致命。只是王翔身上几处外翻的伤口，看着有些瘆人，唐安迪小腿被撕开的皮肉也有些影响行动。

"暴动之前，组织者必定会设法通知孙先生离开。我和程婷现在就去监视同盟会的一举一动，你们两个盯紧潘离，防止他先一步得知孙先生的位置！接下来，破桩人一定会对我们严加防范，所以，大家务必隐藏好行踪和注意安全。我们找个隐蔽的地方冥想，恢复一下状态就开始分头行动吧。"唐安迪道。

时空局开发的冥想方法，在短期内对于消除疲劳有着极其显著的疗效。半个小时之后，四人的精神状态已经基本恢复，但身上伤口的痛觉反而增强了。

分头行动时，唐安迪再次提醒大家务必小心，么恒看着程婷要离开有些恋恋不舍："你……"

"你什么啊你，要说赶紧说，别磨叽。"程婷故意道。

"小心点……"么恒的声音小得离谱。

"切！"程婷翻了个白眼，转身就走，心里默默道，"老娘有的是时间，我看你什么时候才敢表白！你也小心点，死直男！呸呸呸，死什么死！"

么恒怔怔地看着程婷的背影，直到她和唐安迪转进巷子，才准备离开。"嘭"的一下，王翔一拳捶在么恒肩膀上。

"哈哈，没看出来啊你小子！说吧，你跟程婷怎么回事？"王翔嬉皮笑脸道。

么恒有些脸热，看着王翔不知该说什么。

"你真当咱老王傻啊？我跟你说，兄弟，爱情片我也没少看，尤其那种哭得稀里哗啦的，哥原来在特警队时，可是号称'情感小王子'的！看你俩这样，还在朦胧期吧？嘿嘿，说说，到底到哪一步了？啥进度？哎，你别看哥哥我高大威猛，哥要是浪漫起来，那也是柔情似水。哥的红颜知己，从二十小妹到六十阿姨。我给你支两招，回去保证拿下。"王翔搂着么恒的肩膀，一边走一边眉飞色舞地说。

么恒看着王翔的络腮胡子和喷出的唾沫星子，一阵恶寒……

69

第六十九章 误以为奸

　　唐安迪与程婷抵达同盟会的集会地时已是深夜。想不到，这处老宅早已人去楼空，两人在门口立时茫然无措。突然，巷子深处一束手电光朝着老宅的方向闪了几闪。两人立时会意，向着手电光的方向走去。

　　那人从阴影中露出身形，两人这才认出，他是同盟会的一名骨干。这人极其警觉，小心观察了一阵才对两人道："同盟会中有内鬼！现在，全城的巡警都在抓捕革命党人，幸好，先生的位置还未暴露。请你们通知下去，明天的运动原计划不变，声势越大越好。大家尽可能将局面搅乱，首领才容易带先生离开，先生的安全靠你们了。"

　　两人急忙赶往学堂。路上，程婷推测："破桩人就是那名内鬼！记不记得么恒说，帮派的人到过巡警局？一定是他将消息泄露出去的。孙先生的位置没暴露，就意味着目前还是只有领头人知道。为了安全，他一定选择在最乱的时候，带人去接应孙先生。"

　　唐安迪："万一同盟会那名破桩人接近了孙先生，我们就会很被动，必须优先考虑干掉他。如果领头人带上他去掩护孙先生，突然出手的情况下，我们根本来不及反应。这样，你去通知学生，我去通知么恒他们。"

　　赶到巡警局，除了看夜的老头，所有巡警已经连夜出去搜捕革命党了。唐安迪无奈，只能先去通知王翔。刚刚走进巡警局边的小巷，阴影之中，一柄手枪抵住了他的头。

　　"果然是你们两个！"持枪的竟然是刚刚遇到的那名同盟会的联络人。

　　唐安迪："你在跟踪我？"

　　联络人："深夜才出现，腿上还带着伤，我不得不怀疑你们两个。"

　　唐安迪："我们真的不是内鬼。"

　　联络人："紧急会议你们不在，随后巡警就围剿了会议地点。现在，你又出现在这里。你说你不是内鬼？"

　　唐安迪知道，现在无论说什么对方也不会相信。为今之计，只有脱身再说。那人见唐安迪不再出声，用枪抵了抵他的头道："走！"

　　"他应该是想找个偏僻的地方处决我。"唐安迪举起双手，慢慢向前走去。

联络人有些不耐烦，用枪口再次去戳唐安迪的后脑："快点，别磨蹭。"

被枪口戳中时，唐安迪突然上半身一扭，手肘向后砸去。就在他扭身的时候，枪口刚好向前擦着他的耳边探出。

联络人反应过来，立即扣动了扳机。"砰"的一声，手枪在唐安迪的耳边炸响，同时，唐安迪的手肘也击在了联络人的动脉上。联络人还未倒地就已被唐安迪架住，枪声很快会引来大批巡警。他身形一矮将联络人扛在肩上，快步往巷子深处走去。

耳朵中有液体流出，耳膜似乎被枪声震破了。短暂的眩晕感让唐安迪脚下跟跄了几步才站稳脚跟。

"上车，快！"王翔从后面追了上来，他不知从什么地方又搞了一辆人力车，"我就在附近！听到枪声先赶了过来，么恒去了十三行，出了什么事？"

"找到么恒再说！"

唐安迪先将那名晕厥的联络人扔在座椅上，跟着也坐了上去。王翔将车棚撑起遮住两人，然后拉上车子向十三行的方向跑去。

找到么恒的时候，天色已经微微见亮，王翔整整跑了四五条街。这一夜，么恒与其他巡警几乎搜查了十三行一带所有的商铺，闹得整夜鸡飞狗跳。他的同僚们收了不知道多少好处，纷纷商量着晚上去哪里乐呵乐呵。么恒也终于见识到了那个时代的黑暗与混乱。远远地见到王翔拉着人力车，他打了个招呼离开巡警们，又与王翔交换了一下眼色，匆匆拐进了一条小巷。

此前，么恒刚刚搜查过这条小巷里的一间仓库，那里恰好没人且极为隐蔽。

"也就是说，今天的暴动中，我们要先找到同盟会里的那名破桩人，伺机除掉他？"唐安迪道出原委后，么恒立即问道。

唐安迪答道："对，我们绝不能让他有接近孙先生的机会。"

"你、你们……"那名联络人不知什么时候醒了过来，显然已经听到了几人的对话。

唐安迪正准备说话，王翔二话不说，朝着联络人的下巴就是一拳，他顿时又晕了过去。

"关键时刻你醒过来干吗，不是添乱吗？"打晕那人后，王翔揉着手腕又对其他两人咧嘴笑道，"你们说是吧？"

唐安迪与么恒无奈对视，么恒道："程婷怎么样？会不会也被怀疑身份？

有没有危险？"

"暂时不会，这人是临时起意跟踪我的。"唐安迪指了指联络人道。

"八字还没一撇呢，你就这么紧张人家了？"王翔又在插科打诨。

唐安迪疑惑："什么八字没一撇呢？"

"别听他胡说！接着说正事！"幺恒拿出怀表看了看时间，"现在是五点四十分，游行的队伍会在几点抵达十三行？"

唐安迪："学生会在九点集结，十点到达十三行。商会与工会组织的人也会在十点到达，所有参与者在沿路会控制住情绪，码头才是集中制造混乱的地带。"

"别忘了，我们还要阻止其他破桩人。所以暴动开始之后，大家需要随时注意帮派里那些破桩人的动向。"幺恒道。

"他们对孙先生的位置同样一无所知。而且，他们的身份大多是码头上的搬运工。暴动的过程中，他们最有可能做的，就是尽量先不动手，等待同盟会内线的信号。"唐安迪沉吟了片刻道。

"你们说得我越来越糊涂……"王翔挠着头叫道。

他身边被打晕的那名联络人再次睁开了眼睛："你、你们真的不是清廷走狗？"

"你能不能别添乱？"王翔又是一掌，那人又一次晕了过去。

唐安迪看看那人，又看看王翔，最终摇头叹气道："动脑子这件事，恐怕是永远都不能指望你了。"

说完他又对幺恒道："我马上回去和程婷会合。暴动开始之后，一旦发现同盟会那名破桩人，务必在第一时间清除。另外，盯紧帮派的人。"随后，他又指了指王翔："这家伙你也要看紧点，别让他出幺蛾子。"

王翔尴尬嘟囔道："我有那么让人不省心吗……"

"嗯，那他呢？"幺恒指了指那名同盟会的联络人。

那人恰在此时再次醒来，王翔又一拳打在那人的腮帮子上，那人不出意外地又一次昏迷了。

看到唐安迪与幺恒面无表情地看着自己，王翔不好意思道："没忍住！没忍住！嘿嘿，我这就把他捆上！"

70

第七十章 码头暴动

天光大亮，十三行码头开始了惯常的熙熙攘攘。起航的、停靠的，各地各色的船只来来往往。码头上的搬运工人也陆陆续续多了起来，这些工人并没有上船卸货，而是聚集在领头的人周围。有些人打起横幅，有些人坐在原地，码头工人们罢工了。

工人们并未吵闹，也没有暴动，只是静坐。一些货商开始与工人接触、谈判，但片刻之后纷纷摇头叹息离开，显然是没有说服工人开始工作。过了些许时间，大批巡警赶到，见工人们没有过激行为，立刻分散在外围将他们包围起来。么恒也在这些巡警之中，他故意走在人群末尾最不起眼的地方，观察着周围的情况。

又过了些许时候，巡警局的局长与官员模样的一行人到了。他们开始与组织罢工的人谈判，但双方一直在争论，毫无结果。

很快，帮派的人也出现在外围。这些人带着武器，凶神恶煞般堵在码头的一侧。人群分开，陈七从人群中走出，三姨太就在他身边。身侧的小弟立即在他身后放下一把椅子，陈七坐定后，一伸手，立即有人递上茶壶。他靠在椅背上，就这样看着罢工的人群。

巡警局局长身边的一名跟班，远远地跑到陈七的身边，低声耳语了几句。陈七呷了口茶，点了根烟，似乎在等巡警局局长的命令。

么恒心中立即明白了，潘离的客体陈七，早与巡警局局长有勾结！他这是在等待巡警局局长的指令，只要一声令下，他会立刻伙同巡警镇压罢工的工人。

过了半个小时左右，潘离与帮派手下把守的码头入口外开始喧闹，大批人群围拢上来。那是已经汇聚在一起的两列游行队伍：学生和工厂的工人们。

潘离的人面对工人与学生，纷纷抽出武器高声吆喝起来，将学生与工人们逼停。这些学生与工人们面对刀斧，起初有些惧怕，声势弱了很多。随着人群中有人高声鼓舞士气，队伍情绪再次高涨起来。

学生队伍的最前列，作为学生领袖的程婷与唐安迪，赫然就在其中。么恒很快发现了他们，刚想偷偷靠近与两人会合，与帮派对峙的工人中有人突然大喊了一声："驱除鞑虏！打倒这些满清政府的走狗！"随后有人率先冲进帮派之中。双方原本只是互相推搡，现下开始大打出手。

静坐的码头工人们，见来支援的工人与学生们和帮派的人起了冲突，登时有人响应，也都纷纷起身向巡警发起冲击。码头上，一场大规模混战爆发了。

对冲上来的学生与工人，帮派的人毫不留情。唐安迪与程婷身处队伍的最前方，身后就是涌上来的人群，对于帮派的攻击避无可避，两人只能还击，不断击倒面前的帮众。

帮众身后，潘离与黛茜穿过人群看到了唐安迪与程婷。潘离仍坐在椅子上，一副好整以暇的样子，那三名高手准备出手却被潘离拦下。他拍了拍黛茜，示意黛茜去解决唐安迪与程婷。

正被码头工人攻击的么恒，发现了潘离的举动，急忙加快脚步快速向唐安迪与程婷靠拢。此时，唐安迪被几名帮众围在中间，已经无暇顾及程婷。而程婷面对数人联手，已经左支右绌。她的位置在唐安迪的前方，黛茜最先袭击的就会是她。见程婷根本无暇顾及走向她的黛茜，么恒心急如焚。他顾不得面前是巡警还是工人，只要挡着去路的，全部被他以最迅猛的方式击倒。

潘离此时也发现了么恒这边的异常，以他对么恒的了解，仅凭三拳两脚已经确认么恒的身份。他招了招手，立时一名破桩人走近。他对这人吩咐几句，这人立刻带着四人向么恒的方向走来。

么恒也发现了破桩人的举动，心中更加焦急，下手更加狠辣迅捷。他心里同时也在默默埋怨：王翔这家伙，明明让他守在码头，怎么现在还不出现？

正当此时，唐安迪后方的人群中传来一声暴喝："都闪开！"

工人们分开两边，王翔和几名人力车夫推着引燃的人力车冲了出来。王翔用着火的人力车冲散了包围唐安迪的人，接着去势未减，冲到黛茜面前，迎面向她撞去。黛茜只好向侧方翻滚，避过冲击。未承想，王翔竟然抓住人力车的车把直接将人力车抢了起来。黛茜只有不断后撤，与王翔保持距离，由于无法近身，她拿王翔丝毫没有办法，反而被王翔逼得四处闪躲、节节败退。

原来，王翔确实没有走远，而是与行动的人力车夫们会合，将人力车点燃的主意就是他出的。

见王翔将黛茜逼退，么恒登时放下心来，专心对付来袭的几名破桩人。唐安迪也在此时大喝一声："防守阵型，向么恒靠拢。"

面对几名破桩人，么恒丝毫不敢怠慢，这些人的战力完全不是那些工人或者帮派打手可以比拟的。领头那人的腿很重而且极快，连续几记鞭腿踢得么恒小臂剧痛，而他同时还要应付其他四人手中的武器。么恒的背部很快被一刀划过，伤口不深，但是背部一片火辣辣地疼。

程婷见么恒受伤，劈手夺过一柄砍刀，砍伤一名帮众，脚下加速向么恒移动，口中也对其他两人说道："快去帮么恒，那几人不好对付。"

王翔抡起着火的人力车，身前顿时出现一团火影，前方的帮派打手们均不敢上前。黛茜见没机会近身，只好站在原地，冷冷地看着三人向么恒的方向移动。

在王翔的掩护下，三人终于接近么恒。潘离也早发现时空小队在集结，他又一次下了命令，身后立刻又走出十几名破桩人向四人逼来。

四人会合后，么恒一边应付破桩人的攻击一边问道："发现那人没有？"

众人自然知道么恒指的是那名隐藏在革命党中的破桩人。唐安迪趁着击退一人，匆忙叫道："那人一直没出现，注意胳膊上缠着蓝布的，那些就是革命党。"

"嘟嘟——"人群后方突然传来一声声巡警示警的哨声。大批巡警从游行队伍的后方逼近，最先冲入人群的巡警举起手中的胶皮棍见人就打。么恒发现，人群中缠着蓝布的数名革命党都在向一个没人注意的窄巷聚集。革命党的领头人，已经走进了小巷。

"不好！巡警都在码头，革命党要去接应孙先生了！"么恒说完又急忙向王翔道："快向那边冲！破桩人发现他们了！"

在么恒观察人群的时候，潘离也发现了那些缠着蓝色布条的革命党。潜伏在革命党中的同伙还没给自己传回消息，这就意味着，革命党的领头人根本没告诉任何人孙先生的位置，直到最后一刻才会亲自带人去接应。他将手中的茶壶向地上一摔，立即向那条小巷冲去，他身后那三名高手和数十名破桩人立即跟了上去。

71

第七十一章 圣心教堂

么恒以最快的速度冲到了巷口，其他三人迅速跟上。此时，潘离与一众破桩人也到了。唐安迪、程婷、王翔借助地形，将狭窄的巷口死死堵住。

唐安迪对么恒大叫："我们拦住这边的破桩人，你快追上去，别让那人得手！"

巷口很窄，仅容两三人同时通过。么恒见三人堵在巷口，暂时不落下风，当即转头追了下去。

从巷子尽头来到大路，么恒发现，前方的革命党人正从大路的一侧转向另一条巷子。这条路上已经没有什么行人，暴动的发生让普通民众大部分躲在家里不敢出门。

跟在领头人身后的革命党人，有的一身工装，一看就是工厂中的工人，有的长衫马褂作商人打扮，甚至还有一名算命的瞎子。为了隐藏身份，他们平时显然就隐藏在各行各业之中。这些人中不少人戴着墨镜，又因为无法照面，根本看不到眼睛，么恒更是不能确定哪个才是破桩人。他本想高声提醒，但看看自己身上的巡警制服只能作罢。为了在第一时间做出反应，他只能尽量接近又小心翼翼地隐藏着行迹。

领头人在前方引路，不多时，将所有人引到了岭南学堂。他绕到学堂的侧门，吩咐了几句。那名算命的瞎子立即在门口支起了摊子，又有一人假作看相，两人在望风。

侧门打开，一名校工将革命党引了进去。门口有人望风，么恒只能找到一处隐蔽的围墙翻了进去。学生们都去参加运动，学堂里几乎没人。那名校工引着革命党穿过几处教室，来到一座像是图书馆的建筑。

校工在图书馆的门房处有节奏地敲了敲窗。不多时，门开了，出来的中年人一副老师打扮，虽然戴着一副近视眼镜，但难掩其眼神中的凌厉。领头人立即上前恭敬地与此人握手，穿隧之前，么恒在资料中见过黑白照片，虽然精度不高，但从大体的五官轮廓可以断定，这人应该就是孙先生了！

略作寒暄，领头人带着孙先生向外走去，其他人将孙先生护卫在中间。在众人走出侧门，那名校工观察了一下附近的情况准备退回来关门时，么恒一个箭步冲上去，一掌砍在他的动脉上，同时另一只手捂住他的嘴。这人立即昏厥，么恒将他轻轻放在门边，随后跟了出去。

门外，那名算命人正将算命的东西装进小木箱，他挎起小木箱，跟上人群，走进了护卫孙先生的队伍中。

突然，不远处的巷子中传来一声大叫："在那边！"

正是几名破桩人追了出来，领头人见状立即带着孙先生钻进街边的巷子中。护卫孙先生的革命党们，立即掏出手枪，在街道上散开，各自寻找掩体之后，开始向追来的破桩人射击。那名算命人与其余几人跟着领头人与孙先生钻进了巷子。

那些破桩人纷纷掏出手枪。双方隔街对射，互有伤亡。么恒趁双方激战时，借助街边石狮子与廊柱的掩护，潜入了巷子，追着革命党而去。

么恒刚刚钻进巷子，潘离、黛茜和那三名高手也赶到了。王翔、程婷、唐安迪各自被他们身后的破桩人用枪指着头跟在后面，时空小队被抓了。

么恒的身影落入潘离的眼中，他立即向身边的三人道："你们三个去拦住他。"跟着又对黛茜道："你跟我去干掉拦路的那两个，手脚麻利点。"

说完，他掏出手枪，沿着墙边向着巷子的方向移动。那三人也绕过巷子，从另一条路向着么恒的方向追了下去。

双方互射之中，潘离很轻松地接近了巷子。把守在巷子附近的革命党人闪身出来射击时，猛地发现面前的潘离，还没来得及吃惊，手腕已经被潘离抓住，手臂被托举向天，随后下颌处已经感受到冰冷的枪口。"砰"的一声枪响，子弹从他的下颌贯穿了脑部，从后脑飞出。他的后脑处暴起一团血雾，潘离松开了抓住他手臂的那只手，这人竟然保持举枪的姿势死去了。

潘离从他的身边经过，走进巷子。黛茜则绕向另一边，接近隐藏在廊柱后的一名革命党人。

廊柱后的革命党发现同伴死亡，大叫了一声："小周！"刚要上去查看，斜下方突然刀光一闪，两柄匕首一眨眼间已经连续在他身上戳了十数记，毫不拖泥带水。"嗝""嗝"，他的胃部被黛茜的匕首刺穿，血液堵住了喉咙。他想看看杀死自己的人，但黛茜已经不见了踪影，他就这样倒了下去。

么恒跟着前面的革命党走出巷子，路对面就是圣心大教堂，孙先生被掩护着从角门走了进去。

正要追上去时，寒光一闪，一柄窄刃苗刀从身侧的巷子里当头劈来。他急忙后退避过刀刃，侧目望去，正是那名苗人。苗人身后，铁线拳高手作势欲冲，被那名苗人横刀拦住。他要与么恒单打独斗。而使鸳鸯钺的那人抱着双臂，靠在墙边，正好整以暇地看着么恒，他在等两人分出高下。

苗刀迎面刺来，刀锋太长，么恒只能后撤。想不到，那人在刀柄上一托，刀刃直接划在么恒手臂上，留下长长一条血痕。苗人丝毫不给么恒停顿的机会，迅速向前迈出一步，刀尖也如影随形突刺而来。么恒再退，苗人后手在刀柄上一推，刀尖向前直刺，点在么恒胸前刺入半寸有余。

么恒大骇，迅速撤开几步，与苗人拉开距离。他摸了摸胸前的伤口，好在自己退得及时，伤口并不深。

苗人阴鸷一笑，握刀的双手调换角度，同时脚下加速，迎面一刀斩了下来。趁他举刀的时机，么恒不退反进，想要近身克制对方的长刀。想不到，苗人这一刀竟是虚招，他将刀刃一横，直接按向么恒的咽喉。

么恒只能再退，可刀尖再次如鬼魅般刺来。

苗人的长刀看似笨重，可每每都能封死么恒进攻的方位，点刺劈砍，一招之后总有后续连招，让人防不胜防。这样的打法，让么恒很是窝火，几招下来，饶是自己的反应够快，身上还是伤了几处。

么恒心知，必须想办法破解对方的苗刀，再拖下去，早晚会受到对方的致命一击。

眼看苗人又是一刀刺来，么恒心中发狠，一把抓住刀尖。苗人正要抽刀，么恒的另一只手已经握拳全力打在刀身上。"锵"的一声，苗刀断成两截。

苗人完全没想到，对方竟然不惜受伤将苗刀打断，正在惊讶时，胸前顿觉一凉。么恒手中的半截苗刀已经插进了他的胸膛。

苗人看着胸前的断刃，满眼不可思议地倒了下去。他的身后，铁线拳高手的双臂一个双峰贯耳，铁环"哗楞"一声砸向么恒的太阳穴。

么恒本能地架起八极拳的起手势——掸尘。向上撩起的双肘，恰好抵住砸来的那两条戴着铁环的手臂。双肘落下时，他的双手顺势捏住对方肘关节，大拇指死命按住曲池穴。铁线拳高手吃痛，劲力登时软了下去。

趁着对方无法发力，么恒双臂向内一拉，跟着抬膝顶在对方胸口。一击得手，么恒双手又是一推一拉，跟着又是一记膝撞。对方双臂被拿，也只能抬膝撞向么恒肋下。么恒的膝头突然变向，顶开对方的腿，随后另一条腿跟着屈膝撞了上来。铁线拳高手胸骨的同一个位置再次被狠狠撞了一记，只听"咔嚓"一声，那个位置的胸骨登时断了。

感觉对方手臂拉扯的力道弱了下去，么恒又是几次连续顶膝。终于，这人没了气息。么恒松手，这人手腕上的铁环叮叮当当散了一地，身体也软了下去。

见己方又损失一人，那名使鸳鸯钺的高手才不紧不慢地离开靠着的墙壁。他一边走向么恒，一边从腰后拔出鸳鸯钺。让么恒没想到的是，这人竟然将鸳鸯钺丢在了地上。当走到自己面前时，他摆开了八卦掌的架势，围着么恒开始游走。

学习八极拳时，么恒的老师曾经专门提到过两种极其难缠的拳法：一是通背拳，双臂如双鞭，用的都是甩劲，施展开来噼啪作响，中招之后犹如被钢鞭击打；二是八卦掌，其属于内家掌法，靠的是手眼身法步结合，全身发力，练至化境，掌带绵力，中掌者皆为内伤。

这人抛开兵刃，显然对自己的掌法更加自信。么恒的眼睛死死盯着对方脚下，始终以正面对敌小心戒备。

这人游走片刻，终于按捺不住，脚下一蹬，一记指天掌直袭么恒面门。么恒知道八卦掌最大的优势在于脚下步法灵动如穿花蝴蝶，在对方蹬步欺近时，他脚下已经踏出猛虎硬爬山的弓步，一脚向对方脚踝狠狠踏去。

对方见他不理面门反而猛攻自己脚下，立即知道么恒熟悉八卦掌的打法，脚下迅速变招，后足发力，前脚一旋，避过么恒的踏步，双手一翻，架了个托天式的架子，要拿么恒手臂。手掌刚刚托到么恒小臂，么恒已经变招，双手改为八级大缠，单臂一抡压住对方手臂，小臂探到对方肋下，同时脚下踏步，别到对方腿后。

这人反应极快，脚下前踹，掌缘斩向么恒脖颈。么恒手臂已经探出，重心来不及收回，只能力贯双腿，马步沉腰。对方的手掌贴着么恒的头顶斩过，么恒顺势使出霸王举顶，双拳轰向他的前胸、面门。这人脚下连蹬，双掌如封似闭，轻巧地拨开了么恒的双拳，么恒重心不稳，跟跄着跌了几步，险些摔倒。再回身时，对方已经摆好了架势，等待自己进攻。

再行交手，么恒刚猛的八极拳被对方刚柔相济的八卦掌克制，有种满身力气无处使的憋闷之感。对方根本不跟么恒硬碰，每招每式都是化劲，或者避开么恒的正面攻击，向着么恒露出的破绽出手。

远处那些革命党人已经陆陆续续进了教堂，这名八卦掌高手始终拦在他的面前，么恒心下不由大急。

再看那人脚下游走，双掌始终遥遥对着自己，那名铁线拳高手就倒在两人不远处的脚下。么恒心头一动，脚下发力，双拳再向八卦掌高手轰去。那人见么恒还是旧招，丝毫不以为意，脚下游龙步，准备绕向么恒侧方。蓦地，脚踝一痛，低头看时才发现，原来么恒冲上来时，将一枚铁环踢得飞了起来，正砸在自己脚踝上。

铁环本就不轻，被么恒全力踢起，脚踝又是人脚下最脆弱的地方，受击之后，踝骨就算没有骨折，也会出现骨裂。脚下传来钻心的疼痛，这人脚步再不像之前般灵活。

么恒看准时机，脚下一别，常年习练的铁山靠早已收发随心，即使客体没有自己原来的身体力量，这一肩靠上去也是一个成年男人的全身之力，那人立即被撞得倒飞出去数米。跌落在地之后，口鼻之中喷出鲜血，显然胸骨已经被撞碎了。

么恒走进教堂院中时，领头人正吩咐两名革命党殿后，自己则带着孙先生与其余两人进了教堂主厅。趁领头人下达指令时，么恒迅速接近，藏在门口的石柱背后。

他偷偷观察，殿后的两人中，一人戴着墨镜，恰好靠近自己。趁这人侧对自己时，他从墨镜与眼睛的缝隙中见到，这人的眼睛完全正常！么恒大感不妙，进入教堂的人中，只有那名算命瞎子戴着墨镜！他立即冲了上去，那两人见有巡警出现，立即举枪射击！

么恒与他们中间只隔着一根石柱，他一矮身已经钻进一人的怀中，接着一手抵住这人脖颈，另一手握成鸡心捶，中指突出的关节迅速击打在这人的喉结上。这人手中枪响的同时，也中了么恒的鸡心捶。他的角度刚好挡住了同伴的视线，那人举枪正不知所措，么恒已将被击倒的人推在他身上。

那人刚把同伴的身体推开，胸骨已经一阵剧痛，接着就是眼前一黑晕厥过去。是么恒的鸡心捶！他中指的关节准确地击打在这人胸骨中间的要害处。

教堂外，潘离已经率先接近，不远处黛茜带着不少破桩人跟了上来。

"他们三个呢？程婷，你可千万不要有事啊！"未见到其他队员，么恒无比担心。可那名破桩人就在教堂里面，他只能选择先进入教堂。

72

第七十二章 绝处逢生

进入教堂，迎接幺恒的是两发子弹！

他在门外击倒两人时，那声枪响惊动了已经进入教堂的人。领头人与另一名革命党人正护着孙先生，两人一齐举枪向幺恒的方向射击。一发子弹擦着幺恒的鬓角飞过，擦出一道口子。另一发子弹打中了幺恒面前的盛放圣水的石盆。幺恒急忙蹲下，以石盆为掩体，高声叫道：

"小心算命的！他要刺杀孙先生！"

领头人转头时，算命人已经从挎着的木箱夹层中取出一把手枪，将枪口对准了孙先生。领头人来不及多想，转身将孙先生护在身后。"砰"的一声枪响，他的胸口中了一枪。那名持枪的革命党人目眦欲裂，举枪就打。破桩人的动作太快，子弹打出时已经将枪口调转迅速又开了一枪，这一枪正中那名革命党人的额头。

他再将枪口调转，领头人的身体恰好倒下露出身后已经吓呆的孙先生！当他扣动扳机时，又一个身影飞扑过来，将孙先生推了出去。这个身影正是幺恒。这一枪打中了幺恒的腹部，子弹擦着肋骨从背部穿了出去。

幺恒落地时顺手抓起领头人掉落的手枪，扬手一枪，正中算命人的鼻梁上的墨镜。墨镜从中间被打断，在算命人的鼻梁上留下一个枪洞。算命人睁大的眼睛中，一抹蓝色随着他眼中的生气一起消失了。

幺恒感觉到腹部剧痛，那颗子弹应该破坏了腹部的某些内脏组织。他强撑着准备起身，却被领头人抓住了衣襟。领头人已经完全不能动弹了，口中用尽最后的力气断断续续道："后……后门，有……台汽……汽车，快……掩护孙……"

话没说完，他的手一松，人已经没了气息。

幺恒忍痛起身，对孙先生道："走！去后门！"说着，他一把扯下别在腰间的汗巾，一边塞进衣服里堵住伤口，一边引着孙先生向大厅的后门走去。

"砰砰砰"，刚接近后门，一梭子毛瑟枪子弹打中门边。幺恒急忙拉着孙先生躲在耶稣像后。

门口处，不少破桩人已经冲了进来，他们之中有人正举着最老式的毛瑟枪。

"在我打光子弹之前，开门出去。我喊三二一，你就行动。"么恒低声对孙先生道。

孙先生紧张地点了点头，弓下腰身做出预备的姿势。

"三、二、一，跑！"么恒迅速起身，对着持枪的几人开枪。他在刚刚的一瞬间，已经记下了持枪几人的位置。

持枪的几人有人中弹，有人立刻躲在掩体之后。么恒连续扣动扳机，打光了枪里的子弹之后，毫不停留地向着已经打开的侧门冲去。破桩人打来的子弹，尽数打在门边上！

侧门连着一条走廊，孙先生见么恒有伤，急忙转身搀扶。两人迅速跑到走廊的尽头，这里就是教堂的后门。破桩人逼近时，孙先生已经打开后门，拉着么恒跑了出去。

两人上了汽车，么恒急忙发动，顺着车头方向的小路疾驰而去。破桩人追出后门，向着汽车开枪。么恒不敢以直线行驶，左右摆动着向前开着。车身、车玻璃都被子弹打中，玻璃碴子溅到两人身上，划出不少细小的伤口。

终于，汽车摆脱了破桩人，顺着小路绕到教堂前门的大路上。前方的大路上，潘离与黛茜正挟持着其他三名时空小队的队员，站在路中央。潘离用手枪抵着程婷的头，黛茜则用匕首抵着唐安迪的动脉，王翔则被其他几名破桩人用枪指着。原来，进入教堂的只是部分破桩人，潘离与黛茜早就押着唐安迪三人守在了离开教堂的必经之路上。

么恒无奈停下了车。潘离用枪抵着程婷的头，走向汽车。汽车的挡风玻璃已经碎了，么恒手中仍然握着方向盘，看着潘离走近，他大声说道：

"你知道上海事件之后，死了多少人吗？"

潘离："创造历史，必然有人牺牲！他们的死，会让人类走向更辉煌的未来。"

么恒："你的手上沾满了那些人的血！为什么？为什么短短几个月，你会甘心成为一个刽子手？"

潘离笑了笑："没什么，我只是有了更伟大的目标而已。其实，我还要感谢联合政府，如果不是他们，我还真的不知道自己要去向何方。"

说着，潘离已经走到副驾的侧前方，孙先生就坐在副驾，他看着么恒："这一次，我还是不会杀你！么兰的脑纹密码，是盖尔在植入脑控环时在她耳边设定的，你可以通过穿隧去得到它。我答应你的已经办到了，现在咱们两清了！"

说完，他将枪口指向了孙先生。

就在这时，身后的破桩人中突然有人叫了起来："怎么回事？"

只见那几名用枪指着王翔的破桩人，一个个倒了下去，他们的意识竟然瞬间离开了。黛茜手上发力，匕首已经刺破唐安迪的皮肤，突然身体一软也倒了下去。

潘离觉察到不对，立即准备扣动扳机，但就在食指发力的那刻，意识突然像被巨大吸力拉扯，一瞬间陷入了黑暗。

时空小队的几人看着周围倒下去的破桩人，有些茫然无措，大家都不知发生了什么。唐安迪回过神来："别发呆了，快上车，孙先生还未脱离危险，我们必须把他送走。"

"你们到底是什么人？"众人挤上车时，孙先生问道。

大家都不知该如何作答，只有王翔叹着气道："你要是能再活两百年，就知道我们是谁了！唉，要是能带着摄影器过来就好了，我还没跟伟人合过影呢！"

孙先生一脸茫然，时空小队已经习惯了王翔的傻头傻脑，根本没人接话。唐安迪问道："先生，您原计划准备怎么离开华夏？"

对于王翔说的那些莫名其妙的话，孙先生未再追问。他知道，自己遇到了不可思议的事情。平复了心情之后，他也随即释然道："无论如何，我还是要代表四万万被满清与列强压迫的同胞们，感谢诸位所做的一切。送我到天字一号码头去吧！那里会有船送我去南洋。"

73

功不可没

2098 年，撒哈拉沙漠深处。

黄沙之上，由地下升起的能量防御武器已经尽数被摧毁，在这些炮塔周围散落着一些尸体与无人机的碎片。许多遗留的弹坑中，有些沙粒已被融化，还未被新的风沙掩盖。

这是盖尔实验基地的外围，这种景象一直延伸到实验室的中心区域。原本覆盖在中心区域的掩体已经被摧毁，大型遮蔽与拟态隐形装置早已被破坏。入口是被爆破出来的，露出形如发射井一般的通道，直通地下。

隐隐还有武器与爆破的声音从下方传上来，战斗显然已经接近尾声。

在底层的穿隧实验室中，雷震霆与联合特警的主力部队已经包围了所有休眠舱，特警们为所有人注射了强力唤醒剂。一个个苏醒的破桩人，陆陆续续被戴上电磁手铐，向外押解。

潘离醒来时，第一眼见到的就是雷震霆。他在休眠舱边，面无表情地盯着自己。

"嗨，老雷，又见面了。"潘离没有任何惊慌或者恐惧，他似乎早就预料到这番场景，像老朋友见面一般与雷震霆打着招呼。

"前途无量的潘离，竟然会背叛联合特警，真的让人很难理解！"雷震霆道。

"是联合特警背叛了我！"潘离还是那副玩世不恭的样子，他将双手伸到雷震霆面前，"你们关不了我太久的……"

雷震霆沉下脸："你什么意思？"

潘离笑了笑，不再出声，只是将双手又向雷震霆伸了伸，眼神中却满是轻蔑和不屑。

时空管理局的穿隧大厅中，刘伟文的通信器传来通话请求。接听后，里面传来雷震霆的声音："通过么恒提供的跟踪装置，我们在撒哈拉沙漠深处，找到了破桩联盟的实验室。对方的安保设施极其先进，并且设置了大量隐藏火力。这次突袭行动，我方损失 79 人，击毙、俘获敌方总计 183 人，其中，潘离、黛茜等主要成员正在押送途中。主谋盖尔下落不明。"

刘伟文："他们的穿隧数据呢？"

雷震霆："目前正在对穿隧设施进行拆解，核心部件将会在三天后运回总部。另外，在突袭时，我方发现大量身份不明的武装人员。他们没有任何信息记录，就像凭空出现在这个世界上一样。我有充分的理由怀疑，破桩联盟的事件背后，有其他不明组织参与。详细的报告，我已经安排专人在整理。"

结束与雷震霆的通话，助手在不远处的全息屏幕前高声叫道："刘局，么恒他们准备回归了。"

迎接潘离的是电磁手铐，而迎接么恒的，是所有工作人员的欢呼。他醒来时，穿隧大厅充斥着胜利的喜悦。

刘伟文大声道："欢迎回归！时空英雄们！"

苏醒后的时空小队，乍见眼前的场景，都有些许茫然。只听刘伟文高声对全体人员说道：

"就在刚刚，我们已经捣毁了破桩联盟的实验基地。虽然主犯盖尔在逃，但主力成员与他们的核心设备，已经全部被我们控制。这是时空管理局自成立以来，获得的最大一场胜利。这场胜利意味着，破桩联盟已经无法在短期内再次进行时空穿隧。瓦解破桩联盟，指日可待。"

随着刘伟文音调的提高，整个穿隧大厅响起热烈的掌声。

刘伟文双手按了按，欢呼声弱了下去，他继续说道："这次胜利的功臣，除了雷震霆队长以及参与行动的联合特警们，还有……"他顿了顿，将手掌指向么恒："么恒！"

么恒有些诧异，茫然地指了指自己："我？"

刘伟文的声音再度响起："是么恒安放的跟踪装置，带领联合特警找到了破桩联盟的基地。自从穿隧行动开始，我们一直被破桩联盟牵着鼻子走。直到么恒找到机会，放置了追踪器。"

么恒扯了扯程婷："刘局，主意是程婷出的，追踪器也是她弄的，最大的功臣应该是她！"

刘伟文赞赏道："好，不居功，不自傲，我们没有选错人，你们两个都有功劳！我已经向上级申请了特别嘉奖，目前行动已经结束，等雷震霆队长回归，我会亲自为你们颁发联合特警的英雄勋章。"

么恒有些茫然无措，他并不觉得自己做了什么。毕竟，自己只是放置了一枚追踪器而已，捣毁破桩联盟实验室的行动，自己并没有亲身参与。

"好了，你们先去休息一下。两小时后，到会议室报到。"

刘伟文与其他人离开后，程婷低声对么恒道："破桩联盟的基地里，没有抓到张贝塔和盖尔，这次的时空潮汐适合穿隧的除了 1911 年，还有 2091 年，你说他会不会在 2091 年？"

么恒噌地站了起来："我要向刘局申请马上出发，无论他们在不在 2091 年，我都要去一趟。趁着盖尔植入脑控环的时间桩还未远离我们，我要去拿到脑纹密码。"

程婷："我就知道！事先声明，这件事我必须参与。"

么恒："你去干什么？"

程婷："喂，别忘了，我也是时空特警。去抓盖尔和张贝塔，也是我的工作！关键时刻，抛开你的搭档单独行动，你觉得好吗？"

么恒："万一盖尔隐藏了所有痕迹，和张贝塔秘密穿隧到 2091 年，那就意味着他们所图甚大，那边可能会非常危险。"

程婷站起身，凑近么恒的脸："哟，怕我会遇到危险？我能理解成，你是在担心我吗？"

么恒不敢看程婷，嘴硬道："我是觉得一个人行动方便……"

程婷坏笑道："切，死鸭子嘴硬！跟踪张贝塔的主意可是我帮你出的！你不觉得有我这么冰雪聪明的帮手，成功率会大大提高吗？"

么恒低声道："么兰的事毕竟跟你没关系……"

程婷突然再次凑近么恒，轻轻在么恒嘴唇上吻了一下，然后温柔道："现在你还觉得跟我没关系吗？"

么恒被程婷的举动惊呆了。长久以来，他能感觉到程婷对他也有爱意，可自己就是鼓不起勇气表白，更不敢回应程婷一次次的暗示。想不到程婷的"明示"会如此突然又这么大胆！么恒的大脑突然一片空白，一时间不知哪来的勇气，他一下抱住程婷狠狠地吻了上去。

良久之后，两人终于分开。程婷看着么恒，眉梢眼角尽是笑意。么恒骤然的吻，让她也有些不知所措。她能感受到，这个不会表达的大男孩对她的爱意在这一刻有多么强烈，随后心底涌起的就是无比的甜蜜与喜悦。

两人沉默了好一阵，谁都没有出声，又过了一会儿，么恒才不无担心地轻声道："你要去也可以，但必须答应我一个条件。"

程婷："什么条件？"

么恒："有危险的时候，第一时间撤退。无论如何，我都不希望你有事。"

程婷："遵命，长官！"

终于确定了关系，这时的么恒眉开眼笑，高兴得像个孩子。

74

第七十四章

小心
跟踪

2091 年，华夏，街角的咖啡店。

茂密而高大的银杏树长满了整条街道，阳光透过树叶的缝隙洒下来，温暖而舒适。光影之间，些许柳絮漫无目的地飘荡，仿佛随着咖啡店里的音乐在舞蹈，似乎连空气中也散发着一丝慵懒的味道。

这是当初张贝塔特意为婉儿挑选的城市，他希望这里的环境与气候能对她的病情有所帮助。此时，来自 2098 年的他与盖尔的客体正坐在街角，远远地望着在 2091 年的自己陪同下散步的婉儿。

"放着一个战力如此强悍的帮手不用，实在太可惜了。"盖尔的客体放下手中的全息画板，喝了口咖啡道。他的客体是名街头画家，画板上描绘的正是这条长满银杏树的街道。画面中，被银杏叶染成黄色的长街上，张贝塔正与妻子向前走着。两个背影丝毫让人感觉不到温馨，只有难以言喻的萧瑟与孤寂。

"这时的我，每分每秒都很珍贵。胆敢打扰我的人，我会毫不犹豫地杀了他。"张贝塔的客体一身蓝色工装，他是名工人。自从婉儿出现，他的目光就再没离开过。

"这只是 2091 年的你，完全可以将他当作另外一个人。让他帮助我们完成计划，不是更好吗？阿尔法难道没告诉你，这一次的破桩行动非常关键。"盖尔语气淡然，仿佛在讲述一件与自己毫不相关的事。

"不要说得那么冠冕堂皇。我们都很清楚，你无非是想为了活命拿到量子意识存储器，恰好和这次的破桩行动目标一致而已。"张贝塔有些不屑。

"哈，看来你完全没想过这东西能给你带来什么。如此头脑简单，还能从枪林弹雨下活到现在，我不知道该夸你命硬，还是羡慕你的运气。"对于张贝塔的话，盖尔丝毫不以为意，调侃道。

张贝塔眼神如刀："你什么意思？"

盖尔靠着椅背，瘫在座椅中，将头上的鸭舌帽压了压，盖住了自己的眼睛："如果我们在 2091 年拿到量子意识存储器，回到 2098 年后，我就可以复制出来。当阿尔法的时空穿隧技术成熟后，你可以再次来到 2091 年，带着婉儿的意识回归2098年，用量子意识存储器接收她的意识。那样的话，她就会永远活在那个时空，活在你的身边，无非只是换个身体而已。"

张贝塔沉默了，盖尔的话仿佛为他点亮了一盏灯，重新燃起了他对生活的希望。"婉儿有救了！婉儿有救了！"一时之间，他的脑海里不断回响着自己的声音，身体难以抑制地颤抖。

2091年的张贝塔与婉儿已经消失在街道的尽头，盖尔不再出声。

片刻之后，2098年的张贝塔客体猛然站了起来："在这等我。"留下一句话之后，他向着自己和婉儿消失的方向快步走去。

盖尔的客体丝毫未动，只是帽檐下的脸上露出了笑容。

作为时空管理局的第一位守桩人，也是第一次执行守桩任务，鲁霞秋非常紧张。单枪匹马地来到2091年，没有后援，没有任何同伴，这让她有些无从下手。唯一值得庆幸的是，时空穿隧意识投放的趋近性匹配原则，为她选择了一名女警作为客体。如此一来，她就可以借助客体的DNA验证随时进入警用系统，并随时调取权限范围内任何想了解的信息。

穿隧之前，刘伟文曾经单独为她布置了守桩任务。这是因为2091年的时间桩中，涉及联合政府过往一项已被封存的秘密科研项目——量子意识存储。

这一年，黑袍研究院的核心实验室尚在火星。也是这一年，李仲儒博士研发出了量子意识存储器，这意味着意识不但可以被数据化，还可以通过量子存储器转移到任何一具人造躯壳之中。一旦这项技术被应用，真正的人造人与数字人就会出现在人类文明当中，而人类也将不再被肉体和寿命局限。

李仲儒博士尚未对外公布这一技术，大大小小的各方势力已经纷纷开始出现异动。联合政府认为，这项技术绝不能掌握在某个势力手中，否则将会打破现有的平衡，甚至在未来造成寡头与独裁的无限滋生。

于是，联合政府不得不以火星不再安全为借口，将当时由李仲儒主导的黑袍研究院迁往太阳系边缘的天基所，同时将量子意识存储器运回地球秘密封存。了解内情的人都很清楚，李仲儒等科学家表面上去到与世隔绝的天基所进行前沿科技研究，实际上就是被联合政府放逐到了太阳系边缘，联合政府隔绝了他们与地球上的任何联络，放任其自生自灭。

但是，后来的事实证明，联合政府严重低估了黑袍研究院在所有科学家和一些激进者心目中的影响力。在远离地球的短短数年间，他们不但获得了众多民间组织的支持，更凭借众多不可或缺的前沿科技，将天基所经营得有模有样，俨然成为堪比火星的一方势力，联合政府对天基所的领导也随之名存实亡。

这段历史原本只是个别相关人士和联合政府高层才知晓的秘密，由于2091年时间桩的接近，刘伟文不得不针对这一事件做出防范。一旦这个时间桩被破坏，其所引起的巨变，必然会诞生新的时空。

抵达2091年后，鲁霞秋在第一时间来到天梯附近。这是量子意识存储器回归地球的必经之路，与此同时，她也通过AI利用客体的身份向警用天网监控系统下达了一项指令：搜寻视网膜呈蓝色的嫌疑人。

而就在刚刚，她的警用AI传来了影像。华夏南部的一座小城中，出现了两名嫌疑人。从传来的图像上判断，他们似乎在监视着什么人。当看到被他们监视的人的面容时，鲁霞秋大感意外，那人分明是曾经袭击过唐安迪的张贝塔，那名前特种兵王。

一个小时之后，她已经来到了这座小城之中。如今，她正在街尾，注视着那名工人打扮的破桩人向着张贝塔的方向走去。她见那名喝咖啡的画家以帽遮脸似乎在小憩，在那名破桩人走到稍远的地方时，这才装作漫不经心地跟了上去。

75

第七十五章 拼死
回归

盖尔刚刚睡醒，张贝塔2098和张贝塔2091同时坐在对面的两把椅子中。他突然觉得，两个张贝塔同时坐在面前，是件很有趣的事情。

"面对面地说服自己，是不是很有意思？会不会有种双胞胎之间心灵相通的感觉？"盖尔坐直了身体，有些好奇道。

"自从来到这里，你好像变得不再那么无聊了。"张贝塔2098道。

"其实现在的你，才应该是最能理解我的。毕竟，我们都找到了活下去的希望，不是吗？"盖尔道。

"赶紧办正事吧，我不想让婉儿久等。"张贝塔2091催促道。

"不必着急，只要破桩成功，你和你的婉儿有的是时间。我们这次的目标只有一个——量子意识存储器。后天，它会由火星抵达天梯，由联合特警秘密护送至特警总部地下封存。你们两个的主要任务，就是在中途以最快的速度拿到它，并将它送到我在2091年的实验室。我会在那等你们。"说着，盖尔打开了客体的AI，他将一些信息传输给张贝塔2098。

"穿隧之前，我已经将信息植入记忆模块，其中还有我关于2091年的所有记忆。你们行动的同时，我会想办法从它的研发者手中拿到他的DNA编码，用来解锁存储器。存储器解锁之后，我们需要保证2091年的我带着存储器安全离开，后面的事情会由他继续完成。当然，你会负责在这个时空确保他的安全，你的婉儿将会成为这个时空的第一个数字生命！"他将目光转向张贝塔2091。

"另外，时空管理局已经在这个时空安插了守桩人。我需要你们找到她，并将她禁锢在这个时空，防止她将消息送回2098年，确保我们的计划不被干扰。"盖尔端起面前的咖啡，目光在两人脸上扫过，他需要确保两个张贝塔都能清楚自己的安排。

"你是说，有人会从2098年过来暗中监视我们？"张贝塔2091问道。

"不错！"盖尔道。

"我想我已经找到她了！"张贝塔2091说着，目光越过盖尔与张贝塔2098望向对面的一处隐蔽的角落。那里，鲁霞秋的客体正在一间面包店里透过玻璃橱窗观察着他们。

盖尔眼皮都没抬，淡淡道："昏迷和死亡都会让她回归 2098 年，让她保持清醒。"

张贝塔 2098 慢慢站起身，转过身缓步向面包店的方向走去，他似乎早就感觉到那里有双眼睛在盯着自己。而张贝塔 2091 并没着急跟上去，他先是将面前的那杯水喝完，然后一边起身一边将玻璃杯装进了自己的口袋，这才向面包店的侧面走去。

面包店中，鲁霞秋的警用系统虽然可以监视到几人的动作，但声音的采集与分析极慢，直到两名张贝塔起身时，她才从那些断断续续传来的声音中听到"量子意识存储器""DNA 编码"等信息。

"不好！他们发现我了。必须找个安全的地方回到 2098 年，把这里的消息带回去。"正门的路已经被堵住，鲁霞秋只能向面包店的后门走去。

隔着玻璃门，张贝塔 2098 见到鲁霞秋的身影走向后门。他已经迈出去的脚，顿时收了回来，嘴角露出一丝邪异的笑容，然后转身向盖尔的方向走去。他对 2091 年的自己极度自信，抓住一个联合特警，对他而言就像吃顿饭那么简单。

面包店后巷，鲁霞秋小心翼翼打开防火门。僻静的巷子中无人经过，她全神戒备走了出来，向着大路的方向快步走去。

就快接近巷口时，巷边的一扇门突然打开，向着她迎面拍来。她急忙后退，门后的一只手上捏着一片玻璃，快速向她的面门扎来。

匆忙之间，鲁霞秋只能以小臂架在那只手的手腕处。玻璃在她的额头划出一道血痕。她的反应很快，一脚向前蹬了出去。

对方的反应更快，一只如铁钳般的手抓在了她的脚踝上。一阵剧痛瞬间传来，她的力量随之一泄，与此同时，对方握着玻璃的手臂已经砸在她的膝关节上。"咔嚓"一声，她的膝关节韧带断裂。这时她才看清对方那张表情木然的脸，是张贝塔！

鲁霞秋只能凌空踢出另一只脚，踹向张贝塔的面门。张贝塔依然面无表情，好似面对的是个毫无威胁的儿童。那片玻璃早就被他随手丢掉，因为警靴上的新型材料完全可以抵挡玻璃的刃口。他只是随手一拍，拍开踹来的一脚，另一只手瞬间松开握着的脚踝，接着迅速击打在鲁霞秋还来不及收回的另一只膝盖侧面。又是"咔嚓"一声，鲁霞秋的双腿全部断了，瘫倒后趴在地上。

"么恒说得果然没错，这个人实在太可怕了！"这一瞬间，鲁霞秋心头涌起一股无力感，对张贝塔的战力产生出极大的恐惧。从袭来的那扇门到自己的两个膝盖被打碎，张贝塔只用三秒。他的每一个动作都像经过精密的计算，鲁霞秋的所有攻击都好似在他的预料之内，击打在他想让鲁霞秋攻击的地方。

"你最好不要反抗，不然只会更加痛苦。我刚好知道如何让人在保持痛苦的同时，又不会昏迷。"张贝塔微微探身，一把抓住鲁霞秋腰上的皮带。他就这样单手将鲁霞秋拎了起来，向着巷子的另一边走去。

鲁霞秋痛哼了一声，果然没再反抗。在接近巷尾的时候，张贝塔突然觉察有异。他将鲁霞秋提到自己的面前，这才发现鲁霞秋的喉咙已经被割开，她的双手无力地垂着，脖子已经歪到一边，显然已经没气了。张贝塔皱了皱眉，向来的方向望去。血迹从两人刚刚交手的地方一直延伸到脚下，在不远处的血迹旁边，正是他刚刚用来袭击鲁霞秋的那片玻璃。

张贝塔再次皱起眉头，松开了手，鲁霞秋客体的尸身应声落在脚边，接着他快步向巷尾走去。他很清楚，这个女人的死一定会影响那两个人的计划，也许他们的行动要提前了。

76

第七十六章 再见

么兰

冥想室中，幺恒与程婷同时收到讯息：立即前往穿隧大厅，准备执行任务。

两人匆匆赶到时，刘伟文正在鲁霞秋的休眠舱前，神情紧张地观测着各种数据："鲁霞秋的意识被强制回归，目前处于濒死状态。这意味着，她在2091年遇到了致命危险。我们有理由怀疑，盖尔和张贝塔极有可能在2091年，并且袭击了鲁霞秋。"

"我们要去2091年？"幺恒道。

"是的！"刘伟文表情凝重。

"难道跟幺兰的事有关？"程婷道。

"暂时还不能确定！不过，鲁霞秋去监测的时间桩非常重要，目前还是最高机密。现在没时间做过多解释了，我会将记忆模块写入你们的意识，你们必须马上出发。"刘伟文向助手示意，助手立即打开了两人的休眠舱。

幺恒与程婷一脸茫然，躺了进去。刘伟文打开光幕，将一个文件传输到休眠舱的光幕上。接收模块之后，两人立即知晓了关于量子意识存储器的信息。

程婷睁开眼睛立即开口道："刘局，我有一个想法。"

刘伟文伸手阻止了准备启动穿隧的助手。

"如果张贝塔与盖尔在2091年，而他们的目的又是破坏关于量子意识存储器的时间桩，那么，鉴于穿隧者的意识无法在2091年长时间停留的特性，他们必然要在2091年找一个可以完美利用量子意识存储器的人，以保证数字生命尽快诞生。"程婷顿了顿，她希望刘伟文可以完全理解她的意思。幺恒也在此时，完全消化了模块中的内容。

见刘伟文点了点头，程婷继续道："而这个人，我认为一定是2091年的盖尔。第一，盖尔是关于意识领域研究的专家。第二，他们在2091年可以利用的资源有限，而盖尔最熟悉的当然会是他自己。"

程婷说完，又将目光停在刘伟文身上，刘伟文示意："你继续！"

"鉴于封存量子意识存储器的时间点与2091年的盖尔锁住幺兰意识的时间点接近，我建议我和幺恒穿隧的时间与地点可以设定在幺兰被挟持的时间与地点。我们可以守株待兔，等待对方出现，以逸待劳。"

刘伟文思索片刻，当即道："这次行动，以程婷为核心，关于么兰的问题……"刘伟文看了看欲言又止的么恒，接着道，"我知道你想救么兰，但我希望你还是能以保护时间桩的任务为重。"

么恒答道："明白！"

2091 年 4 月 21 日，么恒一辈子都不会忘记的日子！那天中午，他还跟么兰通过视频约好，带她去选生日礼物。他在么兰的学校门前等了整整两个小时，拨了无数个视频通话，但始终无人接听。他找了么兰的老师、同学、朋友询问情况，没人知道么兰去了哪里，最后他只能报警。两天之后，他接到了警局的通知：么兰已经找到，并且被特别部门接管，之后再无消息。第七天，他见到了潘离，也见到了意识被锁的么兰。

穿隧之后，他的客体非常理想——么兰就读高中的一名体育老师。从午休中醒来，他迫不及待找到么兰的班级，在教室门外寻找么兰的身影。还没开始上课，学生们也在休息中。么兰就在靠窗的第三排，正通过视频跟当时的自己在说着什么。

身后有人拉了拉自己的衣服，他一转身，发现对方竟然是名戴着帽子的高中女生。女孩扬起头，帽檐下露出青春活泼的笑容，眼睛中闪过蓝色的网纹。

"程婷？"么恒不禁问道。

"等你半天了，就知道你醒来后第一时间肯定来看么兰。"程婷吐了吐舌头，更像一名高中女孩了。

"你现在跟么兰是同学？"么恒讶异道。

"不好吗？你先别在这里守着了，小心被人当成怪叔叔。"程婷在手腕上的通信器上按了按，向着么恒一拨，么恒的通信器立即收到了程婷客体的讯息："放学前我会一直跟着么兰，有情况我会立刻通知你。你去附近巡视一下，做好行动准备。"

程婷走进教室径直坐在么兰的旁边，跟么兰有说有笑，像是认识了很久的亲密朋友。么恒不得不佩服程婷的反应，在这么短的时间里已经适应了新的身份。对于现在的么兰，么恒还是有些依依不舍，一直等到上课之后，看到程婷催促他离开的眼神，么恒才离开。

么兰的学校是这座城市最好的几所高中之一，校园虽然不算大，但一应设施非常齐全，这里的学费和么恒学校的费用都是相当高昂的。小的时候没什么概念，后来才觉得有些奇怪，母亲只是偶尔去帮人做一些顾问类的工作，自己和妹妹似乎从小到大都生活得非常富足。像这种顶尖的学校，更不是普通人随便就能考进来的。

有时候，么恒不得不好奇，离开火星前，母亲到底是做什么工作的？为何回到地球后，他们还能享受如此优渥的条件？他更好奇，那个他已经完全记不清样貌的父亲，到底有着怎样的身份？这一切究竟是不是跟他有关？

正在努力拼接幼年时那些记忆碎片时，他的通信器突然自动弹开了全息屏幕，屏幕上出现的竟然是学校与附近的俯瞰地图。

程婷的声音在通信器中响起："么恒，么恒，看到地图没有？"

"是你弄的？"么恒发现地图上教学楼的位置有个正在闪烁的光斑。

"我在客体的通信器上做了点手脚，现在它是一个误差不超过3米的定位器。"程婷道。

么恒："你改它来做什么？"

程婷："你不会想阻止么兰被安装脑控环吧？"

么恒："当然不会，阻止的话一定会诞生新的时空。我的计划只是跟踪，然后在盖尔的实验室中想办法偷听盖尔的话。"

程婷："我记得你说过，么兰失踪的时候，通信器无法接通，我们需要另一个可以跟踪的装置。等下我会找机会把定位器放在么兰的身上，盖尔的人绑架么兰时绝对不会想到还有一枚定位器，我们只要远远地跟着就好了。好了，不说了，么兰过来了。"

教室里，么兰原本被老师叫到讲台前朗诵了一段文章，在程婷结束与么恒的对话时，她已经回到了自己的座位上。

么兰感受到程婷的目光，她被程婷看得有些不自在："干吗这么看我？你这家伙，今天怎么这么奇怪……"

程婷急忙打趣道："嗯，这小妞学习好，长得还漂亮，以后就是大爷我的人了！

"去去去，一天到晚没正形！"么兰也没在意，两人显然很熟络。

"喂，你哥放学来接你？"程婷道。

"啊？我不记得有跟你说过呀？"么兰有些诧异。

"等下必须介绍给我认识，早就听说你哥很帅了！"程婷想找个借口跟在么兰身边，么恒自然成了天然的托辞。

"不是吧你？我哥很木的，不是你的菜！"么兰道。

"说不定我变口味了呢？快跟我说说，你哥有多木？好玩不？"程婷不想放过这个探听么恒丑事的机会，她太想知道么恒的过去了。

两个小女生，就这样窃窃私语，还不时地偷笑，没少遭到老师的白眼。到了放学的时间，程婷故意着急道："快走，快走，带我去认识帅哥！"

么兰道："切，你可别后悔！"

正要往教室外面走，么兰的通信器似乎收到了简讯。她打开屏幕上的简讯时，程婷偷偷一瞥，发简讯的人赫然正是么恒，简讯的内容是：我在天台。

"怎么跑去天台了？他不会借了谁的飞行汽车吧？"不少学生家长都会将飞行汽车停在天台停车位等孩子放学，么兰下意识地这么认为。

程婷匆匆给么恒发了条简讯：天台！然后一搂么兰的肩膀道："走着，见帅哥去咯。"

趁着贴近么兰的时候，程婷将她改装的定位器塞进了么兰的校服口袋。

77

艰难抉择

2091 年，天梯。

位于上层的特别通道自动闸门缓缓开启，先是两台警用飞行器飞出，悬停在两边警戒。之后，一台警用飞梭缓缓驶出，随后又是两台警用飞行器。它们在空中上升、集结，组成编队。

编队完成后，这些飞行工具的引擎开始加大马力，准备离开。就在这时，所有的警用飞行器引擎突然同时冒起火花，紧接着就是数声爆炸。它们的引擎全部被炸毁了。四台警用飞行器瞬间掉落下去。

而那台飞梭，在引擎被炸毁后迅速打开了应急动力。它调转方向，急速向前冲去，向前冲了还不到五十米，就被一张隐形的巨网当头拦住。巨大的拉扯力造成隐形网上的能量波动，令贴在飞梭上的部分网格忽隐忽现地显露出来。

随着隐形网的显露，一架军用隐形飞梭在空中现身，这张网就挂在军用飞梭的底部。将警用飞梭罩住之后，从军用飞梭的腹舱中，伸出八条机械手臂，将警用飞梭狠狠扣在中间。

抓牢警用飞梭后，那台军用飞梭迅速回归隐形状态，与警用飞梭一起凭空消失了。

操控军用飞梭的正是两个张贝塔。阿尔法在 2098 年通过他在联邦高层的盟友，得到了关于量子意识存储器的详细资料，盖尔将其写入了自己与张贝塔的记忆模块。

两个张贝塔在 2091 年潜入了军方的某个基地，通过当年的战友，轻松获得了一台军用飞梭三个小时的使用权。而这三个小时，不会出现在军方的任何记录当中。

此时，盖尔 2098 已经通过暗网潜入了天基所的独立通信系统。

李仲儒从不让任何人进入他的办公室，因为这里除了有天基所的秘密研究项目资料，还是自己怀念妻子与一对儿女的地方。在这里，他可以随时打开光幕，回忆与妻子、儿女在一起时的点点滴滴。

他不会允许任何人窥探到妻子与儿女的信息，这是他能想到的也是正在坚持的唯一能够保护他们的方式。这个身份，给他带来了太多的无奈。尽管为了早日能与妻子、儿女团聚，他付出了所能付出的一切，成为黑袍研究院的第一人，可还是无法让他拥有足以藐视各方如狼似虎的政治势力的实力。他真的不知道，什么时候才能摆脱这个身不由己的身份，像一个普通人般享受天伦之乐。

他已经整整二十年没见过妻子与儿女了，在这二十年里，他甚至连一个视讯申请都不敢向妻子发出，更不敢通过任何人探听他们的任何消息。他不知道有多少人会虎视眈眈，他只知道，这样才能让他们远离危险。

光幕中，妻子与儿女的声音戛然而止。取而代之的，是一张陌生人的脸。

"李仲儒博士，很久不见。"盖尔2098尽量让自己的客体保持着本体的说话方式与腔调。

"你是谁？怎么会在天基所的专属网络里？"李仲儒皱着眉质问道。

"你可以猜一下。给你个提示：二十年前，你亲自把我踢出了团队。"盖尔有些得意。

"二十年前？你是盖尔？"李仲儒狐疑道。

"Bingo！答对了！看来当年的事，你记得很清楚嘛！"盖尔语带嘲讽。

"你怎么会成了这副模样？你身体的问题解决了？"李仲儒道。

"哈哈，拜你所赐，我找到了认为我有价值并愿意伸出援手的人。"盖尔的嘲讽中有着一丝怨毒。

"你有什么事？"李仲儒压抑着心中的惊诧沉声问道。

"我想请你给我你的基因编码。"盖尔道。

"为什么？"李仲儒的语气中有了些许不善。

"我来自未来！准确地说，我来自2098年。"盖尔故意停了下来，他想看一看李仲儒惊掉下巴的样子。可惜他失望了，李仲儒的表情毫无变化。

"告诉你个不幸的消息，你的妻子在几个月前去世了，你还不知道吧？"盖尔那副嘲讽戏谑的表情再次浮现。

"什么？我的孩子呢？他们有没有危险？谁干的？是不是你？"李仲儒终于按捺不住，大惊失色。

"还能有谁？联合政府啊。放心，你的孩子暂时还没有危险，两个小时后就难说了。"盖尔得意道。

"你什么意思？联合政府为什么会杀我的妻子？"李仲儒急迫道。

"你把我踢出团队之后，我一直在寻找能让自己活下去的方法，甚至进行了几百次实验，终于在前几年，我找到了研究方向。联合政府一直在秘密调查我，我关于意识提取与存储的研究，让联合政府感到了危险。而你恰恰在今年，研发出了量子意识存储器。"盖尔道。

"这跟我的妻子有什么关系？"李仲儒不解。

"他们担心你的妻子知道量子意识存储器的关键技术，毕竟，当年她也是团队中的一员，何况还是和你最亲密的人。联合政府担心这个技术被我拿到，却抓不到我，自然选择了让你的妻子永远闭嘴。"盖尔道。

李仲儒一下子呆了，颓然地瘫在座椅中。他闭着眼睛深吸了口气，然后抹掉了眼角的那滴泪，极力保持着平静道："你觉得让我憎恨联合政府，我就会将使用量子意识存储器的钥匙给你？"

"不不不，我只是告诉你一个事实，希望你不要再做联合政府的忠犬而已。我想，我们都是科学家，关于不同时空并行的理论，尽管不是你研究领域，我也不用为你做过多解释。"盖尔道。

"你想让量子意识存储器在这个时空问世，并被应用？"李仲儒道。

"是的！一旦如此，这个时空的未来将会是完全不同的世界。你不觉得，联合政府的腐朽，是在把我们豢养在牢笼中吗？一直到2098年，也就是我所在的那个时间，在联合政府的领导下，这个世界没有丝毫进步，像我们这样的科学家们，没有为人类文明的进步做出任何贡献。"盖尔道。

"你不配成为科学家！当年，你就已经成为杀人凶手！"李仲儒道。

"用人与用老鼠，真的有区别吗？为什么你们会对这一点如此耿耿于怀？好吧，既然你自诩为科学家，告诉我，你的使命是什么？"盖尔道。

"当然是引领科技与文明进步，让科技向前发展。"李仲儒脱口而出。

"那么，为什么要封存量子意识存储器？联合政府认为它会带来寡头与独裁的世界，就一定会是如此吗？有人亲眼见到过吗？没有！而这个技术，在当前，就在当下，能够挽救多少像我这样的人的生命，你想过没有？"盖尔说着，声音中也有了些激动。

"如果我们能让你的技术在这个时空尽情发育，若干年后，是不是就可以验证任何关于它的推测？如果真的进入错误的轨迹，我们是不是可以回到过去，让另一个时空走上正轨？"见李仲儒沉默不语，盖尔接着道。

"如果我们让量子意识存储器得到应用，你在未来也可以让你的妻子活下去。所有的人类，都会拥有再次选择的机会，都会拥有更加美好而绚烂的人生，这不好吗？这不正是一个科学家应该耗尽心血去追求的吗？"盖尔的宣讲，好像触动了李仲儒心底的某些东西。

"难道你说自己来自 2098 年就是吗？我怎么知道你不是编了一套鬼话来骗我？"李仲儒的心中，已经对盖尔的话信了七分。

"两个小时之后，2091 年的我会为你女儿装上脑控环，我会为你开通那个实验室的权限，你能在这里亲眼见证。"盖尔道。

"然后呢？"李仲儒道。

"确认了我说的是实话之后，如果你愿意交出解锁量子意识存储器的DNA 编码，我会将解锁脑控环的脑纹密码告诉你儿子。"盖尔道。

李仲儒再次沉默了，盖尔笑了笑继续道："原本，2091 年的你为了联合政府所谓的未来，一口回绝了我。那个你，会在之后的日子里，活在深深的自责与痛苦当中。可以说，我给了你又一次选择的机会。接下来的两个小时，你可以好好想清楚。"

李仲儒再次深吸了口气，从椅子中站了起来，默默地走到墙边，那里有一张一家四口的全息动态影像照片。

78

第七十八章

将入危局

放学的高峰期，天台上停着不少来接学生的飞行汽车。么兰观望了一阵，始终找不到么恒的身影。她刚要呼叫么恒的通信器，却发现自己的通信器无法呼出，心下焦急，对程婷道："这家伙哪儿去了？"

"急什么，等下他肯定会来找你的。"口中应付着，程婷心下却暗道：糟了！对方有干扰通信器的装置。

两人相互挽着胳膊，么兰寻找着么恒，程婷却在注意着周围可疑的人。就在两人的侧后方，两个面容冷峻的男人快速走了上来。

"对方不会想闹出太大动静，他们会将我和么兰一起带走。"程婷假装未注意到两名男子，同时故意拉着么兰放慢脚步。

"来不及通知么恒了，对方有干扰设备，只能先被绑走再想办法。"两名男子已经到了身后，程婷只觉得腰间微微一麻，然后全身迅速僵硬。她的意识非常清醒，却丝毫无法控制身体。程婷意识到，对方给自己注射了一种切断意识与身体的药剂。

此时，竟然有一架早已启动的飞梭恰恰停在他们身边。飞梭机身明亮的银色金属光泽和扁平的气动外形设计，尽显敏捷与优雅，与其他飞行汽车显得格格不入。

飞梭两边的翼门展开，两人被迅速塞进飞梭中。

飞梭升空，西格玛正在其中与盖尔通话："博士，得手了。不过，为了不闹出动静，我们不得不控制了目标的同伴。"

"一起带回来，我的新实验恰好需要活体。"盖尔的声音从通信器中传来。

这台飞梭迅速汇入来往的飞行航道，向远方飞去。

天台上，么恒狂奔出来，逢人便问：有没有见到两名女孩？么兰与程婷被带走得太过突然，根本无人注意。再看屏幕上的地图，定位装置已经完全消失。么恒顿时心中一沉：定位器的频率被干扰了！

"怎么办？怎么办？"么恒无比焦急，"出发时鲁霞秋还处于濒死状态，未能提供任何情报，只能靠程婷了！这个时空的么恒应该正在学校门外惊惶失措吧……"

在这个时空，他根本想不到有谁能够帮助自己，唯一能做的，只有盯着全息屏幕，等待着那个闪烁的光斑。

半个小时之后，挟持么兰与程婷的飞梭来到了一座废弃工厂的上方，并且开始缓缓下降。么兰的通信器在被挟持时已经被对方破坏了，而程婷正面对着前方，恰好可以看到飞梭中控台上的程序，果然有干扰程序！她努力地想转移视线，看看身边的么兰，却无论如何也做不到。现在只有等，等待飞梭关闭，定位器才会再次生效，么恒才能找到自己。

终于，这艘飞梭停进了一间密闭的仓库。么兰与程婷被几人架着向仓库后方走去，那艘飞梭的翼门合拢，程序也自动关闭了。

仓库的后方被布置成为一个单独的区域，穿过一条紫外光照射的无菌通道，两人被带到一处似病房又似实验室的空间。这里的灯光有些昏暗，四周安置着各种仪器。房间的中央摆放着两台休眠舱。

盖尔正在调试着休眠舱，在他身边还有一名男子，年纪四十左右，戴着鸭舌帽，有些艺术家的气息。只是他那双眼睛，有着一抹蓝色的光芒。两人被带进来之后，这人的目光也向两人望过来。

"他是穿隧来的！？难道是2098年的盖尔？"程婷心下大惊，她想闭上眼睛不让对方看到自己的瞳孔，眼皮却丝毫动弹不得。

"穿隧者？时空特警？"盖尔2098眼中露出一丝警惕，"看来你们的守桩人已经回去了，那女人还真是拼命啊。"

又看了看么兰，盖尔2098接着对盖尔2091道："开始吧，李仲儒这样的人，不给他点颜色看看，他是不会就范的！"

"拿到量子意识存储器之后，我该做什么？"盖尔2091问。

"当然是先救了我们自己，然后在这个时空，让数字生命成为现实。"盖尔2098道。

西格玛将么兰放进了休眠舱，盖尔2091启动了仪器。

程婷这才意识到，盖尔为么兰装上脑控环，是为了胁迫李仲儒交出量子意识存储器。

休眠舱中探出脑控环的安装触手。尖端刺入么兰后脑时，她的眼角流下了眼泪。从几人的对话里，她能隐约听出这些人绑架自己，是为了要挟李仲儒博士。她的心中几乎已经可以断定，这个让科学界仰望的男人，即使不是自己心心念念的父亲，也和自己关系匪浅。而她身不能动、口不能言，只能任由对方摆布。

脑控环安装完毕，盖尔2098对着悬停在他身边、有着微型摄像头的无人机说道："打开通信频道。"

片刻之后，无人机里传出李仲儒的声音："你对她做了什么？"

透过无人机的摄像头，李仲儒几乎第一眼就确定手术椅上的人是自己的女儿。

"我告诉过你关于脑控环的事！现在，你应该相信我了？"说着，盖尔2098走近程婷，"看看她的眼睛，她的视网膜会因为穿隧变成蓝色。这是穿隧者都会有的特征。来到2091年后，我萌生了一个疑问：如果将穿隧者的意识锁在2091年，那么，她在2098年的身体可以存活多久？我想，作为同一个领域的科学家，你一定也很关心这个问题。"

李仲儒沉默了，在无人机的另一边始终没有回应。

"她就是你提到过的时空特警？"盖尔2091有些不耐，也走近仔细观察着程婷的眼睛。

"是的，除了时空特警，时空管理局还培养了守桩人。也就是我在2091年杀掉的那个！"盖尔2098又指了指么兰道，"哦，对了，她的哥哥也是一名时空特警！"

无人机里突然传出了李仲儒的声音："你说什么？她哥哥是时空特警？"

"是的，等会让你们父子相认。"盖尔笑道。

无人机再次沉默。

"那是么恒的父亲！"程婷再次被震惊。

"量子意识存储器什么时候能到？"盖尔2091道。

"快了，已经在路上了。"盖尔2098看了看手腕上的微型光幕，张贝塔已经传回了信息。

药效虽然没过，程婷已经激动得身体在颤抖：么恒的父亲竟然是李仲儒！

盖尔2091道："你确定那个叫么恒的时空特警会来？"

"当然！这是救醒他妹妹的唯一机会。"盖尔2098指着么兰戏谑道。"所以，你的另一枚脑控环还要多久完成？也许，那小子已经在附近了。"

盖尔2091看了看面前的全息影像："很快了，97%、98%、99%，好了！"

第七十九章 声东击西

79

在么恒坐立不安的时候，屏幕上的光斑再次闪烁起来。他驾驶着客体的飞行汽车到达了废弃厂房附近，光斑的信号就来自这里的仓库。仓库门前有几台无人机巡逻。仔细观察之后，他发现屋檐的隐秘角落里也有安保设备和自动武器。

天色已经渐暗，他借助仓库外那些被遗弃的设备做掩护，绕到仓库后方。仓库后方堆砌着数台已经报废的民用飞行汽车，无人机从上方掠过之后，么恒迅速躲进这些飞行汽车中。

打开通信器的计时功能，他发现无人机每隔十五秒就会来到这里进行巡视，并且悬停在上方五秒左右，查看有无异常。而在仓库后方的屋檐下，也设有安保设备与自动武器。这些武器锁定着用来爬上屋顶的安全梯。

"如果程婷在就好了！"他对破解防卫系统一窍不通，客体也只是一名体育老师，根本不会有武器傍身。思考片刻，么恒的目光落在向这个方向移动的无人机上。这几台无人机的飞行轨道似乎是固定的，每一台的下方都携带着独立的武器系统。

在当初联合特警的基础课程里，破坏与拆解自主防卫系统是必修的突袭项目。么恒记得，教官在讲解这类设备时曾经说过，这类设备最怕的是瞬间短路。短路之后，设备重启与自我修复的时间，就是它们最大的漏洞。

"飞行汽车！这些飞行汽车里应该有能用的东西。"么恒来到一台废弃飞行汽车的尾部，拆下它的高能电池。这种新型电池虽然只有扎啤罐大小，却能给飞行器提供非常强劲的动力，即使已经报废，仍会残留部分能量，直到衰减殆尽。

拿上电池，他钻进飞行汽车，拆开驾驶位下方的集成线路箱，从中扯出两根电线。连接电池的正负极后，他将电线的两端碰了碰，两端露出的超导材料爆出一阵蓝白色的电火。

无人机很快回到这个区域，那几台报废的飞行汽车中，突然亮起了灯光，一闪一闪地引起了无人机的注意。

无人机迅速接近，环绕着这台闪着灯的飞行汽车进行扫描。当它接近汽车尾部时，么恒突然从飞行汽车的头部蹿出，瞬间来到无人机的尾部，将电线的两端同时搭在无人机上。无人机发出"哔哔"的故障音，机身闪起一片蓝色电弧，跌落在地。

么恒迅速拆下无人机携带的武器系统，将它放在原地，然后躲到另一台飞行汽车后。这台无人机，机身上的信号灯闪了又闪，很快自动重启。重新起飞后，它的自检测系统发现了武器部件的异常，闪烁着故障灯向仓库顶端的入口飞去。它的自动回收程序被触发了！

无人机进入仓库后，么恒立即来到距离安保设备最近的一处掩体。他将拆解下来的武器对准安保设备，接驳上尾部的电线。武器前端聚集起一团能量，跟着射向安保设备。那些安保设备被摧毁的同时，么恒已经来到悬挂在墙壁上的安全梯边。他很清楚：时间不多了，很快就会有安保人员发现异常，他必须在最短的时间里潜入，并且找到么兰与程婷。

屋顶处有通风设备，么恒打开气窗钻了进去。通风管道安装在仓库的屋顶上，他轻轻在管道中爬行，每隔一段距离就会出现一面气窗，从气窗中可以观察到仓库内部的情况。这间仓库中，有大约三分之一的面积被围闭起来。用以围闭的是一种隔离细菌的透明材料，形成了一处无菌空间。在正中间，有一条通道连通着其中的另一个完全封闭的空间。

"那里，应该就是盖尔安装脑控环的手术室。"

这座大型的仓库里，有不少安保人员在空置的区域中进行警戒。围闭的空间里，也有手持能量武器、身穿防护服的警卫。他们共同拱卫着那处密闭的空间。这时，其中一名像是头头儿的人看着手腕上的屏幕大声叫道："一台无人机出现故障，四号区域的安保设施有异常。留两个人警戒，其他人跟我出去看看！如果发现可疑的人，立即击毙。"

几台无人机与数名安保人员跟着头头儿走出仓库，么恒立即加快了动作，沿着通风管道迅速向那处密闭的空间移动。计算了一下移动的距离，他知道自己已经接近实验室的入口。从通风口向下望去，留下守卫的两名安保人员荷枪实弹，他们的通信器保持着开启的状态，里面传出仓库外巡视人员的声音。

么恒蹑手蹑脚打开通风口的隔栅，双手撑着通风口，先将双脚探出去，然后无声无息地悬了下去。两名守卫的注意力全部集中在仓库大门的方向，丝毫没有察觉。么恒轻轻落在两人身后，跟着迅速腾空，一拳轰在其中一人颈后的脊椎骨上。"咔嚓"一声，骨头断裂的声音传来，这人立即瘫软。另一人被惊动，持枪要打。么恒落地弓身，后脚发力一蹬，已经欺身而上。这名守卫还来不及扣动扳机，枪口已经被么恒用手肘架起。么恒接着进步转身，一记蝴蝶肘，堪堪砸在守卫的后颈，这人也在一瞬间失去了行动能力。

实验室的门完全封闭，么恒正要寻找开启装置，它突然自动打开了。么兰安静地躺在休眠舱中，像在熟睡。盖尔在她身后，已经完成了么兰的脑控环安装。

另一台休眠舱中躺着的，是程婷的客体。休眠舱里，安装脑控环的触手已经伸出，只等被启动。这台休眠舱旁，一名有着蓝色瞳孔的中年人正阴恻恻地看着么恒冷笑。

么恒很冷静，在这个距离，他根本无法阻止那人喊出"启动"两个字。他看了看么兰身后的盖尔，又转头问中年人："你也是盖尔？"

"你是么恒吧？"见么恒没有作答，盖尔2098立即确认了他的身份。

盖尔2098看了看还未关闭的休眠舱，突然对旁边的无人机道："我改主意了，如果把他也锁在2091年，你会怎么办？"

"我当初的决定是对的！你不但自私，而且卑鄙！么恒，快走！我是……"无人机里传出愤怒的声音。

那个声音还未说完，盖尔一挥手关掉了无人机，切断了通信。

"那人是谁？他认识我？"么恒产生一丝疑虑，但很快开始快速盘算接下来如何应对。

"给你个选择，这一枚脑控环给你，还是给她？"盖尔2098指着程婷所在的休眠舱道。

第八十章 命悬一线

休眠舱中，程婷体内的药性开始减弱，她发现，自己的眼睛与手指可以动了。如果么恒也被安装了脑控环，意识就会被锁死在这个时空，也许永远无法再回归到本体中，她只希望么恒立即逃走。

么恒没有出声，他在观察环境，思考对策。另一边的盖尔2091只是看了他一眼，然后将注意力全部放在休眠舱的么兰身上，此时他的眼里只有屏幕上的那些数据。

么恒注意到休眠舱中程婷焦急的目光。尽管幅度不大，么恒依然看出她在竭力地摇着头。

"放了她！我进去！"么恒道。

"可以，别耍花样。"盖尔2098挥了挥手，那台无人机的下方立刻伸出一支枪口，对准了么恒。

么恒举起双手，向休眠舱的方向走去："让她离开，我自己坐上去。"

见到么恒接近，盖尔2098在面前的光幕上一挥，休眠舱里固定程婷手脚的锁扣自动收回，休眠舱的舱盖自动开启。

当么恒走到休眠舱前的时候，程婷也逐渐恢复了对身体的控制，她的上半身已经恢复了知觉。当么恒伸出手想把她抱出来时，程婷在他的耳边轻声道："脑纹密码是我们的吻！"

么恒大感不妙，想要将她拉出来时，程婷迅速后仰，让安装脑控环的触手刺进了后脑。触手感知到进入人体，立即释放了脑控环。程婷的意识顿时被锁住。

"程婷！"么恒大叫一声，跟着反应过来，迅速在程婷耳边说道，"我们的吻！"

"想不到你们竟然是情侣！"盖尔2098道。见到么恒仇恨的目光，盖尔2098挥了挥手，那台无人机立刻将枪口抵在他的后脑。

"为什么要给我妹妹装脑控环？"么恒沉声问道。

"为了救命！"盖尔2098指了指2091年的自己，笑道，"看到我的外骨骼没有？你知道一个人在四十岁时已经不能独立行走是什么滋味吗？我只是想像正常人一样活着，我有什么错？"

"你想活，关我妹妹什么事？凭什么要伤害她？"么恒愤怒道。

"看来你还没意识到，你们两兄妹是多么有用的棋子！亏你还是时空特警，真可怜！"盖尔2098大声嘲笑道。

听到这话，么恒像是被打了一闷棍！棋子？这一切原来从一开始就是设好的局。

盖尔2098想再说点什么，他身后突然有人道："东西拿到了。"

门口，张贝塔2098走了进来，他身后跟着另一个张贝塔，背上背着一人多高的巨大金属箱子，小心翼翼地将它摆在盖尔2098旁。

盖尔2098的目光望向箱子时，么恒迅速矮身扑向箱子。盖尔2098反应过来，本能地挡在金属箱前，大叫了一声："开枪！"

无人机射出的能量弹，擦着已经矮身前蹿的么恒头顶飞过，正中盖尔2098的眉心。

一时间，房内所有人都被这突如其来的变故惊呆了。盖尔2098为了保护金属箱命令开枪，却使无人机误将自己打死了。能量弹带走了他的整个头盖骨，鲜血和脑浆喷溅在金属箱上。那具只有半个头的身体直挺挺倒了下去。

张贝塔2098率先反应过来，直扑么恒。么恒回身格挡，张贝塔2098一拳砸在么恒架起的手臂上。他的客体，力量并不如本体强大，么恒轻松地挡住了这一拳。可还没来得及反击，张贝塔2098的拳头就像雨点一般连续向他击打过。

一轮强攻打得么恒根本找不到还手的时机，只有全神贯注抵挡张贝塔的拳头。"砰"的一声枪响，一颗能量弹击中了么恒的大腿。他的大腿瞬间被击穿，人也被能量弹巨大的冲击力击飞，头部重重着地。么恒感到剧烈耳鸣，再加上失血，意识开始逐渐模糊。

"不行，要是昏迷了就会返回到2098年，我必须清醒！"么恒心想。他挣扎着翻过身来，张贝塔2091已经来到面前，手中的枪正指着他的面门。

张贝塔2098俯视着他，口中却对盖尔2091说道："怎么办？"

盖尔2091走近盖尔2098客体的尸体，仔细看了看道："半个大脑毁掉，2098年的我恐怕回不去了。不过，你们大可以放心，还有现在的我呢！2098年的我已经交代过一切，计划照旧。"

说着，他挥了挥手，无人机的摄像头再次打开，里面传来李仲儒的声音："么恒！发生了什么？你怎么样了？"

"别让他昏迷过去了，他还有利用价值！"盖尔2091看了看张贝塔2091。

张贝塔2091立即会意，将手枪换成电击枪，调整功率，向么恒按下了扳机。么恒全身顿时陷入麻痹，中枢神经系统被电流强烈刺激，意识却又恰好没被夺走，一瞬间五感陷入混乱，失去了对外的感知。

盖尔看了看无人机，得意地说道："如果这一切都没有发生，你会选择牺牲你女儿。但是，你想过没有，在这之后，你会一直自责、内疚，直到自己死去。现在，加上你儿子的一条命，我再给你一次选择的机会。"

说完，无人机的枪口对准了么恒的头。盖尔接着道："我们是同行，你知道能量弹击中大脑的后果，大脑中的生物电迅速消失，他的意识就会像一台死机的电脑，卡在2091年，脑死亡，你儿子可是死得透透的！"

李仲儒看着影像中的么恒，他的身体正在不断出血，遭受电击后看起来十分虚弱，作为父亲，李仲儒的心快要碎了！他知道自己作为科学家应有的操守，但是他也是人，无法目睹骨肉的逝去！上一次，他牺牲了女儿的意识，而这一次，天平的另一端，是儿子的命！

也是在此时，么恒竭力从麻痹中恢复了感知，看到面前是对准自己的枪口，马上意识到，他现在就是盖尔所说的"棋子"。

盖尔2091面向无人机："怎么？难以抉择吗？我要开始倒数了，十、九、八……"

就在张贝塔2091扣紧扳机时，无人机里传来李仲儒的声音："我可以将DNA编码给你，但你必须说出么兰的脑纹密码，然后，将他们两兄妹交给我指定的人。"

"之后你不交出编码怎么办？"盖尔2091道。

"我会把编码存储在量子数据盘中，将它交给暗网中间人。你说出脑纹密码，让暗网中间人带走他们两兄妹时，他会将数据盘权限向你放开！暗网中间人的信誉是有绝对保障的，这一点你也知道，你以前不也是通过暗网找实验材料？"李仲儒道，"这样的话，我们双方都可以随时毁掉对方想得到的东西！另外，你要保守我身份的秘密，你可以做到吗？"

盖尔 2091 思索片刻道："可以！"

李仲儒说："中间人我已经找到了。"

盖尔 2091 道："脑纹密码是么兰最大的心愿。"

"等等！你到底是谁？"么恒缓了过来，虽然还有点耳鸣，但也听到了李仲儒的声音，对着无人机喊道。

无人机一阵沉默。

盖尔 2091 皮笑肉不笑地说道："他不告诉你他是谁，我可以告诉你，但你要乖乖听话，哈哈哈哈……"

"盖尔！中间人五分钟之后到，我希望你能信守承诺。"无人机传来最后的声音，就再也没有了回音。

么恒瞬间沉默了……

81

第八十一章 灾变再临

2098 年，联合特警总部，时空管理局。

时空潮汐就要结束了，么恒与程婷还未回归。刘伟文准备在两人回归之后，安排一场小型的英雄勋章颁发仪式。潘离叛变之后，他一直想在联合特警的系统中树立新的榜样。在潘离叛变的消息被全系统知晓前，他希望以么恒和程婷取代潘离的位置，淡化潘离叛变造成的影响。如果二人可以更进一步，找到盖尔的线索，加上他的全力栽培，两人将会成为整个联合特警系统内当之无愧的模范搭档。届时，没人再会关心潘离的去向。

潘离、黛茜等破桩联盟的骨干已经被雷震霆押解到了联合特警总部。刘伟文亲自批示，将潘离与黛茜作为 S 级罪犯关押在地底专门囚禁特别犯人的全封闭囚室，等待联合法庭审判。自从抵达联合特警总部之后，潘离与黛茜就不再出声，对任何问题一概沉默不语。刘伟文无奈，只能暂时放弃了对两人的审问。

通信器里，助手的声音将刘伟文的思绪拉了回来："刘局，数据显示，么恒要回归了。"

刘伟文急忙问道："程婷呢？"

"她的数据毫无反应！"

"做好准备，我马上到。"刘伟文心中泛起一丝不祥的预感。

长久的黑暗之中，么恒好似做了个梦。在梦里，他和程婷、么兰在游乐场，三个人笑语欢声。旋转木马上，么兰和程婷在阳光的照耀下，萦绕着一圈柔和的光晕，像两名从天国下界的天使，圣洁、美丽，笑得无比灿烂。

突然，一道耀眼的光芒，让眼睛有些刺痛。么恒睁开了双眼，那是穿隧大厅极其明亮的灯光。

"程婷呢？"见么恒睁开双眼，刘伟文迫不及待地问道。

"她回不来了！"么恒强忍着心痛道。

刘伟文急切道："2091 年发生了什么？"

么恒正要回答，光线突然暗了一下，通信器中也响起"滋啦、滋啦"的干扰音。穿隧大厅那面与室外环境同步的背景墙上，太阳的光线也突然弱了下去，所有人纷纷向背景墙望去，只见那轮夺目的光辉中，出现了一个黑色斑点。众人仔细观察，那个斑点越来越大，逐渐变成黑色圈环，向四周扩散。太阳散发的光辉也不再那么炽烈，一场超大型的太阳风暴正在成形。

所有人都注意到了天空的异常，有人已经开始交头接耳。不消片刻，几乎所有人的通信器中都收到了警报：天文台预警！刚刚探测到地球引力短暂剥离后又重联！这次引力重联引起超大型太阳风暴爆发，全球性地质灾难即将到来，请所有民众即刻寻找地下掩体或防空设施避难。本次灾难为 S 级，将会引发地震、海啸，大陆板块偏移等等现象。灾难或将持续 12 小时，部分高纬度地区还有辐射风险。请所有民众务必收到地表安全确认后再离开安全区域！

么恒怔怔地望着太阳的方向，他隐隐约约看到，似乎在目所能及的远处的空间中，不规则地断断续续发生着空间扭曲、剥离。他收回视线，看了看四周的空间，扭曲同样发生着。这些扭曲的幅度不大，但是无处不在。

"2091 年的新时空出现了！"么恒有些沮丧。

刘伟文看了看乱作一团的穿隧大厅，然后道："整理一下你的思绪，十五分钟之后到办公室详细向我汇报。"

刘伟文离开后，穿隧大厅的工作人员打开了全息影像，其中正在实时同步新闻画面。在新闻中，南极与北极巨大的极光爆发，全球的活火山有的已经开始喷发，太平洋上的一场海啸，吞没了数个岛国。有些地区的地表重力也受到了影响，停放在地面的飞梭和一些设备因为失重飘浮在半空，其中甚至夹杂着一些来不及躲藏的人，他们手舞足蹈地向天空飘去。短短瞬间，失重结束，他们又迅速摔到地面，被漂浮物砸中……

身在接近五百米的地下，么恒能清晰地感受到地壳在震动！他的心也不由得在震颤：这场灾难之后，又会死去多少人？这个世界恐怕会面目全非……

"也就是说，破桩联盟针对 1911 年的大规模穿隧，是用来迷惑我们的？"刘伟文的办公室中，么恒已经对 2091 年的事件做了简要的阐述。"他们出动了大量的人员，利用巨大的能量波动，遮蔽了针对 2091 年的小型穿隧。"

么恒："鲁霞秋客体是被张贝塔杀死的。"

刘伟文："你怀疑破桩联盟的领导者根本不是盖尔，而是另有其人？"

么恒："是的！"

刘伟文沉默了片刻："其实，这一点我早就发现了，我怀疑和他们合作的有联合政府高层。所以，希望你不要向任何人泄露。破桩联盟中有我的人，只是一直无法成为核心骨干！"

他深吸了一口气，似乎在极力压抑自己的情绪，接着道："好了，准备一下吧，我们可能会面对联合议会的暴风骤雨！"

走到门口时，么恒突然道："刘局，我想出去一下，是关于我妹妹的事情。"

"保持通信畅通！关于2091年事件的听证会随时可能召开！"

张贝塔醒来时，已经在一艘前往火星的运输船上。船上只有四个人：阿尔法、王长汀、休眠舱中的盖尔和他。

"博士，帮我改变样貌、瞳孔和所有指纹吧。当关于我妻子的时间桩来临时，请通知我，你知道怎么找我。"这是张贝塔从休眠舱中爬出来后的第一句话。

实验基地被捣毁，几乎全军覆灭，阿尔法丝毫不觉得惋惜。一切都在他的预料之中，包括那枚追踪器，包括2091年新时空的开启。唯一可惜的是，盖尔可能永远无法回归了！

他面前的屏幕中，太阳风暴正在成形，那预示着他理想中的时空繁荣也正在酝酿。

"我已经为你准备了最优秀的医生。你的新身份也已经准备好了，从火星离开后，这个世界上就不会再有张贝塔这个人。"

"博士，到达火星大概还需要几天！这艘船手续齐全，不会受到任何盘查，你们可以放心休息。还有一个问题，盖尔的身体要如何处理？"王长汀的声音从系统中传来。

阿尔法道："我需要再观察一下，毕竟他的意识还在2091年，说不定有惊喜呢！"

在已经沦为废墟的盖尔实验基地，三公里之外的某处，大面积的黄沙陷落，露出下面的发射井。阿尔法乘坐的运输船，正从这里升起，悬浮了片刻之后，以极快的速度向天空飞去。飞船冲破了一团乌云，一束光从乌云之后射了下来。

云团之后，似乎有一处光明彼岸，正在等待阿尔法的到来。

十二小时之后，随着太阳风暴的平息，这场席卷全球的灾难终于平静。人类努力保护的那些文明象征几乎倒塌殆尽，数十个地区几乎面目全非，上百座岛屿沉入海底，一些地域的大陆板块也发生了偏移。

第八十二章

图穷匕见

灾难平息后的第一时间，么恒再次收到刘伟文的传唤。

"接入联合政府会议中心。"

办公室中，刘伟文下达了指令，在他与么恒的通信器中，可以见到所有与会者，同时他和么恒的全息影像，也会投射到会议中。

希尔特怒气冲冲："第二次了，已经是第二次了！1993年的上海，你们没能成功阻止破桩，而同样的失败如今再次出现！你们必须给出一个令人信服的理由，否则无法向全世界交代！"

么恒是麻木和痛苦的，2091年的事占据了他的脑海：程婷的自我牺牲、父亲的身份之谜，还有么兰的脑纹密码、第二次守桩失败……如果可以的话，他只想一个人静静待着。但是他需要再次面对联合政府的质问，连一点儿留给自己的时间都没有，只能无奈应对排山倒海的舆论风暴。

"请详细阐述此次穿隧的事件经过。"副秘书长面无表情地说道。

履行汇报的职责，么恒告诉自己必须这么做。

么恒深吸一口气，说道："我所穿隧的时间桩是在2091年4月的华夏南部，我的客体是一名叫李想的高中体育老师。到达时间应该是13点左右，地点是在大学城内的一所高中，当时是学校的午休时间，我醒来时客体在办公室中。"

他咽了咽口水，缓缓说道："我在学校与程婷会合……"

"这一天学校有活动，放学的时间提前。盖尔的手下将么兰骗至天台，程婷为了找到盖尔实验室的位置，主动与么兰共同被对方带走……"

希尔特坐在位置上，表现得异常平静，又向么恒问道："请注意！我们想知道的是破桩联盟的全部计划和破桩过程，不是流水账。"

么恒："我在回归之后，才理清了破桩联盟的全部计划。第一，用1911年的大规模穿隧的庞大能量，遮蔽2091年只有两个人的穿隧行动。

"第二，在穿隧之前，故意暴露穿隧实验室，将我们的注意力转移到捣毁实验室上以混淆视听。

"第三，盖尔客体与张贝塔分头行动，由盖尔获取作为量子意识存储器开关的DNA编码组，张贝塔则盗取量子意识存储器！

"第四，2091 年的盖尔拿到 DNA 编码，应该会把自己的意识装进量子意识存储器。"

希尔特冷冰冰道："我们不需要你的推断！你只要陈述事实就好了！"

么恒故意隐瞒了盖尔以他么兰为筹码，要挟黑袍研究院的事情。直觉告诉他，如果将此事公之于众，他极有可能会失去救醒么兰的机会，更有可能面临更多未知的风险。

"在我被他们拿程婷做要挟时，程婷选择了自我牺牲，那时我才有了机会，干掉 2098 年的盖尔。之后，张贝塔带着量子意识存储器来到了实验室，接下来我与张贝塔交手。"

希尔特道："如今新时空已经诞生，说明你们没有阻止破桩联盟获取量子意识存储器，也没有阻止他们获得作为存储器开关的编码组。这两件事只要其中一件能够成功，就不会酿成如今的后果。这就是你们的能力吗？你们的判断力、行动力都值得怀疑！"

会场中顿时嘈杂起来，各种惊诧的声音再次响起。

么恒放大了自己的音量："在当时的局面下，程婷的意识被锁，我已经重伤，我根本没有能力再去销毁量子意识存储器了。"

希尔特突然大声指责刘伟文道："刘局长！这就是你领导下的时空特警吗？你们难道忘记了自己的职责？"

刘伟文道："我不认为么恒有错。他将盖尔客体消灭，也是尽了最大努力，毕竟双拳难敌四手，好汉架不住人多。何况还有两个武功高强、满身装备的特种兵张贝塔在场。"

希尔特道："我要再次重申！时空管理局的第一要务，是守护时空的安全，而不单单是粉碎破桩联盟！如果 2091 年被数字人掌控，我们面临的可能是彻底失控！我请求联合议会慎重考虑，刘伟文局长是否适合继续担任时空管理局的领导者。"

刘伟文道："如果联合议会对我的执政方向有意见，我可以接受任何安排。但请注意，么恒的行动，完全是在我订立的指导方针下执行的。到目前为止，在时空管理局中，他始终是最优秀的时空特警。"

这时候，在讲台下面第一排的正中座位上，出现了一个全息影像，是联合议会的秘书长约翰，他比希尔特表现得更为稳重，用他那有些浑浊的眼神看了看么恒。

约翰的全息影像出现后，整个会议中心马上安静了下来，大家仿佛连呼吸都不敢用力，在等待着他的发言。

他语气平稳地说道："辛苦了，本次的任务，并未达到我们想要的结果。我想，很大程度可以归结为破桩联盟的计划太过隐蔽并且迅速，我们根本来不及应对。既然你是时空管理局最优秀的时空特警，在这里，我想听听你关于守桩计划的一些想法和建议。"

么恒没想到联合政府权位最高的约翰秘书长也在旁听，心中有些紧张，他压低了语调回答道："提前预判破桩人的行动。我想这一点很重要，我建议联合政府可以调用更多的资源，研发可供长时间穿隧的设备，训练更多时空特警。只有更早抵达相关的时间桩，有更多的人员配合，花更多时间蹲守，我们才有可能对破桩联盟的行动进行预判。"

么恒一鼓作气说出了自己的看法，最后，他犹豫了一下，但还是说了出来："另外就是，我们几乎没有任何关于破桩联盟的情报，有句话叫作'不打无准备之仗'。"

希尔特打断了么恒的话，严肃地反问道："你的意思是这次任务失败，责任要归到情报部门身上？"

"起码不应该全部是时空管理局的责任……"么恒下意识地反驳了一句，他马上想起希尔特主管着情报部门，没有继续说下去。

这一下又引起了全场哗然，在座所有人都没想到一个时空特警会当着众人的面顶撞联合议会副秘书长。希尔特却依然保持着冷静的神态，并没说什么，只是轻蔑地看了一眼么恒。

这时约翰开口道："我看了时空管理局的行动报告，有一点，我也非常疑惑。"说着，他把目光转向希尔特："我们的每一次行动，从来没有获得过情报部门的支持。"

希尔特毫不惊慌，漫不经心地拿出几份文件："并不是情报部门不想支持，而是我们从来没有得到批准。这是我在时空管理局成立时已经提交的申请文件的备份，在议会的文件审批系统中都有明确的记录。我不知道约翰秘书长是否看到过，还是有意忽略了。但这些文件的处理评级，全部是'优先'！"

约翰心中一沉，额头上冒出冷汗，他的第一反应是：这是希尔特早有预谋的陷阱！在他身边一定有希尔特的人，否则，自己怎么可能忽略如此重要的文件？

希尔特并未就此展开对约翰的猛攻，而是扬声说道："现在，我有理由认为，目前的议会效率极其低下，而且昏聩。在决定人类命运的事情面前，竟然如此懈怠！长此以往，置人类的未来于何地？破桩联盟已经打开了两个时空，我们的世界已经灾难深重，到现在为止，死亡的人数还在节节攀升。我们的议会做了什么？没有！我们都在等，等的是各种数据的统计，等的是各种损失的汇总。有人立刻做出行动，去拯救那些灾难中面临死亡的人们吗？没有！"

希尔特越说神情越激奋，他已经站了起来："所以，我提议，议会进行重新选举，让有能力、有魄力、有责任心，能够带领全人类面对灾难、战胜敌人的人，领导我们走出现在的困境。大破才有大立，大难才见英雄。联合政府，是时候做出变革了。"

会场瞬间鸦雀无声，只有来自全球各地的媒体记者使用各种设备拍照、录影的声音。

约翰如坐针毡，却又不得不做出回应，他没想到希尔特会利用这个时机对自己图穷匕见。他才意识到，为什么这次会议是面向所有人的，为什么这次会议会有如此多的媒体参与？！他知道，这一次，他完了！

只听希尔特继续说道："时空特警么恒，谢谢你的建议，我们会接纳的，本次任务的汇报到此结束。联合议会的各位议员请留下，刘伟文局长，我们开个短会。"

83

第八十三章 一线

生机

整个联合政府焦头烂额，几乎所有部门都在忙着应对灾后重建与救援工作，时空小队反而变得无事可做。

么恒把自己关在了训练室中。现在，胸前的那枚英雄勋章，让他感到莫大的讽刺！三国、唐代、1993年的上海、民国，不到四个月的时间里，他几乎马不停蹄地穿隧在各个时空，竭尽所能阻止着破桩联盟的行动，而现在，所有的努力已经化为乌有！他很愤怒，却不知该憎恨谁。是盖尔，还是那些互相推诿的政客？

一拳又一拳落在面前的沙袋上，发出"嘭、嘭"的闷响，发泄着他心中无边的怒火。

么恒的拳速渐渐慢了，击打在沙袋上的力量，也开始慢慢减弱。那种愤慨的情绪，逐渐变成了一种无力感，从心底升腾、扩散。他突然觉得，面对科技带来的灾难，人是如此渺小。而这些灾难，又全因人而起。权力的角逐，疯狂的梦想，人类最终的走向，也许就是无法回头的深渊。

他无力地坐在地上，跟着仰面朝天，将一瓶水倒进口中，淋在头上。刘伟文不知何时走到么恒身边："发泄完了？"

被刘伟文这么看着，么恒有些不自然，急忙坐起了身："刘局，您怎么来了？"

"我已经不是时空管理局的局长了，过几天会到情报科任职。"刘伟文有些自嘲地说道。

"对不起，刘局，都怪我……"么恒的自责又多了一分。

刘伟文扶着么恒的肩膀，坐在了他身边："你做得很好，不用自责。这只是政治斗争的结果，跟你没有任何关系！"

"可还是因我而起……"

"别傻了！即使不是这次的事，他们早晚也会找到其他理由的……不说这个了。我来是想告诉你，作为一名时空特警，你要做的确实是维护时空的安全，但也不要被那些政客的豪言壮语蒙蔽。这一次你做得不错，即使将来我不在，我希望你依然可以遵从本心去执行任务，而不要被某些因素左右。

时空管理局是我创建的，我不希望将来它的路走歪。你是我最看好的人，也是时空管理局的未来！"刘伟文语重心长道。

"刘局，您言重了，您说得我有点不知道怎么办了。"么恒一下子站了起来，有些受宠若惊。

"坐下！你小子想让我仰着头和你说话啊？没什么言重的。还有一件事，我想提醒你，尽快去处理你妹妹的事情。在我还没离开的这几天，起码还有能力帮你，等我离开后，也许你想见她一面都会很难。"刘伟文说完，自顾自地站起身离开了。

么恒望着他的背影，默默道："刘局，我不会让您失望的！"

太空，前往火星的运输船中。

阿尔法始终没有进入休眠状态，只是静静地坐在盖尔的休眠舱旁。他等待的消息迟迟未至："长汀，盖尔的数据有没有异常？"

王长汀盯着屏幕前的数据："一直很稳定，但是波幅极其微弱，我觉得他回不来了。"

阿尔法来回踱了几步，然后突然停下道："接通加密频道。"

"为什么不到火星再联络？你现在找我，风险很高！"频道中传来男人的声音。

"我损失了一名极其重要的成员——盖尔，他的意识回不来了。潘离与黛茜，我需要你想尽办法将他们送到火星。"阿尔法道。

"这次行动不死鸟的损失很大！这是我在地球上最大的底牌，我还不想让它浮出水面。"男人道。

"和2091年的新时空比起来，这点损失可以忽略不计。而且，我只要潘离和黛茜。"阿尔法加重了语气。

"西格玛动摇了！联合政府的心理专家会在短时间内攻破他的心理防线，很多核心人员见过你，你知道掩盖这些我需要付出多大的代价吗？"男人开始咆哮。

"我只要潘离和黛茜！那些人我会处理！"阿尔法依然很冷静。

通信被切断之后，阿尔法来到盖尔的休眠舱边："长汀，你给他们偷偷植入的那些小玩意还在吗？"

王长汀操作了一阵之后答道："在，那些小东西跟着他们的呼吸附着在肺部，联合政府发现不了的。"

阿尔法："除了潘离与黛茜，其他人的可以启动了。"

王长汀："包括盖尔？"

阿尔法："是的，只有一具身体，毫无意义！"

王长汀在屏幕前输入了一串代码，然后按下回车键。

盖尔的肺部，许许多多的肺泡中，有几只小东西像植物的孢子般开始破裂，逐渐堵满了毛细气管。那是王长汀在所有人进行穿隧训练时，通过他们的呼吸系统，偷偷放进去的微型机器人。这些机器人几乎没有重量，随着氧气进入所有人的鼻腔。到达肺部之后，附着在众多的肺泡之中，与正常的肺泡组织没有任何分别。

休眠舱中，盖尔的身体经过短暂的剧烈抽搐，停止了呼吸。他的脸上瞬间泛起乌青，成了一具没有任何生命体征的"蓝"尸。

"终于可以安心地睡了！长汀，盖尔的尸体，焚化之后丢弃到太空中，不要留下任何痕迹。"阿尔法走向自己的休眠舱。

2098 年，地球，王鑫的实验室。

"你的意思是，你和程婷的意识回到了 2091 年，进入了其他人的身体，然后，她在那个时空被安装了脑控环？"看着么恒，王鑫一脸震惊地问道。

刘伟文提醒后，么恒立刻找到了神经网络数字化专家王鑫，并讲述了他和程婷在 2091 年经历的一切。来找王鑫，他有两个目的。其一，他已经得到么兰的脑纹密码提示，解开脑控环需要王鑫的帮助。其二，程婷在 2091 年被安装了脑控环，意味着她的意识被锁在那个时空，么恒希望能将程婷的意识拉回本体。

"对！程婷的意识被脑控环锁在那个时空的客体脑中。而穿隧者在另一个时空，一旦昏迷和进入深度睡眠，都会被拉回原本的时空。我们有没有可能借助这个特性，让程婷的意识回归本体？"么恒说道。

"我是不是可以理解为，一旦穿隧者进入无意识状态，主客体的量子意识纠缠就会断开，意识将回到本体？"王鑫问道。

"是的，如果我们在那个时空死亡，除非大脑遭到致命伤害，意识没来得及被拉回就被毁灭，在进入深度昏迷时，我们的意识同样会被拉回来。"么恒道。

"意识穿隧是以引力波为载体？"王鑫曾经观看过联合政府关于时空灾变的听证会视频，甚至参加过此后的一些学术讨论，对于穿隧技术，也曾进行过深入了解。

"是的，我咨询过技术人员，引力波能够穿越黑洞，同时它的稳定性非常高，所以用它来搭载意识。引力波搭载的意识穿隧后，建立两个时空的大脑的量子纠缠，搭载的引力波就不再会有作用。"么恒的语速很快，恨不得立刻将自己所有的假设灌输给王鑫。

"我研究过脑控环。它的作用方式是阻断大脑神经功能，不断在大脑中产生梦境循环，大脑永远在梦境之中，所以如果没有取下客体脑控环，程婷不能回来。如果你穿隧回2091年，阻止脑控环安装，或者安全取下脑控环，让量子纠缠断裂，程婷也许可以醒来，毕竟她现在的意识是锁在2091年。"王鑫皱起了眉。

"也就是说，我只有在再次回到2091年安装脑控环之时，才有机会救回程婷？"么恒有些沮丧。

"是的，不过，下一次时空潮汐会将哪个时空推来，根本无法预计。你恐怕只有等了！"王鑫坐直了身体，抬眼望向么恒。

么恒叹了口气道："唉，只能看天意了。程婷的事，拜托您了。我会在时空潮汐再次来临前来找您的。"么恒深吸了一口气，平息了激动情绪，接着道，"那么，还有一个问题需要向您请教，我该怎么唤醒么兰呢？"

"就是意识被锁住的那个女孩吗？我了解过时空穿隧的一些基础问题，在你们正式穿隧之前，是不是会经历'四化训练'？"王鑫道。

"是的，我已经得到了脑控环的脑纹密码提示——我妹妹最大的心愿！"么恒道。

王鑫皱起了眉："最大的心愿？这样吧，利用你们的四化训练程序，你可以进入你妹妹的意识！至于你妹妹的最大心愿，你可以在她的意识中找到。我可以跟你一起去，协助你解开她的脑控环。"

"非常感谢！我这就回去向上级申请！"么恒声量提高了很多。

王鑫道："没什么，作为一名神经学领域的学者，能够接触李仲儒博士主导研发的四化程序，这也是一次非常难得的学习机会。"

第八十四章 **爱琴神话**

84

时空灾难导致联合政府一片混乱，议会兀自在争吵不休。时空管理局的工作，很多已经停滞。有了刘伟文的帮助，么恒关于使用四化程序破解脑控环的申请，几乎没人再有心思去深究，竟然毫无阻碍地通过了。

四化训练室中，时空小队的成员除了程婷全部都在。么恒已经进入休眠舱，么兰的休眠舱就在隔壁，所有的准备工作俨然已经完成。

"我说你小子，怎么就是不肯让我们帮忙呢？这玩意我们又不是没用过？"王翔大大咧咧道。

么恒笑了笑道："心领了，我担心么兰的意识承受不了这么多人的进入，更何况，这也是我自己的事情，没必要让大家跟着我一起冒险。"

唐安迪放下通信器道："有个很不好的消息，除了等待审判的潘离与黛茜，我们抓捕的破桩联盟核心成员，一夜之间全部离奇死亡了！"

王翔拍了拍么恒的肩膀："所以，你小子更要安全回来。盖尔的背后还有更加强大且隐秘的组织，未来还有更加激烈的战斗等着我们呢。"

么恒点了点头，躺了下去。王鑫提醒道："脑纹密码是么兰最大的心愿，她的潜意识会自我设置保护机制。也就是说，你在见到这个场景之前，会遭遇到无法预知的危险。"

"那个场景将会出现在么兰意识的最深处，她会一遍又一遍地回放。你要想办法使那个场景补充完整，绝对不能有任何残缺，否则无法解锁。么兰的脑电波监测有任何不同寻常的异动，或者脑控环有任何异样，我会出于对么兰的保护，立即把你拉回。所以需要你打起十二分精神，随机应变。"

么恒重重地点了下头，唐安迪点下全息屏，连接脑部的细小的纳米机器人管自动连接了上去。

王鑫又一次强调："一定要记住，那个场景必须完整！"

仪器启动，么恒缓缓闭上了眼睛。

白色房间的光线暗了下来，么兰躺卧在鹅蛋形容器内，水养液逐渐充满。边缘释放出十多条极其细小的纳米机器人管，它们一头是十分细长的钢针，后面连接着一条光纤似的、流动着微小光粒子的半透明接管，纳米机器人管开始精准寻觅么兰后颈穴位，进行脑机接口的连接"改造"。

【数字化改造完成。】

【思维同步成功……开始载入客体……视、味、听、嗅、触五觉体感同步……完成。】

经历了短暂的黑暗之后，么恒感到眼前有炽烈的阳光在照射自己。他睁开了眼睛，周围是一望无际的荒漠。在正前方，有一处连绵不断的石砌高墙，望不到尽头。

在他身旁，有几对目光呆滞的青年男女。他的身上挂着一个线球，背着一柄厚重的大剑。和那几名男女一样，他身上的装扮裸露着大面积的皮肤。

"这是古希腊？线球、长剑？难道我是忒修斯？"

拥有多次穿隧经验的么恒，第一反应就是通过各种线索判断自己的身份。周围的一切以及身上的物件，让他想起小时候母亲曾带着自己和么兰去爱琴海旅行。在海边，母亲曾经给两人讲过关于爱琴海的传说。

这是古希腊的一则神话故事：迷宫中被囚禁的牛头人身怪物——弥诺陶洛斯，要人们奉献童男童女，国王爱琴的儿子忒修斯决定杀死弥诺陶洛斯。弥诺斯王的女儿阿里阿德涅给了他线团和神剑，杀死怪物之后，他只顾与阿里阿德涅谈情说爱，忘记了将船上的黑帆换成白帆！他的父亲爱琴以为儿子被怪物杀死了，伤心过度，投海自尽，于是，那片海就被命名为爱琴海。

"么兰这家伙，对这个故事记忆深刻啊。难道是因为忒修斯有个深爱他的父亲？"么恒不禁想到。

那些高墙之后，应该就是迷宫。找到一处入口，么恒从线团中扯出线头，拴在一块岩石上，随后向迷宫内走去。那几对青年男女，依然是那副呆滞的表情，跟在么恒身后，好似游戏中的 NPC（非玩家角色）。

么恒在迷宫中走了很久，感觉经历了不知多少次日出日落，可始终还是走不到迷宫的出口，更没有见到弥诺陶洛斯的影子。线被放出又被收回，奇怪的是，线团似乎永远都不会用完，而且丝毫不见变小。也许是因为一切发生在意识中，他并不觉得饥饿，也不觉得口渴。

"难道这是么兰的潜意识对时间的感知？"在某个路口，他摸了摸自己变长的胡须和头发想道。

又过了不知多少个日日夜夜，有些路口他已经不知道走了多少遍。终于，他来到之前从未做过记号的路。原本身后的青年男女，一个个早在中途变老死亡，现在的他已是孤身一人。他的胡须及胸，腰已经佝偻，牙齿也已掉光。他就快忘记自己为什么在这里，只是口中喃喃念叨着："么兰！么兰！"

他蹒跚着走到路的尽头，踏入了出口。前方豁然开朗，那是一片如斗兽场似的空地，空地的后方是一座希腊神庙。一只牛头人身的怪物坐在神庙前的阶梯上。

怪物见到有人走近，立即站直了身体，仰天吼叫。他抱起身边一根粗大的石柱，向么恒冲了过来。

么恒伸手从背后拔剑，可剑早已锈死在剑鞘中。

眨眼间，石柱已经当头砸下。么恒只有用双手去撑石柱。双手撑住石柱后，他的双膝承受不住重量，他只能单膝跪在地上。

怪物将石柱抡起，又一记砸了下来。他再次用双手迎上。"咔嚓"一声，支撑地面的膝盖碎裂，他坐在了自己的小腿上。

怪物狞笑着，又一次砸来。这一次，么恒双手环抱，石柱砸在肩膀上，又是一声骨骼断裂的声音。

这时的么恒，口中还在喃喃念着么兰，而且声音越来越大，越来越快。"么兰"的名字像一段咒语，随着这一声声念诵，么恒的白发变黑、胡须变短，皮肤上的皱纹渐渐平复。他那未受伤的腿，单腿支撑着地面，抵着石柱一点点站了起来。

怪物的眼神中有了一丝慌乱，它再次将石柱当头砸下。么恒已经完全恢复了当初的样子，一拳迎向石柱。

"轰！"石柱应声碎裂。

背后的大剑也已恢复如初，么恒拔出背后的大剑，双手舞了个剑花，将剑尖对准了怪物。

怪物嘶吼一声，喷出粗重的鼻息，眼中已被血色染红。它将头上的双角对准么恒，向着么恒冲撞而来。

就在那对尖角即将刺中自己的时候，么么一个转身，一剑斩下。牛头应声被斩断，怪物的身体兀自向前冲了很远，才无力倒地。

么恒踏上石阶，走进神庙的大门。在踏入大门内的一瞬间，眼前一阵恍惚，已经置身另外一个世界！

85

鬼屋
梦境

清醒之后，么恒发现自己站在一道彩虹之上。彩虹似有实体，四周飘浮着像棉花糖似的云朵。这处空间同样无边无际，但放眼望去，尽是游乐场中的各种游乐设施。这些设施，全部以各种角度悬浮在半空之中，并且全部处在运行之中。

突然，一片阴影掠过。么恒抬头望去，那是一艘海盗船向他冲撞而来。巨大的船体迎面压迫而至，他只能向侧方一跃，伸手抓住了船身上的缆绳。

海盗船向前驶去，么恒顺着缆绳爬到船上。船上有人拿着火枪，有人举着弯刀，在铁钩船长的命令下，怪叫着向他冲来。

刚躲过迎面砍来的弯刀，斜刺里刺来一把匕首，么恒将这名海盗一脚踢开，他背后一人"砰"地朝他又开了一枪。他向后一仰，火枪中的铅丹擦着鼻尖掠过。

海盗太多了，他只能踩上船桅，向船头跑去。船头的铁钩船长，怪笑着转动了船头的炮口，火炮尾部的引线已经点燃，么恒大惊失色！海盗船恰好在天空中转弯，"轰"的一声，炮弹击中他脚下的船桅。么恒从船上掉了下去，海盗们在船上欢呼着、怪叫着向远处驶去了。

下坠中的么恒还未来得及调整身体，已经掉进了一列飞速行驶的过山车里。过山车没有轨道，却在天空中像一条巨蛇上下翻飞、起起伏伏。他只能死命抓着座椅，在半空中被甩来甩去。

过山车穿梭在各种游乐设施之间，根本没有任何停下的迹象。他只能看准时机，在经过旋转木马时，纵身跃去。

就快接近旋转木马时，他的面前突然出现一只巨大的布偶巴掌，这巴掌迎头拍了过来。么恒急忙双手抱头蜷缩起身体。他毫无意外地被那只巴掌拍飞了。原来，那是一只巨大的玩具熊。

他在半空中又被一只碰碰杯接住。这时的么恒，已经头晕目眩，几乎没有力气再做挣扎。他缩在碰碰杯的底部，用双手双脚死命撑着杯壁。片刻之后，他感觉杯子的移动似乎变慢了。于是从杯子里探出头来，这时，刚刚那些暴走的游乐设施也都变得平稳而缓慢了。

他从杯子中站起来，想要寻找出路。所有的游乐设施，跟着他的动作又加快了转动。这时他才发现，这些游乐设施，仿佛是跟着他的动作启动的。只要他有动作，所有的游乐设施都会开始运转；当他不动时，这些游乐设施也会停滞在半空之中。

么恒只好站在杯子中一动不动，眼睛瞪得大大的，仔细察看着周围，希望能找到出路，可面前是一望无际的游乐设施区，根本不见有任何能够离开的路。

"么兰这家伙！等她醒了，一定要问问她，脑子里的游乐场怎么跟恐怖片似的？等等，游乐场……对了！"

么恒心头一喜，他想起一件事。在母亲意外离世后，么恒为了哄么兰开心，带她去了游乐场。刚才给了自己一巴掌的那只玩具熊，俨然就是那时么兰追着要拍照的那只。就是因为这只玩具熊，么兰跟他走散了。他找了很久，最后发现，么兰竟然跑进鬼屋，一个人躲在昏暗的角落里哭泣。

"鬼屋！出口一定在鬼屋中！"么恒灵机一动，开始寻找鬼屋的位置。

仔细回想当初的记忆，他记得鬼屋是摩天轮下的一座城堡，门前的台阶上有一台装扮成死神的机械人。在那附近，还有一台极其巨大的机械章鱼。

终于，他在这片空间的中间区域发现了那台巨大的机械章鱼。在它旁边就是那栋外表看似古堡的鬼屋。而章鱼和古堡的上方，正是一台大型的摩天轮。

与鬼屋的距离太远，他只能在杯子中又蹦又跳，同时观察所有游乐设施的移动方向，从而找出能将自己带过去的装置。

随着么恒的动作，所有的设施再次启动了。他发现那台飞驰的过山车在翻转时会接近摩天轮。当他持续动作时，杯子下方，那只巨大的玩具熊会不断地朝着一个方向挥巴掌。

继续蹦蹦跳跳了一阵，他终于摸清了这些机器移动的规律。在过山车向着自己的方向驶来时，他纵身跳出了杯子，而玩具熊的巴掌再次拍中了么恒。这一次，他的双脚踏在了玩具熊的掌心，借助玩具熊挥出的力量，他全力跃起，在过山车经过时，堪堪抓住了过山车的扶手。他就这样吊在半空中，向着摩天轮飞去。

过山车按照既定的轨迹，在摩天轮上方开始翻转。么恒看准时机，松开了双手。他落在了摩天轮最高的那间车厢上。站起身后，他急忙跟着摩天轮旋转的角度调整脚步，始终保持着站立的姿势。

在小屋接近机械章鱼的顶部时，么恒跳了下去。他的双脚刚刚接触到章鱼圆滚滚的顶端，这个巨大的机械竟然随着音乐转动起来。么恒还未站稳，从章鱼身体的四周探出十几条机械手臂，像极了章鱼的触角。在每条触角的前端分别缠着座位，毫无规律地上下翻飞起来。

章鱼的顶部不但是圆滚滚的，而且非常光滑，么恒根本找不到可以站稳的位置。他只好顺势趴在章鱼的顶部，向着最近的触手滑去。触手的根部连接章鱼身体的地方面积很大，又因为最接近章鱼圆形的主体，所以摆动的幅度不大。么恒刚好可以站在这里略作休息，在他停止了动作时，这些触手也停止了摆动。他刚深吸了口气，章鱼的触手竟然开始自动收拢。

迅速呼吸了几次，么恒只能再次行动。他沿着章鱼的触手，迅速向古堡的方向跑去。在他冲出去时，章鱼的触手也再次开始飞舞。当他接近城堡上方时，脚下的触手竟然向上扬起，似乎要将他甩回去？这是么恒脚下的触手，宽度只有手掌大小，他只能纵身一跃，向着从侧后方探出的那条触手跳去。

他用双手扒住这条触手的边缘，借助触手甩动的惯性，向着城堡前的石阶落去。石阶上，那名看门的机械死神，手握着镰刀咯咯怪笑。在么恒接近时，它突然抡起镰刀由下至上向着么恒砍来。

么恒一惊，急忙双腿一缩，然后用力一蹬，双脚刚好踹在镰刀的长柄之上，顺势跃到半空中，一个跟头翻进了古堡的大门。

古堡内非常昏暗，四周传来各种鬼哭狼嚎的叫声，飘浮着五花八门的恐怖鬼影。起初么恒还会闪躲，后来发现，那些突然出来吓人的鬼影都是全息影像，根本不会对人造成实质伤害。

他屏气凝神，完全不理会那些飘来荡去的鬼影，在那些哀嚎声中，终于听到微弱的抽泣声。循着抽泣声，他在墙角里发现了正在瑟瑟发抖的么兰。

看到么兰，么恒的心不由一痛，急忙双臂环绕，想将么兰搂在怀中。在他的手臂触碰到么兰的身体时，周围的景物瞬间变了！

第八十六章 唤醒新生

　　游乐场的世界，在一瞬间消失了。么恒搂住的么兰，也不再是躲在角落里的状态。他怀里的么兰一动不动，而且眼睛中带着无尽的悲伤，眼角处停留着一滴眼泪。这个空间似乎处在时间暂停的状态，面前的么兰是完全静止的。

　　向周围望去，么恒这才发现，在他的周围静止着无数个么兰。她们虽然呈现出不同的年纪，有着不同的装束，但所有人眼中都写满了悲伤，脸上都挂着眼泪。放眼望去，这些么兰充满了这个空间，根本望不到尽头。她们全部面朝着一个方向——太空天梯下的登梯月台！

　　沿着么兰注视的方向，么恒穿过形形色色在哭泣的么兰，终于，走到了所有么兰注视的地方，也是这个月台最中心的位置。

　　这里静立着一家四口，母亲抱着儿时的么兰，么兰的小手正伸向旁边的男人。儿时的自己正骑在男人的脖子上，男人抓着儿时自己的手向着么兰伸来的小手挥着。母亲、么兰和自己都在笑，笑得那么开心！唯独男人，他的脸始终是一团雾，而那团雾变幻着各色各样的人脸，始终无法定格在某个形象上。么恒伸手触碰父亲的身体，他发现这只是一团影像，并非实体。

　　"父亲？唉，看来，么兰也不记得父亲的模样！原来她最大的心愿，是一家团聚！"么恒站在父亲面前，目光始终没离开那团不停变幻的雾气。

　　"千辛万苦找到的画面，竟然有一部分是无法确定的！怎么办？我该怎么办？"么恒仿佛被抽干了所有力气，抱着头瘫坐在地上。

　　"冷静，再想想，已经走到这一步，坚决不能放弃。"理智告诉么恒不能放弃，可他已经心乱如麻，完全控制不住自己纷乱的思绪。

　　"我一定能想到的！"他盘膝而坐，调整自己的呼吸，强迫自己进入冥想状态。他的呼吸渐渐悠长，思绪也在慢慢平静。

　　"那团雾不停变幻出不同的人脸，也就是说，么兰在自己的记忆中，努力寻找着父亲的模样。因为她根本不记得父亲的模样，所以这些脸才会不停地切换。那么我只要让么兰认为她想起了父亲的模样，雾中的脸就会固定下来。"

"父亲的模样？父亲……对了，父亲的面容一定有某些部分和我相似，如果以我的脸引导么兰的意识……"想到这里，么恒立即从冥想中脱离，一下子站了起来。

"么兰，现在要看你的了！"么恒绕到父亲的背后，将整个身体与父亲的身影重叠在一起，又将头部重叠在那些变幻的脸中。

那团雾依然在不停变幻，丝毫没有任何固定下来的征兆。么恒又试着调整脸的角度，在面对儿时的么兰时，他看到了么兰那只小手之后灿烂的笑容。

么恒笑了，那团雾气突然固定下来，固定在么恒的笑容上！么恒走了出来，他发现，这个笑容像是有某种魔力，围绕在四周的、形形色色的么兰，脸上的眼泪收了回去，一个个嘴角上翘，全部笑了！这个空间瞬间亮了起来，仿佛有一团看不见的阳光，在刹那间冲散了所有阴霾。

"成功了！"么恒的念头一动，突然陷入黑暗。

他睁开眼，王鑫教授就在休眠舱前，时空小队的成员们就在王鑫身后满眼关切地望着他。

"我找到了！"么恒兴奋道。

"安静！"一时间，训练室中的每个人都屏住呼吸，么兰脑控环上面闪烁着的蓝色小灯，突然变成绿色，长亮了十多秒后，熄灭了。同时，么兰的意识活动曲线突然变得平直。众人围在王鑫身后神色凝重，所有的目光都落在屏幕上。

当那条用来观测么兰意识活动的直线，又开始有了轻微的波动时，众人悬着的心终于放下。直到波动趋于平稳，众人才展露出激动的神情，却都极力保持着安静，不敢发出丝毫声响。只有王翔还在不明所以，又不敢出声询问，不停地抓耳挠腮，对着身旁的唐安迪手舞足蹈地比画着，那表情似乎在问：到底成功没有？

"么兰的意识已经有了反应，而且正在努力地自我修复，同时也在重新建立与各个组织器官的连接。只要不出意外，一段时间之后，她就会苏醒过来。"王鑫看着屏幕上的数据道。

么恒扯掉身上连接的监测管子，从休眠舱中一下子跳了出来，眼睛再未离开过么兰："需要多久？"

王鑫："还要观察一段时间。但可以肯定的是，她一定会康复！"

众人离去之后，么恒来到程婷身边。原本给么兰使用的休眠舱，现在安置的却是程婷。她的面容很平静，恍如熟睡的婴儿。

么恒用手轻轻拢了拢程婷额前的发丝，轻轻抚了抚她的脸颊。看着程婷，他的眼中满是温柔。

"你说要帮我救醒么兰，真的做到了！她的脑控环已经解开了，她就快醒来了，可你却睡着了。不过，我相信，你们两个都会平安醒来的。到时候，我介绍你们两个认识，你们一定很谈得来。

"知道吗？破桩联盟的人大部分都死了，潘离和黛茜已经被单独关押，正在等待审判。盖尔的意识也被永远地消失在了2091年，他会一遍又一遍在地狱里经历最后时刻的痛苦！值得庆幸的是，尽管破桩联盟建立了新的时空，胜利的依然是我们！

"还有一个好消息，王鑫博士告诉我，你的意识还会停留在2091年的时间桩，并且，他会专门去研究如何找回你的意识。也许，下次2091年时间桩靠近我们的时候，我就能将你带回来。"

么恒俯下身，将嘴唇轻轻印在程婷的唇上，心中仍在默默低语："等着我！不要走太远，我一定会找到你！"

87

第八十七章 尾声

　　时空灾难平息了，地球的夜晚恢复了往日的宁静。在无数高科技加持下的城市之外，依然有着可以亲近自然的山林地带。

　　之前的任务中濒死的几人，包括鲁霞秋在内，在众多脑科专家的全力治疗下，已经恢复了行动。可惜的是，鲁霞秋的脑神经受到一定的伤害，必须暂缓一切穿隧行动。自从开始执行穿隧任务，时空小队马不停蹄地来往于各个时间桩，从未聚在一起谈天说地、放松心情过，这时终于有了机会。

　　这是一处山顶林间的平地，野餐的组织者是王翔。一大早，他就拉着唐安迪和鲁霞秋，嚷嚷着去买各种食物和野炊用具。月亮升起来的时候，他又迫不及待地从程婷的休眠舱旁拉走了么恒，把大家带到了这里。

　　王翔还给这次小型聚会取了一个让人无语的名字：时空小队浩瀚星空下超级无敌野餐团拜会。而实际与会者，只有寥寥四人……

　　在灌了无数罐啤酒之后，王翔逼迫大家必须仰面朝天，躺在草地上仰望星空，还信誓旦旦地说，要把这个举动一直坚持下去，让它成为以后每个加入时空小队的人都必须进行的入队仪式。再之后，他就打起了呼噜，甚至抱住了唐安迪的大腿……

　　唐安迪实在无法挣脱，只能无奈放弃，仰面躺了下去。

　　星空璀璨，晚风习习，大家望着星空，各自想着心事。

　　"知道吗？那些死亡的破桩联盟成员，是被淹溺的。尸体解剖后，在他们的肺部发现了纳米机器人！这些机器人充塞毛细气管，导致严重缺氧、高碳酸血症和代谢性酸中毒，完全符合溺水的特征。这些机器人在很久以前已经进入他们的身体。"唐安迪突然悠悠道。

　　"盖尔已经死在 2091 年，也就是说激活那些机器人的另有其人？"鲁霞秋道。

　　"是的！盖尔只是我们看到的首脑。种种迹象表明，他所做的一切，也是被人指使。"唐安迪双手抱头，吐出了衔在口中的草叶。

　　么恒笑了笑："无论盖尔的背后是谁，我都会和他们战斗到底。打开了时空之门，也就意味着打开了潘多拉的盒子。我想，未来还有更多未知的风险等着我们。这个时空有我爱的人，我想做的，就是尽最大的努力守护她们。"

么恒双手交叉在后脑，也像唐安迪和鲁霞秋一样躺在草地上。他的目光，从星空落下，落在远处闪烁着光晕的天梯上，那里依然在与火星互相输送着各种物资，昼夜不息。

星空璀璨，晚风习习，夹杂着王翔的鼾声……

（第一部终）